사랑을
완성하는
마지막
2%

사랑을 완성하는 마지막 2%

초판 1쇄 찍은 날 § 2006년 5월 24일
초판 7쇄 펴낸 날 § 2013년 4월 20일

지은이 § 김랑
펴낸이 § 서경석

펴낸곳 § 도서출판 청어람
등록번호 § 제1081-1-89호
등록일자 § 1999. 5. 31
어람번호 § 제5-0094호

주소 § 경기도 부천시 원미구 심곡2동 163-2 서경B/D 3F (우) 420-822
전화 § 032-656-4452 팩스 § 032-656-4453
http://www.chungeoram.com
E-mail § chungeorambook@daum.net

ISBN 89-251-0138-6 03810

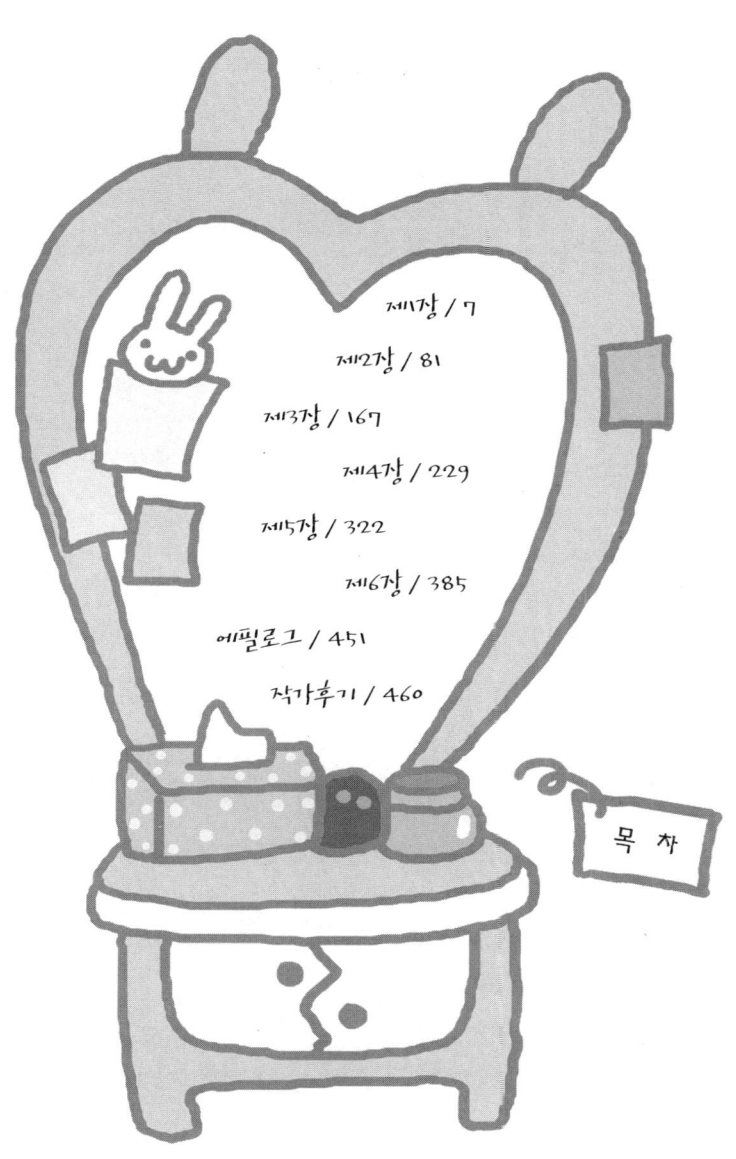

목 차

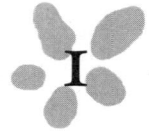

이를 닦고 있던 정하는 휴대전화 벨소리에 대충 입을 헹군 다음 얼른 밖으로 나와 폴더를 밀어 올렸다.

"여보세요?"

[은정하 씨 부탁합니다.]

꽤나 사무적인, 하지만 친절이 몸에 밴 억양의 여자였다.

"네, 전데요?"

[아, 네. 안녕하세요, 여긴 오리온여행사인데요. 이번 저희 아이디어 여행정보 이벤트에 당첨되셨습니다.]

정하의 입이 함박 벌어졌다.

"정말요?"

[네. 상품으로 특급호텔인 아리조나호텔 1박 숙박권이 지급되

구요, 숙박권 수령하시려면 여행사에 들러주셔야 합니다.]

"당연히 가야죠!"

정하가 소리 지르다시피 대답했다.

호텔 숙박권! 숙박권이라는 단어가 나오자마자 정하는 자동적으로 민수를 떠올렸다. 민수 씨하고 같이 가면 얼마나 좋을까.

[주민등록증 지참하시고 20일까지 오셔서 숙박권 수령하시기 바랍니다.]

"네, 알겠습니다. 고맙습니다!"

정하는 전화를 끊고 쾌재를 불렀다. 이번 역시 감이 좋았다. 뭐, 경품 따먹기에서 감이 좋지 않았던 적은 없지만 이번은 유달리 감이 좋았다. 잠깐, 그런데 호텔 숙박권이라고? 1등 상품은 해외여행권이었던 것 같은데.

정하는 부리나케 노트북을 켜고 부팅될 때까지 잠깐 기다렸다가 오리온여행사 홈페이지로 찾아들어 가 이벤트 란을 클릭했다. 역시, 1등은 아니었다. 1등은 동남아 무료여행권이었다.

"아리조나호텔 숙박권은…… 2등이네."

아쉬웠다. 지금껏 어지간한 상품은 다 받아봤는데 유일하게 받아보지 못한 녀석이 해외여행권이었다. 해외여행권을 걸어놓은 이벤트도 심심찮았는데 그것은 번번이 놓쳤었다. 이번엔 기필코! 따고 말리라 했는데 역시나 이번에도 미끄러졌다. 그래도 아리조나호텔 숙박권이 어딘가. 아리조나호텔이 어디 보통 호텔인가. 특급 중에서도 특급. 하룻밤에 일반객실 요금이 삼십만 원을 웃돈다는 완전 초특급 호텔 아닌가. 해외여행권보다는 못하지만 3등, 4등 상품보다는 훨씬 좋았다. 3등, 4등 상품이 기능성 화장품과 휴대전화 무료통화권 뭐 이런 상품이었던 것 같은데 기능성 화장품이나 휴대전화 무료통화권이야 이미 여러 번 받아왔으니 받아도 그만, 안 받아도 그만이지만 아리조나호텔 숙박권이면 새롭기도 하고 횡재 쪽에 속했다.

정하는 상쾌해진 기분으로 화장실로 들어가 닦다 만 이를 마저 닦고 깨끗하게 세수를 하고 머리를 감고 나와 단장을 시작했다. 시간 끌 것 뭐 있겠는가. 전화 받은 김에 당장 가서 숙박권 찾아오는 것이다.

버스와 전철을 갈아타고 오리온여행사로 찾아간 정하는 호텔 숙박권을 넙죽 받아 챙겼다. 숙박권이 원래 이렇게 생긴 것인지, 아니면 급조된 것인지는 몰라도—급조된 것으로 보기엔 너무 고급스러웠지만—꽤 있어 보이는 숙박권을 가방 깊숙이 잘 챙겨 넣고 여행사를 나서는 순간, 갈등에 빠졌다. 이벤트에 참가하기 전 지니에게 이번엔 해외여행권을 꼭 딸 거라고 장담하며 당첨되면 같이 가자고 약속했기 때문이다. 해외여행권은 아니지만 어찌 되었든 당첨이 됐으니 약속을 지켜야 하는데 지니가 아니라 자꾸 민수에게 전화를 걸고 싶었다.

"나하고 같이 지낼래요? 호텔에서……."

라는 끈적한 대사를 날리며.

하지만 그럴 수 없었다. 약속은 약속이니까. 의리라는 것이 남자들만 지키라고 존재하는 것이 아니니 지킬 건 지켜야 했다.

정하는 지니가 같이 못 갈 핑계 거리가 생겨주면 얼마나 좋을까 하는 얄팍한 소망을 가지며 전화를 걸었다.

"나야."

[응.]

"바빠?"

[지금은 괜찮아.]

일어난 지 얼마 되지 않은 목소리였다. 밤새 글 쓰고 새벽에야 잠들었다 일어났나 보다.

"나 약속 지키려고."

[뭔 약속?]

"여행사 이벤트."

[또 당첨됐어?]

"당연하지."

정하가 으스대듯 말했다.

[하여튼 그 재주 누가 따라가겠니. 뭐? 어떤 거?]

"아리조나호텔 숙박권."

[장난 아니다, 야.]

"같이 가."

[언제니?]

"25일까지 언제든지. 그 후부터는 성수기라고 얼른 자고 오래."

[어머, 재수없다.]

지니가 정말로 재수없다는 투로 말했다.

"뭐가?"

[나 23일부터 제주도 가.]

제주도 간다는 소리가 왜 이렇게 반가울까.

"제주도엔 왜?"

속으론 좋아죽겠으면서도 목소리는 너무 아쉽다는 듯 정하가 물었다.

[있지……. 나 가을에 작품 들어가. 프로덕션에서 제주도에 콘도 잡아준다고 처박혀 대본 뽑으래.]

지니가 정하가 맘 상할까 봐 조심스레 말했다. 지니가 호텔에 함께 못 간다는 말에 활짝 펴졌던 정하의 얼굴이 금세 구겨졌다.

"작품?"

[응, 미니.]

"미니?!"

정하가 거의 소리 지르다시피 미니! 하고 외쳤다.

"좋겠다. 너무 축하한다."

얼마나 좋을까. 일 년에 두어 번 지니가 쓴 대본으로 단막극이 만들어져 방영된다 할 때도 부러워 죽겠던데, 세상에 미니시리즈란다. 미니시리즈 한 편으로 단박에 특급 대본작가가 되는 건 아니지만 처음 맡는 미니시리즈에서 시청률만 어느 정도 나와 준다면 앞으로 지니의 앞날은 고속도로 아닌가.

"좋겠다, 정말."

정하가 부러움이 철철 흘러넘치는 목소리로 말했다.

[미안해서 어쩌니?]

"미안은 무슨, 너무 좋지."

무조건 좋은 일이다. 단막극만 계속 쓰던 지니가 이번에 드디어 미니시리즈를 쓴다는데 좋고말고. 그런데 정하는 한편으론 속이 막 상하고 있었다. 같이 시작했는데, 분명 재능은 지니보다 정하가 더 있다는 소리를 들었는데 지니는 정하보다 몇 배는 앞서 달리고 있었다. 질투 반, 부러움 반, 속상함 반이 정하의 가슴이 쑤시기 시작했다. 지니에게 아리조나에 같이 못 갈 핑계 거리가 생겨주면 얼마나 좋을까 했는데, 하필 염장 제대로 지르는 핑계라니.

[미안하다, 정하야.]

지니가 많이 미안한 목소리로 말했다.

"네가 왜? 아니야."

[너도 공모 준비하고 있지?]

"어."

[이번엔 너도 될 거야.]

"그래야지. 하여튼 김샌다, 야."

정말 김샜다. 호텔에 함께 가지 못해 김샌 것이 아니라 지니가 미니시리즈 한다는 말에 제대로 김이 새버렸다.

"다른 사람이랑 가더라도 나중에 딴말 안 하기다."

[알았어.]

"수고해."

정하는 전화를 끊고 떫은 얼굴로 휴대전화를 가방 속에 던져 넣었다.

"좋겠다, 미니도 하고."

아깐 질투도 나더니 질투는 어디로 사라지고 부럽기만 했다. 누군 몇 년째 공모 준비만 하고 있는데 누군 미니시리즈란다. 부럽고 속상해 눈물이 날 지경이었다.

풀이 잔뜩 죽어 집으로 돌아와 허탈한 기분으로 침대에 누운 정하는 스스로가 너무 딱하고 한심하게 느껴져 프시식 바람 빠지듯 한숨을 내쉬었다. 지니가 미니시리즈 한다는 말에 덮어놓고 축하해 주고 덮어놓고 부러워만 할 일이 아니라 자신도 뭔가 하긴 해야 하는데, 해야 하는데 하면서도 손에 잡히는 것이 없자 허탈했다. 전화번호를 알고 있는 감독님이 다섯은 되건만 같이 일해보자는 연락이 없으니 하고 싶어 발버둥을 쳐도 수가 없었다. 한번 읽어봐 달라고 보내는 원고는 씹히기 일쑤고 그나마 어쩌다 읽히긴 읽혀도 무반응이었다. 이런 처지니 늘 결론은 남부끄러운 짓을 한 것이 되어버렸다.

"기운 빠지네."

진짜 기운 빠졌다. 이러지 말아야지, 깨끗하게 축하할 것은 하고 난 나대로 또 잘하면 되지 싶으면서도 사람인지라 기운이 빠지는 것은 어쩔 수 없었다. 그렇게 기운이 쪽 빠지다 보니 잘 다니던 직장을 왜 때려치우고 이 짓을 시작했을까 하는 한탄마저 쏟아졌다.

연방 한탄을 쏟아내며 아버지 말씀대로 죽자고 덤비는 놈한테는 기회가 안 올 수 없다는 것이 과연 진리일까 의심스러워하며 한 시간은 누워 있었나 보다. 한 시간 정도 굴을 파다 보니 슬그머니 희망적인 기분이 퐁퐁 샘솟기 시작했다. 지니가 미니시리즈를 맡을 만큼 성장하는 동안 나도 놀고 먹은 게 아니라 일하지 않았냐고. 운 좋게 학습만화 스토리 작업하며 수입 제법 짭짤하지, 혼자 서울서 자취하며 세금 안 밀리고 꼬박꼬박 낸 지 이 년째, 한 달도 안 거르고 착실하게 붓고 있는 이천만 원짜리 적금통장에 다달이 오만 원씩 넣는 주택부금통장 있지, 지니가 하는 일만큼 알아주는 일은 아니지만 그래도 '아무것도 안 하고 놀아요'가 아니라 '일해요' 하고 말할 수 있는데 못나 보이게 굴은 뭐 하러 파고 누웠나 싶었다. 누구였지? 작가도 제목 앞머리도 잘 기억나지 않고 오로지 '복 터진 영혼'이라는 제목 끄트머리만 기억나는 어느 책에 보니 행복과 불행은 쌍둥이라던데 그 말이 틀림없는 것 같았다. 난 왜 불행할까, 난 왜 뭐가 안 될까 굴을 파고 또 파다 보니 희망이 말간 낯을 보이며 방긋 웃으니 말이다.

"나도 하면 돼!"

정하는 우꾼하게 몸을 일으켰다. 그래, 하면 된다. 하고 또 하다 보면 분명히 빛이 보일 것이다. 죽도록 해서 안 될 일이 뭐가 있겠는가. 죽을 만큼 소원하지 않았으니 안 되는 것이지. 소원에 소원을 거듭하다 보면 안 되고는 못 배길 것이다.

정하는 가방에서 호텔 숙박권을 꺼냈다. 그리고 민수를 떠올리며 살며시 미소 지었다. 남 미니시리즈 하는 것 부러워해 봤자 나도 당장 미니시리즈 할 수 있는 것이 아니니 그건 일단 접고 민수와 함께 밤을 보내라며 신이 주신 이 기회를 어떻게 하면 제대로 살릴 것이냐를 연구해야 했다.

정하는 휴대전화를 열어놓고 몇 번이나 헛기침을 해서 목소리를 가다듬은 후 민수의 번호가 입력된 단축번호를 꾹 눌렀다.

"왜 이래? 연결음이 이상하네."

보통 때와 달리 연결음이 이상했다. 팩스 연결되는 것도 아니고 정상은 아닌 연결음이 계속 이어지기만 했다.

"왜 이러지?"

정하는 몇 번이나 다시 전화를 걸었지만 역시나 연결음이 이상했다. 연결음이 이상하든 말든 민수가 받기만 하면 그만인데 벌써 네 번째 연거푸 전화하는데도 민수는 전화를 받지 않았다. 신호가 잘 안 잡히는 산골짜기나 터널 안에 들어가 있나 생각하며 이번에도 받지 않으면 문자를 보내야겠다 생각하는데 민수가 전화를 받았다.

"민수 씨?"

[응, 정하.]

"안 받는 줄 알고 끊으려던 참이었어요."

[그랬어?]

"어딘데 전화 감이 이래요?"

[여기 프랑스야.]

프랑스! 어쩐지. 연결음도 이상하고 통화음질도 이상하다 싶었다. 로밍을 해서 간 모양인데 한국에서 쓰던 휴대전화 그대로 프랑스에서도 쓸 수 있다니 세상 좋아지긴 엄청 좋아졌다.

"프랑스엔 왜요?"

[어, 출장. 오면서 연락도 못하고 왔네.]

그래, 왜 연락도 안 하고 그냥 갔어요. 우리 사이에! 하고 말하고 싶었지만 차마 그렇게 말할 수 없었다. 아직은 살짝 내숭을 떨어주어야 하는 시기이니까. 남녀가 만나 살짝 내숭을 떨어주어야 되는 시기가 존재한다는 것이 새삼 낯간지럽지만. 내숭 떠느라.

"프랑스는 잘 있죠? 안부나 전해주세요."

하는 시덥지 않은 말을 하고 보니 뭔 신소린가 싶었다. 본론으로 곧장 들어가자.

"저, 다름이 아니라 나 아리조나호텔 숙박권이 생겼거든요."

정하는 아리조나호텔이라는 것을 강조했다.

[오, 그래? 아리조나 엄청 비싼 호텔인데. 어디서 생겼어?]

민수도 아리조나호텔이 다르긴 다르다는 걸 알아줘서 다행이다 싶었다.

"이벤트에서 당첨됐어요."

[역시 이벤트 여왕이네.]

"그런데……."

정하는 갑자기 긴장되는 것을 느꼈다. 지금부터 같이 가자는 식의 운을 떼야 했기 때문이다. 호텔에 같이 가자는 것은, 말하자면 어디 갈 데까지 가보자, 그러니까 당신에게 나를 맡기겠다는 말이나 다름없었기 때문에 긴장하지 않을 수 없었다. 남자한테 호텔에 같이 가자고 하면서 멀쩡할 여자가 몇이나 되겠는가. 몇 년씩 연애를 했다면 호텔 가자는 말이 놀라울 것도 없겠지만 민수와 사귄 지 사 개월, 요즘은 연애도 빨라서 만난 지 하루 만에 키스하고 한 달 정도면 적게는 한 번, 많게는 세 번 정도 잠자리를 갖는다는데 아직 민수와는 키스만 했을 뿐 잠자리는 갖지 않아 호텔 가자는 말을 하기가 쉽지 않았다. 민수가 지난번에 잠자리를 하고 싶다는 뜻을 세 번쯤 돌려 표현하긴 했지만—그때 정하는 내숭을 떠느라 전혀 못 알아듣는 척했었다—그건 남자가 한 말이고, 남자와 여자는 또 다르다는, 인정하고 싶지 않은 불공평한 잣대가 틀림없이 존재하고 있었다. 그 불공평한 잣대에서 정하도 아주 자유로울 수 없으니 어떻게 태연하게 호텔에 가자는 말을 할 수 있겠는가.

"혼자 가기가 좀 그래서요……."

정하가 어렵게 말했다. 정말 어려웠다. 손마디까지 다 저릴 정도였으니까.

[같이 갈 사람이 없는 거야?]

하고 묻는 민수의 목소리가 어쩐지 그거 다행인걸? 하는 듯이 들려 정하는 일단 반은 성공이라는 생각이 들었다.

"지니랑 같이 갈까 했는데 지니한테 사정이 생겨서요. 그렇다고 혼자 가긴 좀 그렇고 해서……. "

[혼자 가면 재미없지.]

암, 그렇고말고.

"그래서 전화했어요. 혹시 갈 수 있나 해서."

[나?]

민수가 조금 놀란 듯 되물었다. 놀라겠지. 여자가 호텔에 가자는데 안 놀랄 사람이 어디 있겠는가. 호텔에 가자는 것은 이제 탐색 그만하고 연애를 하자 그런 뜻인데 놀랄 만도 할 것이다.

"내가 너무 곤란한 얘기 했죠?"

민수가 잠깐 동안 아무 말도 하지 않았기 때문에 정하는 순간 불안함을 느꼈다. '이 여자 너무 천박하잖아!' 하며 민수가 은정하라는 여자에게 질려 버린 것은 아닐까 불안했다. 그런데!

[아니, 당연히 같이 가야지.]

당연히! 라고 민수가 말했다. 마치 이 순간을 고대하고 또 고대했다는 듯. 정하는 기뻐서 가슴이 두근거렸다.

[정말 나하고 가고 싶은 거지?]

"그럼요."

정하는 진심으로 천진하게 대답했다.

"그런데 언제 와요?"

[내일 가.]

"내일? 언제 도착하는데요?"

[내일 오후 다섯 시.]

"그럼 내가 공항에서 기다릴까요?"

[그럴 필요 없어. 내가 도착하면 바로 오피스텔로 갈게.]

"아니에요. 내가 가서 기다릴게요."

[아니야. 힘들잖아. 공항이 얼마나 복잡한데. 내가 갈게. 자기 힘들게 하는 거 싫어.]

어쩜, 이렇게나 자상할까.

"알았어요. 그럼 내일 도착하면 전화해 줄래요?"

[물론이지. 내일 봐.]

"저녁 해둘게요."

정하는 마치 출장 간 남편을 기다리는 새색시처럼 말하고 전화를 끊었다.

"어머, 세상에, 이게 웬일이야? 어머, 어머."

정하는 얼굴이 화끈 달아오르기 시작했다. 민수와 함께하는 아리조나호텔에서의 하룻밤. 꿈만 같았다.

이민수. 잘생긴 것은 아니지만 꽤 매력적인 인물에 무엇보다 옷을 잘 입고 유머도 있고 다정한 남자. 처음 만난 지 팔 개월 정도 됐나? 민수는 살사댄스 모임에서 만난 회원이었다. 민수는 그러니까…… 첫인상은 그렇게까지 호감있진 않았지만 시간이 지날수록 그 사람 괜찮네 하는, 그런 느낌을 가진 남자였다. 유머러스하지만 그렇다고 아주 가볍지는 않고 엄청 잘 놀아도 경박하지 않은 그런 사람. 직장도 그만하면 탄탄한 편에 속했고 옷 사입고 치장하는 것으로 봐선 약간 헤프게 돈을 쓰는 듯하도 전체적으로 보면 꽤 괜찮은 남자였다. 그런 민수가 정하에게 관심을 드러낸 것은 살사댄스 회원으로 만나 이 개월이 지났을 때, 정하와 민수가 파트너가 되면서부터였다. 그때만 하더라도 정하는 초보에 불과했기에 민수가 리드를 해주었는데 어찌나 친절하고 찬찬한지 저절로 마음이 열릴 지경이었다. 모든 파트너한테 정하에게처럼 잘해주는지는 모르겠지만 잘해준다는 것, 챙겨준다는 것이 어떤 것인지 확실히 알 수 있을 만큼 민수는 정하를 잘 보살펴 줬다. 그때부터 민수가 조금씩 다르게 보였던 것 같다.

댄스모임 때 말고 따로 민수와 만나 데이트를 시작한 것이 처음 파트너가 되고 두 달 뒤부터였다.

"베트남 쌀국수 먹어본 적 있어요?"

하고 민수가 물었다.

"아뇨."

"먹으러 갈래요?"

민수의 제의를 거절할 이유가 없었다. 정하는 냉큼 좋다고 했고 그날, 저녁으로 쌀국수를 먹고 자리를 옮겨 멜론 맛이 꽤 상큼하게 느껴지는 준벽을 마시며 데이트를 즐겼다. 그 후로 일주일에 두세 번씩 데이트를 즐기며 보통의 연인들처럼 사 개월째 만남을 이어가고 있었다. 사귀자, 라고 한 것은 아니지만 정하는 민수와 사귀고 있다고 생각했고 민수도 그렇게 생각하는 것 같았다. 왜냐 하면 그가 자신의 휴대전화 전화번호부에 정하의 번호를 '우리 정하' 라고 입력했기 때문이다. 당연 정하도 민수 씨에서 '우리 민수 씨' 로 이름을 수정했다.

민수와의 첫 키스는 극장 안이었고 첫 데이트를 시작한 지 이 주일 만이었다. 심야영화를 보던 중이었는데 한참 영화에 심취해 있던 순간 민수가 갑작스레 정하의 얼굴을 붙잡더니 입술을 부딪쳐 왔다. 뭐, 모든 키스가 그렇듯이 일단 한 번 하면 그 다음부터는 자연스러워지는 법. 사귄 지 한 달 정도 되던 어느 날 자정이 훨씬 지난 시간에 오피스텔까지 데려다 주던 민수가 오피스텔 앞에서 다시 입술을 부딪쳐 오는데 하필이면 그때 강호가 나오는 바람에 파투가 나버렸다.

"이제 오냐?"

강호가 보통 추리닝이라 불리는 다 늘어진 트레이닝복 바지를 입고 쇄골 뼈 근처를 쓸데없이 벅벅 긁어대며 물었다.

"어."

정하가 상관 말고 들어가라는 듯 강한 눈빛을 쏘아댔지만 강호

는 민수가 포기하고 돌아갈 때까지 문 앞에서 꼼짝도 않고 손톱에
때가 낄 때까지 쇄골 뼈를 긁고 서 있었다.

　민수가 가고 난 후 정하가 강호를 태워 죽일 듯이 노려보며 집
으로 들어오는데 강호가 뒤따라 들어왔다.

　"김치 좀 주라."

　"없어."

　"냉장고에 있잖아. 두 쪽만 주라."

　"네가 꺼내가."

　"사귀냐?"

　강호가 냉장고에서 김치 통을 꺼내며 물었다.

　"어."

　"아닌데."

　"뭐가?"

　"내가 봤을 때 저 남자 별로라고."

　강호가 김치 통 뚜껑을 열어놓고 싱크대를 뒤져 오목한 볼 하나
를 찾아내더니 맨손을 김치통 안에 푹 찔러 넣으며 말했다.

　"너 죽고 싶니!!"

　정하가 질색하며 소리쳤지만 벌써 찔러 넣은 걸 어떻게 할 것인
가. 강호는 아랑곳하지 않고 김치 두 쪽을 꺼내 볼에 담더니 김치
국물이 잔뜩 묻은 손으로 뚜껑을 닫았다.

　"더러워, 정말."

　"그럼 내가 다 먹을까?"

　"까불지 마."

"정말 별론데, 그 남자."

"왜? 왜 별론데?"

얼마나 봤다고, 민수에 대해서 지가 뭘 안다고 함부로 말하나 싶어 정하가 발끈했다.

"그냥 느낌이 별로다 그거야."

"김치 가지고 빨리 가라."

"좋아하냐?"

강호가 쓸데없이 물었다. 좋아하니 만나지, 안 좋아하는데 만날까.

"어."

"키스하려고 했냐?"

"너 땜에 못했잖아."

"설마 이 시간에 그 남자를 집 안에 들일 생각은 아니었지?"

강호가 싱크대에서 손을 씻으며 물었다.

"들이면 안 되니?"

"얼마나 만났는데?"

"만난 건 사 개월, 사귄 건 한 달."

"쌀집에 전화해야겠다."

강호가 수화기를 집어 들었고 정하가 얼른 빼앗아 도로 내려놓았다. 강호가 말하는 쌀집은 덕산 정하의 집을 두고 하는 말이었다. 정하의 부모님은 덕산에서 쌀집 겸 방앗간을 하고 있었다.

"다른 남자 만나."

"왜?"

"저 남자 틀렸어."

강호가 단정적으로 말했다. 하지만 정하는 강호의 의견을 무시하고 그 후로 삼 개월째 계속 민수를 만나고 있었다. 강호 자식, 지가 사람을 알면 얼마나 안다고. 주제넘긴, 하고 욕해주면서.

강호 때문에 민수와 하려다 만 키스는 나흘 후에나 할 수 있었고 퍽 만족스러웠다. 키스하던 순간, 이 남자와 자게 될지도 모르겠다고 생각했을 정도니까.

민수와 자게 되는 순간이 멀지 않았다고 생각하자 정하는 순간 화끈하고 얼굴이 달아올랐다. 심장이 떨리고 오금이 저리는 정도는 아니지만 그래도 화끈했다.

첫날밤. 결혼하는 것도 아닌데 첫날밤이라고 하자니 너무 거창하긴 하지만 어쨌거나 호텔에 남녀가 함께 들어가는데 멀쩡히 맨정신으로 손만 잡고 자는 불상사가 일어나도록 내버려 두진 않을 것이다. 그렇다면 분명 첫날밤인데.

"민수와 첫날밤이라……."

생각해 보니 퍽 괜찮은 그림이 그려졌다. 같이 호텔에 가자는데 거절하지 않고—물론 이럴 경우 거절할 남자는 거의 없겠지만—흔쾌하게 오케이했다는 것은 민수 역시 이런 순간을 기다리고 있었다는 뜻으로 해석 가능했다.

"나 이제…… 숫처녀를 버릴래."

정하는 거울에 비친 자신의 얼굴을 들여다보며 앙큼스럽게 선언했다.

정말이지 부푼 기대를 안고 민수를 기다리고 있었다. 다섯 시는 아까 지났고 짐 찾고 뭐 하고 해도 이젠 나올 때가 된 것 같은데 아직도 민수는 뜸을 들이고 있었다. 깜짝 놀랄 것이다. 집에서 기다리고 있을 줄 알 텐데 직접 나와 맞아주면 깜짝 놀라면서도 기뻐할 것이다. 민수가 기뻐할 것을 생각하자 정하는 민수를 빨리 만나고 싶었다.

정하는 재빨리 콤팩트를 꺼내 민수가 도착하길 기다리는 동안 화장이 지저분해지지 않았나 살폈다. 완벽했다. 완벽하고말고. 무려 한 시간 이십 분이나 공을 들여 화장을 했는데 완벽하지 않으면 화나지.

또 한 무리의 사람들이 우르르 몰려나오나 싶더니 한쪽에 카메라를 들고 무리지어 있던 사람들이 어떤 사람을 향해 달려갔다. 플래시가 터지고 떠들썩해졌다.

"연예인인가?"

정하는 일단 휴대전화 카메라를 작동시키고 카메라를 든 사람들이 집중공략하고 있는 사람의 얼굴을 보기 위해 목을 늘렸다. 드문드문 스치는 듯 보이긴 하는데 누군지 알 수가 없었다. 질문을 해대고 사진을 찍는 걸 보니 저 사람들은 기자들이고 사진 찍히는 사람은 분명 유명한 사람인 모양인데 제대로 보이지 않으니 정체를 알 수가 없었다. 이래서야 사진이나 찍겠나 싶은 순간, 마치 약속이라도 한 것처럼 정하의 시야를 가리고 있던 기자들이 한쪽으로 물러서며 그 유명인이 정체를 드러냈다. 정하는 일단 쉴 새 없이 버튼을 눌렀다. 꽤 여러 장 찍은 듯했다. 기자들과 정체불 명의 남자가 지나가고 난 후 제대로 찍혔는지 살펴보니 네 장 중 두 장은 아주 제대로 찍혔는데 문제는 저 사람이 누군지 알 수가 없다는 것이다.

"뭐야, 연예인이 아니잖아."

연예인이라면 인터넷에 직찍 사진으로 올리기라도 하지 연예인도 아닌 사진을 어디다 쓰겠는가. 괜한 짓 했네 생각하며 흐릿하게 찍힌 사진부터 삭제하고 나머지 사진들도 삭제하려다 무심코 입국장 쪽으로 시선을 돌리는데 민수가 막 나오고 있었다.

"어!"

정하가 활짝 웃으며 민수를 향해 손을 흔들며 민수 씨! 하고 부르려는 찰나 정하의 눈에 민수 옆에 들러붙어 있는 고추장 같은 여자가 들어왔다. 진짜 완전히 고추장이었다. 머리끝에서 발끝까지 온통 빨간색으로 도배를 한 고추장. 저런 난감한 패션을 즐기는 여자가 누굴까 했더니 민수 옆에 있는 여자였다.

"저거 뭐야?"

정하는 기가 막혀 그 자리에서 멍해지고 말았다.

프랑스에 출장 갔다더니, 저 여잔 누구란 말인가. 혹시 같이 출장 간 회사 동료? 요즘은 회사 동료랑 저러고 출장 다니나?

정하의 얼굴이 일그러졌다. 아무리 좋게 봐주고 백번을 양보해도 민수의 팔에 달라붙어 있는 여자는 회사 동료도, 그렇다고 친구도, 그렇다고 동생이나 누나도 아니고 딱 연인이었다. 연인이라면, 그렇다면 민수가 양다리를 걸치고 있었다는 말이 아닌가!

"세상에, 기가 막혀서……."

정하는 너무 어이가 없고 화가 나서 주저앉을 것만 같았다.

이놈, 이놈, 공항으로 마중 가겠다던 정하를 복잡하니 힘드니 어쩌고 하며 집으로 오겠다고 우기더니 다 이유가 있었던 것이다.

여자랑 프랑스까지 가서 진탕 놀고 온 인간이 같이 호텔에 가자는 정하의 제의를 단박에 받아들이다니. 그건 무슨 해괴한 짓거리인가. 설마, 민수가 그런 놈일 줄은 몰랐는데 아주 철저하게 속고 철저하게 놀림당했다 싶었다.

민수와의 거리가 가까워지자 정하는 반사적으로 얼른 몸을 숨겨 버렸다. 몸을 숨길 이유가 없는데 꼭 자신이 바람피우다 들킨 것처럼 숨어버렸다.

"무슨 저런 자식이 다 있어?"

배신감과 괘씸함에 부들부들 떠는데 휴대전화가 울렸다. 민수였다. 민수를 쳐다보자 저만치 몇 걸음 앞에서 귀에 휴대전화를 대고 있는 민수가 보였다. 애인 옆에서 또 다른 애인에게 전화를 건다? 이민수 대단하다! 잠깐만 혹시 애인이 아닌가?

"그래 무슨 말을 지껄이나 들어나 보자."

정하는 민수의 뒤통수를 노려보며 전화를 받았다.

[여보세요? 정하?]

"네."

[공항에 도착했어. 지금 집으로 갈게.]

"어쩌죠? 나 지금 집 아닌데."

[어딘데?]

"만날 사람이 있어서 밖에 있어요."

[언제 집에 가?]

"늦을 거예요."

정하는 민수의 뒤통수를 후려쳤으면 좋겠다고 생각하며 대꾸했다.

[그럼 어떻게 할까?]

"다음에 내가 전화할게요."

정하는 윽박지르듯 내뱉고는 일방적으로 전화를 끊어버렸다.

조금 당황한 듯한 민수의 뒤통수를 노려보던 정하는 어쩌면 저 여자가 애인이 아닐지도 모르겠다는 생각을 했다. 아무리, 민수가 정말 닳고닳은 선수가 아닌 다음에야 애인을 옆에 세워두고 또 다른 애인에게 전화를 하겠는가. 오해일지도 모른다. 그렇다면 이왕 이렇게 된 거 민수 앞에 나타나서 제대로 따져 묻자 싶었다. 뒤에서 오해하며 분해하기보다는 면상 대놓고 교통 정리하는 것이 나을 것 같아 한 걸음 내디디던 정하는 민수의 한마디에 얼어붙고 말았다.

"누구한테 전화한 거야?"

하는 고추장의 물음에,

"동생."

하고 민수가 대답한 것이다. 동생! 이런 떡을 칠 놈!

"그런데 왜?"

"나 열쇠 없는데 집에 없다네. 어떻게 하지?"

허, 정하는 정말 억이 찼다. 눈 하나 깜짝 안 하고 동생으로 둔갑시킨 것이다. 이런 소새끼!

"그럼 우리 집에 있다가 가."

고추장이 민수의 온몸에 휘감겼다.

정하는 두 연놈의 수작을 뒤에서 노려봤다. 그리고 이를 갈았
다. 꼴값 떨고 앉았네.

"가자."

민수와 여자는 멸치에 찍힌 고추장 꼴을 하고 공항을 빠져나갔
다.

"뭐 저런 놈이 다 있어?"

정하는 믿을 수가 없었다. 민수가 양다리를 걸치고 있었다는 것
도 믿을 수 없었고, 요만큼도 의심하지 않고 감쪽같이 속고 있었
다는 것도 믿을 수 없었고, 또 어떻게 저런 놈에게 마음을 뺏겼었
는지 믿을 수가 없었다. 헛똑똑이. 나이 스물여덟이 되어서야 만
난 남자가 선수라니.

"호야 말이 맞았네."

지깟 놈이 뭘 안다고 민수에 대해 함부로 말하나 싶어 쥐어박아
줬는데 강호의 느낌이 들어맞은 것이다.

"숨지 말고 면상이나 후려갈겨 줄 걸."

괜히 숨었다 싶었다. 저런 놈은 3대가 지나도록 창피함을 못 견
뎌 목매달게 만들어줬어야 하는 것인데.

정하는 지금이라도 늦지 않았다는 생각에 씩씩거리며 민수를
뒤쫓았지만 그새 가버렸는지 민수도, 고추장도 보이지 않았다.

"두 연놈이 빨리도 갔네."

속상하고 짜증나고 정하의 얼굴은 우스꽝스럽게 일그러져 버

렸다.

"내가 미쳤지, 내가 미쳤어. 저런 놈하고 호텔에 갈 생각을 했다니."

정하가 이게 무슨 촌극인가 생각하며 길을 건너기 위해 신호등 앞에 서 있을 때 잘 빠진 검은색 세단이 정하의 앞을 스쳐 지나갔다.

세단에 타고 있던 성우는 심술이 덕지덕지 붙은 얼굴로 서 있는 정하를 쳐다보며 픽 웃었다. 굉장히 심술맞은데도 퍽 귀엽게 느껴졌기 때문이다.

"월든코리아 본사로 가십니까?"

기사가 물었다.

"예."

성우는 정하를 곧 잊어버렸다.

민수의 양다리 충격에서 아직 벗어나지도 못했는데 호텔에 가야 하는 날짜는 따박따박 다가오고 있었다. 고추장과 함께 있는 민수를 목격한 다음날부터 민수가 뻔질나게 전화를 걸어왔지만 정하는 한 통도 받지 않았다. '우리 민수 씨'에서 '개놈민수'로 바뀐 발신자가 뜰 때마다 정하는 바득바득 이를 갈았다. 불쑥 전화를 받아 배 터져 죽으라고 욕이나 들입다 퍼 먹여줄까 하는 충동이 일긴 했지만 강호의 말처럼 뭐 하러 그런 놈한테 욕을 낭비하나 싶어 무시했다. 전화번호를 바꿔 버리면 그만이지만 역시 강호의 말처럼 적어도 팔십 명은 알고 있을 번호를 그놈 하나 때문에 뭐 하러 바꾸나 싶어 것도 무시했다. '우리 민수 씨'에서 '개놈민수'로 바꿔준 사람도 강호였다. 개놈민수를 즐기라면서.

"면상을 후려쳐 주는 건데 내가 왜 그냥 보냈나 분해 죽겠어."

민수 때문에 속상한 마음을 풀지 못하던 정하가 나흘 만에 강호에게 털어놓았다. 함께 호텔에 갈 계획이었다는 말은 쏙 빼놓고. 호텔 가려고 했다는 걸 말하면 강호가 길길이 날뛰며 쌀집에 전화하려고 들 테니 말이다. 하여튼 양다리 걸치던 민수에게 당했다고 분해하는 정하에게 착한 강호는 거 봐, 내가 아니라고 했잖아 라며 깐죽거리지는 않았다. 원래 깐죽하고는 거리가 먼 녀석이 강호다.

"분하긴 하지만 면상 후려치지 않은 건 잘했어."

"어째서?"

"그놈도 쪽팔리겠지만 너도 쪽팔리잖아."

하긴 맞은 놈만 창피하겠는가. 때린 놈도 똑같지.

"그런데 그놈 정리한 건 분명하지?"

"당연하지. 그럼 내가 그놈을 아직도 좋아할까 봐?"

"아니, 여자들이 좀 이상한 구석이 있더라고. 저런 놈을 왜 좋아하나 의아할 정도로 속만 바글바글 끓게 하는 남자를 좋아하더란 말이지."

"난 그렇게까지 정이 많진 않아."

"그게 정이 많은 거냐? 바보지."

"그러니까 난 그렇게까지 바보는 아니라고."

"그럼 다행이고. 라면 먹을래?"

강호가 싱크대에서 라면 두 봉지를 꺼내며 물었다.

"밥은 없어? 분해서 사흘 전부터 거의 한 끼씩밖에 못 먹었어. 라면은 소화 못할 것 같아."

"그럼 밥하지 뭐. 그런데 너, 뭐 하러 그런 놈 때문에 밥을 굶냐?"

강호가 꺼냈던 라면을 도로 집어넣고 볼을 들고 앞 테라스로 가더니 쌀자루에서 쌀 한 바가지를 퍼 담아 들어왔다.

"굶은 게 아니라 먹히질 않더라고. 내가 어쩌다 그런 놈한테 걸렸나 싶어서."

"그놈한테 설마 돈이나 뭐 그런 거 준 적 없지?"

"돈은 안 줬는데……."

정하의 미간이 일그러졌다.

"뭐 줬어?"

강호가 눈을 부릅뜨고 물었다.

"MP3 당첨된 거."

"멍청이."

"진짜 멍청이. 도로 달라고 할까?"

"그런 새끼가 쓰던 거 도로 받아서 뭐 하게? 그거나 먹고 떨어지라고 해."

강호가 쌀을 박박 치대며 말했고 정하는 민수에게 줘버린 MP3가 너무 아까워 투덜거렸다.

강호가 지어준 밥을 먹던 정하는 아까부터 강호의 미간에 잡혀 있던 주름을 쳐다보다 입을 열었다.

"호야."

"왜?"

"너도 차였니?"

"뭐?"

강호가 고개를 들고 정하를 쳐다봤다.

"뭘 차여?"

"너도 꼭 양다리 걸치던 애인한테 차인 얼굴이라서."

"아니야."

"헤어진 거 아니야?"

"아니야."

대학 1학년 때 같은 과 일 년 선배가 강호를 엄청나게 좋아했었다. 일 년 선배긴 해도 그 선배가 일 년 일찍 학교에 들어가서 나이는 동갑이었는데 옆에서 지켜보는 정하까지 눈물겨울 정도로 강호에게 지극정성이었다. 강호도 그 선배를 꽤 좋아했다. 하지만 강호가 군대 다녀오고 나서 흐지부지 끝나 버렸는데 강호는 왜 그 선배랑 끝냈는지 말하지 않았다. 혹시 군대 간 사이에 고무신을 거꾸로 신었더냐 물었더니 그건 절대 아니라는데 헤어진 이유에 대해서는 결코 말하지 않았다. 그 후로 만나는 사람이 있다거나 헤어졌다는 말을 하긴 했지만 한 번도 사귀고 있는 사람을 소개시켜 주거나 헤어진 이유에 대해서는 말하지 않았다.

"그러지 말고 지니랑 한번 만나보는 거 어떠니? 지니 잘나가는데. 너 지니 잡으면 횡재하는 거야. 지니 미니시리즈 쓴대. 돈도 엄청 벌어."

정하의 말에 강호가 픽 웃었다. 지니랑 사귀어보라는 말을 다섯 번은 한 것 같은데 그때마다 꼭 저렇게 웃고 말았다. 자식이 대학 다닐 때까지만 하더라도 제법 까불기도 하고 그러더만 어느 순간 어울리지 않게 진지해졌다. 뭐, 그렇다고 강호가 맨 까불기만 했던 건 아니지만 어째 오늘은 다른 날보다 더 진지해 보였다.

"뭐, 걱정있니?"

"없어."

"혹시…… 이상한 종교에 빠진 건 아니지?"

정하가 심각한 얼굴로 묻자 강호가 웃음을 터뜨렸다.

"됐어, 종교는 무슨."

"아님 기에 대해서 아십니까?"

"시끄러. 밥 더 줄까?"

"됐어. 근데 이따 저녁도 좀 먹여주라."

"알았어."

정하가 강호의 집을 나와 한 집 건너 떨어진 자신의 집으로 가는데 또 휴대전화가 울렸다. 역시나 개놈민수였다.

"죽도록 걸어봐라. 누가 받아주나. 개놈."

정하는 구시렁거리며 집으로 들어갔다.

정하는 호텔에 같이 갈 사람이 누구 없을까 생각나는 이름들을 하나하나 되짚어보았다. 여자 친구 중에 아직 싱글인 친구는 지니와 인영뿐이었는데 지니는 미니시리즈 쓰러 제주도에 처박혔고, 그럼 인영이밖에 없는데 미치지 않은 이상 인영이와 호텔 숙박권을 쓸 생각은 없었다. 인영이 년이 가잔다고 따라나설 년도 아니고.

"인영이, 나쁜 계집애."

인영이 이름만 들어도 열부터 치밀었다.

인영이, 인영이 나쁜 년. 언제쯤이면 이름만 떠올려도 이 갈리는 그때의 사건을 잊을 수 있을까.

대본작가 한번 되어보겠다고, 정말 대본작가에 목숨 걸어보겠다며 큰 결심하고―정말이지 큰 결심이었다―다니던 회사에 사표를 제출하고 방송문화원에 들어갔었다. 꽤 큰돈을 수강료로 지불했어야 했는데 정하는 그 돈이 자신의 미래를 위한 투자라고 생각했기에 아까워하지 않았다. 방송문화원에서 만난 친구들이 지니와 인영이었다. 셋은 생각도 비슷했고, 취미도 비슷했고, 취향도 비슷해서 금세 친해졌다. 제출할 원고를 미리 돌려보며 잘못된 부분을 지적해 주거나 좋은 아이디어가 있으면 서로 나눠 갖으며 지냈다. 저년들이 내 뒤통수를 칠지도 모른다는 생각은 결코 하지 않았었다.

영화 시나리오 공모가 있었고 상금이 꽤 컸다. 당연히 셋은 공모를 준비했고 다같이 몇 날 며칠을 곤죽이 되도록 고생해서 만든 원고를 응모했다. 결과는, 정하와 지니는 가작에도 들지 못했는데 인영이가 우수상을 받은 것이다. 정하와 지니는 인영에게 아낌없이 축하를 보내주었고 인영이가 받은 상금으로 한턱 거하게 쏠 때 열렬하게 고마워하며 먹어주었다. 그런데 문제는 운이 좋았던지 인영이의 시나리오가 꽤 빨리 극화되어서 극장에 걸리면서부터였다. 인영의 작품은 저예산 영화였음에도 본전의 몇 배를 뽑는 성공을 거두었는데 그 시나리오라는 것이 정하의 뒤통수를 제대로 갈겨준 것이다.

이상했었다. 시사회 때 표를 배당받지 못했다며 정하와 지니를 초대하지 않았고 기념으로 다같이 영화 보러 가자는데 인영이는 조금 이상한 핑계를 대며 뒤로 빠졌다. 하지만 그냥 그러려니 했었다. 표를 얻지 못했다는데 어쩔 것이며 하여튼 같이 못 갈 이유가 있다는데 어쩔 것인가. 그래서 지니와 둘이서 갔었다.

영화가 시작되고 십 분이 지나지 않아 정하와 지니는 똥 씹은 얼굴이 되어버렸다.

이럴 수가! 딱 그거였다. 이럴 수가!

인영이가 상을 받았다는 그 시나리오는 정하가 갖고 있던 시놉시스였다. 시나리오 공모 날짜에 맞추기엔 시간이 모자라 내지 못했던 그 시놉시스에 인영이가 살을 붙이고 살짝 비틀어 응모했고 우수상을 받아먹은 것이다.

그 어처구니없음과 배신감이란. 정하와 지니는 스크린을 갈기갈기 찢어버리고 싶은 충동을 억누르고 바득바득 이를 갈며 영화를 보고 나와 곧바로 인영이에게 전화를 했었다. 물론 인영이는 전화를 받지 않았고 사흘인가 지났을 때 인영이의 전화번호는 감쪽같이 없는 번호가 되어 있었다. 인영이가 전화번호를 바꿔 버린 것이다. 그때의 그 분함이란 어떤 말로도 표현할 수가 없다.

격분한 정하가 인영이 년 붙잡아다 드잡이 질이라도 하려고 영화사로 전화를 걸어 인영의 전화번호를 캐내려 했지만 언제부터 인영이가 그토록 완벽하게 보호받는 인물이었다고 영화사에선 절대 알려줄 수 없다는 대답만 되풀이했다. 하다못해 이번 영화 시나리오의 원주인은 정하 자신이고, 그것을 인영이가 훔친 거라고 따지고 들었지만 영화사의 답변은 정하를 더욱 기함하게 만들었다.

"오프라인이든 온라인이든 활자화된 적이 있습니까? 그 시나리오가 은정하 씨 것이라는 걸 증명할 방법이 있느냔 말입니다."

이런 망할! 원주인이 자기 것이라는데 무슨 증명을 해야 한단 말인가.

활자화된 적은 없고 시놉시스 상태로 내 컴퓨터에 곱게 모셔져 있다고 하자 영화사 관계자는 콧방귀를 뀌며 매우 엄중한 목소리로 경고했다.

"그렇게 우기다가 피 본 사람들 많습니다. 혹시라도 영화사에 피해가 돌아올 경우 법적으로 처리할 테니 신중하게 행동하세요."

한마디로 까불지 말라는 뜻이었다.

그때 절실하게 깨달았다. 이놈의 동네가 얼마나 무서운 바닥인지를.

그 분함과 배신감을 풀지 못해 열흘 밤낮으로 퍼마셨던 것 같다. 죽도록 술병을 앓는 바람에 열흘 만에 끝났지 술병이 나지 않았으면 한 달 밤낮을 퍼마셨을 것이다.

정하의 시놉시스를 읽어준 두 명의 증인, 지니와 강호가 도와주겠다며 소송이라도 걸어보라 했지만 나름대로 알아본 결과 이길 수 있는 확률이 낮을 뿐만 아니라 민사는 소송 기간도 길디길고 소송비로 거액만 날릴 것이 뻔했다.

"도둑년."

강호가 인영을 향해 그렇게 욕했었다, 도둑년이라고.

도둑년에게 시놉시스를 빼앗기고 시간은 계속 흘렀고 이 년 후엔가 인영의 시나리오가 다시 영화화되어서 극장에 걸렸다. 그 역시 꽤 흥행에 성공했다. 어떻게 그런 나쁜 년이 계속 성공가도를 달릴 수 있는지, 태어나서 한 번도 믿지 않았던 하나님을 향해 욕도 했었다. 어떻게 그런 도둑년이 성공하도록 내버려 둘 수가 있냐고. 하나님은 공평하시다더니 뭐 이러냐고. 그런데 어쩌겠는가, 인영이는 계속 성공하고 있는 걸.

인영이를 다시 만난 것은 지니의 작품이 처음으로 단막극화 되어 방송을 탔던 날이었다. 지니가 일식집에서 정하를 배부르게 먹여주었는데 그 일식집에서 도둑년 인영이를 만났다. 하필이면 일식집 화장실 안이었고 인영이는 정하를 모른 척하고 싶어했다. 정하가 집요하게 쳐다보는데도 끝까지 못 본 척하려 했으니 말이다.

"인영아."

하고 정하가 불렀을 때 그제야 인영이가 어, 정하구나 하고 대꾸했다.

"잘 지내니?"

잘 지내든 말든 무슨 상관이라고 그딴 걸 물었을까. 언제든 만나기만 하면 야 이 도둑년아, 잘 만났다, 너도 사람이냐! 하고 퍼부으려 했었는데 말이다.

"잘 지내. 너도 잘 지내지?"

"잘 지내지. 너 요즘 잘나가더라?"

정하가 비꼬며 말했지만 인영이는 비꼬든 말든 신경 쓰지 않는 눈치였다. 그런 태도가 더욱 정하를 화나게 만들었다.

"뭘, 그냥 그렇지. 근데 넌 요즘 뭐 하니?"

"작품 준비하지."

"그래, 열심히 해."

"연락처 좀 주라. 연락하고 살자. 어느 날 갑자기 전화번호가 싹 바뀌었더라."

"어, 그랬나?"

인영이는 싫은 내색을 완전히 숨기지 못하고 명함을 꺼내 주었다. 오~ 인영인 명함도 가진 작가였다.

정하는 인영이가 건넨 명함을 뒤틀린 입술을 하고 받아 쥐었다.

"연락할게."

"그래. 나 먼저 갈게."

인영이가 얼른 화장실을 나가려는데 정하가 뒤통수에 대고 한마디 던졌다.

"이번에 걸린 영화는 다른 사람 시놉 훔친 거 아니지?"

정하의 물음에 인영이가 새파랗게 질린 얼굴로 정하를 노려봤다.

"무슨 소리니?"

인영이가 마치 얘가 지금 엄한 사람 잡고 있네 하는 듯이 되물었다.

"무슨 소린지 몰라?"

"너 말조심해라. 요즘 말 한마디 실수해도 고소당한다."

허, 적반하장도 유분수지, 감히 협박을 해?

"너 우수상 받은 작품 내 거잖니."

"증명할 수 있니?"

인영이는 한 대 얻어맞고 코피 터지고 싶어 아주 작정을 한 것 같았다.

"증명 못하지. 하지만 네 양심은 좀 아플 것이다. 양심이 없다는 것에 천만 원 걸지만."

정하는 화장실 문 앞을 가로막고 있는 인영이를 밀치고 화장실을 나오다 획 하고 인영이를 노려보고 한마디 날려주었다.

"배 터지게 훔쳐 봐라, 이 도둑년아."

정하는 인영이의 면상에 침을 뱉지 않은 초인적인 자제력을 칭찬하며 지니가 기다리는 자리로 돌아왔고, 지니에게 화장실에서 인영이를 만났으며 어떤 대화를 주고받았는지 소상히 말해주었다. 토시 하나 틀리지 않고. 격분한 지니가 당장 인영이한테 쫓아갈 듯이 엉덩이를 들썩거리고 있는데 마침 인영이가 함께 온 일행들과 특실에서 나왔다. 순간 정하와 지니는 입을 다물고 말았다. 인영이의 일행 중 장동진과 박한욱이 보였기 때문이다. 장동진, 특급스타. 저 사람은 사람이 아닐 것이야, 하고 생각했던 세기의 미남. 박한욱, 대한민국 최고흥행 보증수표 감독. 인영인 이제 장동진과 같은 스타, 그리고 박한욱과 같은 대감독과 어울리는 레벨이 되어 있었던 거다.

아무도 기죽이지 않았는데도 지니와 정하는 기가 팍 죽고 말았다. 장동진이가 뭐라고, 박한욱 감독이 뭐라고, 세기의 미남이면 뭐, 흥행 보증수표 감독이 뭐 어쨌는데! 싶으면서도 기가 죽어 할 말을 잃고 말았다. 그날 끝없이 땅굴을 파고들던 자괴감이란!

"아, 골치 아파."

이름만 들어도 열이 치미는 애 생각을 뭐 하러 하나 싶어 얼른 다른 이름을 생각했지만 나머지 친구들은 가깝게는 육 개월, 좀 멀게는 이 년 전쯤에 결혼한 친구들밖에 없었다. 큰 선심 쓰는 척 결혼한 친구에게 부부끼리 가서 불타는 밤을 보내라며 선물할 수 도 있겠지만 육 개월, 혹은 이 년밖에 안 된 신혼부부가 호텔이라 고 불타는 밤이고 호텔 아니면 식은 밤이겠는가. 언제 어디서든 얼마든지 홀랑 불태울 수 있는 사람들인데 뭘.

"아버지나 드릴까?"

그래, 아버지, 어머니나 다녀오시게 하면 될 것 같았다.

시골에서 쌀집 겸 방앗간을 하시는 아버지 어머니. 시골 사신다 고 만날 일만 하고 평생 여행 한 번 못 다니고 허리가 휘도록 일했 다? 건 절대 아니다. 요즘은 도시 사람들보다 시골 양반들이 여행 은 더 많이 다닌다. 제1땅굴 제2땅굴, 하여튼 발견된 땅굴이란 땅 굴은 38선 직전에까지 단체로 가서 다 뒤져 보고 오셨다. 대체 땅 굴은 뭐 하러 그토록 열심히 보러 다니시는지. 그뿐인가. 광주비 엔날레, 이천 도자기 박람회, 대전엑스포에다 겨울엔 제주도에 귤 따러 가셔, 가을엔 단풍놀이 가셔, 여름엔 해수욕 가셔, 봄엔 벚꽃 놀이까지. 대한민국 땅 중에 안 가본 데라곤 청와대밖에 없을 것 이다. 그래도 남 줘버리느니 아버지, 어머니에게 끝내주게 좋은

특급호텔 객실에서 하룻밤 폼나게 재워 드리는 편이 효도도 하고
좋을 것 같았다.

　정하는 지체하지 않고 쌀집으로 전화를 걸었다.

　"저예요, 아부지."

　[어, 별일없지?]

　"없어요. 거긴요?"

　[여기도 없어.]

　"저기 아부지, 저 이번에 호텔 숙박권 당첨됐거든요."

　[호텔 숙박권?]

　정하가 하도 많이 당첨이 되고 별의별 것을 다 타본 화려한 전
적을 알고 계셔서 그런지 아버진 별 감흥드 없는 듯했다.

　"네. 아버지, 엄마 다녀오시라구요."

　[어디? 서울?]

　"네. 우리나라에서 제일로 좋은 호텔이에요."

　[너나 가지, 왜?]

　"나 혼자 가서 뭐 해요."

　[친구랑 가지.]

　"그냥 아버지, 엄마께 효도 한번 하려구요."

　[효도는 지금도 하고 있는데 뭘. 그런데 원젠데?]

　"25일 전에 언제든지요."

　[얼마 안 남았잖여.]

　"네. 주말에 오세요."

　[주말에 안 돼야.]

"왜요?"

[우리 금강산 가.]

금강산! 하다하다 이젠 북한까지 진출을 하시는구나.

"그럼 평일 날 한 이틀 비우세요."

[평일 날 가게를 어떻게 비워.]

"좀 비우면 어때요. 이거 썩히기엔 너무 아깝단 말이에요."

[너 가.]

"같이 갈 사람 없어요, 아부지."

[어딜 가라는 건데요?]

옆에서 엄마가 거드는 목소리가 들리더니 수화기는 곧 엄마에게 넘어갔다. 정하는 아버지에게 했던 설명을 그대로 엄마에게 하면서 그냥 버리면 바보니 꼭 써야 한다고 재차 아버지와 묶어가시라 했지만 돌아오는 대답은 아버지와 똑같았다.

[우리가 언제 평일에 쉰 적 있어? 안 돼.]

"금강산 안 가심 안 돼?"

[금강산엔 꼭 가야지. 돈 다 냈어.]

돈 다 냈다는데 뭘. 끝났지. 정하는 그럼 알아서 처리하겠다며 전화를 끊었다.

"아, 뭐야……."

호텔 숙박권 당첨되어서 신난다 했더니 순 쓸모없는 종이 쪼가리에 불과했다.

"이왕 이렇게 되어버린 거……. 미친 척해봐?"

정하의 얼굴이 엉큼스러워졌다.

정하가 귀호한테 건 전화.

"나, 정하."

[어, 정하야.]

"너 혹시 토요일부터 일요일까지 시간 돼?"

[나 동원훈련 들어가는데?]

"잘 갔다 와라."

정하가 재준이한테 건 전화.

"재준아, 너 나 어떻게 생각하니?"

[너? 너야 물론 좋은 친구지. 갑자기 그건 왜?]

"너 혹시 주말에 시간 되니?"

[뭐야, 아직 연락 못 받았어?]

"무슨 연락?"

[나 주말에 결혼하잖아.]

제기랄!!

정하가 형섭이한테 건 전화.

"형섭아."

[응.]

"너 나하고 잘래? 호텔 제공할게."

[미쳤구나?]

그래, 미쳤다.

아리조나호텔 객실로 들어선 정하는 이다지도 끝내주는 객실에 정녕 같이 올 사람들이 없었단 말인가, 라고 생각하며 들고 있던 가방을 툭 던지듯 내려놓았다. 이벤트 상품으로 제공되는 객실이라 크게 기대하지 않았는데 웬걸, 일반 객실임에도 아주 끝내줬다. 일반 객실이 이 정도라면 스위트룸은 보나마나 눈 돌아갈 것이다.

정하는 이 멋진 객실 안에 어떤 기발한 장치들이 되어 있는지 하나하나 찬찬이 살폈다. 열댓 명이 올라앉아도 끄떡없을 튼튼한 매트리스 하며 뚝 떼어다 집에 걸었으면 싶은 HD 텔레비전에 커튼을 확 열어젖히자 눈앞에 화르르 펼쳐지는 고즈넉한 산책로. 냉장고엔 군것질 거리가 가득 들어 있고 오~ 욕실엔 스파 욕조까지 장착되어 있었다.

"아주 바람직한 호텔이군."

모든 것이 다 바람직한데 유일하게 바람직하지 못한 것이 있었으니 바로 정하 혼자 이 멋진 호텔 객실 한가운데 서 있다는 것.

어차피 어느 매트리스 광고처럼 매끈한 남자가 낙하산 타고 추락해 주지 않는 이상 둘이 될 확률은 제로니 혼자서라도 맘껏 즐겨보자 싶었다. 그런데 객실로 들어와서 살필 것 다 살피고 나자 삼십 분도 지나지 않아 할 일이 없어져 버렸다. 고작 하룻밤 자고 갈 테니 굳이 가방 풀어 정리할 필요도 없고 어차피 정리해야 할 만큼 짐이 많은 것도 아니고.

정하는 가방을 뒤져 여행사에서 준 무료 숙박권 안내서를 꺼내

펼쳤다. 객실 말고도 무료로 사용할 수 있는 티켓 몇 장이 덤으로 따라왔기 때문이다.

"수영장하고 헬스클럽. 수영장에나 갈까?"

수영장에나 갈까 하던 정하는 수영복을 챙겨오지 않았다는 것을 기억해 내고 안내서를 내려놓고 말았다. 호텔 수영장에다 대고 촌스럽게 수영복 빌려달라 하는 것도 우습고 수영복이 없으면 수영장에 갈 일도 없으니 수영장 무료 이용권은 필요도 없는 물건이었다. 운동하는 것을 즐기는 편도 아니니 헬스클럽도 매력없고. 저녁 먹을 시간까지는 아직 네 시간이나 남았고.

"뭐 하지?"

멍하게 침대에 걸터앉아 있던 정하는 챙겨온 노트북을 꺼내 책상에 올려놓았다.

"호텔방에서 글 한번 써보자."

지니는 미리시리즈 대본 뽑으라고 프로덕션에서 제주도에 콘도를 잡아줬다는데 같은 글쟁이인 정하는 단 한 번도 대본이나 혹은 글을 쓰기 위해 어떤 장소를 제공받은 적이 없었다. 제공받기는커녕 여행도 제대로 가본 적이 없었다. 글쟁이는 여행도 많이 다니고 많은 경험을 하고 그래서 환경이 참 중요하다는데, 정하의 글방은 오로지 자신의 작은 오피스텔 한곳이었다. 하지만 누구를 탓하겠는가, 정하가 이름없는 작가인 것을.

정하는 지금 영화 시나리오 공모를 준비 중이었다. 영화 시나리오뿐이 아니라 방송사 극본 공모까지 도전할 수 있는 곳은 모조리 도전 중이었고 도전만 벌써 사 년째였다. 스물여덟. 처녀 나이치고는 적다고 할 수 없는 나이임에도 결혼은 안중에도 없었다. 대본작가가 되어보겠다며 다니던 직장까지 때려치우고 이 길로 돌아섰을 때 정하에게 있어 그건 정말이지 아주 큰 결심이었다. 대본작가 되는 게 말처럼 쉬운 줄 아냐고 그냥 곱게 회사나 다니다 시집이나 가라던 고모나 고모부의 얘기를 들었다면, 그래, 어쩌면 다니던 회사에서 썩 괜찮은 남자랑 연애를 하다가 자연스럽게 결혼을 했을지도 모른다. 그런 수순이 나쁜 것도 아니고 어떻게 보면 가장 안정적이면서도 편할 수 있다. 하지만 그게 싫었다. 중학생 때부터 글쟁이가 되고 싶었던 정하였다. 지금 읽어보면 참 말도 안 되는 글을 틀림없이 당선될 거라고 자신하며 신춘문예에 도전했을 때가 고등학교 2학년 때. 신춘문예뿐인가, 무슨 문학상 무슨 문학상, 문학상이란 문학상에 모조리 도전하고 모조리 떨어졌으면서도 정하는 도무지 포기가 되지 않았다.

"아부지, 저 회사 그만두려구요."

"왜?"

"글 쓰고 싶어서요."

"꼭 하고 싶어?"

"네. 제대로 배워서 제대로 쓰고 싶어서요."

"혀야지, 그럼. 대학 졸업할 때까지 아부지 엄마가 허라는 대로만 혔던 착한 딸이니까 이젠 정하가 하고 싶은 것도 혀야지."

전문대를 졸업하자마자 곧바로 괜찮은 중소기업에 취직했던 정하가 스물네 살 됐을 때다. 이제 슬슬 시집갈 준비를 해야 할 나이에 회사 그만두고 글공부를 배우고 싶다 했을 때 아버지는 어떤 반대도 하지 않고 무조건 정하의 편을 들어주었다. 그리고 사 년. 제자리걸음만 되풀이하는 딸 정하에게 아버지는 재촉도 면박도 주지 않고 묵묵히 기다려 주고 계셨다.

"진짜 이번엔 가작에라도 좀 붙어보자."

어쩐지 오늘은 글이 좀 나올 것 같았다. 한 장면에서 막힌 지 열흘째. 여간해서 이어가지 못하고 정하를 괴롭히던 그 부분이 뚫려 줄 것만 같았다. 느낌은 적중했다. 열흘이나 애를 태우던 원고가 술술 막힘없이 진도가 나가주기 시작한 것이다. 이럴 때가 제일 재미난다. 머릿속은 혈액 순환제라도 삼킨 것처럼 팽팽 잘 돌아가 주고 웬만해선 오타 하나 나오지 않고 타자도 잘됐다. 머릿속에 떠오르는 그림을 손가락이 미처 따라가지 못할 정도로 속도가 붙는데 겁이 날 지경이었다.

꼬박 다섯 시간 동안 노트북 앞에 앉아 있던 정하는 어깨와 뒷목은 물론이고 팔목까지 저려오자 이만하면 대만족이라 생각하며 노트북을 덮었다. 오늘처럼만 계속 나가준다면 마감 전에 안전하게 원고를 완성시킬 수 있을 것 같았다.

"돈만 많으면 한 번씩 이런 데 와서 글 쓰는 것도 좋겠네."

돈만 많으면 말이다. 돈이 없으니 그림의 덕이지만.

온몸이 뻐근했지만 막혔던 부분이 뚫리고 상당한 진전을 보자 그렇게 기쁠 수가 없었다. 뭉친 근육을 풀어주기 위해 기지개를 켜고 어깨와 팔을 주무르던 정하의 눈에 불이 밝혀진 산책로가 들어왔다. 정하는 창문 밖으로 보이는 산책로가 퍽 예쁘다고 생각하며 테라스로 나갔다. 낮엔 그냥 고즈넉하기만 했는데, 밤이 되고 산책로를 비춰주는 불이 켜지자 낮과는 또 다른 운치가 느껴졌다. 그리고 보니 날이 어두워진 것도 몰랐고, 그래서 방에 불을 켜는 것도 잊고 있었다. 정말이지 무섭게 몰입했던 모양이다.

방으로 들어와 불을 켜던 정하는 문득 강호를 떠올렸다.

"호야하고 올 걸 그랬나?

강호가 남자긴 하지만 여자 친구만큼이나 편한 존재였다. 그건 초등학교 때부터 한동네에 살면서—정하네는 쌀집 겸 방앗간, 강호 네 집은 쌀집 바로 옆에서 정육점을 하고 있다—서울에 있는 대학에 합격하고 각자 취직해 한 오피스텔까지 정말 지겹도록 붙어살아 거의 친남매나 다름없는 관계였고 또 강호나 정하나 서로를 이성으로 생각하지 않으니 동성 친구처럼 편했다.

눈치 빠른 강호가 호텔 얘기를 꺼내면 분명 원래 개놈민수와 같이 가려던 게 아니었냐고 잔소리깨나 하겠지만 그건 아니라고 딱 잡아떼면 될 것이다.

"호야나 부르자."

정하는 강호에게 전화를 걸었다.

[어, 정하야.]

"주간이라 끝났지?"

강호는 자동차 공장에 다니고 있는데 일주일은 주간, 일주일은 야간 이런 식으로 로테이션됐다. 지난주에 야간이었으니 이번 주 는 주간이 분명하고 토요일이니 끝났을 시간이다.

[끝났어.]

"나하고 놀자."

정하는 호텔이라는 말은 되도록 아꼈다.

[안 돼. 나 지금 부산 가고 있어.]

"부산? 부산엔 왜?"

[만날 사람이 있어서.]

"부산 아가씨 사귄 거니?"

[아니야.]

"그럼 누군데?"

[일 때문에.]

"언제 와?"

[내일 밤에.]

내일 밤이면 정하가 벌써 집으로 돌아갔을 시간이다.

"알았어. 잘 다녀와."

갑자기 부산은 무슨, 하고 구시렁거리며 전화를 끊고 휴대전화를 내려놓는데 곧바로 전화벨이 울렸다.

"호얀가?"

휴대전화를 집어 들던 정하는 '개놈민수'란 글자를 보고 입술을 실룩거렸다.

"집요하네, 집요해."

받지 않을 생각으로 휴대전화를 내려놓던 정하는 차라리 들이받아 버리고 끝장을 내자 싶어 폴더를 밀어 올렸다.

"여보세요?"

[정하?]

반갑지 않다, 이 자식아.

"네."

[왜 이렇게 전화가 안 돼?]

"그래요? 좀 바빴어요."

[나 전화 무지 했는데.]

"그랬어요?"

정하가 시큰둥하게 대꾸했다.

[어디야?]

"어디 좀 와 있어요."

[어딘데?]

"그냥 뭐······. 그런데 왜 전화했어요?"

[아니······. 어디 가자고 했던 날 아닌가 해서.]

"어디요?"

정하는 전혀 모르겠다는 듯 시치미를 딱 뗐다.

[뭐, 아리조나호텔이라 했던가? 당첨됐다며.]

"아! 그거요?"

[그래.]

"벌써 왔어요."

[어? 갔다고?]

민수가 놀라며 물었다.

"네."

[지금 갈까?]

오긴 어딜 와.

"올 필요 없어요."

[왜?]

민수가 실망한 목소리로 물었다.

"혼자 아니거든요."

[그럼 지니 씨랑?]

"아~뇨!"

정하는 내가 미쳤다고 이런 델 지니랑 오겠냐는 듯이 강하게 대꾸했다.

[그럼 누구랑 갔는데?]

"남자요."

정하가 자랑스레 대꾸했다.

[뭐? 허, 남자?]

민수가 기막히다는 듯 헛웃음을 날렸다. 정하는 지깟 놈이 헛웃으면 어쩔 건데 싶어 입술을 실룩거리며 테라스로 나갔다.

[호텔에 남자랑 같이 갔다는 거야?]

민수가 네가 지금 미쳤구나? 하는 듯 말했다.

"네, 남자랑 같이 왔어요."

[어떤 남자?]

"어떤 남자라면 민수 씨가 알아요?"

[나 화나려고 하거든? 농담하지 마. 이런 농담 좋아할 남자 없어.]

아니, 이 자식이 어따 대고!

"농담 아니거든요?"

속이 부글부글 끓기 시작했다. 지가 화가 나면 어쩔 건데 싶었다.

[정말 남자랑 갔다는 거야?]

"남자랑 와야지, 이런 호텔에 여자나 아님 혼자 오는 건 아리조나에 대한 예의가 아니죠."

[너 이제 나 보고 싶지 않구나?]

"말귀를 알아들으니 다행이네요."

정하는 기다렸다는 듯이 대꾸했다.

[야, 은정하! 너 지금 누구 놀려!! 화나고 있으니까 농담하지 말라고 했지!]

민수가 버럭 소리를 질렀다.

정하는 뭐 이런 놈이 다 있나 싶어 기가 막혔다. 당장 닥쳐! 하고 소리치며 공항에서 목격한 장면으로 공격을 시작하려던 정하는 민수 때문에 끓어올랐던 분노를 놈도 똑같이 느끼게 해주자 싶었다.

"농담 아니라고 했잖아요."

[뭐 하는 놈인데? 얼마나 잘난 놈인데!!]

민수가 또 소리쳤다.

"너무 잘생기고 너무 멋져서 보자마자 첫눈에 반했거든요."

정하의 대답이 황당했는지 민수가 잠깐 동안 아무 말도 하지 않았다.

[……그래서, 그놈이랑 뭐 하고 있는데?]

민수가 한참 만에 물었다.

뭘 하긴, 이 자식아!

"뻔하잖아요?"

정하는 뻔하잖아요? 하는 말을 꽤 뻔뻔스럽게 내뱉었다.

[남자하고 호텔에 와서 할 일이 뭐겠어요? 민수 씨도 남자라면 알 것 아니에요. 남자는 원래 호텔방에 오면 짐승이 되잖아요?]

정하는 작정하고 염장을 지르기 시작했다. 어디 너만 뒤통수칠 줄 아냐, 난 천 술 더 뜬다!

[야, 은정하!]

민수가 휴대전화 밖으로 폴짝 튀어나올 듯이 고함을 내질렀다. 질러봐라, 네놈 목만 아프지. 네놈이 그런다그 멈출 은정하가 아니니라.

"들어오자마자 덮치더니 조금 전에야 놔주는 거예요. 어우, 죽는 줄 알았잖아요. 어찌나 힘이 좋은지!"

정하가 코맹맹이 소리까지 내며 정말 죽다 살아난 목소리로 말했다.

"어머머, 읍, 읍!"

정하가 자신이 손등으로 입을 막고 마치 고력의 사나이에게 키스를 당하고 있는 듯한 신음 소리를 휴대전화 속으로 흘려보냈다.

"음! 으음~ 허억, 허억."

길고 길었던 키스가 끝난 듯 정하가 신음 소리를 토해냈다.

"어머머, 또? 또 해요?! 어우, 나 너무 힘든데. 당신, 눈빛이 불타고 있어! 아, 불이야!"

정하가 정말로 불타는 눈으로 잡아먹을 듯 바라보고 있는 남자에게 마치 침대로 끌려가는 듯한 연기를 한참 펼치고 있는데 뚝하고 전화가 끊어졌다.

"시작도 안 했는데 왜 끊고 지랄이니."

정하가 신음을 섞어 소리치고는 획 뒤돌아서는데 입가에 미소를 머금고, 아니, 이글이글 불타는 눈으로 정하를 바라보고 있는 남자와 눈이 딱 마주쳤다. 남자는 한 50cm 거리에 있는 옆방 테라스에서 비스듬하게 기대서서 정하의 생쇼를 처음부터 끝까지 지켜본 것이다.

'아, 못살아!'

정하는 후다닥 방으로 뛰어들어 왔다.

"아, 쪽팔려."

머리끝부터 발끝까지 새빨개진 정하는 휴대전화를 움켜잡은 채발을 동동 굴렀다.

아니, 저 남자는 갑자기 어디서 솟아났단 말인가. 옆에서 정하의 생쇼를 고스란히 지켜보면서 기척도 하지 않다니.

"어우, 어떻게!"

말할 수 없는 창피함. 새빨갛게 달아오른 얼굴에 뻗친 핏줄이터져 나갈 듯 팽팽하게 당겨졌다.

"아니야, 아니야. 지금 이 순간부터 볼 일 없는 남잔데 뭘. 상관없어, 상관없어."

달아오른 얼굴을 토닥이며 괜찮다고 자위했지만 이게 지금 괜찮다 자위할 일인가 말이다.

"아, 미치겠다, 정말."

흉할 정도로 달아오른 얼굴이 정상으로 돌아오기까지 한 시간이나 걸렸다. 잊어버려야지 하면 다시 되새김질되고, 괜찮아 또

볼 사람 아닌데 하면 다시 떠오르는 이글거리던 남자의 눈. 잠깐 눈이 마주쳤을 뿐이지만 그 짧은 순간, 놀라울 정도로 뚜렷하던 남자의 이목구비가 정하의 신경을 건드렸다.

"잘생겼더란 말이야……."

너무 짧은 순간이라 일일이 기억할 순 없지만 분명 아주 잘생긴 얼굴이었다.

"외국 사람이었나?"

한국 토종이라 하기엔 지나치게 이국적인 얼굴이었다. 하지만 외국 사람이면 덜 창피하고 한국 사람이면 더 창피한가. 창피하긴 마찬가지지.

혹시 나갔다가 재수없이 옆방 남자랑 마주칠까 겁나 죽겠는데 밥통은 밥 좀 넣어달라고 아까부터 신호를 쏘아대고 있었다.

"밥은 먹어야지. 변장을 하고 나갈까?"

가발도 없는데 무슨 수로 변장을 하겠는가.

정하는 객실 키를 움켜잡고 문으로 가서 살며시 열고 밖을 내다봤다. 아무도 없었다. 때는 이때다! 정하는 재빨리 밖으로 나와 문을 닫자마자 쏜살같이 엘리베이터로 달렸다. 엘리베이터가 도착해 문이 열릴 때까지 제발 아무도 만나지 말아달라던 정하의 기도가 통했을까? 다행히 옆방 남자나 다른 누구도 복도에 나타나지 않았고 정하는 무사히 양식당으로 갔다.

사촌형 내외와 저녁을 먹고 있던 성우의 눈에 막 레스토랑으로 들어오는 여자가 보였다. 순간 성우의 입가에 미소가 걸렸다. 여자는 종업원의 안내를 받아 성우가 앉은 자리에서 좀 떨어진 자리로 가서 앉았다. 여자가 레스토랑에 들어와 자리에 앉을 때까지 성우는 여자에게서 시선을 떼지 못하고 있었고, 입가에는 여전히 미소가 걸려 있었다.

"남자는 원래 호텔방에 오면 짐승이 되잖아요?"

하던 여자의 목소리가 귓가에 생생했다.

사촌형 내외가 도착하려면 시간이 좀 남았기에 바람이나 쐴까 싶어 막 테라스로 나가던 참이었다. 어디선가 고양이가 앵앵거리는 듯한 소리가 들려 고개를 돌려보니 웬 여자가 테라스 난간에 섹시한 자태로 기대서서 전화를 하고 있었다. 그런데 그 통화 내용이 참 재미났다.

"남자랑 와야지, 이런 호텔에 여자나 아님 혼자 오는 건 아리조나에 대한 예의가 아니죠."

여자가 그렇게 말했을 때 성우는 웃음을 터뜨릴 뻔했다. 여자나 아님 혼자 오는 건 아리조나에 대한 예의가 아니라니. 아리조나에 대한 예의가 아니라는 것으로 보아 함께 온 남자가 있는 모양인데 테라스에서는 옆방 객실이 보이지 않으니 확인할 수는 없었다.

"들어오자마자 덮치더니 조금 전에야 놔주는 거예요. 어우, 죽는 줄 알았잖아요. 어찌나 힘이 좋은지!"

여자의 코맹맹이 소리는 정말로 방금 남자와 침대에서 뒹굴다 온 사람 같았다. 입고 있는 옷을 봐서는 침대에서 뒹군 흔적을 찾을 수 없는데 대체 저 여자는 왜 저런 얘길 할까 궁금했다. 그러더니 난데없이 손등으로 입술을 짓누르며 신음 소리를 내지르는 것이 아닌가!

"어머머, 읍, 읍!"

정말 실감나는 신음 소리였다. 순간 성우마저도 흥분을 느꼈을 만큼. 아니, 손을 뻗어 여자를 낚아채 키스를 퍼붓고 싶을 만큼 매력적인 신음 소리였다. 그리고 알았다, 옆방 여자는 아리조나에 대한 예의가 아님에도 불구하고 혼자 왔다는 것을.

"어머머, 또? 또 해요?! 어우, 나 너무 힘든데. 당신, 눈빛이 불타고 있어! 아, 불이야!"

기운 센 천하장사의 팔에 달랑 안겨 침대로 끌려가는 듯 연기하던 그녀.

성우는 이런 싱싱한 흥분은 실로 오랜만에 느껴본다고 생각하며 이글거리는 눈으로 여자를 바라보고 있었다.

여자의 연기에 상대방이 화가 나서 전화를 끊었는지 여자가 밉지 않게 욕설을 내뱉는 것을 들으며 성우의 입가에 아까보다 더 큰 미소가 걸렸다.

성우는 궁금했다. 여자가 누구에게, 무엇 때문에 저런 엉뚱한 연기를 했을까보다는 어떤 미련퉁이 같은 자식이 저렇게 사랑스러운 여자를 화나게 했을까. 그리고 여자와 눈이 마주쳤을 때, 토끼처럼 동그래지던 여자의 눈. 여자는 깜짝 놀랄 만큼 예쁘고 귀여웠다. 애니메이션에 흔하게 나오는 장면처럼 이마부터 목덜미까지 순식간에 빨갛게 물들던 그녀의 얼굴. 성우를 보고 깜짝 놀란 여자가 후닥닥 도망치는 바람에 놓치고 말았었다. 성우는 왜 그녀를 놓쳤다고 생각하는지 알 수가 없지만 정말이지 놓친 것 같앉고 그래서 무척 아쉬웠다. 그런데 그녀가 저기 있었다. 혼자서.

"어머님이 서운해하셔요, 도련님."

세영의 목소리에 성우는 그녀에게서 눈을 떼고 세영을 쳐다봤다.

사촌형님 진우의 아내. 진우가 애지중지하는 누구보다 사랑스러운 여자. 독신을 고집하던 성우에게 결혼하고 싶다는 생각을 하게 만든 사람이 바로 형수님 세영이었다. 성우가 지금도 기억하고 있는 일화 한 가지.

진우와 세영이 결혼식을 올리고 월든 호수를 신혼여행지로 정하고 미국으로 왔다. 때마침 월든 그룹 창사 오십 주년 기념행사가 있었고 새신랑이 된 진우는 새신부 세영과 함께 기념행사에 주빈으로 참석했었다. 물론 성우도 참석했고. 성우는 세영이 피곤하지 않도록 잘 보필하라는 진우의 특명을 받았고, 행사장에 온 손님들을 접대하느라 바쁜 진우 대신 성우는 형수님 세영을 돌보고 있었다. 그때 행사장에 참석한 또 한 사람이 있었으니 진우와 한때 열렬하게 사랑하다가 진우를 걷어차고 떠나 버린 로라라는 금발의 미녀였다. 로라는 감히! 새신부 세영이 보는 앞에서 진우를 유혹하려고 했고 세영은 로라의 괘씸한 작태를 용서하지 않은 것이다.

"성우 도련님."

"예, 형수님."

"로라에게 내가 하는 얘기 통역 좀 해주시겠어요?"

"기꺼이."

"그대로 직역해 주세요."

"알겠습니다."

"당장 내 남편의 허벅지에서 그 빌어먹을 손을 치우지 않으면 마디마디 똑똑 부러뜨려 놓겠다고 말해줘요."

세영이 말했고 막 샴페인 잔을 입에 가져다 대던 성우가 기침을 해댔으며 진우의 눈에는 승리의 미소가 걸렸다.

성우는 지체하지 않고 로라에게 세영의 무시무시한 경고를 전달했다. 성우의 말에 로라의 표정이 어떻게 변했을지는 말하지 않아도 알리라.

"한 마디만 더 통역해 주세요, 도련님. 난 절대 장난으로 말을 내뱉지 않는다고."

성우가 다시 전달했고 분노에 치를 떨며 로라가 벌떡 일어나 세영을 향해 욕지거리를 퍼부어댔는데 로라의 신경질에 진우가 로라를 향해 엄중한 경고를 날렸었다.

"로라가 형수님더러 경박하다고 하니까 내 아내에게 함부로 말하면 당장 이곳에서 내쫓겠다고 하시네요."

세영은 그제야 만족스러운 표정을 지으며 샴페인 잔을 들어올려 성우의 잔에 부딪쳤다.

"아름다운 밤이에요, 도련님."

"형수님이 오늘 밤보다 더 아름답습니다. 그리고 통쾌하네요."

"설마, 나보다 더 통쾌하겠어요?"

세영과 성우가 유쾌하게 웃으며 샴페인을 들이켰고 로라는 곧 기념식장에서 쫓겨났다.

성우는 그때, 결혼하고 싶다는 생각을 처음 했었다. 세영처럼 밝고 당당하고 재미난 여자가 나타난다면 당장 결혼하고 싶다고.

호랑이라 불리던 진우가 세영 앞에서만큼은 얌전한 고양이가 됐고 결혼한 지 육 년이 지나도록 세영을 향한 진우의 사랑은 변함이 없었다. 성우도 진우와 세영이 사랑하는 것처럼 그렇게 '사랑'이라는 것을 해보고 싶었다.

"왜 굳이 호텔에서 주무신다고 하세요?"

"릴리아가 분명 장가가라고 다그치실 거라서요."

"하긴 릴리아가 그냥 넘어가시진 않을 거예요. 하지만 돌아가시기 전에 하룻밤이라도 집에 와서 주무셔야 해요."

세영의 말에 성우가 고개를 끄덕였다.

"그런데 어쩌면…… 한국에 조금 더 머물지도 모르겠어요."

성우는 전혀 계획하거나 생각지도 않았던 일을 불쑥 입 밖으로 내뱉고 말았다.

"잘됐다. 그럼 아예 시나리오 공모 끝날 때까지 머물도록 해. 접수된 원고도 한번 훑어봐 주고."

"예, 그럴게요."

진우의 말에 성우는 망설이지 않고 그렇게 하겠다고 대답했다. 원래는 보름 후에 미국으로 돌아갈 생각이었다. 그런데 순식간에 일정을 바꿔 버린 것이다. 그 이유는 성우도 아직 잘 모르고 있었다. 충동적인 결정이었으니까.

"그런데 그렇게 오래 회사를 비워도 되겠니?"

진우가 물었다.

"스티브가 알아서 할 겁니다."

"그럼 걱정할 것 없겠군."

"우리 세미 돌잔치까지 보고 가시면 더 좋을 텐데."

세영의 말에 성우가 긍정적인 미소를 던졌다.

세미는 진우와 세영이 결혼한 지 오 년 만에 가진 아이였다. 진우보다 늦게 결혼한 동우 형과 빈우에게 아기가 생길 동안 세영은 임신을 하지 못해 애를 태우다 결국 포기를 했다. 시험관 아기도 일곱 번이나 시도했지만 번번이 실패했고 시험관 아기 시술이 여자에게 너무 힘든 과정이었기에 더 두고 볼 수 없던 진우가 아기 없이 살겠다며 포기를 선언했었다. 제발 임신하게 해달라고 매달렸던 것이 더 큰 스트레스였던지 오히려 포기해 버렸을 때 자연스레 임신이 됐다. 월든 호숫가에 월든가 사람들이 모두 모여 파티 중일 때 세영의 임신을 확인했는데 그날은 월든가 사람들의 진정한 축제날이었다.

"아직도 독신을 고집하시는 거예요?"

세영이 안타까운 목소리로 물었다.

"아직 형수님 같은 여잘 만나지 못했잖아요."

"세영이 같은 여잔 이제 없어."

진우가 단정적으로 얘기했고 세영도 싫지 않은 듯 남편에게 눈을 흘겼다.

"솔직히 도련님이 평생 독신이었으면 싶기도 해요."

"어째서?"

"너무 잘생기고, 너무 멋지고, 도련님한테 여자가 생기면 막 질투날 것 같아서요."

"여보, 나 하나로 만족 못한다는 거야?"

진우가 으르렁거리며 세영을 향해 눈을 치켜떴다.

"그럴 리가 있겠어요?"

세영이 진우의 볼을 쓰다듬으며 늘 그랬듯이 단번에 진우를 녹여 버릴 눈웃음을 흘렸다.

"나한테 당신밖에 없는 거 알잖아요."

사촌형 내외가 애정 표현을 하는 동안 성우의 시선이 다시 그녀에게로 향했다. 오물오물 스테이크를 씹고 있는 그녀의 입술이 무척 앙증맞았다.

"이번에 네 덕을 많이 봤다."

"별말씀을요. 수입이나 배급에 만족할 것이 아니라 투자 제작에 참여하신 건 정말 잘하신 겁니다."

"바로 그거야. 엄청난 거액을 쏟아 부은 블록버스트 영화가 십분의 일도 되지 않는 제작비로 만들어진 한국 영화에 맥을 못 춘단 말이야. 한국 사람들의 자국 영화사랑은 정말 경이로울 정도야."

진우는 월든코리아 지사장이다. 월든 그룹 본사는 미국에 있었지만 월든 그룹 창시자인 진우의 할아버지는 한국 사람이었기에 한국에 지사를 두는 것은 당연한 일이었다. 성우는 월든 그룹 계열의 월든픽쳐스의 최대주주이자 사장으로 일하고 있는데 이번에 각국의 영화를 수입해 배급만 하던 월든코리아가 직접 투자를 하고 영화 제작을 시작하면서 월든픽쳐스가 갖고 있던 노하우를 나

뉘 주기 위해 잠깐 들른 것이다.

월든코리아에서 투자한 영화 두 편이 한창 촬영 중에 있었고 월든코리아 창립 작품 준비가 한창 진행 중이었다. 또 창립 기념으로 시나리오 공모도 실시 중에 있었다. 그뿐이 아니라 다양한 종류의 소설이나 만화를 상대로 영상화가 가능한 작품들을 선별해 협상 중이기도 했다. 시나리오 공모 아이디어를 제공한 사람이 바로 성우였다. 월든코리아 시나리오 공모 마감이 삼 주 후였고 그 때문에 성우가 한국에 들어왔다. 아무래도 영화 제작 면에선 성우의 능력이 진우보다 뛰어났고, 이왕이면 영어권 나라에 수출이 가능하거나 월든픽쳐스에서 리메이크가 가능한 작품을 찾기 위해서였다. 진우도, 성우도 이번 시나리오 공모에 많은 기대를 걸고 있었다. 마음에 딱 드는 훌륭한 작품을 만날 수 있을 것이라고. 성우는 한 가지 더 기대를 걸게 됐다. 마음에 딱 드는, 아니, 마음을 완전히 빼앗길 멋진 여자를 만날 수 있을지도 모르겠다는 기대.

진우 내외와 헤어지고 서둘러 방으로 올라온 성우는 방으로 들어오자마자 테라스로 나가봤지만 옆방 여자는 보이지 않았다.

식사를 끝내고 세영이 좋아하는 치즈케이크 한쪽과 얼 그레이를 디저트로 먹고 있을 때 식사를 끝낸 옆방 여자가 레스토랑을 빠져나가는 것을 보고 몸이 달았다. 여자를 뒤쫓아가고 싶은 마음이 굴뚝같았지만 자신을 대접하기 위해 일부러 호텔로 찾아와 식사를 하고 여전히 화기애애한 분위기를 이어나가고 있는 사촌형 내외에게 그건 예의가 아니었기에 꾹 참고 눌러앉아 있었다.

사촌형 내외를 호텔 밖까지 배웅한 성우는 진우와 세영을 태운 차가 출발하자마자 쏜살같이 방으로 올라왔다. 방으로 올라와 문을 열면서 흘낏 여자가 있는 방을 쳐다봤다. 성우 자신의 방이 아니라 여자의 방에 뛰어들고 싶다고 생각하면서.

몇 번이나 테라스로 나가봤지만 여자는 모습을 드러내지 않았다. 물론, 못 보일 꼴을 보였다고 생각할 테니 테라스로 나올 리가 없었지만 성우는 혹시나 여자가 또 나올까 싶어 계속 들락거렸다. 대체 자신이 왜 이러는지 이해할 수 없다고 생각하며.

밤 열 시가 훌쩍 지나가면서 성우는 포기하고 말았다. 밤이 깊어갈수록 테라스에 나올 확률은 점점 줄어들기 때문이다. 성우는 몹시 실망하며 냉장고에서 캔 맥주를 꺼내 들이켰다. 그리고 생각했다, 어쩌면 다시는 저 여자를 만나지 못할지도 모르겠다고. 그렇게 된다면 너무 아쉬울 것 같다고.

성우가 테라스를 들락거리며 초조해하고 있을 때 정하는 육포를 뜯으며 원고를 쓰고 있었다. 아, 오늘은 정말 날아가게 좋은 날이었다. 분위기와 환경 따위가 이렇게까지 사람 기분을 확 바꿔놓을 줄은 몰랐다. 저녁 먹고 오는 사이에 잘나가던 원고가 또 막혀버리면 어쩌나 은근히 걱정했는데 원고는 여전히 쑥쑥 잘도 뽑혀나왔다.

입가심으로 캔 맥주 하나에 육포 두 장을 뜯고 원고 쓰다 짬짬이 냉장고에서 주스나 음료수와 안주용 땅콩 따위를 꺼내 먹다 보니 어느새 밤 열 시가 훌쩍 지나 있었다. 열 시면 어떻고 열두 시면 어떤가. 아무 때나 자고 내일 정오 전에 방만 비워주면 되지.

이렇게 글이 잘될 때도 없었으니 잘될 때 내처 쓰자 싶었다.

　타다닥.

　대사 한 줄을 쳐놓고 정말 기발한 대사라고 자축하고 있는데 휴대전화가 울렸다. 민수일 거라 생각해 무시하려고 했는데 지니였다.

　"지니야."

　[호텔 갔어?] .

　"응, 왔어. 너무 놀라워."

　[아리조나 룸 좋지?]

　"방도 좋지만 글이 너무 잘돼. 여기 와서 신을 열세 개나 잡았어."

　[와! 죽인다.]

　"그러게. 이래서 프로덕션에서 제주도에 콘도도 잡아주고 그러나 봐."

　[맞아. 확실히 집에서 쓰는 것보다는 잘 나와. 원고 쓰고 있었던 거야?]

　"응, 막 신나서 썼어. 맥주도 마시고, 육포도 뜯어먹으면서. 얘, 육포 나 처음 먹어봤는데 매콤한 게 되게 맛있다."

　정하가 질근질근 육포를 씹으며 말했다.

　[맛있지. 그러니까 비싸잖아.]

　"비싸?"

　[그래, 육포 되게 비싸.]

　"그런가? 하여튼 뭐 난 공짜니까."

[그건 아마 공짜 아닐걸?]

"왜? 설마. 방이 공짜니 그 안에 든 것도 모두 공짜 아니야?"

[내가 알기론 객실 냉장고 안에 있는 건 돈 내고 먹어.]

지니가 모르면서 쓸데없이 아는 척하고 싶어서 하는 말은 아닐 것이다. 지니는 해외여행도 몇 번 다녀왔고 하여튼 정하보다 호텔에서 묵은 경험이 더 많으니까.

"돈을 낸다고?"

정하는 허걱하며 물고 있던 육포를 내려놓았다.

[응. 그건 돈 내야 해. 몇 개나 먹었니?]

"육포 두 개 있어서 두 개 다 먹었어."

[호텔에선 액면가보다 더 받는데. 너 돈 좀 쓰겠다.]

"정말이야?"

[그렇다니깐. 정 궁금하면 인포메이션에 물어봐.]

"아, 진짜. 알았어, 끊어봐."

정하는 전화를 끊고 일단 안내 책자를 찾아 뒤지기 시작했다. 호텔 안에 비치된 안내 책자에는 어떻게 된 것이 냉장고 안에 든 물건이 얼마짜리인지는 나와 있지 않았다.

"방도 공짠데 뭘 돈을 받는다는 거야? 주려면 그냥 다 공짜로 줘야지."

투덜거리던 정하는 다른 것도 아니고 창피하게 육포가 얼마냐는 걸 어떻게 물어볼까 고민하다가 하는 수 없이 수화기를 들고 일층 인포메이션으로 전화를 돌렸다.

[네, 손님. 무엇을 도와드릴까요?]

"아 저기……. 저 그, 여행사에서 당첨되어서 온 사람인데요."

[네, 손님.]

"냉장고에 있는 것도 공짜예요?"

[아닙니다, 손님. 요금을 지불하셔야 합니다.]

정하의 전화를 받아준 안내원이 친절하지만 딱 부러지게 말했다.

"그래요? 그럼 얼마예요? 가격이나 알고 먹으려구요."

[네, 맥주는…….]

안내원이 불러주는 가격을 하나하나 메모하던 정하는 입을 쩍 벌리고 말았다.

세상에, 무슨 맥주가 편의점보다 배로 비싸고, 육포! 오메, 육포가 아니라 만 원짜리 지폐 몇 장을 오작오작 씹어 먹은 것이나 다름없었다. 그뿐인가, 여기가 아무리 특급 중의 특급 호텔이라도 그렇지 오렌지 주스는 대체 누굴 믿고 이렇게 비싸단 말인가! 확 소비자 보호 센터에 신고해 버리고 싶었다.

전화를 끊은 정하는 자신이 먹어치운 것이 무엇 무엇인지 꼽기 시작했다. 이 비싼 호텔 안에서 이 무슨 추잡스러운 짓인지. 하지만 암만 추잡스러워도 꼴꼴 난 맥주 한 캔, 육포 두 장, 오렌지 주스에 음료수 하나 안주용 땅콩 병 뜯는 죄로—음료수 두 개 남겨두고 죄 먹어치운 것이다—십만 원 넘게 물어주게 생기자 씹어 삼켰던 육포를 토해내고만 싶었다.

"말도 안 돼. 마트에서 사면 오만 원도 안 할 텐데!"

약 올라 어쩔 줄 몰라 하던 순간 아주 좋은 생각이 떠올렸다. 마트에 가서 똑같은 것을 사다가 냉장고에 채워 넣으면 감쪽같을 것이라는 굿 아이디어.

"다소 추잡스럽긴 하지만, 돈 십만 원이 날아갈 판인데 뭔 짓을 못해."

정하는 맥주와 오렌지 주스, 안주용 땅콩 브랜드를 머리에 입력시키고 이름이 요상한 육포 포장지는 아예 챙겨 들었다. 그것들을 들키지 않고 담아올 가방을 팔에 끼고 객실을 나온 정하는 재빨리 호텔 근처에 있는 마트로 달려갔다.

호텔 냉장고에 있던 똑같은 브랜드의 맥주도 찾아내고, 주스도 찾아내고, 음료수도 찾아내고, 술안주용 땅콩도 찾아냈는데 아무리 찾아도 호텔표 육포가 없었다. 꽤 넓은 마트를 샅샅이 뒤졌지만 똑같은 브랜드의 육포는 없었던 것이다. 마트 종업원에게 달려가 호텔에서 가져온 육포 포장지를 내보이며 찾아달라 했지만 종업원의 대답은 취급 안 함이었다.

"하필 제일 비싼 게 없어."

정하는 혀를 차며 일단 다른 브랜드의 육포 두 장을 챙겨 계산을 끝내고 마트를 나왔다. 어쩌면 정신없는 호텔 종업원이 속아줄지도 모른다고 생각하면서.

호텔로 돌아온 정하는 아무도 자신을 눈여겨보지 않음에도 불구하고 괜히 찔려 눈치를 살피며 로비를 가로질러 막 열린 엘리베이터에 낼름 올라탔다. 범죄가 아닌데 꼭 범죄를 저지르는 것마냥 어찌나 가슴이 떨리는지. 안전하게 엘리베이터에 올라탔을 때에야 정하는 들키지 않은 것에 감사하며 안도의 한숨을 내쉬었다.

이제 내일 아침 호텔 종업원이 바꿔치기 한 육포만 못 알아보면 되는데…….

이 밤중에 이게 무슨 짓인가 생각하며 키를 꺼내기 위해 가방을 뒤지던 정하는 순간 긴장했다. 가방을 아무리 뒤져도 키가 손에 걸리지 않았기 때문이다.

"어디 처박힌 거야?"

정하는 아예 쭈그리고 앉아 가방 속을 뒤지기 시작했다. 마트에서 사 온 것들을 치워가며 가방을 샅샅이 뒤졌지만 키가 보이지 않았다.

"왜 없지?"

정하는 키가 가방 한쪽 구석에 처박히는 바람에 손에 잡히지 않는 모양이라 생각하며 가방에 들어 있던 것들을 하나씩 꺼내놓기 시작했다. 맥주, 땅콩, 주스, 음료수, 그리고 육포까지. 지갑도 꺼내고, 휴대전화도 꺼내고, 거울도 꺼내고 남김없이 꺼냈는데 키는 가방 안에 없었다.

"안 갖고 나왔나 봐."

그제야 생각났다. 완전범죄를 꾸밀 생각에 서둘러 마트로 달려가느라 키를 챙겨 나오지 않은 것이 분명했다. 이놈의 최첨단 객실문은 밖에서 닫는 즉시 자동으로 잠겨 버렸고.

"아, 미치겠다."

아래층 인포메이션에 가서 문 잠겼다는 소릴 해야 하는데 고작 하룻밤 묵으면서 이런 촌티까지 낸다고 흉볼까 봐 창피했다.

"호텔은 나하고 안 맞나 봐."

정하가 일그러진 얼굴로 한탄하고 있던 그때 갑자기 소리도 없이 옆방 문이 열리는가 싶더니 웬 남자가 쑥 튀어나왔다. 정하가 쭈그리고 앉은 채 끝이 어딘지 모를 만큼 굉장히 큰 키의 남자를 다리부터 시작해 얼굴까지 훑고 올라가는데 남자가 고개를 돌리더니 정하를 내려다봤다. 눈이 딱 마주쳤다. 윤곽이 뚜렷한 짙은 눈썹의 남자와.

'오, 맙소사!'

그 남자였다. 옆방 남자. 테라스에서 정하의 쇼를 재미나게 구경하던 그 남자.

정하는 손가락 마디가 욱신거리고 손끝에 짜르르 전기가 통하는 듯한 창피를 느끼며 고개를 푹 숙이고 꺼내놓았던 물건들을 가방 안에 쑤셔 넣기 시작했다.

"도와줄까요?"

하고 물은 건 그 남자였다. 옆방 남자. 참 눈치는 없고 오지랖은 넓지. 이럴 땐 모른 척 지나가 주는 센스도 없단 말인가.

"아뇨."

정하는 남자를 쳐다보지도 않고 거절했다. 거절했음에도 남자는 꼼짝 않고 정하가 무한한 쪽팔림에 몸을 떨며 맥주와 육포를 쑤셔 넣는 꼴을 구경하고 있었다.

"무슨 문제가 생겼나요?"

"아니, 뭐…… 키가 없어서……."

친절이 몸에 배서 도와주고 싶어 안달인 사람에게 화를 낼 수도 없고 얼굴은 마주치고 싶지 않지만 대답은 해야 할 것 같아 그렇게 중얼거렸다.

"아래층에 말하면 마스터 키 가져올 거예요."

"네, 알아요."

"말해줄까요?"

"아뇨. 내가 할 거예요. 하여튼 고맙습니다."

정하는 끝까지 남자의 얼굴을 똑바로 쳐다보지 못하고 대충 어정쩡하게 인사한 후 경보 선수처럼 힘차게 엘리베이터로 가서 신경질적으로 버튼을 눌렀다. 엘리베이터 문이 열리고 잽싸게 올라탄 후 닫힘 버튼을 찌를 듯 꾸욱 누르며 후욱 한숨을 내쉬는데, 어머나 세상에, 남자는 이미 엘리베이터 안에 타고 있었다. 아니, 이 남자가 축지법을 쓰나. 흠칫 놀란 정하가 한쪽 모서리로 가서 서는데 남자가 긴 손가락으로 일층 버튼을 눌렀다.

정하는 되도록 남자 쪽을 보지 않기 위해 오른쪽으로 고개를 슬쩍 돌렸는데 하필 그쪽에 엄청나게 큰 거울이 붙어 있었고 그 바람에 거울 속의 옆방 남자와 딱 마주치고 말았다. 정하가 깜짝 놀라며 고개를 획 돌리는데 남자의 낮은 웃음소리가 귀에 파고들었다.

"혼자 왔어요?"

하고 남자가 물었다.

엘리베이터 안엔 저 남자와 정하 둘밖에 없으니 분명 정하에게 물은 것일 텐데 처음 보는 여자한테 혼자 왔냐고 묻다니. 떽! 어디서 작업질이냐. 그럼에도 불구하고,

"네."

하고 대답을 했다.

"여자 친구나 혹은 혼자 오면 아리조나에 대한 예의가 아니라면서요."

남자가 말했고 정하는 자신의 얼굴에서 열이 푹푹 뿜어져 나오는 것을 느낄 수 있었다.

"아, 그건……."

그때 엘리베이터 문이 열렸고 정하는 다행이라 생각하며 얼른 엘리베이터에서 내렸다. 그리고 뒤도 돌아보지 않고 인포메이션으로 가서 키를 놓고 나오는 바람에 방문이 잠겼으니 해결해 달라고 부탁했다.

친절한 호텔 종업원을 따라 엘리베이터로 가던 정하는 엘리베이터 앞에 떡하니 버티고 서 있는 옆방 남자를 애써 못 본 척했다. 설마 자신을 기다렸을 리는 없고, 볼일도 없이 아래층으로 내려왔을 리도 없을 텐데 아무런 거리가 없는 엘리베이터 앞에서 뭐 하러 폼 잡고 서 있나—물론 폼 하나만큼은 끝장나게 좋았지만—싶었지만 하여튼 못 본 척했다. 두 번씩이나 저 남자 앞에서 추태 아닌 추태를 보였으니 이젠 제발 그만 마주치고 싶었다. 아니, 그런데 이게 무슨 일인가. 엘리베이터 문이 열리자마자 옆방 남자도 냉큼 올라타는 것이 아닌가. 중간에 호텔 종업원이 끼어 있었으니 망정이지, 이번에도 단둘이 타고 있었다면 필시 창피함을 참지 못하고 비명을 내질렀을 것이다.

종업원이 맨 처음 내리고 그 다음 정하, 옆방 남자가 마지막으로 엘리베이터에서 내렸다. 종업원을 따라 자신의 방으로 걸어가던 정하는 뒤에서 따라오고 있는 옆방 남자가 어떻게나 신경 쓰이는지 걸음걸이가 다 이상해질 정도였다.

"됐습니다."

종업원이 마스터키로 방문을 열어준 후 꾸벅 인사를 했다.

"죄송해요, 번거롭게 해드려서."

"아닙니다. 좋은 밤 되십시오."

좋은 밤이라니? 무슨 좋은 밤? 하고 생각하는데 종업원이 정하를 향해, 아니, 정하와 옆방 남자를 향해 깍듯하게 인사를 했다. 옆방 남자와 커플이라고 오해한 모양이었다. 그러고 보니 옆방 남자도 이상하네. 자기 방으로 들어갈 것이지 남의 방문 열어주는 건 무엇 하러 구경하고 섰냔 말이다.

저 남자는 옆방 남자거든요? 하고 해명하려는데 옆방 남자가 지폐 한 장을 종업원에게 내밀었고 종업원은 넙죽 받아 들고 다시한 번 깍듯하게 인사를 하고 가버렸다. 이게 대체 무슨 일인지. 종업원이 열어준 방문은 내 방문인데 왜 옆방 남자가 팁을 주냔 말이다. 그런데 꼴난 잠긴 방문 한 번 열어준 것 가지고도 팁을 줘야하나?

"뭐 하는 짓이에요?"

정하가 불쾌하다는 듯이 물었다.

"뭘요?"

"팁 말이에요."

"아무래도 우릴 커플로 오해한 모양인데, 그냥 보내면 서운해할 것 같아서요."

"돈 많아 좋으시겠네요, 옆방 문 열어준 종업원한테도 팁을 마구 날리고."

정하가 입술을 실룩거리며 비꼬아주고는 방으로 들어와 버렸다.

별꼴이라고 생각하던 정하는 혹시 저 남자가 자신에게 작업을 걸려던 것이 아닐까 생각하며 다소 거만스레 웃었다.

"눈은 높아 가지고선 어디서 작업질이야. 이 미모는 어딜 가나 숨겨지질 않네."

정하가 자화자찬에 푹 빠져 가방을 열고 냉장고 안에 집어넣을 물건들을 꺼내는데 휴대전화가 울렸다.

〈개놈민수.〉

진짜 질겼다. 그런 연기를 했는데도 또 전화질이라니. 정하는 정말 끝장을 봐야겠다 생각하며 전화를 받았다.

"여보세요."

[나야.]

"전화 왜 했어요?"

[나 지금 아리조나호텔이야.]

"뭐라구요? 여긴 왜요?"

[왜냐고? 네가 양다리 걸친 놈이 누군지 보려고 왔다. 1105호, 방 어딘지 알거든? 기다려.]

민수가 전화를 끊어버렸다.

"어머, 미쳤나 봐. 어떻게 하지?"

민수가 호텔로 쫓아올 줄은 몰랐다.

뭐 뀐 놈이 성낸다고, 뭐? 양다리? 진짜 양다리가 누군데! 지가 뭘 잘했다고 여기까지 쫓아왔느냔 말이다. 목소리를 들어보니 좀 취한 듯도 했다. 취했다면……. 저 망할 민수가 술기운에 호텔에서 난동을 피울지도 모른다.

"문을 열어주지 말까?"

문 열라고 고함을 질러대면 그땐 어떻게 할 것인가.

"문을 열어주면?"

물론 안으로 들어올 것이고 남자가 있는지 없는지 확인할 테고 남자가 없다는 것을 확인한 다음에는……. 아마도 여러 가지 일이 일어날 것이다. 정하가 장난친 것으로 생각해 화해를 청하거나 물론 화해는 불가능하지만 어쩌면 술기운에 덤벼들지도 모를 일이었다.

"절대 안 돼!"

그렇다면?

"어떻게 하지?"

금방이라도 민수가 문을 부수고 들이닥칠 것만 같아 떨고 있던 정하는 무작정 문을 열고 밖으로 나갔다. 일단 방에 없으면 그만이다 싶었기 때문이다. 어디든 숨어버리자 싶었다.

정하가 방에서 나오는 순간이었다. 때마침 엘리베이터가 열리더니,

"은정하."

하고 부르는 소리가 들렸다. 민수의 굵직한 목소리가 복도에 울려 퍼졌고 저기 복도 끝 엘리베이터 앞에서 민수가 꼭 포경수술 받은 사람처럼 팔자걸음으로 어기적어기적 걸어오고 있었다. 부담스러운 걸음걸이 하고는.

젠장, 이제 다른 방법은 없었다. 방으로 들어가는 것밖엔.

방문 고리를 잡고 비틀던 정하는 좌절하고 말았다. 또 키를 두고 나온 것이다. 이 망할 놈의 문은 또 자동으로 잠겨 버렸고.

'아이고, 부처님!'

순간이동의 마술을 부릴 줄 안다면 얼마나 좋을까 생각하던 정하는 자신도 모르게 옆방 문이 두드렸다. 하나, 둘, 셋. 민수와의 거리가 점점 좁혀지고 초조함에 말라 버린 목젖이 목구멍에 들러붙는데 옆방 문이 열리더니 남자가 나왔다.

"자기야!"

정하는 덥석 남자의 손을 잡아 자신의 어깨에 척 걸쳤다. 그리고 옆방 남자의 허리에 팔을 두르는 센스도 잊지 않았다. 정하는 그 자세로 고개를 돌려 도도하게 민수를 노려봤다. 덤빌 테면 덤벼봐! 란 식으로.

성난 얼굴로 어기적어기적 걸어오던 민수가 정하의 도발에 우뚝 멈춰 섰다. 그리고 즉시 미간이 구겨졌다.

"은정하."

민수가 다섯 걸음 떨어진 자리에서 바드득 이를 갈며 정하의 이름을 부르고 정하가 왜? 라고 대답할 때였다. 옆방 남자가 조금 움직이는가 싶더니 갑자기 정하의 얼굴을 감싸 쥐고 입술을 부딪쳐 왔다.

"읍!"

놀라고 어쩌고 할 겨를도 없었다. 마치 도장을 찍듯이 입술을
꾹 눌러 찍은 남자가 입술을 떼더니 몹시 사랑스러운 듯 엄지손가
락으로 정하의 입술을 간질나게 쓰다듬었다. 정하는 너무 순간적
으로 일어난 일이라 깜짝 놀란 얼굴로 파다닥 눈썹을 떨며 성우를
쳐다보기만 했다. 이 남자가 왜 이러냐는 듯.

"무슨 일이야?"

남자가 다정한 목소리로 물었다. 아! 그래, 민수.

정하가 가까스로 정신을 차리고 민수를 쳐다봤을 때 민수는 두
주먹을 불끈 쥐고 죽일 듯이 정하와 남자를 노려보고 있었다.

충동적으로 옆방 문을 두드리고 때마침 나와준 옆방 남자를 상
대로 연기를 시작한 정하에게 옆방 남자가 적극적으로 동조해 주
자 민수는 단박에 속은 것이다. 그런데 정하의 연기에 남자가 동
참해 준 것은 더할 나위 없이 고맙지만 키스까지 할 줄이야! 앞에
선 민수 숙숙 콧김을 내뿜으며 노려보고 있지, 정하의 어깨를
꼭 감싸 안고 있는 남자는 입술박치기를 했지. 정하는 제정신이
아니었다.

"은정하! 너 죽고 싶어?"

민수의 금속성 목소리가 정하의 고막을 두드렸다.

어디서 감히, 죽고 싶냐고?!

"다 죽여 버릴 거야!"

민수가 돌진하듯 다가오며 윽박지르는데 남자가 그 거대한 몸

집 뒤로 정하를 숨기더니 떡하니 민수를 막아섰다. 남자 앞에 선 민수의 꼴이란, 민망할 정도로 왜소해 보였다.

"경고하는데, 우리 정하한테 할 얘기가 있다면 신사적으로 하십시오."

남자가 거역할 수 없는 엄중한 목소리로 경고했다.

"뭐, 우리 정하? 이봐, 나 저 여자 애인이거든…… 요?"

민수가 감히 덤비지는 못하고 딴에는 좀 센 척하려고 애는 썼지만 어쩐지 비굴하게 보이는 얼굴로 하소연하듯 말했다.

"내 손에 죽어볼래…… 요?"

이 남자 손에 너나 죽지 마라.

"애인 좋아하시네."

정하가 콧방귀를 꼈다.

"뭐?"

"나 봤거든?"

정하가 남자의 겨드랑이 사이로 얼굴을 내밀며 말했다.

"뭘?"

"공항에서 네 옆에 달라붙어 있던 고추장 같은 년."

정하의 말에 민수의 낯빛이 확 달라졌다.

"무슨, 무슨 말이야? 고추장 같은 년이라니? 누구?"

어디서 어설프게 시치미는.

"네가 나한테 전화할 때 나 네 뒤통수 뒤에서 받고 있었거든? 고추장 같은 년한테 동생이라 그러더라?"

"뭐? 네가? 허, 말이 짧아진다."

"그럼 이 판에 내가 존대할 줄 알았니? 당장 머리채 움켜쥐고 공항 한복판에서 찢어발겨 놓으려다 참았어. 고마운 줄 알아!"

정하가 매섭게 쏘아붙이자 민수가 한풀 꺾였다.

"아니, 그거……. 잘못 본 거야. 잘못 들은 거라고."

"허, 웃겨서. 그럼 그 여자는 누군데? 그 여자가 동생이야?"

"회사 동료야. 같이 출장 갔다 온 거라고."

민수의 변명에 정하가 그럴 줄 알았다는 듯 한심해하며 민수를 노려봤다.

"변명도 좀 기발하게 할 수 없니?"

"좋아, 해명할 테니 당장 이 앞으로 나와."

'내가 왜?'

"필요없고. 나 지금 바빠. 안 보여? 일 분도 아까워 죽겠어."

정하가 옆방 남자의 허리를 꼭 껴안으며 말했다.

"이놈! 아니, 이 남자 누구야."

민수가 정하와 옆방 남자를 번갈아 노려보며 물었다.

"결혼할 사람."

정하가 거침없이 대답했다. 대답해 놓고 보니 깜짝 놀랄 말이었다. 결혼할 사람이라니.

"뭐? 결혼할 사람?"

민수의 얼굴이 시뻘겋게 달아올랐다.

"그래, 결혼할 사람!"

"너 이 나쁜 년!"

민수의 입에서 욕설이 터져 나옴과 동시에 옆방 남자의 주먹이

슈웅 날아가더니 정확하게 민수의 주둥이를 후려쳤다.

"윽!"

무방비 상태로 얻어맞은 민수의 면상이 획 젖혀지더니 풀썩 주저앉았다. 민수가 주저앉기 무섭게 남자가 민수의 머리털을 움켜잡았다. 오, 저 강렬한 포스.

"분명히 경고했소, 신사적으로 하라고. 내 경고를 무시한 죄야. 다시 한 번 경고하지. 한 번만 더 정하 앞에 나타나거나 욕을 하면 그땐 맹세코 네놈이 영원히 주둥일 놀리지 못하게 만들어줄 거야!"

남자가 낮지만 대단히 노여운 목소리로 윽박질렀다.

그 즈음 슬슬 다른 객실의 문이 열리더니 한 사람씩 밖을 내다보기 시작했다. 밖에서 지금 무슨 무협활극이 벌어지고 있나 궁금하단 얼굴로. 그제야 남자는 제대로 얻어맞는 바람에 눈이 획 풀린 민수의 머리털을 놓아주더니 돌아섰다. 그리고 마치 정하의 주인은 자신이라는 듯 정하의 손목을 움켜잡고는 거리낌없이 자신의 방으로 이끌었다. 정하는 어느새 남자의 방에 들어와 있었다.

정하는 방문 앞에서 멍하게 남자를 쳐다봤다. 조금 전 십여 분 사이에 일어난 일들이 마치 남의 일인 것처럼 아득하게 느껴졌기 때문이다.

"괜찮아요?"

성우가 오렌지주스를 건네며 물었다.

"네, 아니, 아뇨."

정하가 맹한 대답을 하며 여전히 멍한 얼굴로 오렌지주스를 받아 몇 모금 들이켰다.

"남자 친구예요?"

"남자 친군 줄 알았죠. 열흘 전까진."

"다행이에요."

"뭐가요?"

"저 남자와 오래가지 않은 것 말이에요."

"어째서요?"

"내가 볼 땐 같은 남자로서 별로예요."

강호랑 똑같은 말을 하자 정하는 좀 놀라웠다. 정말로 여자가 남자를 보는 눈과 남자가 남자를 보는 눈이 다르긴 다른 모양이다.

"난 성우예요. 현성우."

"은정하예요."

"알아요, 은정하. 이리 와서 앉아요."

성우가 의자를 가리키며 말했다.

"나한테 왜 키스했어요?"

정하가 물었다. 따지기보다는 정말 궁금하다는 듯이.

"음…… 도움이 될 것 같아서."

성우의 대답에 정하는 무슨 저런 엉뚱한 대답이 다 있나 싶었다. 아니, 엉뚱하지 않다. 사실 정말 많은 도움이 됐으니까.

"맞아요, 도움이 됐어요."

"다행이네요. 이리 와서 앉아요. 밖에 있는 친구가 가려면 아직 조금 더 있어야 할 것 같으니까."

성우의 말을 듣고 설마 싶은 생각에 정하가 구멍으로 밖을 내다보자 성우 말대로 민수는 아직도 정하의 방문 앞에 주저앉아 있었다. 한 방 브루스. 단 한 방에 떨어진 것이다.

"멍청한 자식."

정하가 혼잣말로 주절거리며 성우가 빼준 의자로 가서 앉았다.

성우가 화장대로 가더니 서랍을 열고 뭔가를 꺼내왔다. 깊진 않지만 제법 큰 상자였다. 선물로 준비한 것인지 포장까지 되어 있는 상자였는데 성우는 정하가 앉아 있는 테이블로 가져오더니 주저하지 않고 포장지를 뜯고 뚜껑을 열었다. 초콜릿이었다. 굉장히 비싸 보이는 초콜릿.

"먹어요."

"괜찮아요."

"긴장한 것 같은데 긴장했을 땐 초콜릿이 도움이 돼요."

정하는 성우의 성의를 봐서 하나쯤 맛보는 것도 괜찮겠다고 생각하며 상자 안에서 맛있게 생긴 녀석을 골라 입에 쏙 집어넣었다.

"다 먹어도 돼요?"

"다 먹어요."

푼수처럼 다 먹을 생각은 아니었지만 입에 굴고 있는 초콜릿 맛이 거의 환상적이었기 때문에 한두 개 더 먹고 싶었다.

"누구 선물하려던 거 아니에요?"

"줄 사람이 있긴 했지만 상관없어요."

성우는 초콜릿을 녹이느라 오물거리는 정하의 입술을 뚫어져라 쳐다보며 말했다.

"가방에 들어 있던 건 간식이에요?"

"네?"

"아까 보니까 가방 안에 뭔가가 잔뜩 들어 있던데."

성우의 말에 정하는 막 다른 초콜릿을 집어 들다가 창피함에 슬그머니 내려놓았다.

"그게…… 간식이 아니라 사실은……. 좀 창피한 일인데, 호텔 냉장고 안에 있는 게 다 공짠 줄 알았거든요. 그래서 닥치는 대로 다 먹어치우고 나니까 돈을 내야 한다는 거예요. 정말 말도 안 되게 비싸지 않아요? 그 돈이면 20㎏짜리 쌀 두 푸대를 살 수 있다구요. 아! 왜 내가 공짜라고 생각을 했냐면 여행사 이벤트에 당첨되어서 선물로 아리조나호텔 숙박권을 받았거든요. 방도 공짜니까 마땅히 방 안에 있는 것들은 죄다 공짠 줄 알았죠."

정하가 조금 흥분한 상태에서 쉬지 않고 말했다.

"그래서요?"

"그래서 마트에 가서 똑같은 거 사다가 넣어두면 감쪽같으니까……. 육포는 똑같은 걸 못 구했지만."

정하의 말에 성우가 픽 웃었다.

"추잡스러운 짓인지는 알지만, 그렇게 비웃을 것까지는 없잖아요?"

"비웃는 거 아니에요."

성우는 정하가 집으려다 내려놓았던 초콜릿을 들더니 정하에게 내밀었다. 정하는 거절할까 하다가 도저히 뿌리칠 수 없을 만큼 유혹적인 맛을 본 후라 얼른 받아 입에 넣었다.

"그런데 혼자 오셨나 봐요?"

"그래요."

성우는 정하의 맞은편 자리에 빈 의자가 있음에도 앉지 않고 선

채로 대답하더니 정하에게 시선을 고정시켰다. 너무 커서 고개 치켜들고 올려다보기 힘든데, 그래서 좀 앉아줬으면 싶은데 성우는 앉을 생각이 없는 것 같았다.

정하는 되도록 성우의 얼굴을 똑바로 보지 않으려고 애를 썼지만 자꾸만 시선이 성우에게로 향하자 조금 당황스러웠다. 성우가 지금처럼 뚫어지게 쳐다보지만 않는다면 한결 덜 부담스러울 것 같은데 말이다. 성우의 시선이 너무 집요해 정하는 일부러 헛기침까지 했지만 성우의 시선은 정하에게 고정된 채 꼼짝도 하지 않았다.

"왜 그렇게 쳐다봐요? 그렇게 쳐다보고 있으니까 더 먹고 싶어도 먹을 수가 없잖아요."

정하가 항의하듯 말했다.

"예뻐서요."

예쁘다는 말이 성우의 입에서 너무나 자연스럽게 흘러나왔다.

이럴 땐 어떻게 반응하는 것이 정답일까?

뻔뻔스럽게 나도 예쁜 줄 알고 있다고 해야 할까, 가증스럽게 부끄러운 듯 얼굴을 붉혀야 할까. 정하의 성격에는 물론 전자 쪽이 맞지만 막상 예쁘다는 말을 듣고 보니 가증스러운 쪽 짓을 하고 싶었다. 그렇다면 가증스럽게 얼굴을 붉히며 다른 쪽을 쳐다봐야 하는데 정하는 마력과 같은 힘을 뿜어내는 성우의 얼굴에서 도저히 눈을 뗄 수가 없었다.

너무나 입체적인 윤곽, 넓고 매끄러운 이마와 미간, 그 밑으로 쭉 뻗은 높은 콧대, 콧대 옆으로 절묘하게 자리잡은 깊고 짙은 눈과 눈썹, 매력적인 입술. 하나하나 뜯어봐도 잘생겼지만 그 모든 것을 합쳐 놓으면 더욱 환상적인 얼굴이었다. 몸은 어떤가. 190㎝는 되어 보인다. 요즘 남자들 180㎝는 흔하다지만 190㎝는 결코 흔하지 않다. 무엇을 먹고 저렇게나 잘 컸을까 싶을 만큼 큰 키에 떡 벌어진 어깨, 군살이 붙을 여지가 없는 허리, 그 밑으로 탱탱하게 올라붙은 엉덩이. 정하는 꼴깍 침을 삼켰다.

"좀 앉아주시면 안 될까요? 뒷목이 땡기네요."

정하의 말에 성우가 미안해요 하고 말하더니 맞은편 자리에 앉았다. 눈높이가 똑같아지자 한결 편해서 좋지만 맙소사, 같은 눈높이에서 바라다보는 성우는 조각 그 자체였다. 진짜 너는 어느 별에서 뚝 떨어졌니 싶을 만큼.

"어, 저기…… 외국 사람은 아니죠?"

외국 사람이라고 하기엔 한국말이 너무 유창한데, 한국 사람이라고 하기엔 어쩐지 특별한 외모였다.

"미국에 살지만 한국 사람이에요."

"혹시 어머니가 외국 사람이세요?"

"할머니가 미국 분이에요."

"오……."

정하는 고개를 끄덕이며 다시 성우를 쳐다봤다. 보고 또 봐도 믿기지 않을 만큼 잘생긴 얼굴을.

"결혼식은 어디서 올리고 싶어요?"

성우가 불쑥 물었고 정하는 깜짝 놀라 성우를 쳐다봤다.

"뭘 어디서 올려요?"

"결혼."

"결혼이라뇨?"

"밖에서, 결혼할 사람이라고 했잖아요. 두 번이나."

"그거야 그냥 한 소리죠. 민수 씨 열받으라고."

"난 정말인 줄 알았는데."

성우가 실망한 얼굴로 말했다.

"농담도 잘하시네요. 아, 더워라."

정말 더웠다, 그것도 아주 갑자기. 그리고 알았다, 지금 이 방에서 나가야 한다는 것을.

"정말 고마웠구요……. 갈게요."

정하는 마지막으로 초콜릿 하나를 입에 집어넣고 자리에서 일어났다.

"내가 불편하게 했나요?"

"아뇨. 어쨌거나 여긴 내 방이 아니고 이제 가서 자야 하잖아요. 야심한 시간이고."

야심한 시간이 남녀가 한방에 있다간 무슨 일이 벌어질지 모를 일이었다. 때문에 정하가 초콜릿을 오물거리며 재빨리 문으로 달려가는데 성우가 성큼성큼 걸어오더니 척하고 정하의 손을 잡았다.

"왜요?"

"그냥 가요?"

성우의 말에 정하가 그냥 안 가면 어쩌라고? 하는 얼굴로 성우를 쳐다봤다.

"그럼 뭐, 사례를 해야 하나요?"

"물론."

'돈 달라는 건 아니겠지?'

"어떻게 사례를 할까요?"

'밥통 새 거 하나 있는데 그거 준다고 할까?'

"키스."

성우가 본토 발음으로 '키스' 하고 말했다. 키스라는 단어가 본토 발음과 동네 발음이 특별히 다른 것은 아니지만 그 발음이 유독 감미로워 정하는 자신도 모르게 성우의 입술을 바라봤다. 성우가 정하를 향해 다가오는 것도 모르고 말이다.

"키스면 충분해요."

성우가 낮게 읊조리며 정하의 어깨에 손을 올려놓았다. 정하가 놀라 동그래진 눈으로 성우를 올려다봤다. 진짜 큰 남자다.

"꼭 한 번만……."

성우가 들릴 듯 말 듯 속삭이며 정하의 입술을 향해 고개를 숙였다.

정하의 다리가 후들후들 떨리기 시작했다. 콩닥콩닥 전신에서 맥박이 느껴지고 심장에선 조이는 듯한 통증이 느껴졌다.

"저기요, 난 그런 여자가 아니거든요? 아무나 하고 막 키스하고 그러는 여자가 아니라……."

"알고 있어요."

"아직 입에 초콜릿이……."

있다고 말하려는 순간 성우의 입술이 정하의 입술을 덮었다. 덥석. 성우는 정하의 입술을 단번에 삼켜 버렸다. 정하의 입술이 성우의 입 속으로 쪽 빨려들어 갔다. 동시에 성으의 불붙은 혀가 정하의 입속으로 파고들었다. 성우의 혀는 초콜릿으로 가득한 정하의 입속을 휘젓더니 목표물을 찾아낸 듯 정하의 혀에 자신의 혀 돌기를 부볐다. 성우의 혀는 딱 알맞을 만큼 촉촉했다. 초콜릿 때문에 그 촉촉함을 완전하게 느낄 수는 없었지만 부드러운 것만은 틀림없었다. 오금이 저린다는 말이 있는 줄은 알았지만 언제, 어느 때 쓰이는 말인 줄은 몰랐는데 지금이 바로 그때였다. 오금이 저리고 다리에 힘이 풀리더니 후들후들 떨리기 시작했다.

정하가 자신도 모르게 가방을 떨어뜨리고 무릎이 살짝 꺾이며 휘청거리는 찰나 성우가 탄탄한 양팔로 정하의 허리를 야무지게 감아 안으며 번쩍 들어올렸다. 대롱대롱 성우의 양팔에 안겨 들어올려진 채 정하는 성우에게 키스 폭격을 당하고 있었다.

'아, 키스라는 건 이렇게 하는 거구나.'

지금까지 정하는 키스라는 것에 무슨 특별한 기술이 필요할까 생각했었다. 다시 생각하고 싶진 않지만 민수와의 첫 번째 키스나 두 번째, 그리고 그 후로 이어졌던 몇 번의 키스를 두고 봤을 때 키스는 다 거기서 거기라고 생각했다. 거기서 거기였다 해서 불만족스러웠던 것은 아니지만 말이다. 그런데 그게 아니었다. 특별한 기술의 키스가 존재한다는 것을 알게 된 것이다.

성우의 혀와 정하의 혀, 그리고 두 사람의 혀와 뒤엉켜 녹고 있는 초콜릿. 달콤하고 알싸한 입맞춤.

성우가 떨어뜨리기라도 할까 봐 성우의 팔을 움켜잡고 있던 정하의 손에서 살살 힘이 풀리기 시작했다. 손뿐만 아니라 온몸에서 흐물흐물 힘이 빠져나갔다.

"흠……."

하고 성우가 저음의 신음을 토해냈을 때는 정신을 놓칠 정도로 아득해져 버렸다. 남자의 신음 소리. 특히 저음의 신음 소리가 이토록 매력적일 줄이야!

정하가 그의 신음을 다시 한 번 듣고 싶다고 생각하던 그때 성우가 정하의 혀를 자신의 입속으로 빨아 당겼다. 성우는 대왕문어의 흡판과 같은 괴력으로 정하의 혀를 빨아 당기더니 정하가 자신의 입속을 맛볼 수 있도록 해주었다. 성우의 입속은 놀랄 만큼 따뜻해서 온몸이 녹아내릴 것만 같았다.

정하는 어느 순간 성우의 목에 팔을 감았다. 두 사람의 몸은 더욱 밀착됐고 성우의 단단한 가슴이 정하의 봉긋하게 솟아오른 가슴에 부딪혀 왔다. 성우의 키스가 거칠어진 것은 그때였다. 무척이나 신사적이고 부드럽던 그의 키스가 갑자기 거칠어지는가 싶더니 정하의 허리를 안고 있는 그의 팔에서 더욱 힘이 들어갔다.

"음……."

다시 터져 나온 성우의 낮은 신음. 성우가 정하의 혀를 살짝 깨물더니 아픔이 느껴질 정도로 정하의 입속을 헤집기 시작했다. 정하는 여기서 멈춰야 한다고, 멈추지 않으면 필시 사단이 나고야 말 것이라 생각하며 성우를 밀어내기 위해 그의 가슴에 손을 댔지만 막상 성우의 단단한 가슴이 손에 닿자 밀어내는 것이 아니라 만지고 싶었다. 정하는 더듬더듬, 어떤 근육들이 어떻게 발달했는

지 당장 옷을 찢고 생살을 보고 싶을 만큼 단단한 가슴을 쓰다듬
기 시작했다.

"정하……."

살짝 입술이 떨어졌을 때 성우가 정하의 이름을 속삭이더니 또
다시 입술을 부딪쳐 왔다. 서로의 혀가 다시 엉켜들고 서로의 입
속을 넘나들길 여러 번, 정하의 몸에서 힘이란 힘은 도조리 다 빠
져나갔을 때에야 성우가 정말 어쩔 수 없는 것처럼 정하의 입술을
놓아주었다.

"후욱, 헉, 헉……."

성우가 입술을 떼자마자 정하가 한 시간 동안 숨을 참고 있었던
사람처럼 거칠게 숨을 몰아쉬기 시작했다. 성우는 여전히 정하를
단단히 감싸 안은 채 삼킬 듯한 눈으로 정하를 바라보다가 정하의
목덜미에 입술을 꾹 눌렀다. 그리고 그 자세 그대로 천천히 정하
를 바닥에 내려놓았다. 키스도 정신을 잃을 정도였지만 여린 피부
에 와 닿은 그의 입술, 목덜미에 날아와 부딪치는 그의 숨결이 너
무 뜨겁고 오묘해서 혼절할 지경이었다.

정하를 내려놓긴 했지만 성우는 여전히 정하의 허리를 꼭 껴안
은 채 지독하게 싸우고 있었다. 달콤한 입술을 맛본 것만으로는
놓아주고 싶지 않았기 때문이다. 솜사탕처럼 부드러운 그녀의 목
덜미를 맛보자 더 더욱 놓아주고 싶지 않았다. 열 걸음만 걸으면
침대가 있었고 정하를 안고 침대로 뛰어들어 그녀의 옷을 벗기고
밤이 새도록 사랑을 나누고 싶었다.

정하는 성우가 무슨 생각을 하고 있는지 모르지만 일 분만 더

성우의 품에 안겨 있다간 무슨 일을 저지르고 말 것 같아 제발 정신을 차리라고 스스로를 채근했다. 무슨 일을 저지르고 말 것 같은 것이 아니라 저지르고 싶었다. 그것도 열렬하게.

초경을 시작한 지 벌써 십사 년. 십사 년 동안에 남자와 자고 싶었던 적이 몇 번이었을까? 아, 망할. 남자와 자고 싶었던 적이 있었다. 빌어먹을 민수와 말이다! 하지만 억지로 변명하자면 그건 단지 생각이었다. 머릿속 생각. 민수와 숙박권을 함께 쓴다면 응당 민수에게 잠자리를 허락한다는 뜻이었고, 솔직히 그럴 계획이었다. 민수는 그 천금 같은 기회를 놓친 바보고.

아련하게 그렇게 될 것이라고 생각했던 것이지, 당장 어떻게 해버렸으면 싶을 만큼 리얼하게 느낀 것은 지금이 처음이었다. 세상에, 오늘 처음 본 남자를 상대로 잠자리가 하고 싶다니. 자신의 몸에 대해 얼마든지 책임질 수 있는 나이니, 못할 것도 없겠지만 착하다고 해야 할지 촌년이라 해야 할지 쌀집에 계신 아버지가 걸리고 엄마가 걸리고 쓸데없이 강호까지 마음에 걸려 '참아야 하느니라' 소리가 저지르고 싶은 정하의 욕망에 찬물을 끼얹었다.

"갈게요."

정하가 성우를 살짝 밀어냈지만 성우는 꿈쩍도 하지 않았다.

"I won't quit in this way(이렇게 끝내진 않을 거야)."

성우가 정하의 목덜미에 입술을 붙인 채 영어로 중얼거렸다.

"Of course not(그럴 수 없어)."

다시 성우가 중얼거렸고 정하는 이 남자가 무슨 영어 염불 외나 하려면 한국말로 하지 뭔 소린가 싶었다.

"갈게요."

정하가 처음보다 조금 더 강하게 성우를 밀어내며 돌아섰다.

"잠깐."

성우가 정하의 팔을 움켜잡는데 정하는 자신도 모르게 신음 소리를 토해냈다.

"제발, 만지지 말아요. 사고 칠 것 같으니까."

정하가 이를 악물고 초인적인 자제력을 발휘하며 말했다.

"갈게요."

정하는 뒤돌아보지 않고 도망치듯 성우의 방에서 나가 버렸다.

성우는 닫힌 문 앞에 서서 또다시 싸우기 시작했다. 달려나가 그녀를 훔쳐 올 것이냐, 아니면 참을 것이냐. 이성은 참는 것이 정답이라 알려주고 있었지만 가슴은 당장 훔쳐 오라고 요동질 쳐대고 있었다. 당장 훔쳐 와서 그녀를 가지라고.

성우는 뒤돌아서서 옷을 벗기 시작했다. 마지막 남은 팬티를 벗을 때조차도 쫓아가서 정하를 훔치고 싶은 욕망에 몸을 떨어야 했다. 성우는 발가벗은 몸으로 욕실로 들어가 세찬 물줄기에 성난 몸을 식히기 시작했다.

"은정하."

정하의 이름을 되뇌던 성우의 입가에 미소가 감돌았다.

"세영이 같은 여잔 이제 없어."

진우가 그랬었다. 단정적으로.

"찾았어, 형수님보다 더 사랑스러운 여자를."

성우는 정하의 모습을 떠올리며 미소 지었다.

성우가 한 시간이나 찬물에 몸을 식히고 나오는데 어디선가 휴대전화가 울리기 시작했다. 두리번거리던 성우는 문 앞에 떨어진 정하의 가방 속에서 휴대전화가 울리고 있다는 것을 알아내고 가방을 뒤져 휴대전화를 꺼냈다.

〈지니.〉

"지니?"

받지 않는 것이 예의라는 것을 알기에 내버려 두자 잠시 후 전화는 끊어졌다. 정하에게 가방을 돌려주어야겠다고 생각하던 성우는 고개를 내저었다. 가방을 돌려준다는 핑계로 정하를 다시 만난다면 그땐 더 이상 욕망을 자제할 자신이 없었기 때문이다. 정하 말대로 사고를 치지 않으려면 여기서 멈춰야 했다.

정하의 가방을 테이블 위에 올려놓던 성우는 무언가 생각난 듯 정하의 휴대전화를 열고 번호를 눌렀다. 곧 성우의 휴대전화가 울리기 시작했다. 정하의 휴대전화를 내려놓은 성우는 화장대 위에 있던 자신의 휴대전화를 열고 번호를 확인한 후 저장시키며 미소 지었다.

성우는 정하의 가방 속에 휴대전화를 집어넣다가 가방 속에 가득 들어 있는 주전부리들을 보며 낮게 웃음을 터뜨렸다.

성우는 오늘 밤엔 아마 제대로 잠을 이루지 못할 것이라 생각하며 침대 속으로 파고들었다.

성우가 침대 속에서 뒤척거리고 있을 때 정하 역시 성우와 똑같이 침대 속에서 구름 베개를 뭉개며 뒤척거리고 있었다.

"도저히 잘 수가 없어."

두 번씩이나 종업원에게 문을 열어달라고 부탁해 무사히 방으로 돌아온 정하는 새벽 세 시가 지나도록 잠을 못 이루고 있었다.

정하는 픽 웃고 말았다.

"미쳤지, 정말."

정하는 고개를 절레절레 흔들며 욕실로 들어가 칫솔에 치약을 묻혔다.

성우의 방에서 나와 자신의 방으로 돌아왔을 때 괜히 안절부절 못하던 정하는 욕실에 스파 욕조가 설치되어 있다는 것을 기억해내고 넘치도록 물을 받은 후 몸을 담갔다. 스파를 즐기면서도 내내 성우와 나누었던 키스를 생각하던 정하는 이런 기회, 그렇게 만들려고 해도 똑같이 만들 수는 없을 만큼 흔하지 않은 미남과의 잠자리를 놓친 것은 매련한 짓이 아니었을까 후회했다. 키 190cm에 흠잡을 때 없는 외모와 몸매를 소유한 남자를 언제 또 만나 볼 것이며 죽을 때까지 다신 오지 않을 기회인데 포기하다니. 처음 본 남자와 통했다고 덜컥 잠자리를 갖는 것은 교육 못 받은 것들이나 하는 짓이라며 그 방을 나왔지만 지금은 조금도 잘한 짓처럼 느껴지지 않았다. 후회를 지나쳐 한심하기까지 했다.

"내가 건드리기만 하면 그냥 넘어올 것 같았는데……."

이글거리던 성우의 눈동자, 정하의 입술을 탐하느라 육감적으로 부풀어 올랐던 입술, 바위처럼 단단하던 가슴, 허리를 감아 안았던 튼튼한 팔, 목덜미에 내려앉던 그의 숨결.

"미치겠다, 정말."

목욕하는 내내 미치겠다는 소리를 백 번은 했을 것이다.

성우의 모습을 떠올릴 때마다 오금이 저려서 배가 아플 지경이었다. 그랬기 때문일까? 몸 구석구석을 피부가 벗겨질 정도로 싹싹 닦아냈으면서도 이는 닦지 않았다. 닦기 싫었다. 이게 무슨 불량스러운 짓인지는 모르겠지만 이를 닦아버리면 아직도 알싸하게 감도는 성우의 혀 감촉이 날아가 버릴 것 같아 닦고 싶지 않았다.

마치 입 안에 아직도 성우의 혀가 들어와 있는 것처럼 입을 꼭 다물고 키스를 되새기던 정하는 결국 잠을 못 이루고 일어나 이를 닦기 시작했다.

다음날, 집에 돌아가기 위해 짐을 챙기던 정하는 성우의 방에 손가방을 두고 온 것을 기억해 냈다. 문득, 가방을 찾으려면 그의 방에 가야 한다고 생각하자 가슴이 뛰기 시작했다. 어젯밤으로 끝인 줄 알았던 성우를 다시 만날 수 있다는 것에 가슴이 뛰었고, 어쩌면 또 한 번 그와 키스를 나눌 수 있을지도 모른다는 막연한 기대감 때문에 가슴이 뛰었다.

"가서 뭐라고 하지? 가방을 놓고 와서…… 라고 할까? 아니면 가방 주세요…… 라고 할까. 아니면 키스 한 번만 더 할래요? 할까? 제정신이 아니야, 정말."

정하는 일단 성우의 방으로 가기로 하고 문을 열고 나갔다가 바깥 문고리에 걸려 있는 자신의 가방을 발견했다. 가방을 보는 순간 실망감으로 얼굴이 일그러졌다. 좀 갖다 주면 어때서, 아니면 찾으러 갈 때까지 쥐고 있든지. 그러면서 얼굴 한 번 더 보고 얼마나 좋은가. 눈치 하고는!

정하는 시무룩한 얼굴로 가방을 들고 방으로 들어와 가방을 열어보다가 깜짝 놀랐다. 아무것도 없었기 때문이다. 지갑과 휴대전화는 있는데 그것 외에는 아무것도 없었다. 먹주도, 땅콩도, 아무것도.

"뭐야, 다 먹어버린 거야?"

정하의 얼굴이 일그러졌다.

"아니, 이 남자를 정말!"

가방에 있던 것들 다 내놓으라고, 먹어버렸다면 당신 냉장고에 있는 거라도 내놓으라고 소리치기 위해 씩씩거리며 걸어가던 정하는 우뚝 멈춰 섰다. 이보다 더 치사할 순 없다는 생각이 들었기 때문이다.

"초콜릿 몇 개 먹여주고는 내 걸 홀랑 다 삼켰네."

정하가 짜증스럽게 내뱉다가 혹시? 하는 생각에 후다닥 지갑을 꺼내 열어보았다. 다행히 돈은 그대로 있었다. 하긴 지갑을 털어 갈 정도로 후진 놈은 아닌 듯했다. 아니, 그래도 그렇지, 이게 뭐하는 짓인가. 가만 생각해 보자 괘씸했다. 어젯밤엔 불이라도 싸지를 듯이 키스를 퍼부어대더니 오늘 아침엔 정하의 가방을 문고리에 걸어두질 않나, 그 물건들이 어디에 쓰일 물건들인지 설명을 했음에도 다 빼먹어 버리다니. 생긴 것하고는 어울리지 않게 쪼잔

하다 싶었다.

정하는 투덜거리며 방을 나와 문을 닫으며 성우의 방을 노려봤다.

'쪼잔하긴……. 근데 인사라도 하고 가야 하는 거 아닌가?'

정하는 무슨 멍청한 생각인가 싶었다. 인사 나눌 생각이 있는 사람이 주전부리들 다 빼먹고 가방을 문고리에 걸어두었겠는가. 정하는 성우의 문을 향해 양껏 입술을 실룩거려 주고는 일층으로 내려와 인포메이션으로 가서 키를 반납했다.

"체크아웃할게요."

"네, 손님. 편하게 묵으셨습니까?"

여직원이 상냥한 목소리로 물었다.

"네, 아주 편했어요. 그리고 냉장고에 있는 거 먹었거든요. 얼마예요?"

"네, 계산 끝났습니다."

"계산이 끝나다뇨?"

"1106호 손님께서 계산하셨습니다."

"1106호요?"

성우였다. 야식으로 먹어치운 줄 알았더니 양심은 있는지 계산을 한 모양이다. 그렇다면!

"1106호로 전화 좀 돌려주실래요?"

고맙다는 인사를 하는 게 예의일 것 같았다. 그러면서 목소리도 한 번 더 들어보고.

"1106호 손님께선 외출하셨습니다."

"아, 그래요? 알겠습니다."

정하는 아쉬움을 느끼며 화려한 아리조나호텔을 나왔다. 빼놓고 온 것이 없는데 꼭 중요한 뭔가를 두고 온 것 같아 정하는 몇 번이나 호텔을 뒤돌아봤다.

"하룻밤의 꿈이구나."

정하는 아쉬움을 떨쳐 버리지 못하며 중얼거렸다.

"부산엔 왜 갔다 왔는데?"

정하가 과자봉지 다섯 개를 옆에 두고 키보드를 두드리며 물었다.

"친구 만나러."

"친구 누구?"

"왜 캐묻냐?"

"캐묻는 거 아니야."

장롱 문짝이 나사가 느슨해져서 덜렁거린 지가 꽤 오래됐는데 차일피일 미루다 복도에서 강호를 만난 김에 좀 고쳐 달라 부탁한 참이었다. 강호가 드라이버로 느슨해진 나사를 조이는 걸 쳐다보던 정하는 강호가 부산에 다녀온 게 생각나 물어본 건데 강호는 별로 대답하고 싶지 않은 모양이었다.

"이쪽도 덜렁덜렁하네."

강호가 반대편 문짝도 만져 보더니 나사를 조이기 시작했다.

"와서 문짝 좀 잡아라."

"삼십 초만 기다려."

"너 뭐 하는데?"

"응모. 월드컵 티켓이 걸려 있단 말이야. 독일 갈 거야. 내 실력 알지?"

정하가 봉지에 적힌 응모 번호를 찍어 넣으며 말했다.

"그거 응모하려고 일부러 그 과자 사먹은 거지?"

"응."

"그럴 줄 알았다. 애도 아니고 무슨 다섯 봉지씩이나 샀냐?"

"마트에서 샀는데 다섯 개가 한 번에 묶인 거야. 햅반 붙은 라면도 샀어. 두 묶음 샀으니까 하나 가져가. 껍데기만 나 주고."

"라면은 뭐 준다는데?"

"냉장고. 문짝 두 개짜리."

"여기 놓을 자리도 없어."

"받아놨다가 결혼할 때 혼수로 가져갈 거야."

정하가 강호 곁으로 다가와 문짝을 잡으며 대꾸했다.

"그런 식으로 하나씩 마련해 놓으면 결혼할 때 돈은 안 들겠네."

"남자만 있음 월드컵 티켓 가지고 신혼여행 가면 딱 되는데."

"남자 걸린 이벤트는 없냐?"

"그런 이벤트가 있음 내가 다 자빠뜨릴 텐데."

정하의 말에 강호가 픽 웃었다.

"근데 강호야, 네가 생각할 때 내가 꽤 매력적인 여자니?"

"아니."

강호가 단박에 아니라고 대답하자 정하의 얼굴이 험악해졌다.

"내가 왜 매력적이지 않은데?"

"매력적이라고 생각해 본 적이 없어서."

"매력이라는 게 생각을 해야 나오는 거니? 딱 보자마자 매력이 느껴지는 거지!"

"딱 보자마자 매력적이지 않았어."

"나쁜 새끼."

"나한테 나쁜 새끼라고 하는 여자가 뭐가 매력적이겠냐."

"그럼 너 말고 다른 남자가 봤을 때 내가 매력적일까?"

정하의 물음에 강호가 장롱 문을 닫고는 정하를 찬찬히 뜯어봤다.

"매력적일 수 있지."

"어떤 점에서?"

험악했던 정하의 표정이 펴졌다.

"네가 네 입으로 덕산에서 날리던 미모라며."

"건 사실이잖아."

"서울에선 안 먹어주는 게 문제지."

"남자들은 내숭 떠는 여자를 좋아하니, 아니면 솔직한 여자를 좋아하니?"

"그야 뭐 자기 취향이지. 근데 아리조나호텔은 좋았어?"

"좋았어."

"밤에 무섭지 않아?"

"무섭긴 무슨. 글만 잘 나오더라. 돈만 많음 그런 데서 하루씩 자면서 쓰고 싶더라."

정하는 연장통을 챙기는 강호를 쳐다보다 옆에 쭈그리고 앉았다.

"사랑할 때, 아니, 사랑에 빠졌을 때 어떤 감정일까?"

정하의 말에 강호가 이상하다는 얼굴로 쳐다봤다.

"민수랑 연애해 봤으니 알 것 아니야."

"민수 씬 그냥 호감 정도였어. 넌 사랑에 빠졌을 때 기분이 어땠어?"

"그냥 멍해."

"어떻게?"

"갑자기 숨이 차고 두근거리고 눈이 멀고 귀가 멀었어."

"눈이 멀고 귀가 멀어?"

"다른 건 아무것도 안 보이고 눈을 감아도 떠도 그 사람만 생각나고 그 사람 얼굴만 떠올리면 다른 사람이 아무리 시끄럽게 떠들어도 들리지도 않아. 꼭 불치병에 걸린 것 같아."

"불치병? 와, 중증이네."

"맞아."

강호가 어쩐지 씁쓸하게 웃으며 연장통을 들고 일어났다.

"그 선배 사귈 때 그랬어?"

"아니."

"그럼 누구랑 사귈 때? 그 후로 사귄 사람 없잖아."

"네가 어떻게 아냐, 있는지 없는지?"

"나 몰래 사귄 거야?"

"네가 무슨 내 마누라냐, 너 몰래 사람을 사귀게?"

"하긴."

"왜? 갑자기 막 가슴 떨리는 사람이라도 만났냐?"

"그게…… 보자마자 가슴이 막 떨리고, 도저히 눈을 뗄 수가 없고, 그 사람 지금 뭐 할까 궁금한 건, 그런 건 뭘까?"

정하가 제법 심각해진 얼굴로 묻자 강호 역시 제법 심각해진 얼굴로 정하를 쳐다봤다.

"사랑을 느낀 거지."

"정말?"

"그래."

"장담해?"

"장담해. 누군데?"

"데니스 오."

정하가 도저히 이룰 수 없는 사랑을 시작한 불행한 여자의 표정의 지어 보이며 말했다.

"어유, 한 대 쥐박고 싶다."

강호가 주먹으로 정하의 머리통을 쥐어박는 시늉을 하다가 현관으로 가서 슬리퍼를 발에 꿰었다. 정하가 냉큼 강호를 따라가며 급하게 물었다.

"이런 거 저런 거 생각 안 하고 그냥 막 결혼하고 싶은 것도 사랑을 느낀 거지?"

"정하야."

강호가 어울리지 않게 다정하게 정하의 이름을 부르더니 정하의 어깨에 손을 올려놓고 꾹꾹 주무르기 시작했다.

"그 사랑은 버려. 이루어질 수 없어."

강호가 무척 안쓰러워하며 충고했다.

"왜?"

"데니스 오가 미쳤다고 너하고 결혼을 하겠니?"

강호가 쐐기를 박듯 말했고 정하는 어깨를 주무르고 있는 강호의 손을 획 쳐냈다.

"가, 이 자식아!"

정하가 빽 소리를 지른 후 문을 열고 강호를 내쫓아 버렸다.

"하긴 이루어질 수 없지. 만나야 뭘 이루든 말든 할 것 아니야. 젠장!"

정하는 툴툴거리며 노트북을 열고 자판을 두드리기 시작했다.

회의 내내 묘한 미소를 짓고 있는 성우를 주시하던 진우는 회의가 끝나자마자 성우에게 다가왔다.

"무슨 문제 있니?"

"아니에요."

"좋은 일 있어?"

진우의 물음에 성우가 픽 웃었다.

"뭐야?"

"아무것도."

성우가 자리에서 일어났다. 좋은 일, 맞다. 성우는 회의 내내 정하를 생각하고 있었기 때문이다. 정하의 얼굴, 정하의 목소리, 그리고 정하의 입술이 얼마나 보드랍고 달콤했었는지. 하지만 아직 아무에게도 말하고 싶지 않았다. 현재로선 진행형이 아니기 때문이었다.

"뭔가 있는 얼굴이다."

"그럴 리가요."

성우의 대답에 진우가 수상하다는 듯 웃으며 회의실을 나가려는데 제작팀장이 회의실로 들어왔다.

"사막 작가께서 오셨습니다."

"아, 미팅이 있었지. 그래요, 내 방으로 모셔요."

"예, 사장님."

"성우도 인사해."

"그러죠."

성우는 진우를 따라 진우의 사무실로 갔다. 잠시 후 제작팀장과 함께 이번 월든코리아 창립 작품인 '사막'의 시나리오를 맡은 작가가 사무실로 들어왔다. 여자였다.

"사장님, 오인영 작가입니다."

"안녕하세요, 반갑습니다."

"안녕하세요, 사장님."

진우가 손을 내밀자 인영은 망설이지 않고 진우의 손을 잡았다.

"만나뵙게 되어서 영광입니다."

진우가 매너있게 인사하자 인영이 살짝 얼굴을 붉혔다.

"이쪽은 월든픽쳐스의 현성우 사장입니다.'

진우가 인영에게 성우를 소개하자 인영이 상냥하게 성우에게 고개를 숙여 보였다.

"안녕하세요. 반갑습니다."

성우는 진우처럼 인영에게 악수를 청하진 않았지만 친절하게 인사말을 건넸다.

진우가 상석에 앉고 제작부장과 인영이 한자리에, 그 맞은편에 성우가 앉았다. 곧 비서가 차를 가지고 들어왔다.

"몇 군데 수정할 부분이 있다고 들었는데 진행에 어려움은 없습니까?"

"특별히 어려운 부분은 없습니다. 오 작가와 제작팀이 서로 협조하고 있습니다."

제작부장이 대답할 동안 인영은 상냥한 미소를 머금고 있었다.

"여기 오 작가님은 악어 프로덕션 공모에서 당선되어 등단하셨다. 오 작가님 작품은 모두 흥행에 성공했지."

진우가 아주 간단하게 인영의 프로필을 설명했지만 그걸로도 인영의 능력은 충분히 드러났다.

"겨우 세 편인걸요."

인영이 겸손하게 말했다.

"세 편을 겨우라고 할 수는 없죠."

성우의 말에 진우가 동감이라는 듯 고개를 끄덕였다.

"연출가의 능력이나 배우의 연기력도 중요하지만 그보다 중요한 것이 시나리오가 얼마나 훌륭한가입니다."

진우가 꽤 진지한 어조로 말했다.

"기대하는 바가 큽니다. 창립 작품이니만큼 비평 쪽이든 흥행 쪽이든 성공하길 바라요. 물론 오 작가님의 실력을 믿지만."

"그렇게 말씀하시니 너무 부담스러워요."

인영이 살짝 미간을 찌푸리며 걱정스럽게 말했다.

"부담 드리려고 한 말이 아닌데."

"열심히 해보겠습니다."

인영이 명석해 보이는 눈빛을 빛내며 말했다.

"잘 부탁드립니다. 그리고 저녁에 시간 괜찮으시면 같이 식사하시죠. 정 팀장, 제작팀 스케줄 괜찮습니까?"

"예, 괜찮습니다."

"오 작가님도 괜찮으십니까?"

"네."

"성우도 같이 가자."

"죄송합니다. 약속있어요."

"약속? 누구?"

"아주 중요한 사람요."

사실 정해진 약속은 없었다. 하지만 만들 생각이었다. 성우가 마음먹은 대로 될지는 미지수였지만 어쨌거나 오늘 밤은 비워놓고 싶었다.

"수상하다."

진우의 말에 성우가 또 픽 웃었다.

"모른 척할까?"

"아직은요."

"알았다."

인영은 진우와 성우의 대화를 퍽 흥미롭게 듣고 있었다. 소문으로만 듣던 월든가의 미남 형제들을 직접 만나고 보니 깜짝 놀랄 지경이었다. 헛소문이 아니었다. 깎은 듯이, 빚은 듯이 잘생긴 형제들이었다.

월든가 형제들 중 셋은 짝을 찾은 지 오래고 인영이 알기론 성우만 싱글이었다. 월든가 미남 형제들 중 최고로 섹시하다는 남자가 바로 앞에 앉아 있는 현성우, 월든픽쳐스 사장이었다. 성우를 설명하기엔 섹시하다는 단어만으로는 부족했다. 머리부터 발끝까지 풍겨져 나오는 고급스러운 섹시함, 편안함, 진지함, 그리고 풍요로운 사람만이 지을 수 있는 넉넉한 미소. 완벽했다.

인영은 욕심이 생겼다. 그것은 아주 갑자기 생긴 욕심이었다. 월든가 형제 중 마지막 싱글인 현성우를 사로잡고 싶다는 욕심. 여자라면 누가 봐도 욕심을 낼 사람이었다. 월든가 형제들이 모두 재벌가의 여식들을 배우자로 맞았다면 인영은 욕심을 내지 않았을 것이다. 하지만 인영이 알기론 막내인 현빈우를 제외하고는 첫째인 진우와 둘째인 동우는 재벌의 잣대로 봤을 땐 보잘것없는 집안의 여자와 결혼을 했고 얼마 못 갈 것이라는 예상을 깨고 지금까지 너무나 행복하게 살고 있었다. 그렇다면 인영 자신에게도 얼마든지 기회가 있었다. 성우가 재벌가의 여자를 원하는 것만 아니라면.

인영은 성우에게서 시선을 떼지 못한 채 집요하게 바라보고 있었다. 훌륭한 외모에 훌륭한 재력. 월든가 형제들의 성격들이야 익히 들어왔으니 걱정할 필요 없고. 한마디로 삼박자를 완벽하게 갖춘 남자였다.

'나도 월든가의 사람이 되는 거야.'

인영의 욕심은 욕심을 지나쳐 욕망으로 치닫고 있었다.

'중요한 사람?'

인영은 성우가 말한 아주 중요한 사람이 누군지 궁금했다.

'혹시 여자?'

인영은 알 수 없는 질투를 느꼈다. 하지만 그 중요한 사람이 누구든 간에, 여자라고 해도 순순히 물러설 생각은 없었다. 사랑은 움직이는 것이고, 성우의 사랑이 자신에게 오지 말란 법은 없으니까.

"이번에 월든에서 시나리오 공모하는 거 아시죠, 오 작가님?"

진우가 물었다.

"네, 사장님."

인영이 얼른 성우에게서 시선을 떼며 대답했다.

"바쁘신 줄은 알지만 응모된 시나리오 심사에 참여하시는 건 어떠십니까?"

"제가 그럴 자격이 있을까요?"

인영이 살짝 겸손을 떨며 되물었다.

"충분하십니다."

"허락해 주신다면 참여하고 싶어요."

진우의 말에 인영은 기쁨을 드러내지 않으려고 애쓰며 단아한 미소를 지었다.

"이 얘긴 식사하시면서 계속하죠."

진우가 인터폰을 누르자 비서가 곧 사무실로 들어왔다.

"네, 사장님."

"우리 식사할 겁니다. 적당한 곳에 예약하세요."

"네, 사장님."

비서가 나가고 난 후 곧 성우가 자리에서 일어나자 팀장과 인영
도 자리에서 일어났다.

"먼저 나가보겠습니다."

"계속 아리조나에 묵을 거니?"

"예."

"며칠 내로 집으로 들어와."

"생각해 보구요."

'아리조나?'

인영은 성우가 아리조나호텔에 묵고 있다는 것을 알게 된 것이
기뻤다.

"저희도 나가보겠습니다."

"팀장과 오 작가님께는 저녁 시간에 맞춰서 전화 드리도록 하
겠습니다."

"예, 사장님."

인영은 진우에게 고개를 숙여 보인 후 재빨리 성우를 따라 나갔
다.

"현성우 사장님, 사막 원고 보셨나요?"

인영이 성우에게 묻자 앞서 가던 성우가 걸음을 멈추며 인영을
돌아봤다.

"예, 오 작가님."

성우는 앉아 있을 때와는 조금 다른 분위기를 풍기는 인영의 모
습과 차림새를 잠깐 훑어봤다.

하늘거리는 아이보리 색 시폰 스커트에 레이스로 장식된 페미니시한 블라우스를 받쳐 입고 펄이 살아 있는 립 글로우즈가 반짝거리는 입술. 허리께에서 찰랑거리며 기름칠한 듯 윤기 흐르는 긴 생머리. 인형처럼 어여쁜 얼굴에 건드리면 부서질 것처럼 연약해 보이는 어깨, 가느다란 허리, 그 밑으로 젓가락처럼 가는 다리가 쭉 뻗어 있는 인영은 지극히 여성스러운 외모의 소유자였다. 인영이 추구하는 기본 컨셉이자 대부분의 남자들이 선호하는 이미지를 갖고 있었다. 인영은 성우의 탐색하는 듯한 눈길을 의식하며 살며시 미소 지었다. 나한테 넘어온 것이 틀림없어! 라고 자신하며.

"혹시, 문제점이나 고견이 있으시면 말씀해 주세요."

인영이 반짝거리는 입술을 야무지게 오물거리며 말했다.

"느낌이 좋았습니다."

성우의 대답이 너무 간략한 나머지 인영은 말을 이어가기가 뭣해 조금 당황했다. 그때 함께 있던 팀장의 휴대전화가 울렸고 팀장이 양해를 구한 후 전화를 받기 위해 저만치 멀어졌을 때 인영은 다시 용기를 냈다.

"오류 같은 거 발견 못하셨어요? 작품의 질을 높이기 위해서니까 고쳤으면 하는 점이 있으면 기탄없이 알려주세요."

"없었습니다."

성우의 대답은 계속 단답형이었다. 이렇다 저렇다 지적을 해주면 대화를 이어가기가 한결 수월할 텐데 성우의 대답이 계속 단답형으로 딱딱 끊어지자 인영은 건수를 찾는데 곤란함을 느꼈다.

"실은, 제 작품이 헐리우드로 진출했으면 하는 희망을 품고 있거든요. 우리나라와 미국은 분명 취향이나 문화적 차이가 있으니까 언제 시간 되시면 어떻게 하면 취향과 문화적 차이를 극복할 수 있을지 알려주세요."

"예, 그렇게 하죠."

"꼭 시간 내주시는 거예요?"

"알겠습니다."

"감사합니다, 사장님."

"별말씀을요. 다음에 또 뵙겠습니다, 오 작가님."

성우의 인사에 인영이 미소를 지으며 목례했다.

인영은 멀어지는 성우의 뒷모습을 보며 오늘은 이것밖에는 대화를 나누지 못했지만 성우가 시간을 내주기로 약속을 했으니 다음에 다시 만날 수 있다는 희망이 생겼기에 오늘은 이쯤에서 만족하기로 했다.

'아리조나호텔이라고 했지?'

인영의 입가에 사악한 미소가 걸렸다.

진우의 사무실을 나온 성우가 월든코리아에서 임시로 만들어준 자신의 사무실로 들어오자 곧 비서가 따라 들어왔다.

"미국 본사의 스티브 씨께서 두 번 전화하셨습니다."

"알았어요. 고마워요."

성우는 비서가 사무실을 나가자 곧 수화기를 집어 들었다.

정하가 은행에 들러 입금된 인세를 출금해 나오는데 휴대전화가 울렸다. 모르는 번호였다.

"누구지?"

스팸 전화라면 금방 끊어질 것이고 계속 울리면 받자 싶어 기다리는데 스팸 전화가 아닌지 계속 울렸다.

"여보세요?"

[은정하 씨?]

"네. 누구시죠?"

[나 성우예요.]

"성우……. 성우!"

성우라면, 아리조나호텔의 그 남자가 아닌가. 정하는 화들짝 놀랐다. 닷새 만이었다. 성우 때문에 은근히 한쪽 가슴이 결리고 있던 터였다. 그래도 다시 만날 인연은 아닐 거라고 생각하며 이러다 서서히 잊혀지겠지 했는데 성우가 전화를 걸어온 것이다.

"네, 성우 씨."

정하의 가슴이 두근두근 뛰기 시작했다. 성우가 전화를 하다니!

"그런데 내 전화번호는 어떻게 알았어요?"

[그날, 내 방에 가방을 두고 가서 내가 번호 땄어요.]

"내 번호를 땄다구요? 왜요?"

[전화번호 알고 싶어서요. 실례라면 미안해요. 사과할게요.]

"아뇨, 뭐, 미안할 것까지는 없어요."

미안해할 필요가 조금도 없었다. 바라던 바니까.

"그런데 무슨 일로……."

[같이 식사하고 싶어서요.]

"저하구요? 만나자구요?"

정하는 사람들이 오가는 길이라는 것도 잊고 소리 지르다시피 되물었다.

[네, 만나고 싶어요.]

만나고 싶다고 성우가 말했고, 정하는 너무 좋아서 소름이 끼칠 지경이었다.

[바쁘다면······.]

"아뇨, 바쁘진 않아요."

눈앞에 성우가 있는 것도 아닌데, 정하는 손까지 내저으며 말했다.

[그럼 저녁 초대 받아주는 거예요?]

"네, 좋아요."

좋았다. 죽을 것처럼 좋았다. 이렇게 푼수처럼 좋아죽겠다는 시늉을 하면 안 되는데, 여잔 좀 적당히 튕길 줄도 알아야 하는데 정하는 신이 난 어린아이마냥 좋기만 했다. 푼수라고 놀려도 어쩔 수 없었다. 원초적인 기쁨에 몸이 떨리는데 어쩌란 말인가.

[그럼 집을 알려주면 차를 보낼게요.]

"차? 무슨 차요?"

[정하 씨 모셔올 차.]

오~ 차까지.

"그럴 필요 없어요."

[주소 불러줘요.]

"괜찮아요. 난 그냥 전철 타면 돼요."

[보낼게요.]

성우가 몇 번이나 우겼기 때문에 정하는 할 수 없이 주소를 불러주고 말았다. 두어 번 거절했으니 세 번째는 못 이긴 척 받아들이는 것이 좋을 것 같았기 때문이다.

[저녁에 만나요.]

"네."

성우와 통화를 끝낸 정하는 부리나케 집으로 돌아와 단장을 시작했다. 성우가 보낼 차가 도착하기까지 두 시간 이상 시간이 남아 있었지만 초조감과 기대감으로 인해 정하는 제정신이 아니었다.

"나 왜 이렇게 좋아하는 거야?"

이제나저제나 성우가 전화해 주길 손꼽아 기다린 사람처럼 정하는 너무 좋아 팔짝 뛰고 싶을 지경이었다. 맞다. 그랬다. 성우의 전화를 기다렸다기보다 우연이라도 꼭 한 번만 더 성우를 만날 수 있다면 얼마나 좋을까 했었다. 눈을 뜨면 성우의 얼굴이 밟히고, 텔레비전을 켜면 성우의 나지막하던 신음 소리가 들리는 듯하고, 가게에서 초콜릿만 봐도 성우가 건넸던 초콜릿이 생각났었다. 그리웠다. 맞다, 그리웠다. 어떻게 꼭 한 번 만났을 뿐인 사람이 그리울 수 있는지 모르겠지만 그 감정은 분명 그리움이었다. 다시 볼 수 있는 확률은 거의 제로에 가까운 아련한 그리움.

"너무 좋아."

거울을 들여다보며 립글로우즈를 바르던 정하가 끝없는 설렘을 느끼며 중얼거렸다.

"성우 씨 만났을 때 너무 좋아하는 척하면 안 되는데."

남에게 되도록 피해주지 말고 좋을 땐 신나게 웃고, 싫으면 펑펑 울자. 이것이 정하의 성격이었다. 요령껏 숨길 건 숨기고 내숭도 살짝 떨어주는 센스를 가졌더라면 얼마나 좋았겠냐마는 타고나길 이렇게 타고났고 이십팔 년 동안 이렇게 살아온 것을 이제와서 어떻게 갑자기 고치겠는가. 저녁 제의를 망설임없이 답삭 받아들이는 바람에 성우가 너무 쉬운 여자로 보면 어쩌나 하는 걱정이 없는 것은 아니었지만 이미 양껏 좋은 척해 버렸는데 물릴 수도 없었다.

"음……."

옷을 갈아입으려는데 난데없이 키스를 나눌 때 그의 목구멍에서 새어나오던 저음의 신음 소리가 떠올랐다.

"정하……."

자신의 목덜미에 입술을 묻고 이름을 소곤거리던 그의 섹시한 목소리.

"미쳤어. 갑자기 왜 그걸 생각하는 거야?"

얼굴이 빨개지는 것을 느끼며 손부채질을 해대던 정하는 어쩌면 성우와 또 한 번의 키스를 나눌 수 있을지도 모른다는 생각이 들었다.

"아니야. 저녁만 먹는 거야, 저녁만."

또 키스를 했다간 정말 사고를 칠 것만 같아 식사 외에 다른 것은 하지 않겠다고 스스로에게 다짐을 한 것인데 하고 보니 웃겼다. 그럼 저녁만 먹지, 성우가 언제 다른 것 하자고 한 적 있나? 정하는 혼자 김칫국을 마시다 픽 웃어버렸다.

머리를 감고 나온 정하는 아무래도 화장을 잘 먹게 하려면 마사지 시트라도 한 장 붙여놓는 게 좋을 것 같다고 생각하며 냉장고에 넣어두었던 비타민 마사지 시트 한 장을 얼굴에 붙이고 침대에 누웠다.

"가만, 머리를 좀 할까?"

그래 머리도 좀 손을 봐야 할 것 같았다. 뭇색이 데이트가 아닌가, 데이트.

정하는 당장에 미용실에 달려가고 싶은 마음에 엉덩이를 들썩거리다가 이십 분 만에 시트를 떼어내고 미용실로 달려가 머리를 만졌다. 드라이를 해주세요, 알아서 해주세요, 예쁘게 해주세요를 연발하던 정하는 세트를 말면 예쁘겠다는 미용사의 말에 세트를 말기로 결정했다. 실제로 세트를 말고 나자 자신이 봐도 정말 예뻤다. 이게 내 머리일까 싶을 정도로 풍성해브이고 섹시해 보이고 그리고 또…… 지적으로 보였다. 어깨에서 조금 더 내려오는 무늬만 생머리—반곱슬이라 관리 잘못하면 푸석해 코인다—를 그냥 풀고 다니거나 아니면 질끈 묶고 다니는 게 전부였는데 이렇게 굽실굽실 멋진 컬이 생기자 자신이 봐도 매력적이었다. 다음엔 새팅 파마를 한번 해볼까 하는 유혹을 느낄 정도로.

마음에 꼭 드는 머리를 하고 집으로 돌아온 정하는 있는 솜씨 없는 솜씨를 다 동원해 화장을 한 후 헤어스타일과 화장에 맞는 옷을 고르기 위해 장롱 안을 쑥대밭을 만든 끝에야 외출 준비 끝! 을 선언했다. 처음 해보는 헤어스타일에 다른 날보다 오십 배는 더 신경

쓴 화장. 너무 무리한 것은 아닐까, 어쩌 좀 어색하다 싶으면서도 대충 하고 나갔다가 후회하는 것보다 나으리라 생각했다.

"누구세요?"

"은정하 씨 댁입니까?"

정하가 문을 열자 젊지도, 그렇다고 늙었다고도 할 수 없는 남자가 정장 차림으로 서 있었다.

"네, 저예요."

"현성우 사장님께서 모셔오라고 하셨습니다."

사장님?

"네, 나갈게요. 잠깐만요."

정하는 식탁 위에 올려놓은 핸드백을 들고 성우가 보낸 남자를 따라나섰다.

오피스텔 주차장으로 온 정하는 기사가 열어주는 차를 보고 깜짝 놀랐다. 벤츠였다.

'성우 씨 되게 부자인 모양이다.'

"타십시오."

정하가 쭈뼛거리며 서 있자 기사가 정중하게 말했다.

"네."

정하가 차에 오르자 능숙한 동작으로 소리없이 차 문을 닫은 기사는 곧 운전석에 올랐고 '출발하겠습니다' 하는 말과 함께 차가 움직였다.

정하는 성우가 어디, 무슨 회사 사장이냐고 묻고 싶었지만 꾹 눌러 참았다. 속물처럼 보일 것 같았기 때문이다.

'미국에 산다면서 한국에 차도 있고 기사도 있네. 미국에 산다면…… 언젠가는 미국으로 돌아간다는 얘기잖아.'

성우가 언젠가는, 어쩜 가까운 시일 내에 미국으로 떠날지도 모른다고 생각하자 정하는 갑자기 기분이 우울해졌다. 성우와 앞으로 오래오래 뭘 어쩌겠다는 생각까진 해보지 않았지만 어쨌거나 성우는 미국에 사는 사람이고, 그렇다면 언젠가는 떠난다는 뜻이었다. 성우가 떠난다면……. 정하는 푸시식 김이 새버렸다.

아리조나에 도착할 때까지 기사는 아무 말도 하지 않았고 정하 역시 오늘 처음 본 기사를 상대로 수다를 떨 생각은 없었기 때문에 조용히 입을 다물고 있었다.

차가 아리조나호텔 정문 앞에 멈추자 기다리고 있던 도어맨이 차 문을 열어주었다. 정하가 차에서 내려섰을 때 언제 내렸는지 기사가 도어맨 앞에 서 있다가 정하를 호텔 안으로 인도했다.

"사장님께선 양식당에서 기다리고 계십니다."

기사는 양식당으로 정하를 안내했고 정하는 말없이 기사를 뒤따랐다.

아리조나 양식당 스테이크 정말 맛있었지란 생각을 하며 양식당으로 향하는데 저만치 양식당 입구에 자체탈광 중인 성우가 서 있었다. 은은한 광택이 나는 소재의 슈트를 차려입고 있는 성우는 남성 슈트 카달로그에서 방금 튀어나온 모델처럼 멋졌다. 볼 때마다 놀랍도록 멋진 남자라고 생각하며 다가가는데 정하를 발견한 성우가 미소를 지으며 몇 걸음 걸어왔다.

"모시고 왔습니다, 사장님."

"수고하셨어요. 차는 놔두고 퇴근하세요."

"서울 지리를 잘 모르시는데 괜찮으시겠습니까? 제가 주차장에서 기다리겠습니다."

"아니에요. 퇴근하세요."

"예, 사장님."

기사는 깍듯하게 인사한 후 조용히 물러갔다. 기사가 물러가자 성우가 정하에게 한 걸음 더 다가왔다.

"오는데 불편하지 않았어요?"

"벤츠를 탔는데 어떻게 불편할 수 있겠어요."

정하의 대답에 성우가 픽 웃었다.

"들어갈까요?"

성우가 팔짱을 끼라는 듯 한쪽 팔을 살짝 내밀며 물었다. 정하가 성우의 팔을 쳐다보다 샐쭉 웃으며 살짝 팔을 걸자 성우가 팔에 힘을 줘 몸에 밀착시켰다.

"스커트를 입고 올 걸 그랬네요. 양식당이랑 분위기가 안 맞네요."

"지금도 충분히 예뻐요."

"정말요? 실은 하체 비만이에요."

정하의 말에 성우가 쿡 하고 웃었다.

지배인의 안내를 받아 식당 안으로 들어간 성우와 정하는 야경이 한눈에 바라볼 수 있는 분위기 좋은 자리에 앉았다.

"바로 식사할 수 있게 준비해 줘요."

"예."

지배인이 물러가고 나자 성우가 정하를 바라봤다.

"잘 지냈어요?"

"그럼요. 그런데 계속 여기서 묵고 계세요?"

정하의 물음에 성우가 고개를 끄덕였다.

"부잔가 봐요. 비싼 호텔에서 오래 묵고, 벤츠도 몰고."

부자라서 호감을 느끼는 것으로 오해할까 봐 정하가 조심스럽
게 말했다.

"음…… 아주 부자는 아니고. 적당할 정도예요."

성우가 말하는 적당할 정도의 부자가 어느 정도인지는 몰라도
비싼 호텔에서 오래오래 묵고 벤츠를 굴릴 정도라면 적당할 정도
의 부자는 아닌 것 같았다. 하지만 정하는 따지지 않았다.

"갑자기 전화해서 놀랐어요?"

"뭐, 조금."

놀랐기보다는 무척 좋았지만 정하는 아까 통화할 때처럼 대놓
고 좋은 척은 그만 해야지 싶어 조심했다.

"그날 아침에 일찍 볼일이 있어서 인사를 못했어요."

"아참, 냉장고에 있던 거 대신 계산했던데. 왜 그랬어요?"

"그냥."

"난 처음에 가방 안에 있던 건 다 없어지고 가방은 문고리에 걸
려 있어서 초콜릿 대신 먹어치우고 도망간 줄 알았어요."

정하의 말에 성우가 웃었다.

"하하하. 정하 씨는 참 재밌는 사람이에요."

"내가 원래 좀 재밌어요."

정하의 대꾸에 성우가 웃음을 터뜨렸다. 정하를 만나면서부터 성우는 줄곧 웃고 있었는데 성우를 쉬지 않고 미소 짓게 만든 여자는 정하가 처음이었다.

"정하 씬 무슨 일 해요?"

요리가 세팅되고 정하가 막 나이프를 드는데 성우가 불쑥 물었다.

"글 써요."

"작가님이시군요."

정하는 작가님이라는 소릴 듣자 갑자기 쑥스러워졌다. 유명하지도 않고, 그렇다고 자랑스레 내세울 만한 작품도 없었으니까.

"유명하진 않구요."

정하가 좀 민망해하며 대꾸했지만 성우의 얼굴에는 무시하는 빛은 없었다.

"소설 써요?"

성우가 스테이크를 썰며 물었다.

"아뇨. 드라마나 영화 쪽요. 지금은 학습만화 스토리 쓰고 있어요. 먹고살아야 하니까."

"드라마나 영화?"

"드라마랑 영화 쪽은 계속 도전 중이에요. 주 수입은 만화 스토리구요."

"아……."

성우가 고개를 끄덕였다. 이럴 줄은 몰랐다, 정하가 영화 시나리오 작가 지망생인 줄이야.

"지금 드라마나 영화 시나리오 준비하는 것 있어요?"

"네. 공모가 있어서 응모하려구요."

정하가 막 고기를 썰기 시작하는데 성우가 자신의 접시와 정하의 접시를 바꿔놓아 주었다. 정하가 먹기 편하도록 잘라준 것이다. 어쩌면 이렇게나 자상할까.

"안 그래도 되는데."

"먹어요."

"고마워요."

정하는 성우가 잘라준 고기를 한 점 집어먹었다.

"어디 영화사예요?"

"월든코리아라고, 원래는 외국 영화 수입해서 배급하던 회사인데 이번에 영화 제작도 한다고 시나리오를 공모하더라구요. 미국에서 오셔서 못 들어보셨죠?"

성우는 정하의 입에서 월든코리아라는 단어가 나오자 갑자기 막 재밌어졌다.

"못 들어봤어요."

성우는 일부러 모른 척했다.

"그랬을 거예요. 그래도 월든코리아가 다국적 기업이라 꽤 큰데."

정하가 혼잣말처럼 중얼거리는 소리를 들으며 성우는 하마터면 웃음을 터뜨릴 뻔했다. 알면서도 모른 척하는 것은 놀리는 것이나 마찬가지니 월든코리아와 관계가 있다고 밝히는 것이 옳았다. 하지만 성우는 당분간은 가만히 입 다물고 있는 것이 좋을 것 같았다.

"그런데 성우 씬 미국에 산다면서 여기서 무슨 사업을 하는 거예요? 아까 그 기사님이 사장님이라고 하던데."

"아, 사촌형님이 사업을 하시는데 내가 하는 일과도 연관이 있어서 도와주러 왔어요. 차는 사촌형님이 빌려주신 거예요."

"아, 언제 돌아가세요?"

"아직 결정하지 않았어요."

정하는 안 가면 안 되냐고 물으려다 얼른 참았다.

"근데 몇 살이에요?"

"34."

"34⋯⋯."

'생각보다 많이 먹었네, 나보다 여섯 살 많구.'

"난 28이에요."

정하의 말에 성우가 놀란 얼굴로 쳐다봤다.

"28? 스물여덟 살?"

"네. 왜요? 더 들어 보여요?"

정하가 새침해진 얼굴로 묻자 성우가 손을 내저었다.

"아니아니, 난 이십대 초반인 줄 알았어요."

"동안이란 얘길 좀 듣는 편이죠."

정하가 으스대듯 말했다. 그런데 말을 해놓고 보니 푼수 짓을 한 것 같아 머쓱했다.

"농담이에요."

"아니, 정말 어려 보여요."

"요즘 동안이 대세거든요."

124 *사랑을 완성하는 마지막 2%*

정하의 말에 성우가 또 웃었다.

식사는 즐거웠다. 요리도 맛있고. 사실 성우와 얘기하고 성우의 얼굴을 바라보는 것만으로도 기분이 한껏 좋아졌기 때문에 요리가 맛있든 없든 그건 상관없었다. 정하는 성우를 보며 생각했다, 어떤 사람이 단숨에 좋아지는 것은 참 위험하면서도 로맨틱하다고.

식사가 끝나고 디저트를 먹을 차례에 성우가 물었다.

"산책할래요?"

디저트는 안 먹어요? 하고 물으려던 정하는 디저트에 목숨 걸일 있나 싶어 좋다고 했다. 메인 코스로도 배가 엄청 불렀기 때문이다. 또 지난번에 왔을 땐 객실에서 구경만 했지 정작 분위기 좋은 산책로를 걷지 못해 조금 아쉬웠는데 잘됐다 싶었다.

"혹시 내 생각 했어요?"

객실에서 내려보던 것보다 실제로 걸어보니 더 좋다고 생각하며 성우와 나란히 산책로를 걷고 있는데 성우가 물었다.

"어떻게 알았어요?"

정하의 대답이 그만 엉뚱하게 나와 버렸다.

성우가 걸음을 멈추더니 조금 놀란 얼굴로 정하를 쳐다봤다.

"아니, 그러니까 그게……. 어이그, 이 바브."

정하가 혀를 깨물고 싶은 얼굴로 구시렁거리는데 성우가 살며시 정하의 손을 잡았다.

"나도 보고 싶었어요."

성우의 말에 정하가 생긋 웃으며 그럴 줄 알았어요 하고 말하자 성우가 정하의 손을 자신의 바지 주머니에 집어넣었다.

"저, 이건 조금 오버하는 거 아니에요?"

"왜? 우린 결혼할 건데."

성우의 말에 정하의 눈이 동그래졌다.

"그건 어쩌다 보니 나온 말이라고 했잖아요. 그 얘길 아직도 기억하고 있었어요?"

"그 말을 어떻게 잊겠어요. 나하고 결혼할 여자가 한 말인데."

성우가 말했고 정하가 이 남자 지금 나를 놀리나? 하는 얼굴로 쳐다보다가 그만 웃고 말았다.

"사촌형이 형수님 손을 이렇게 바지 주머니에 넣고 나란히 걷는 모습을 보면서 나도 꼭 해보고 싶었거든요."

"미국에 애인 없어요?"

"없어요."

"미국 여자들은 왜 성우 씨를 가만히 뒀을까요? 나 같음 얼른 채갔을 것 같은데."

정하가 말하자 성우가 주머니 속에서 정하의 손을 더욱 꼭 잡았다.

정하는 느낌이 정말 예사롭지 않다고 생각하며 천천히 성우를 따라 걸었다.

"솔직히 말하면……."

정하가 조심스레 입을 열었다.

"솔직히 말하면?"

"이런 데이트를 해본 적이 없어서 좀 떨려요."

"이런 데이트?"

"잘 알지도 못하는 사람하고 저녁을 먹고, 손잡고 산책하고, 농담하고 그런 데이트요."

"나도 떨려요."

"성우 씨두요?"

"나도 잘 모르는 여자한테 같이 식사하자고 한 것 처음이에요."

"에이, 설마."

정하가 걸음을 멈추고 거짓말하지 말라는 듯 눈을 흘기자 성우가 믿어달라는 듯 한 손을 가슴에 댔다.

"믿어주는 척할게요."

정하가 픽 웃으며 걸음을 옮겨놓는데 성우가 움직이지 않고 우뚝 서서 정하를 끌어당겼다.

"왜요?"

정하가 성우를 뒤돌아보는데 성우가 정하의 허리를 끌어안았다.

"왜, 왜 그래요?"

정하는 갑작스러운 성우의 스킨십에 놀라 더듬기까지 했다.

"안고 싶어서."

성우가 낮은 목소리로 중얼거렸다.

정하는 아악 소리를 질러 버리고 싶었다. 저 목소리. 저 낮은 목소리에 녹아내릴 것만 같아 소리를 질러 버리고 싶었다.

"저, 이러면 내가 당황하거든요?"

정하가 가늘게 떨리기 시작한 목소리로 말하자 성우가 고개를 숙여 정하의 목에 얼굴을 묻었다. 성우가 내쉬는 숨결이 간지럽게 목덜미에 내려앉았다.

"다른 짓 절대 안 하고 잠깐만 이러고 있을게요."

'다른 짓 해도 되는데…….'

꿀꺽 침을 삼킨 정하가 떨지 않으려고 애쓰며 성우의 품에 안겨 있는데 맞은편에서 손을 꼭 잡은 커플이 걸어오는 게 보였다.

"성우 씨, 누가 와요."

정하가 성우를 살짝 밀어내며 떨어지려고 했지만 성우는 정하를 더욱 꼭 끌어안으며 꼼짝하지 않았다. 맞은편에서 오던 커플은 성우와 정하를 보고 잠깐 주춤하는 듯하더니 그대로 두 사람 곁을 지나갔다.

"I don't want you to go(너를 보내고 싶지 않아)."

성우가 정하를 꼭 끌어안은 채 낮은 목소리로 중얼거렸다.

어허, 영어 염불 또 시작이네.

커플이 지나가고 한참 동안이나 정하를 안고 있던 성우가 천천히 정하를 놓아주더니 감정이 풍부한 눈동자로 정하를 바라봤다.

"What should I do to hug you this way(당신을 이렇게 계속 안으려면 어떻게 해야 하지)?"

"시방 뭔 소리예요? 디스 웨이가 어떻게 됐다는 거예요?"

정하가 미간에 주름을 잡고 투덜거리자 성우가 낮게 웃음을 터뜨리더니 정하의 손을 들어올려 손바닥에 입을 맞추었다.

"데려다 줄게요."

성우가 약간 억눌린 목소리로 말했고 정하는 거절하지 않았다.

성우는 정하를 데리러 왔던 기사가 그랬던 것처럼 직접 차 문을 열어주었는데 호텔로 올 땐 뒷좌석이었지만 갈 땐 성우의 옆 자리였다. 성우가 직접 안전띠를 채워주기 위해 와락 달려들듯 다가왔을 때 정하는 그가 키스하려는 줄로 알고 순간 긴장했었다. 아쉽게도 안전띠만 채워주고 말았지만 말이다.

성우의 차—아까 정하가 호텔에 타고 왔던 차다—를 타고 집으로 향하는 동안 정하는 백만스물두 번이나 내가 결혼하자고 하면 할 거냐고 물어보고 싶은 것을 가까스로 참았다. 그런 걸 물어보는 사람이나 그 질문에 대답하는 사람이나 제정신이 아니겠지만—왜냐하면 딱 두 번 만났을 뿐이니까—정말로 물어보고 싶었다. 그리고 만약에 성우가 '예스'라고 대답한다면…… 결혼하고 싶었다. 놀랍게도 말이다!

"어떤 내용이에요?"

성우가 서울 지리를 몰라 처음부터 끝까지 정하가 길을 안내하던 중에 성우가 물었다.

"뭐가요?"

"지금 준비 중이라는 시나리오."

"비밀이에요."

"비밀?"

"비밀이라기보다는 함부로 줄거리 얘기했다가 된통 당한 적이 있거든요."

"어떻게?"

"꼭 듣고 싶지 않다면 넘어갔으면 좋겠어요. 친구 흉을 보게 되는 얘기라서 썩 내키지 않거든요."

"꼭 듣고 싶어요."

"내가 친구 흉을 보더라도 이해할 수 있어요?"

"물론."

"몇 년 전에 지금처럼 시나리오 공모가 있어서 준비할 때였어
요. 아, 저기 앞에 신호에서 좌회전해야 해요."

"알았어요. 그런데?"

성우가 좌회전하기 좋은 차선으로 옮겨가며 물었다.

"시나리오 공부할 때 친하게 지내던 친구가 있었거든요. 붙어
다니던 친구가 셋인데 셋이 다같이 공모 준비했었어요. 프로덕션
이름이 뭐였더라? 악어였던가? 하여튼 준비하면서 서로 생각하고
있는 시놉시스 얘기하고 의견 듣고 같이 아이디어 제공하구요. 그
리고 응모를 했는데 둘은 떨어졌고 한 친구는 당선된 거예요. 물
론 난 떨어졌어요."

"그래서?"

"그 친구의 작품이 영화가 되어서 보러 갔는데, 휴……. 세상
에, 내가 갖고 있던 시놉시스더라구요."

정하가 지금 생각해도 어이없다는 듯이 말하며 고개를 절레절
레 저었다.

"그 친구는 갑자기 연락을 끊어버렸고 그냥 넘어갈 수는 없어
서 영화사에 전화해서 항의를 했더니 증명할 수 있냐면서 함부로
떠들면 고소하겠다고 오히려 겁을 주더라구요. 얼마나 기막히고
분한지. 한참 만에 만난 그 친구는 나한테 한 마디도 사과하지 않

앉어요. 믿었던 친구한테 제대로 뒤통수를 맞은 거죠."

"도둑맞았군."

"맞아요, 도둑맞았어요. 그런데 더 웃긴 건 뭔 줄 알아요? 그 친구는 지금 대단히 유명하고 잘나가는 시나리오 작가가 됐다는 거예요. 물론 그 친구도 능력이 있으니까 성공한 거겠지만 난 걔가 싫어요."

"좋아할 수가 없는 사람이군."

"맞아요. 저기서 우회전해서 직진하면 돼요."

"알았어요."

"좀 부끄러운 얘긴데, 같이 시작했던 셋 중에 나만 빼놓고 다른 친구들은 다 잘나가요. 지니도 이번에 미니시리즈 맡았고, 인영인 계속 잘나가고 있는 중이고."

"인영이?"

"내 시놉시스 훔친 애요. 인영이에요. 오인영."

"오인영?"

성우는 깜짝 놀랐다. 오인영이라면 몇 시간 전에 진우의 사무실에서 만났던, 월든코리아 창립 작품 사막의 시나리오를 맡은 그 작가였다.

"저 앞에 있는 오피스텔이에요."

정하가 손가락으로 전방에 보이는 오피스텔을 가리켰고 성우는 오피스텔 앞에 차를 세웠다.

"데려다 줘서 고마워요. 그런데 길을 몰라서 어떻게 가실래요?"

"찾아갈 수 있어요."

"그럼 조심해서 가세요."

정하가 차에서 내리려고 하자 성우가 정하를 붙잡더니 자신이 먼저 내려 차 문을 열어주었다. 정하는 매너가 끝내준다고 생각하며 차에서 내렸다.

"그만 가세요."

"같이 올라가요."

"집에요?"

"아니, 집 앞까지."

"아니에요. 괜찮아요."

"집에 들어가게 해달라고 떼쓰지 않을게요."

"그게 아니라……."

"누구 있어요? 부모님?"

"아뇨, 혼자 살아요."

"그런데 왜?"

"같이 올라가면…… 사고 칠 것 같아요."

정하의 천진한 대답에 성우가 웃음을 터뜨렸다.

"웃지 말아요. 정말이니까."

"알았어요. 갈게요."

성우가 웃음을 머금은 얼굴로 대답하고는 재빨리 정하의 볼에 입을 맞추었다.

"잘 자요."

"네."

성우는 차에 올랐고 그리고 떠났다.

성우의 차가 보이지 않을 때까지 지켜보던 정하는 그를 이렇게 보내 버린 것은 이십팔 년을 사는 동안 자신이 한 일 중에 가장 현명한 일이 아니라 가장 멍청한 짓이었다고 생각하며 집으로 올라갔다.

"호야!"

정하가 문밖에서 외쳐 부르자 잠시 후 머리를 감던 중인지 머리에 거품을 잔뜩 묻힌 강호가 얼굴을 내밀었다.

"두루마리 휴지랑 요구르트랑 바꾸자. 사러 나가기 귀찮아서."

"바꿔가."

강호가 화장실로 뛰어들어 가며 소리쳤다.

정하는 요구르트를 들고 강호네 집으로 들어가 요구르트를 식탁 위에 올려놓고 앞 베란다에서 두루마리 휴지 하나를 꺼내왔다. 잠시 후 강호가 수건으로 젖은 머리를 문지르며 화장실에서 나왔다.

"야간이었니?"

"어."

"아침 먹었어?"

"회사에서."

"나 휴지 바꿔가."

"똥 쌌냐?"

강호가 얼굴에 스킨을 바르며 물었다.

"꼭 똥이라고 해야겠니?"

정하가 더럽다는 듯 눈을 흘겼다.

"안 쌌으면 요구르트 너 먹어."

정하는 변비 때문에 장에 좋은 요구르트를 날마다 배달시켜 먹고 있었다. 정하는 거절하지 않고 식탁 위에 올려져 있던 요구르트를 따고 단숨에 마셔 버렸다.

"갈게."

"라면 껍데기 두 개 내놨다. 냉장고 타먹는다며. 갖고 가라."

강호가 싱크대 위를 가리켰다. 싱크대 위에 구겨져 있던 라면 껍데기를 챙겨 현관으로 가던 정하는 도로 안으로 들어와 침대에 덜렁 누워 있는 강호를 내려다봤다.

"바로 잘 거야?"

"왜?"

"좀 심심해서."

"글 써. 공모 준비한다며."

"초고는 나왔어. 두세 번 수정해서 보내려고."

"그럼 커피 좀 내려봐."

강호의 말에 정하는 익숙한 손놀림으로 강호네 커피메이커를 조작해 커피를 내렸다. 강호네 커피메이커는 정하가 대형할인매장 커피 코너에서 어린이날 이벤트에 당첨되어서 받은 선물인데 정하는 이미 커피메이커가 있었기 때문에 만 원 받고 강호에게 팔았다.

"있지."

"뭐가?"

"남자가 있는데, 미국에 살아. 그런데 한국에 관광차 나왔다가 호텔에서 어떤 여자를 만나. 그 여자가 몹시 곤란한 상황에 처해 있는데 흑기사처럼 나타나서 도와주는 거야."

원래는 말할 생각이 없었는데 강호를 보자 괜히 말하고 싶어진 정하가 영화나 만화에서 본 것처럼 슬쩍 돌려 얘기를 시작했다.

"어떤 곤란한 상황?"

"그러니까 호텔로 쳐들어온 옛날 애인에게서 구해준다거나."

정하가 거기까지 말했을 때 막 침대에 비스듬히 눕던 강호가 다시 몸을 일으키더니 정하를 쳐다봤다.

"민수가 너 호텔에 있을 때 쳐들어왔냐?"

하여튼 저 저주받은 눈치. 눈치 채지 못하게 하려고 돌려 말했건만 강호의 눈치를 피해갈 수는 없었다.

"그래?"

강호가 다그쳤다.

"어."

"그래서, 그놈이 어떻게 했는데?"

"그게 어떻게 됐냐면, 호텔에 있는데 민수 씨한테 전화가 온 거야. 같이 호텔 가자더니 왜 연락이 없냐고. 내가 미쳤어, 지하고 호텔엘 가게? 내가 양다리 걸친 거 다 알고 있는데 내가 모르는 줄 알고 수작을 부리는 거야. 그래서 남자랑 같이 있는 척을 했거든."

"잠깐만, 은정하."

강호가 한쪽 눈을 이렇게 찡그리고 정하를 노려봤다.

"왜?"

"너 민수 놈하고 호텔에 같이 갈 생각이었어?"

"누가 그랬대?"

정하가 펄쩍 뛰며 손사래를 쳤다.

"같이 호텔 가자더니 왜 연락이 없냐고 민수한테 전화가 왔다면서!"

"내가 그랬나?"

"너!"

"하여튼 같이 안 갔잖아, 이 자식아! 오빠도 아니면서 되게 잔소리하네, 정말!"

"누군 하고 싶어 하니? 내 몸 간수하는 것도 힘들어 죽겠는데 쌀집 딸까지 신경 써야 해서 얼마나 귀찮은 줄 아냐고!"

강호가 버럭 소리를 질렀다.

"너 진짜 싸가지없이 말한다."

"싸가지는 네가 없어!"

"관둬, 이 자식아! 커피 네가 빼먹어!"

정하가 빽 소리를 지르고는 씩씩거리며 나가려는데 강호가 정하를 붙잡았다.

"그래서 호텔에서 어떻게 됐는지 말은 해야 할 것 아니야!"

강호가 눈을 부라리며 소리쳤다.

"몰라도 돼!"

"쌀집에 전화한다."

"치사한 자식."

"말해. 어떻게 됐어?"

"뭘 어떻게 돼. 남자랑 있는 척, 남자랑 막 키스하고 침대에서 뒹구는 척했더니 오밤중에 죽이겠다고 쫓아왔어."

"쫓아왔어? 왜 나한테 연락 안 했어?"

"너 부산 갔잖아."

정하의 말에 강호가 낮은 목소리로 씨발 하그 뇌까렸다.

"그래서?"

"뭘 그래서야. 문 잠가놓고 죽은 척 상대 안 했더니 그냥 갔지."

"정말이지?"

"정말이지, 그럼. 문 열어주면 대판 싸움이 붙어 창피당하든지 그렇지 않음 그놈이 날 덮쳤을 텐데 내가 문을 왜 열어주니?"

"진심이지?"

"진심이라니깐!"

정하가 강한 어조로 진심이라 대답하자 강호가 한발 물러섰다.

"그런데 미국 사람이 한국에 관광 왔다가 호텔에서 구해준다는 건 뭐야?"

"어, 그거……."

강호한테 그날 있었던 일을 곧이곧대로 다 말하다 보면 틀림없이 쌀집에 고해바칠 것이고 이쯤에서 슬쩍 빼줘야 할 것 같았다.

"내가 그랬잖아, 호텔에 가니까 글이 되게 잘 써지더라고. 가만 누워서 생각하다 보니까 썩 괜찮은 줄거리가 떠오르는 거야. 양다리를 걸치던 옛날 애인한테 다른 남자랑 호텔에 온 척 연기를 하자 옛 애인이 격분해서 쫓아온다. 그런데 미국에서 관광 온 남자가 빌어먹을 옛 애인에게서 여자를 구해준다. 어때, 얘기가 될 것 같지?"

정하가 딴에는 제법 그럴듯하게 돌려 말했다.

"넌 사랑 얘긴 취미에 안 맞는다며 수사물, 추리물만 쓰더니 왜 갑자기 사랑 얘기야?"

"나도 모르겠어. 시집갈 때가 되어서 그러나. 하여튼 괜찮을 것 같지 않아? 그 미국에서 온 남자는 잘생기고 키 크고, 그냥 잘생긴 게 아니라 굉장히 잘생긴 남자야. 키도 190cm고 온몸이 근육이야. 그리고 너무 다정하고 친절해."

정하는 눈앞에 마치 성우가 서 있기라도 한 것처럼 황홀한 기분으로 중얼거렸다.

"게다가 키스를 너무너무 잘하는 거야. 숨이 막힐 정도로. 그리고 그 남자는 다른 사람에게 선물하려고 준비했던 초콜릿을 옛 애인 때문에 놀란 여자에게 진정제로 먹이기 위해 아낌없이 포장지를 뜯어버리는 거야. 왜냐하면 그 남자는 여자한테 첫눈에 반했거든."

정하가 감정이 절정에 달한 배우처럼 읊었다.

"그런 남자 세상에 없다."

강호가 시큰둥하게 말했다.

"있어!"

정하가 바락 악을 쓰자 강호가 어이없다는 듯 웃더니 '빌어먹을 데니스 오' 하고 중얼거렸다.

"지난번에 내가 말했지? 데니스 오가 미쳤다고 너하고 결혼하겠냐고."

"넌 이럴 때 판을 깨고 싶니?"

정하가 강호를 째려보며 쏘아붙이자 강호가 심드렁한 얼굴로 귀를 후볐다.

"끝이야?"

"여자가 호텔에서 나오면서 그 남자와의 인연은 이게 끝이라고 생각했는데 다시 남자를 만난 거야."

"어떻게?"

"여자를 잊지 못한 남자가 여자한테 전화를 하는 거야."

"그래서?"

"만나지."

"만나서?"

"사랑을 속삭여."

"재미없다. 커피나 주라."

강호가 딱 잘라 말했고 정하는 김이 새버렸다.

"하여튼 분위기 싸하게 만드는데 뭐 있어. 너 그때 그 선배한테도 이딴 식으로 해서 차인 거지?"

"어."

강호가 망설임없이 그렇다고 대답해 버리자 정하는 저런 놈에게 무슨 말을 할까 싶어 얼른 커피를 따라줬다.

"마시고 자라."

"잘 가."

"하나만 물어볼게."

"어딜 물 건데?"

"재미없어, 자식아!"

정하가 눈을 부라리는데 강호는 지가 웃겼다고 생각했는지 키득거리고 웃었다.

"서울 지리를 잘 모르는 그 남자가 여자를 집에 데려다 주기 위해 직접 운전을 해. 그리고 여자 집에 도착한 남자는……."

"데니스 오가 널 덮쳤냐?"

"아니야!"

정하가 약이 올라 발까지 동동 구르며 소리쳤다.

"그럼?"

"곱게 집에 들여보내 줘."

"그러니 영화지. 그런 상황에서 곱게 들여보내 주고 가는 남자가 어딨냐. 불구 아니고서야."

"불구?"

"불구가 아니면, 여자를 정말 좋아하는 거겠지. 난 불구 쪽에 백만 원 걸지만."

"됐다. 내가 너하고 무슨 말을 하겠니."

정하는 두루마리 휴지로 강호의 이마를 한 대 쳐주고 집으로 왔다.

"불구가 아니면 여자를 정말 좋아하는 거라고?"

정하의 입가에 미소가 걸렸다.

"나를 정말 좋아하는 거야."

정하는 날아갈 듯이 기분이 좋아졌다.

"그런데 왜 전화를 안 하지?"

정하는 나흘째 침묵 중인 휴대전화를 쳐다보며 나지막하게 중얼거렸다.

성우가 탄 엘리베이터가 오층에 잠깐 멈추는가 싶더니 문이 열렸다. 엘리베이터에 오르려던 인영이 성우를 알아보고 살짝 웃으며 고개를 숙여 보였다.

"안녕하세요, 사장님."

인영이 엘리베이터에 올라 성우의 곁에 서며 인사했다.

"안녕하세요, 오 작가님. 퇴근하십니까?"

"출근한 것도 아닌데요 뭘. 제작팀장님이랑 사막 시나리오 수정 의논하느라 들렀다 가는 길이에요."

"아, 잘되어갑니까?"

"네."

인영이 성우를 바라보며 눈가에 잔뜩 주름을 잡아 눈웃음을 치더니 뭔가 발견한 듯 성우의 어깨에 손을 댔다. 성우가 고개를 돌려 쳐다보자 인영이 머리카락을 집어 들고는 훅 하고 불었다.

"감사합니다."

"별말씀을요."

엘리베이터가 일층에 도착해 문이 열리자 성우가 먼저 내려섰고 인영이 뒤따라 내렸다.

"퇴근하시는 거예요, 사장님?"

"예. 오 작가님, 조심해서 가십시오."

성우는 가볍게 목례를 한 후 빌딩 밖으로 나가 대기 중인 차로 걸어갔다.

인영은 재빨리 성우의 뒤를 따라갔다. 월든코리아 한국 지사장인 진우의 사무실에서 처음으로 성우와 인사를 나누고 그토록 만나길 고대했지만 그동안 여간해선 만나지지 않던 남자가 성우였다. 그 후로 날마다 월든코리아 사옥에 들렀지만 진우만 한 번 마주쳤을 뿐이다. 하도 성우가 보이지 않아 혹시 미국으로 가버렸나, 아리조나에 가볼까 하던 참인데 오늘 운 좋게 마주친 것이다. 이렇게 마주친 이상 그냥 곱게 보내줄 수는 없었다. 얼마 만에 만났는데, 이렇게 헤어지면 또 언제 마주칠 수 있을지 모르는데 맥없이 인사만 하고 헤어질 수는 없었다. 어떻게 하든 성우에게 자신의 존재감을 확실히 각인시켜야 했다.

"사장님, 어디로 가세요?"

막 차에 오르려는 성우에게 인영이 용감하게 물었다.

"신정동으로 갑니다."

"그럼, 가시다 가까운 전철역에 내려주시면 안 될까요?"

"어서 타세요."

성우가 말했고 인영은 얼른 차에 올라탔다. 성우가 차에 오르자 곧 차가 출발했다.

"오 작가님, 댁으로 가십니까?"

"아뇨, 서점에요. 책을 몇 권 사야 해서요."

"책 많이 보셔야 하죠?"

"아무래도 직업이 그렇다 보니 보통 사람보다는 많이 읽어야 죠."

"그렇죠."

"그런데 미국에 정혼자가 계시다고 하던데 결혼은 언제 하세요?"

인영의 말에 성우가 한쪽 눈을 찡그리며 인영을 쳐다봤다.

"정혼자요?"

"난 그렇게 들었는데, 아니에요?"

"왜 그런 소문이 돌았는지 모르겠군요. 헛소문입니다."

"정말 헛소문이에요?"

"예."

성우의 예라는 대답을 들으며 인영이 살며시 미소 지었다.

미국에 정혼자가 있다더란 말은 인영이 지어낸 말이었다. 그런 소문은 돈 적도 없었다. 그것은 성우에게 결혼할 상대가 있는지 없는지 알아내기 위해 인영이 던진 미끼였을 뿐이다.

"오 작가님은 정혼자가 있습니까?"

"어머, 아니요. 남자 친구도 없어요."

"굉장히 미인이신데 의외로군요."

"어머, 정말요?"

인영이 부끄러운 듯 얼굴을 붉혔다. 얼굴을 붉히며 인영은 상당히 고무적인 현상이라고 생각했다. 성우가 굉장히 미인이신데, 라고 한 말 말이다. 물론 인영은 자신이 매우 미인이라는 것을 알고 있었고 자신이 미인이라는 것을 즐기고 있었다. 성우가 '굉장히 미인'이라고 한 말에 부끄러운 척한 것은 작전이었다. 미인을 알아보시는군요? 하는 척하면 재수없어할 테니 말이다. 얼마를 들인 얼굴인데, 얼마나 가꾸고 또 가꾼 얼굴인데 미인이 아닐 수 있겠으며 미인으로 보이지 않을 수 있겠는가. 하여튼 성우에게도 미인으로 보여졌다는 것은 분명 플러스 요인이었다.

"작업실 아니면 사무실만 왔다 갔다 하니까 남자 친구를 사귈 겨를도 없었어요."

"오 작가님 같은 분을 왜 남자들이 내버려 두는지 이해할 수가 없군요."

성우의 멘트에 인영은 또다시 얼굴을 붉히며 미소 지었다.

"사장님, 너무 띄워주시는 거 아니에요?"

"아닙니다, 진심이에요."

인영이 성우를 바라보며 일부러 작위적인 미소를 흘리는데 안타깝게도 성우의 시선은 앞쪽을 향하고 있어 인영의 살인미소를 보지 못했다.

"다른 형제 분들은 다 결혼을 하셨는데 왜 사장님은 결혼을 안 하셨어요?"

"아직 결혼하고 싶은 여자를 만나지 못했습니다."

"아. 그런데 다른 형제 분들처럼 사장님도 한국 분과 결혼하실 거예요?"

"물론입니다."

"부모님께서 한국 여자를 며느리로 맞으시길 바라시는 거예요?"

"그렇지는 않지만 다른 형제들처럼 제가 한국 여자를 원합니다."

"그렇군요."

성우가 한국 여자를 원한다는 말에 인영은 속으로 그러면 그렇지 하고 회심의 미소를 지었다. 자신을 만났기 때문에 성우가 갑자기 한국 여자와 결혼하고 싶어하는 것이 틀림없다고 생각했기 때문이다. 모든 남자가 그렇듯 성우 역시 미인에겐 약하다는 것을 확인했다는 것도 인영을 자신만만하게 만들었다.

"한국엔 얼마나 머무세요?"

"글쎄, 아직 확실하지 않아요."

"네. 한국에 오신 김에 결혼할 분도 만나면 좋겠네요."

"그러길 희망합니다."

인영은 성우의 빚은 듯한 옆모습을 뚫어져라 바라보며 당신의 짝이 바로 당신 옆에 앉아 있으니 엉뚱한 데서 찾을 필요 없다고 마음속으로 속삭였다.

"전철역입니다."

갑자기 차 문이 확 열리며 기사가 말했다. 차가 멈춘 줄도 모르고 있었는데 그새 전철역까지 온 모양이었다.

"조심해서 가십시오, 오 작가님."

"네, 사장님. 오늘 태워주셨으니까 다음에 제가 식사 대접할게요. 응해주실 거죠?"

"예."

"안녕히 가세요."

성우에게 화려한 미소를 날리던 인영은 차에서 내려 눈치없이 전철역까지 잽싸게 내달린 기사에게 눈을 흘겼다. 물론 기사 모르게. 저만치 떠나가는 성우의 차를 보며 인영은 맹세했다. 성우가 미국으로 떠나는 날, 비행기 옆 좌석에 기필코 앉고야 말겠다고. 성우의 손을 꼭 잡고. 하지만 그렇게 하기 위해서는 작전이 필요했다. 적극적인 작전이.

"어디 두고 보자구."

서점에서 책을 고르고 있던 정하의 입가에 살며시 미소가 걸렸다. 조금 전 만나고 왔던 출판사 편집부장님이 했던 말을 상기시키자 기분이 좋아졌기 때문이다.

"이거 오프 더 레코드다."

"뭔데요?"

"학습만화만큼은 지니 씨보다 정하 씨가 훨씬 더 월등해."

편집부장의 말에 정하는 웃으며 대꾸했다.

"에이, 기죽었다 하니까 일부러 그러시는 거죠?"

"아니. 물론 드라마랑 만화 스토리가 똑같진 않지만 비슷한 부분이 많거든? 그런데 정하 씬 엑기스를 잘 뽑아내. 함축을 잘한다고."

"빈말이라도 듣기 좋아요."

"빈말 아니야. 그러니까 그림 작가님들은 몇 번을 바꿨어도 스토리 작가는 안 바꿨잖아."

"아, 그런가요?"

정하가 좋아서 키득거리고 웃자 편집부장도 웃었다.

"이번에도 잘 부탁해. 물론 믿고 있지만."

"열심히 할게요."

학습만화에서만큼은 지니보다 훨씬 월등하다는 소리도 기분 좋았지만 또 한 가지 이번엔 인세도 깜짝 놀랄 만큼 올라 기분이 날아갈 것 같았다.

　[제발 부탁이니 얼굴 좀 보여주세요.]

　하는 출판사 편집부장님의 전화를 받고 출판사로 달려갔을 때 편집부장님이 높은 인세를 준비해 놓고 반갑게 정하를 맞아주었다.

　"얼굴 보기 왜 이렇게 힘들어요?"

　글샘출판사 편집부장님이 정하를 반갑게 맞이했다.

　"안녕하셨어요?"

　"한번 나오라고 해도 말 되게 안 들어."

　글샘출판사 편집부장님은 마흔한 살의 독신녀였는데 입으로는 결혼해야지, 결혼해야지 하면서도 실은 그닥 결혼에 관심이 없는 정말로 화려한 싱글을 고집하는 분이었다.

　"준비하는 게 있어서 매달리느라구요."

　"뭐? 드라마?"

　"아뇨. 영화 시나리오 공모가 있어서 덤볐어요."

　"아, 그랬구나."

　편집부장이 커피 두 잔을 만들어와 한잔을 정하에게 건네고는 맞은편 자리에 앉았다.

　"일단 차 한 잔 하고 나가서 밥 먹자."

　"왜 보자 하셨어요?"

　"왜긴, 일하자고 보자고 했지."

"이번엔 누군데요?"

"대조영."

"대조영이요? 이번엔 고구려 공부해야 하는 거예요?"

정하가 뜨악해하며 물었다.

"음."

편집부장이 키득거리며 대답했다.

글샘출판사와 작업한 작품이 네 개. 이번에 대조영 작업까지 하면 다섯 번째였다. 학습만화를 읽는 대상이 초등학생부터 고등학생까지였기에 주로 위인들을 다루었다.

처음으로 했던 작품이 이순신이었는데 그에 관련된 책자도 수십 권인데다 드라마로도 만들어졌기에 익숙하고도 친근한 인물이었다. 하지만 학습만화라는 것이 읽는 이로 하여금 주인공의 일대기를 읽기 편하면서도 진솔하게 전달해야 하는 작업이기에 결코 쉽거나 편하지 않았다. 혹 역사적 오류를 모르고 지나치는 우를 범할까 봐 이순신과 관련된 수십 권의 저서를 참고자료로 읽었다. 또 혹시라도 다른 글과 비슷하게 보여 표절 시비에 걸리지 않도록 하기 위해 정하 자신만의 위인을 재창조했기에 그 작업은 정말 힘들었다.

드라마나 영화 시나리오 쓰겠다고 시작한 공부인데 난데없이 만화 스토리를 의뢰받은 것도 아이러니했지만—지니의 소개로 시작하게 됐다—현대물만 쓰던 정하인지라 역사물이라는 말을 들었을 땐 더욱 뜨악했다. 뜨악함에도 정하가 그 일을 받아들인 이유는 세 가지였다. 첫째, 만화 스토리와 드라마 대본이나 시나리오가 일맥상통하는 부분이 있다는 것. 둘째, 만화 스토리도 드라마 대본을 쓰기 위한 공부라고 생각했기 때문. 마지막으로 잔고가 바닥난 데다 당장 들어올 수입이 없어 정하의 코가 석 자였기 때문이다. 결과는 세 가지 이유를 모두 충족시킬 만큼 만족스러웠다.

학습만화에는 스토리 작가도 있지만 그림 작가도 있는데 두 가지 중에 어느 것이 더 중요한가는 닭이 먼저냐 달걀이 먼저냐 하는 것처럼 명쾌한 답이 이미 나와 있었다. 정답은 닭도 맛있고 달걀도 맛있는 것처럼 스토리도 중요하고 그림도 중요했다. 단지 정하에게 학습만화 스토리는 처음이었고 역사물 또한 처음이었기에 무척 고전했으나 결과는 작가도, 출판사도 모두 만족할 만했다. 예상했던 것보다 몇 쇄를 더 찍었기 때문이다. 그 때문에 두 번째 작품인 세종대왕 때 정하의 인세도 자동으로 올랐고.

이순신, 세종대왕, 신사임당, 그리고 이율곡으로 이어지면서 조선시대 역사 공부는 제대로 하는구나 했는데 이번엔 발해를 건국한 고구려인 대조영이란다. 그것은 조선시대뿐 아니라 이제 고구려 역사까지도 좔좔 꿰야 한다는 뜻이었다.

"잠깐만."

편집부장님이 몸의 실루엣이 잘 드러나는 다소 타이트해 보이는 스커트 차림으로 소파에서 일어나더니 자신의 책상에서 서류 한 뭉치를 들고 와 정하에게 내밀었다.

"인터넷에서 찾아낸 대조영 관련 논문이야. 물론 제값을 지불하고 다운받아 프린트한 거야. 아마 도움이 될 거야. 여기 메모에 적힌 것은 대조영 관련 저서들이고."

"고구려 공부할 시간은 충분히 주실 거죠?"

"두 달 줄게. 두 달 동안 공부 열심히 해서 여름부터는 원고 넣어줘. 늦가을에 출판할 계획이거든. 그럼 그리는 시간도 있으니까."

"고구려 공부를 두 달 안에 할 수 있을까요?"

"이걸 보면 할 생각이 들 거야."

편집부장이 인터넷에서 다운받아 프린트했다는 논문 겉표지에 연필로 몇 자 적더니 정하가 잘 볼 수 있도록 내밀었다. 정하가 뭘 적었나 들여다보자 거기엔 정하의 인세가 적혀 있었다.

"와~"

정하가 놀란 얼굴로 편집부장을 쳐다보자 편집부장이 씩 웃으며 공부하고 싶지? 하고 말했고 정하가 웃음을 터뜨리며 고개를 끄덕였다.

"정하 씨랑 작업해서 손해 본 작품이 하나도 없잖아. 손해가 뭐야, 솔직히 말하면 아주 재미봤지. 그래서 너무 고마워서 파격적으로 인세 책정한 거야."

점심을 먹기 위해 보쌈집으로 왔을 때 편집부장이 물수건으로 손을 닦으며 말했다.

"정말 파격적이네요."

파격적이었다. 첫 작품인 이순신 작업 때보다 무려 2.5배가 올랐으니.

"이번엔 몇 권짜리예요?"

"일단 다섯 권인데 반응 봐서 일곱 권 정도로 늘어날 수도 있고.

권수는 3권까지 출판한 다음에 결정하자구. 일단 사봐야 할 책이 많으니까 1권 인세는 통장으로 입금시켜 둘게. 어때?"

"좋아요. 감사합니다."

"나머지 인세는 늘 그랬던 것처럼 원고 들어오면 바로 입금하는 걸로."

"네."

글샘 출판사는 인세 지급은 기똥차게 정확했다.

"지니 씬 잘 있지?"

"미니 들어갔어요. 제주도 펜션에서 대본 만들고 있어요."

"지니 씨만 미니시리즈 해서 정하 씨 기죽은 거 아니지?"

"기 좀 죽었어요."

좀 기죽었다는 말에 부장님이 그랬었다. 지니보다 학습만화에서는 정하가 월등하다고. 칭찬받아 기분 좋지 않을 사람이 누가 있을 것이며 인세 올라서 싫은 사람이 누가 있겠는가. 지니 미니 시리즈 한다는 말에 기는 죽었지만 그래도 이쪽 분야에서 나름 인정을 받고 있다고 생각하자 뿌듯해졌고 뿌듯한 만큼 기분도 좋았다.

"누구 만나는 사람 있다고 하더니, 열애 중이야?"

"열애 중이긴 한데 다른 사람이에요."

정하의 말에 편집부장님이 눈을 흘겼다.

"누군 한 놈도 못 물고 있는데 그새 바꿔치기 했다고? 나 약 올리는 거지."

"그놈이 양다리 걸치다 발각됐거든요."

"저런, 가만뒀어?"

"그놈 눈앞에서 다른 남자랑 키스하는 걸로 복수해 주고 바꿔치기한 남자랑 만나고 있어요."

"와, 멋지다. 어때? 좋은 사람?"

"네, 뭔가 통해요."

"부럽네."

"부장님은 아직이에요?"

"사십 넘은 여자와 연애하고 싶어하는 총각이 있을까?"

"음…… 있을 거예요."

"그래? 계속 기다려 봐?"

"네."

편집부장에게 꼭 애인이 생길 거라고 축복해 준 정하는 곧바로 서점으로 달려왔다. 편집부장이 메모해 준 관련 서적들을 훑어보기 위해서였다.

정하는 서점으로 들어오자마자 휴대전화를 끈 다음 서점 종업원의 도움을 받아 메모지에 적힌 책들을 찾기 시작했다. 정하는 서점에 올 때마다 서점 전체를 뚝 떼어서 집에 가져가 버렸으면 좋겠다고 생각했다. 그럼 읽고 싶은 만큼 실컷 읽을 수 있을 테니 얼마나 좋을까 하고.

편집부장님이 적어준 책들 중에 두 가지를 찾아낸 정하는 조금 한산한 쪽으로 옮겨가 아예 쭈그리고 앉았다. 아무래도 시간이 좀 걸릴 것 같으니 이럴 땐 자리잡고 앉는 것이 최고였다.

한참 읽고 있는데 지나가던 사람이 정하의 발에 걸려 넘어질 뻔

했고 다리를 좀 더 오므리지 않은 정하와 걸려 넘어질 뻔한 사람
이 서로를 향해 미안하다 사과하는데 쳐다보니 인영이었다. 이 재
수없는 년을 왜 여기서 만나게 됐는지.

"인영아."

"어, 정하야. 여기서 만나네?"

"그러게. 책 보러 왔니?"

"응, 몇 권 살게 있어서. 너도?"

"어, 나도 책 사야 해서. 잘 지내니?"

"나야 늘 그렇지 뭐."

인영이가 턱을 살짝 올리며 다소 거만해 보이는 얼굴로 말했다.
정하가 반갑지 않아하는 것만큼 인영이도 정하가 반갑지 않은 듯
보였다. 정하나 인영이나 서로의 얼굴을 편하게 바라보기엔 너무
멀리 가버렸다.

"요즘 뭐 하는데?"

"월든코리아 창립 작품 하고 있어."

"그래? 나 이번에 월든코리아 시나리오 공모에 응모하는데."

정하의 목소리가 부러운 듯이 금세 가라앉았다. 인영인 창립 작
품을 준비하고 있다는데 정하 자신은 아직 공모에 응모나 하고 있
다니, 비교되어도 너무 비교됐다. 어떻게 인영이 년만 만나면 기
가 죽게 되는지.

"들었어, 월든코리아에서 시나리오 공모한다는 소리. 상금이
세서 몇 천 편 들어올 것 같던데⋯⋯."

인영이가 몇 천 편 들어올 것 같던데, 라며 말끝을 길게 끈 것이

어쩐지 어지간히 좋은 원고가 아닌 이상은 당선될 거라는 기대는 접는 것이 좋을 것이란 소리처럼 들려 정하는 배알이 틀어져 버렸다.

"무슨 책 사러 왔니?"

인영이가 물었다.

"학습만화 일 맡아서 관련 서적 좀 찾느라 왔어."

"학습만화? 어⋯⋯."

물론 그런 뜻은 아니겠지만, 인영이가 학습만화? 하고 되묻는 말에서 깔보는 듯한 분위기가 느껴지자 정하는 편집부장님이 준 프린트 뭉치로 인영이의 면상을 한 대 갈겨주고 싶었다. 네가 학습만화를 알아? 하고 소리치며.

"이번에 공모에 내는 원고 제목이 뭐니?"

"제목은 왜?"

왜? 제목도 훔쳐가려고?

"아니 뭐, 월든코리아하고 같이 일하는 중이니까 심사 위원들께 눈여겨봐 달라고 한마디 걸쳐 줄 수 있거든. 도움이 될까 하고."

'지랄하네.'

"됐어. 무슨 일이든 자기 실력으로 해야지. 뭐든지 자기 실력으로 해야 나중에 뒤탈이 없는 거잖아. 괜히 어설프게 줄 타다 골로 가는 수가 있거든. 너도 경험이 있겠지만 너도 남의 원고 살짝 고쳐 당선되고 나서 꿈자리 사나웠을 것 아니니."

정하가 비꼬자 인영이의 눈꼬리가 뾰족해졌다.

"네가 뭔가 대단히 잘못 알고 있는데……."

"네가 알고, 내가 알고, 지니가 알고, 강호가 알고, 하늘이 아는데 잘못 알고 있긴. 됐고, 난 책 찾아야 해서 저쪽으로 간다. 너도 책 잘 보고 가라."

정하는 획 돌아서서 이만치 와버렸다.

"한마디 걸쳐 줄 수 있다고? 깝치고 앉았네."

정하는 인영의 말투를 흉내 내며 양껏 입술을 비죽여 주고는 서점 종업원과 함께 찾은 책을 한쪽에서 읽기 시작했다.

인영이는 아무 일도 없었다는 얼굴로 태평하게 책을 읽고 있는 정하를 노려봤다.

'은정하, 어디 두고 보자. 네 원고가 얼마나 대단할지는 모르겠지만 1차도 통과 못할 거야. 왜냐하면 내가 그렇게 만들 거거든. 그러니 넌 평생 학습만화나 쓰면서 살라고.'

인영은 독기 어린 눈으로 정하를 노려보다가 휑 하니 서점을 나갔다.

정하가 한권한권 읽어보며 이건 사야 될 책, 이건 꼭 사지 않아도 될 책으로 분류하며 책을 읽은 지 몇 시간, 배가 고프다 싶어 시계를 들여다봤을 때 벌써 저녁 여덟 시가 넘어가고 있었다.

"가야겠다."

사야 될 책으로 분류해 놓은 책을 계산한 다음 서점을 나온 정하는 집에 밥이 없다는 것이 생각나 근처 분식집에라도 들어가 저녁을 해결하고 갈까 하다가 말았다. 분식점이고 식당이고 혼자 들어가서 밥 먹는 건 어쩐지 이상하고 재미없었기 때문이다. 정하는

혹시 강호 집에 식은 밥이라도 남았으면 라면이나 끓여 먹어야지
란 생각을 하며 집으로 향했다.

정하가 일곱 권이나 되는 책에 출판사에서 프린트해 준 논문 한
뭉치를 들고 막 오피스텔로 들어가려는 순간 커다란 남자가 정하
앞을 막아섰다. 성우였다.

"어, 성우 씨!"

정하가 함박웃음으로 성우를 반가워했다.

"걱정했어요."

성우가 정말 걱정하고 있었던 것처럼 살짝 찌푸린 얼굴로 말했
다.

"왜요?"

"연락이 안 되어서. 전화가 계속 꺼져 있어서요."

"아 참!"

정하는 책이 든 쇼핑백을 내려놓고 주머니에서 휴대전화를 꺼
내 전원을 컸다.

"꺼뒀어요?"

"서점에 있었거든요."

정하가 내려놓았던 쇼핑백을 들어 펼쳐 보였다.

"책을 많이 샀네요."

"일을 맡아서요."

"일?"

"새로운 학습만화를 맡아서 공부해야 해요."

그렇게 대답하는데 정하의 배에서 꼬르륵 소리가 났다.

"저녁 안 먹었어요?"

"네. 정신없이 읽다 보니까 시간 가는 줄도 몰랐어요. 정말 배고
프다. 저녁 드셨어요?"

"아직."

"그럼 내가 한턱 쏠게요."

정하가 앞장서서 오피스텔을 나오는데 성우가 책이 가득 든 쇼
핑백을 들어주었다.

"괜찮아요. 무거워요."

"무거우니까."

정하가 도로 뺏으려고 했지만 성우는 단단히 움켜쥔 채 놓지 않
았다. 성우는 곧장 자신의 승용차로 가더니 문을 열어주었다.

"어디 가게요?"

"맛있는 거 먹으러 가요."

"근처에서 먹어요."

"근처에서?"

"지난번에 내가 얻어먹었으니까 오늘은 내가 쏜다구요. 그런데
비싼 건 못 사줘요."

정하는 성우를 데리고 오피스텔 근처에 있는 두부전문집으로
갔다.

"파전 한 장 먼저 주시구요, 우리 전골 주세요."

정하는 들어가자마자 주문부터 했다.

"그런데 얼마나 기다린 거예요?"

정하가 성우의 컵에 물을 따라주며 물었다.

"두 시간 반쯤."

성우의 대답에 정하가 깜짝 놀라며 쳐다봤다.

"두 시간 반이나요?"

"연락이 안 되어서 혹시 무슨 일 있나 해서요."

"갑자기 막 미안해지네요."

"아니, 미안할 건 없어요. 내가 미리 말하지 않았으니까. 하지만 걱정했어요, 혹시 무슨 안 좋은 일이 생긴 건 아닌가 하고."

"서점에선 휴대전화 끄는 게 에티켓이잖아요. 그런데 정말 걱정했어요?"

정하의 물음에 성우가 고개를 끄덕이자 정하는 성우가 자신을 걱정해 주는 것이 왠지 좋아서 씩 웃었다.

"저기…… 나 자랑할 거 있는데."

"해요. 축하해 줄게요."

"이번에 새로 맡은 일요, 인세가 엄청 올랐어요."

정하가 기쁨을 감추지 못하고 말하자 성우가 오~ 하며 고개를 몇 번이나 끄덕였다.

"사실, 지금까지 내가 작업했던 학습만화가 반응이 무지 좋았거든요. 그래서 이번에 파격적으로 올랐어요. 얼만 줄 궁금하지 않아요?"

"얼마?"

"이만큼."

정하가 손가락 두 개를 펼쳐 브이를 꼽아 보이며 으스대자 성우가 무척 재밌다는 듯이 웃었다.

"이만큼 받는 작가 별로 없어요. 정말 A급 작가라는 뜻이라구요."

"알아요. 축하해요."

"그런데 고구려 공부를 해야 해서 힘들 것 같아요."

"고구려?"

"이번에 맡은 인물이 대조영이거든요. 발해 건국한 사람. 알아요?"

"음, 대충."

"대조영의 탄생부터 고구려 멸망하고 대조영이 발해를 건국하는 그 시점까지가 이야기의 중심이기 때문에 고구려에 대한 자료 조사를 많이 해야 해요."

정하가 떠드는 동안 성우는 내내 웃으며 듣고만 있었다.

"그런데 왜 갑자기 왔어요? 며칠 동안 전화도 없더니."

뒷말은 하지 말았어야 하는데 하고 보니 기다렸던 것을 티내는 것 같아 아차 싶었다.

"보고 싶어서요."

성우가 말했고 정하는 성우가 보고 싶어했다는 것에 기분이 좋아졌다.

"내 전화 기다렸어요?"

김이 모락모락 나는 파전이 테이블에 놓여지는데 성우가 물었다. 막 파전을 뜯으려고 젓가락을 가져가던 정하가 멈칫하며 성우를 쳐다보다가 씩 웃었다.

"네."

정하가 조금 수줍어하며 대답하자 성우가 나도 기다렸어요 하고 말했다.

"성우 씨두요?"

"정하 씨가 먼저 전화해 줄 거라고 기대했는데."

"그랬구나."

정하가 좋아서 씩 웃자 성우도 웃었다.

"여잔, 적당히 내숭도 떨고 튕기고 그래야 매력있다는데, 난 그걸 못해요. 별로 매력없죠?"

"아니, 너무 예뻐요, 사랑스럽고."

성우의 대답에 정하의 얼굴이 빨개졌다. 예쁘고 사랑스럽다는 말이 왜 그렇게 좋고 부끄러운지 정하는 새빨개진 얼굴로 억지로 웃음을 참고 있었다. 새빨개진 얼굴로 좋은 걸 못 참고 웃어버리기까지 하면 정말 푼수데기처럼 보일 것 같았기 때문이다.

정하는 빨개진 얼굴이 얼른 식었으면 좋겠다 생각하며 파전을 알맞게 갈라 성우의 접시에 놓아주었다.

"여기 파전 맛있어요. 먹어봤어요?"

"한국에 나오면 가끔씩."

"아니, 간장에 살짝 찍어서 드세요."

간장에 찍지도 않고 그냥 먹으려는 성우에게 정하가 급히 말하며 간장을 성우 가까이로 밀어주자 성우는 정하가 시키는 대로 간장에 살짝 찍어 파전을 입에 넣고 씹기 시작했다.

"맛있죠?"

"음."

성우가 고개를 끄덕였고, 정하는 어쩜 뭘 먹는 모습도 이렇게 매력적일까 생각하며 파전 한 점을 입에 넣었다.

"정하 씨 생각할 때마다 몸이 고장나는 것 같아요."

성우의 뜬금없는 말에 정하가 무슨 말인지 못 알아듣겠다는 듯 성우를 쳐다봤다. 몸이 고장난다니?

"무슨 말이에요?"

"정하 씨 생각하면 숨차고 두근거리고 눈이 멀고 귀가 멀어서 다른 사람도 안 보이고 얘기도 안 들리고 그런데 이상하게 웃음이 나오고. 몸이 꼭 고장나는 것 같아요."

성우가 따뜻한 눈길로 정하를 바라보며 말했고, 정하는 입에 파전을 물고 있다는 것도 잊은 채 멍하게 성우를 바라봤다.

저 얘긴, 강호가 했던 말이다. 사랑에 빠졌을 때 나타난다는 그 증상. 숨차고 두근거리고 눈이 멀고 귀가 먼다는 그 불치병. 그렇다면 성우는 사랑에 빠진 것이다. 성우가 사랑에 빠진, 아니, 사랑에 빠뜨린 사람은 바로 자신이었다. 정하, 은정하.

나한테 푹 빠졌냐고 나한테서 사랑을 느끼고 있냐고, 아주 진한 사랑을 느끼고 묻고 싶은 걸 가까스로 참았다. 성격대로라면 확 물어봤으면 좋겠는데 갑자기 어울리지 않게 소심증이 발동해 버려 도저히 부끄러워 대놓고 물어볼 수가 없었다. 증상을 봤을 땐 묻지 않아도 확실하지만 말이다.

정하는 당황한 나머지, 아니, 너무 경이로운 나머지 한 열다섯 번은 더 씹어 삼켜야 할 파전을 그만 꿀꺽 삼키다가 목에 걸리는 바람에 캑캑 기침이 터져 나와 난리가 나버렸다. 놀란 성우가 얼

161

른 물을 먹여주고 등을 두드려 줘서 간신히 진정이 되긴 했지만 정하는 어째 성우를 만날 때마다 흉한 꼴을 보이는 것 같아 창피해서 견딜 수가 없었다.

"괜찮아요?"

"나한테 작업 건 거죠?"

"작업?"

"나 꼬시려고 그런 말 하는 거잖아요."

"꼬시고 싶어요. 넘어와 줄래요?"

성우가 물었고 정하는 그만 웃고 말았다. 웃고 있었지만 정하는 숨이 차서 견딜 수가 없을 지경이었다. 정말 불치병에 걸린 듯했다. 숨이 차고 두근거리고 성우 외엔 아무것도 안 보이고 아무 소리도 들리지 않고. 이렇게 좋을 땐 대체 뭐라고 표현을 해야 할까? 끝내준다? 째진다? 제발, 좀 멋지게 표현하자. 그래, 이보다 더 행복할 순 없다!

팔팔 끓는 두부전골에 밥 한 그릇씩을 깨끗이 비운 두 사람은 식당을 나와 천천히 정하의 오피스텔까지 걷기 시작했다.

"운동 좋아해요?"

성우가 살며시 정하의 손을 잡더니 물었다.

"별로. 운동 신경이 둔해요."

"운동해야 건강한데."

"아직까진 운동 없이 돌아가고 있는데 하긴 해야죠. 언젠가는 해야겠죠. 성우 씬 운동 좋아해요?"

"음."

"뭐 좋아해요? 야구? 축구?"

"농구도 좋아하고, 배구도 좋아하고."

"오~ 어쩐지 키가 무척 크다고 생각했어요."

"나하고 운동하러 가요."

"지금요?"

"아니, 다음에."

"음…… 생각해 볼게요."

"내가 데려갈 거예요."

"생각해 본다구요."

"아니, 내가 데려갈 거야."

성우가 고집스럽게 말했고 정하는 끝까지 생각해 본다고 대꾸
했다.

"집 앞에까지 데려다 줄게요."

오피스텔 앞에서 헤어질 생각이었는데 성우가 엘리베이터까지
따라오더니 집에까지 올라가겠다고 했다.

"그냥 가세요."

암만 해도 이쯤에서 보내는 것이 좋을 것 같았다.

"사고 칠 것 같아서요?"

성우가 물었고 정하는 웃음을 터뜨렸다.

"맞아요."

"사고 치지 않도록 조심할게요."

"어떻게요?"

"음, 아무 짓도 안 할게요."

"정말요?"

정하가 실망한 얼굴로 묻자 이번엔 성우가 웃음을 터뜨렸다.

성우는 엘리베이터 버튼을 눌렀고 엘리베이터가 도착하자 정하와 함께 엘리베이터에 올랐다.

"정말 집에는 못 들어오게 할 거예요."

정하가 성우에게가 아닌 바로 자신에게 경고하듯 말하자 성우가 알았다고 대답했다.

"우리 아버지가 그러시는데 남잔 함부로 집에 들이면 안 된다고 하셨거든요. 결혼할 남자가 아니면."

말해놓고 보니 이상했다. 우리 집에 들어오고 싶으면 나하고 결혼해야 한다는 말로 들렸기 때문이다.

"아, 그러니까 내 말은……."

"우리 아버지도 내 여동생한테 그렇게 교육하세요."

휴, 다행이었다. 성우가 오해하지 않아서.

정하의 집 앞에 도착하자 성우가 손을 내밀었다. 정하는 웬 악수람 하고 생각하며 성우의 손을 잡았는데 성우는 정하의 행동이 뭐가 웃긴지 웃음을 터뜨렸다.

"왜 웃어요?"

"열쇠 달라는 뜻이었어요."

"아."

무슨 엉뚱한 짓이었나 싶어 가방을 뒤져 열쇠를 찾던 정하가 성우를 올려다봤다.

"열쇠는 왜요? 우리 집에 들어가려구요?"

"아니, 문을 열어주는 게 매너라서."

"아, 그쪽 매너군요?"

"음, 우리 쪽 매너예요."

"거참, 희한한 매너네요."

정하가 열쇠를 건네자 성우가 정하 대신 문을 열어주었다.

"데려다 줘서 고마워요. 조심해서 가세요."

"잘 자요."

정하의 볼에 입을 맞추려고 몸을 숙이던 성우가 멈칫하더니 숙이려던 몸을 도로 원위치시켰다.

'아 뭐야, 하려던 건 마저 하지.'

"사고 치지 않도록 조심하겠다고 했으니 약속 지킬게요."

"약속은 지키지 않을 때 제맛이 나는 법인데."

무심코 불만스럽게 내뱉던 정하가 뜨끔하며 손을 내저었다.

"농담이에요. 잘 가요."

"잘 자요."

정하가 살짝 손을 흔들고 떨어지지 않으려는 발을 떼 집으로 들어와 문을 닫았다.

"바보. 키스 받고 싶어 환장한 것도 아니고. 그래도 키스는 해주지. 롱 키스 굿 나잇."

정하가 아쉬움에 구시렁거리는데 갑자기 초인종이 울려 정하가 펄쩍 뛸 듯 놀랐다.

"누구세요?"

"나예요."

성우였다.

두근두근.

정하가 빼꼼이 문을 열자 성우가 쇼핑백을 내보였다. 정하 대신 내내 들어주었던 책이 든 쇼핑백을 깜빡한 것이다.

"아!"

정하가 쇼핑백을 받아들었다.

"잘 가요."

정하가 다시 문을 닫으려는데 성우가 문고리를 단단히 붙들고 문이 닫히지 못하게 됐다.

두근, 두근, 두근!

"왜요?"

"자고 갈게요."

"네?"

"난 결혼할 남자니까."

성우가 확고한 어조로 말했다.

정하는 저질러 버렸다. 아버지가 아시던 쌀가마니 안에 성우를 묻어버리려고 달려오시겠지만 저질러 버렸다.

잠깐 들어왔다 가겠다는 것도 아니고 자고 가겠다는 남자를 집 안에 들이다니. 미친 것이 분명하다. 하지만 어떻게 저 남자를, 저렇게 아름답고 섹시하고 다정하고 등등의, 하여튼 바라만 보고 있어도 좋아서 녹아내릴 것 같은 남자를 어떻게 그냥 돌려보낼 수가 있겠는가. 분명한 것은 자고 가겠다는 성우의 도발을 이기지 못한 것이 아니다. '자고 갈게요, 난 결혼할 남자니까' 라는 말을 내뱉던 성우의 강렬한 눈빛에 매료된 정하가 스스로 저질러 버린 것이다.

'이 남자를 기필코 오늘 밤 내 집에서 재우고 말리라!'

하고. 스스로 저지른 일이니만큼 누구도 탓할 수 없고 순전히 정하 자신이 책임져야 할 일이다. 책임질 자신도 있었다. 성우를 책임져야 하는 일이라면 더 더욱. 성우더러 날 책임지라고 질질 짜며 매달리게 될까 봐 겁나긴 하지만.

"신사처럼 굴게요."

했던 성우의 말을 믿기로 하고 성우를 집 안에 들였지만 막상 들이고 나자 너무 어색해서 어쩔 줄을 몰랐다. 어색함을 줄여볼 생각으로 별로 마시고 싶지 않은데도 냉장고 문을 열어 물까지 꺼내 마셨지만 어색함이 금방 가시진 않았다.

"콧구멍만해서 구경할 것도 없어요."

정하가 자신의 작은 오피스텔을 본 성우가 실망할까 봐 미리 말했다.

"아담해요."

성우는 정하의 오피스텔이 적든 초라하든 별로 상관없다는 듯 대꾸했다.

"정말 자고 갈 거예요?"

"응."

"보시다시피 침대는 하나밖에 없어요. 그렇다고 침대에서 같이 자자는 말은 절대 아니에요."

정하가 같이 자자 라는 부분을 특히 강조했다. 강조하고 보니 웬 내숭인가 싶었다. 기껏 자고 가는 것을 허락해 놓고선, 그래서 집 안에 들여놓고선 같이 자겠다는 건 아니라니. 하지만 맹세코 성우와 한침대에서 자거나 잠자리를 갖겠다는 뜻으로 허락한 것은 아니었다. 아무도 믿지 않고 정하 자신도 믿지 못하지만.

"바닥에서 잘게요."

"불편하지 않겠어요?"

바닥에서 자겠다면 냉큼 그러라 해야지 불편하지 않겠냐고 묻는 건 또 무엇인지. 결국 침대로 끌어들이고 싶다는 말이 아닌가.

"그러니까 내 말은, 침대 쓰던 사람이 바닥에서 자면 불편하다고 해서. 절대 같이 자자는 건 아니에요."

두 번씩이나 뭐 하러 불필요한 강조를 하는지. 갈수록 웃긴다.

"이불만 줘요."

"베개도 줄게요."

"고마워요. 그럼 씻을게요."

"뭐 하게요?"

정하가 깜짝 놀라며 물었다. 마치 성우가 같이 씻자고 말하기라도 한 것처럼. 대체 무슨 음흉한 생각을 하는 것인지.

"자야 하니까."

성우가 말했고 정하는 제발 엉뚱한 생각 좀 하지 말라고 자신의 머리통을 쥐어박았으면 좋겠다고 생각하며 싱크대 서랍을 뒤져 뜯지 않은 새 칫솔을 꺼내 성우에게 건넸다.

"고마워요."

"고맙긴요. 화장실 안에 새 수건도 있어요."

"알았어요."

양복저고리를 벗던 성우가 튀어나올 듯 동그란 눈으로 쳐다보고 있는 정하를 보고 주춤했다.

"벗을게요. 씻어야 하니까."

"다 벗을 거예요?"

"응?"

"아, 아니, 벗으라구요."

정하가 세차게 손을 내저으며 정정했다.

'제발 웃기는 짓 좀 하지 마, 은정하!'

성우가 벗은 양복저고리를 얼른 받아 소중한 물건 다루듯 조심스럽게 옷걸이에 걸어 장롱 속에 넣어두고 돌아서던 정하는 순간 탄성과 같은 한숨을 후욱 내쉬었다. 정하의 한숨 소리가 어찌나 리얼했는지 넥타이를 풀던 성우가 멈칫할 지경이었다. 한숨 소리는 결코 정하가 의도한 것이 아니었다. 넥타이를 풀고 야무지게 잠겨 있던 단추 두 개를 풀어헤치는 성우의 모습이 너무 야성적이라 저절로 한숨이 터져 나온 것이다. 단지 단추 두 개를 풀었을 뿐인데.

성우는 넥타이도 정하에게 건네더니 양쪽 소매 단추를 풀어 두 번세번 접어 올렸다. 드디어 성우의 맨팔뚝이 드러나기 시작했다. 두툼하고 단단하고 근육이 물 흐르듯 멋스럽게 발달된 팔뚝이. 오, 팔뚝 진짜 굵다.

"씻고 나올게요."

"저기 나한테 큰 티셔츠 있는데 그거 빌려줄까요? 와이셔츠 비싸 보이는데. 씻다가 물이 튀면 안 되잖아요."

정하가 시커먼 흑심을 품고 그렇게 말했다. 정말 흑심이었다. 감질나게 반만 드러난 팔뚝이 아니라 이두박근 삼두박근이 보고 싶어서였다.

"그래요. 빌려줘요."

성우가 거절하지 않았고 정하는 속으로 휘파람을 불어제끼며 강호가 자루라고 불렀던 티셔츠를 찾아내 성우에게 건넸다. 바로 앞에서, 정하가 두 눈 크게 뜨고 있는 바로 앞에서 갈아입길 소망하며. 역시, 성우는 정하의 기대를 저버리지 않았다. 거침없이 단추를 풀기 시작했다. 하나씩 단추가 풀어질 때마다 꼴깍거리며 침이 넘어가고 마침내 마지막 단추까지 다 풀어지고 성우가 와이셔츠를 확 펼치며 가슴 근육을 드러냈을 때 정하의 무릎이 우둑 꺾였다. 사람 몸에 무슨 짓을 하면 저런 근육이 붙을 수 있을까. 팔이 떨어져 나가도록 주무르고 또 주무른 밀가루 반죽을 팍 붙여놓은 것처럼 성우의 가슴팍은 오동통 튼실했다. 아주 먹음직스럽게.

성우는 와이셔츠를 벗어 정하 손에 쥐어주고는 곧 정하가 내준 티셔츠로 갈아입었는데 정하는 안 보는 척하면서 성우의 몸을 샅샅이 훑어 내리고 있었다. 그런데 이런, 정하가 입었을 땐 자루 같던 티셔츠를 성우가 입자 몸의 실루엣이 절정으로 드러나는 쫄티로 변신해 버렸다. 하지만 결코 보기 싫지 않았다. 주님이 보시기에 좋았더라가 아니라 정하가 보시기에 아주 좋았더라 할 만큼 육감적이었다.

"좀 작네요."

"입을 만해요."

'그럼 이제 바지만 벗기면 되는 건가?'

양복바지를 입은 채 화장실로 들어가는 성우의 뒷모습을 노려보던 정하는 아무래도 자신의 몸에 색기가 흐르는 모양이라고, 이런 적이 없었는데 왜 갑자기 발랑 까진 색녀처럼 구는지 모르겠다고 한심해하다가 미친 듯이 서랍을 뒤지기 시작했다. 색기가 흐르는 색녀처럼 굴든 성우가 양복 바지 대신 입을 만한 물건을 찾기 위해서였다.

"이거면 되겠다."

정하가 꺼낸 건 지니랑 동대문시장 갔다가 사천 원 주고 산 평퍼짐한 파자마 바지였다. 싼 맛에 산 건데 집에 와서 입어보니 완전 임산부용 파자마라 나중에 쌀집 갈 때 아버지나 드려야지 하며 서랍에 처박아두었던 거였다.

물 흐르는 소리가 들리는 화장실 앞으로 간 문고리에 바지를 걸어둘까 하다가 살며시 화장실 문에 귀를 댔다. 지금 어딜 씻고 있을까? 머리를 감나? 아니면 샤워?! 어딜 박박 문질러 닦든 이런 짓 좀 안 하면 안 되겠니 싶은데도 도저히 화장실 문에서 귀를 뗄 수가 없었다. 문에 귀를 대고 있는 게 아니라 아예 열어보고만 싶었다. 성우가 안에서 어딜 얼마나 박박 문질러 대고 있는지, 성우의 완전 벗은 몸이 얼마나 화려한지 확인하고 싶었다.

"관음증 환자도 아니고 이게 무슨 짓이니?"

자신이 하는 짓이 하도 어이가 없어진 정하는 화장실 문에 이마를 찍어버리고 싶었다. 제발 정신 차리라고.

"아이고, 하나님. 나를 시험에 들게 하지 마옵시고 악에서 구하소서."

화장실 문에 이마를 댄 정하가 어디서 들은 듯한 주기도문을 조잘거리며 벌렁거리는 마음을 추스르려는데 갑자기 문이 확 열렸다. 그 바람에 중심을 잃은 정하의 몸이 문이 열린 방향으로 쏠리며 엎어지는 찰나 쿵 하고 성우의 가슴에 부딪혔다.

'아이고, 맙소사!'

하면서도 정하는 성우의 가슴에서 얼굴을 떼지 못했다. 성우의 가슴. 단단하고 떡 벌어진 가슴, 어찌나 찰진지 튕겨져 나올 지경이었다. 밤새도록 이 자세로 있고 싶었다.

"어이쿠."

성우가 깜짝 놀라며 단단한 팔로 정하를 부축했다.

"괜찮아요?"

"괘, 괜찮아요."

정하가 못된 짓 하다 걸린 어린아이처럼 얼굴을 붉히며 얼른 성우의 가슴에서 떨어졌다.

"뭐 했어요?"

성우가 물었다.

"아니, 난 그러니까…… 아, 이거요!"

정하가 파자마 바지를 번쩍 들어올렸다.

"바지?"

"편한 바지요. 양복바지 불편할 것 같아서."

"아, 고마워요."

"아무 짓 안 했어요. 정말이에요."

그냥 변명하지 않고 태연한 얼굴로 있으면 더 좋았을 텐데.

"알아요."

성우가 파자마를 받아 들고는 웃음을 참으며 열었던 화장실 문을 닫았다.

"멍청이!"

정하가 자신의 이마를 콩콩 쥐어박으며 싱크대로 와서 커피메이커에 물을 붓고 있는데 성우가 화장실에서 나왔다.

"원래 이런 바지예요?"

하고 묻는 소리에 고개를 돌린 정하는 가관인 모습에 웃음을 터뜨리고 말았다. 정하에겐 분명히 긴 파자마였는데 성우에겐 7부 바지인데다 민망할 정도로 쫄바지가 된 것이다.

"쫄바지가 됐네요. 불편해요? 더 큰 바지 없는데."

"불편하진 않아요. 스타킹 신은 기분이지만."

정하는 웃으면서 성우의 다리에 딱 붙은 바지를 집요하게 감상하다가 성우의 시선을 의식해 얼른 고개를 돌렸다.

"커피 마실래요?"

"좋아요."

커피 한 숟갈을 넣은 뒤 전원을 켜고 고개를 돌리던 정하는 성우의 엉덩이를 보고 악 소리를 지를 뻔했다. 통통하게 착 올라붙은 엉덩이 라인이 정말 끝내줬기 때문이다.

'나 이러다 병 날 것 같아.'

도저히 떨어지지 않으려는 시선을 성우의 엉덩이에서 걷어내며 정하는 열이 오르기 시작한 얼굴에 손부채질을 해댔다.

푸식푸식 소리와 함께 커피가 내려지는 동안 성우는 정하의 책상 위에 올려져 있던 책들을 뒤적거리고 있었다.

"책이 많아요."

성우가 책상 옆에 쌓여 있는 책 무더기들을 코며 말했다.

"밖엔 더 많아요."

"밖에?"

"여기요."

정하가 커튼을 열고 베란다 문을 열자 성우가 정하 곁으로 다가와 베란다를 내다보다가 와우 하고 외쳤다. 방이 좁아서 내놓은 책이 베란다 가득이었기 때문이다. 책장에 다 꽂지 못하고 쌓아놓은 책도 천장에 닿을 만큼 엄청났다.

"멋지죠?"

"멋져요."

"내 재산 1호예요."

정하가 뿌듯해하는 얼굴로 말하자 성우가 혼잣말처럼 정말 멋지군요 하고 말했다.

"전요, 이담에 돈 많이 벌어서 넓은 집으로 이사 가면 제일 큰방을 서재로 쓸 거예요. 외국 영화 같은 거 보면 가정집인데도 이렇게 밀고 다니는 사다리 만들어놓은 서재 있잖아요. 난 그런 서재가 꼭 갖고 싶어요."

"음, 알았어요."

"뭘요?"

"그런 서재를 만들어줄게요."

"성우 씨가요?"

"응."

"왜…… 요?"

"정하 씨가 갖고 싶어하니까."

성우가 당장 저 눈에 풍당 빠지고 싶을 만큼 깊은 눈동자로 정하를 바라보며 말했다.

"어……. 내가 갖고 싶다고 하면 뭐든 다 해줄 거예요?"

"응."

"왜…… 요?"

"결혼할 거니까."

낮게 읊조린 성우의 입술이 정하의 입술을 향해 내려오기 시작했다.

꿀꺽. 이놈의 침은 어쩌자고 이렇게 철철 흘러넘치는지.

성우의 입술이 닿기 전에 먼저 성우의 숨결이 탐색하듯 정하의 콧잔등에 날아와 앉았다. 따뜻하고 향기로운 숨결. 곧이어 성우의 입술이 정하의 입술에 닿고 스르륵 저절로 눈이 감기는 찰나였다.

딩동, 딩동.

초인종이 울렸다.

화들짝 놀란 정하가 눈을 떼고 막 정하의 입술에 내려앉았던 성우의 입술이 부리나케 제자리로 돌아가는데 정하야! 하고 외치는 소리가 들렸다. 강호였다.

'똥 같은 놈!'

정하와 성우가 동시에 감전당한 사람처럼 굳어버린 자세로 현관을 쳐다봤다.

"정하야!"

강호가 계속 불러댔다. 남은 밥 내지는 김치를 얻으러 온 것이 틀림없었다.

"쉿, 아무 소리 내지 말아요."

정하가 성우에게 주의를 준 후 현관으로 달려갔다.

"정하야!!"

"왜!"

"왜 문 안 열어?"

"문 못 열어. 씻다가 나왔어."

정하가 둘러댔다. 문을 열어주면 성우를 볼 테고 남자를 집 안에 끌어들인 걸 알면 강호는 당장에 쌀집에 전화를 할 것이다. 그러고도 남은 놈이니 절대 문을 열어줄 수 없었다.

"남은 밥이랑 국 같은 거 없냐?"

그럴 줄 알았다.

"없어. 나 짬뽕 시켜 먹었어."

"에이, 진짜. 라면도 없냐?"

강호가 투덜거리는 소리가 들렸다.

"없어. 그리고 호야, 나 너무너무 피곤해서 씻고 바로 잘 거거든? 제발 나 좀 재워줘. 나 미라 되어가고 있어."

"넌 여자가 밥도 안 해먹냐?"

"내 밥은 내가 알아서 해먹거든? 그리고 나 다 벗고 있다고!"

"알았어. 씻고 자라."

강호가 집에서 멀어지는 것 같더니 곧 강호네 집 문 닫히는 소리가 들렸다.

"휴."

정하가 안도의 한숨을 내쉬며 돌아서자 성우가 궁금하다는 얼굴로 정하를 쳐다보고 있었다.

"누구예요?"

"친구요."

정하가 작은 목소리로 말하고는 싱크대로 가서 커피 잔에 커피를 따랐다.

"친구?"

"고향 친구예요. 초등학교 때부터 친구."

정하가 식탁 위에 커피 잔을 내려놓자 성우가 자리에 앉았다.

"같은 오피스텔에 살아요?"

"건너 건넛집이 호야 집이에요. 강호예요, 강호. 부를 땐 그냥 호야라고 부르고. 설탕 넣어줄까요?"

"아니, 괜찮아요."

정하는 자신의 커피에만 설탕 한 스푼을 탄 후 성우의 맞은편 자리에 앉았다.

"내가 와서 불편해요?"

"아뇨, 불편하진 않고 그냥 좀 그래요. 남자를 집에 재워본 적이 없어서."

"오빠나 동생도?"

"동생은 없고 오빠 셋이나 있는데 다 결혼했어요. 보시다시피 손님을 재울 공간이 없으니까 오빠들은 안 와요."

"오빠가 세 명이에요?"

"많죠? 큰오빠 중학교 선생님이고, 둘째오빠랑 막내오빠 군인이에요. 둘째오빠 공군, 막내오빠 육군. 막내오빠 육군 사관학교 나왔어요."

"아."

"성우 씨는 형제가 어떻게 돼요? 사촌형님 말구."

"여동생이 둘 있어요."

"그럼 장남이네요?"

"그래요."

'엄마가 장남한테는 절대로 시집 안 보낸다 하셨는데…….'

정하는 성우가 장남이라는 것이 조금 걸렸다. 엄마가 아홉 남매 집 장남을 만나 결혼해 살면서 골이란 골은 다 빠져 버렸다고, 때문에 내 딸만큼 절대로 장남한테 시집보내지 않을 것이라고, 장남한테 시집갈 것 같으면 차라리 혼자 살라고 귀에 못이 박히도록 경고했기 때문이다. 장남만 아니면 정말 좋은데 싶던 정하는 속으로 픽 웃고 말았다. 성우가 결혼할 사람이라고 한 말을 진심으로 믿고 있는 자신이 참 한심했기 때문이다. 선을 봐서 조건만 맞으면 보름 만에 결혼하는 사람도 있다지만 아무리 첫인상이 좋고 첫눈에 반했더라도 몇 번이나 만났다고 벌써 결혼을 생각하는 것인지. 결혼하게 된다면 정말 좋겠지만.

"오늘은 무슨 일 했어요?"

"오늘도 사촌형님 일 도와줬어요. 사람도 많이 만나고."

"많이? 여자도?"

정하가 묻자 성우가 물론 하고 대답했다. 그 물론, 이라는 대답을 듣는 즉시 정하의 기분이 샐쭉해졌다.

"여자를 많이 만났어요?"

정하가 여자라는 단어에 악센트를 주며 재차 물었다.

"필요한 사람들이니까. 정하 씨 집에 오는 길에 전철역에 내려 준 여자도 있고."

"그 말은 성우 씨 차를 함께 탔다는 얘기네요?"

"응."

"나란히?"

"으응."

뉘신지는 몰라도 여자와 나란히 차를 탔다는 말에 심장 쪽에서 질투가 울끈 하고 치솟았다.

"우리 동네에선 이 여자 저 여자 만나는 남자더러 똥개라고 해요."

정하가 입술을 비죽거리며 말하자 성우가 똥개? 하며 못 알아 듣겠다는 표정을 지어 보였다.

"똥개 몰라요?"

"아, 똥개! 오 맙소사."

성우가 그제야 똥개를 알아들었는지 어이없어하며 웃기 시작했다.

"질투하는군."

"어머머, 누가 질투를 했다고 그래요?"

정하가 펄쩍 뛰었다.

"정하 씨, 질투하는 모습이 귀여워요."

"질투 아니라구요!"

"질투가 아니라면 앞으로도 여자를 많이 만나고 나란히 차를 타도 괜찮은 건가?"

성우가 놀리듯이 물었고 정하는 눈을 가늘게 뜨고 성우를 노려봤다.

"똥개가 되고 싶다면!"

"하하하하하."

성우가 웃음을 터뜨렸다.

"그만 웃어요!"

"알았어요."

성우가 억지로 웃음을 멈추며 양손을 들어 보였다.

"난 그만 글 써야 하니까 성우 씬 주무세요."

정하가 심통 난 얼굴로 벌떡 일어나자 성우가 얼른 정하의 손을 붙잡았다.

"화난 거예요?"

"화난 척하는 거예요. 그런데 설마 똥개가 되고 싶진 않겠죠?"

정하가 대답 잘하라는 듯 묻자 성우가 푸 하고 웃었다.

"똥개 싫어요."

"좋아요."

정하가 만족스럽다는 듯이 씨익 웃었다.

"이제 주무세요."

"알았어요."

정하가 장롱에서 요를 꺼내 깔고 베개와 이불을 꺼내는 동안 가만히 곁에서 지켜보던 성우가 퉁개 하고 중얼거리더니 고개를 절레절레 저었다.

"자, 됐어요."

"고마워요."

성우가 이불 속으로 들어가는 것을 음흉한 눈길로 지켜보던 정하는 성우를 나일론 끈으로 꽁꽁 묶어 감금해 버렸으면 좋겠다고 생각하다가 얼른 고개를 저으며 책상에 앉아 노트북을 켰다.

"좀 겁나지 않아요?"

정하가 묻자 성우가 뭘? 하고 되물었다.

"내가 덮칠까 봐."

"아니."

"난 겁나요, 내가 덮칠까 봐."

정하의 말에 성우가 웃음을 터뜨리며 'You are a very lovely girl' 하고 중얼거렸는데 발음이 너무 좋아 정하는 제대로 알아듣지도 못했다. 정하는 한국말로 해달라고 하려다 그 정도도 못 알아듣느냐고 흉볼까 봐 그냥 넘어갔다.

"불 꺼줄까요?"

정하가 스탠드를 켜며 묻자 성우가 응.하고 대답했고 정하는 불을 꺼주고 책상으로 돌아왔다. 돌아왔지만 도대체가 아무것도 손에 잡히지가 않았다. 바로 뒤에 성우가 누워 있다고 생각하자 아무것도 할 수가 없었다. 마무리 중인 시나리오를 오늘 내일 이틀 동안 꼼꼼하게 살펴본 후 모레는 발송해야 하는데 대사 한 줄도 눈에 들어오지 않는 것이다.

'이럼 안 되는데…….'

안 되는 줄 알면서도 당최 집중할 수가 없었다.

원고는 안중에도 없고 성우가 눈을 감았는지 떴는지, 눈을 뜨고 혹시 나의 탐스런 뒤태를 감상하고 있는 것은 아닌지 신경은 온통 성우를 향하고 있었다.

'투미하게 굴지 말고 원고나 봐.'

정하가 원고를 노려보며 다그쳤지만 암만 다그쳐도 삼천포로 완전히 빠져 버린 집중력은 원고를 철저하게 거부하고 있었다.

'뭐 하는지 볼까?'

호기심에 슬그머니 돌아가던 고개를 가까스로 붙잡은 정하는 이러다 밤을 꼬박 새워도 암 것도 못하겠다 생각하며 필사적으로 마음을 다잡는데 사각거리는 이불 소리와 함께 인기척이 느껴졌다.

두근.

순식간에 온몸의 신경이 곤두서더니 마치 보톡스를 맞은 듯 피부가 팽팽하게 당겨졌다.

'오줌 누러 가나?'

하고 생각하는데 인기척은 정하를 향해 다가오고 있었다.

'혹시 나한테?'

라고 생각하는데 성우의 얼굴이 쓰윽 다가왔다.

정하가 흠칫 놀라며 쳐다보자 성우가 모니터를 바라보며 이 작품이에요? 하고 물었다.

"네."

입 안이 바짝 말라 버린 정하가 겨우 대답하는데 정하의 코끝에

찐한 남자의 냄새가 확 끼쳐 왔다.

'이 사람, 냄새가 왜 이렇게 좋은 거야?'

정하는 흡혈귀가 된 기분으로 소리나지 않게 깊이, 깊이 성우의 냄새를 빨아 마셨다. 성우의 냄새를 빨아 마시며 생각했다. 성우는 지금 도발하고 있는 것이라고. 덮침을 당하고 싶어 작정을 한 것이라고.

정말이지 성우는 너무 가까이 있었다. 뒤에서 정하를 감싸 안은 듯한 성우의 커다란 몸, 정하의 오른쪽 얼굴 옆에 바싹 붙어 있는 성우의 얼굴. 이 지경에 입 안이 어찌 안 마를 것이며 도발이 아닐 수 있는가.

"내가 봐도 돼요?"

"어, 이건……. 안 돼요."

정하가 얼른 노트북을 덮었다.

"안 돼요?"

"원고만큼은 아무도 못 믿거든요."

"정하 씨 시놉을 훔쳤다는 그 친구 때문에?"

"맞아요."

"그럼…… 제목만 알려줘요."

"죽일 놈 장복구."

"죽일 놈 장복구? 재밌는 제목이네요."

"코미디거든요."

"아, 장르에 잘 어울리는 제목이네요. 읽어보고 싶지만 참을게요."

"미안해요. 지금은 안 돼요. 하지만 응모한 다음언 보여줄게요."

"알았어요. 기대할게요."

성우가 미소를 짓는데 성우의 얼굴이 너무 가까이 있었기 때문에 입술밖에 보이지 않았다. 입술, 키스는 부르는 입술.

"이제 방해하지 않을게요."

성우가 정하의 어깨에 손을 올려놓고 조용히 말했다. 단지 올려놓았을 뿐인데 더듬기라도 하는 것처럼 전기가 통하더니 온몸이 찌릿거렸다.

"잘게요."

정하의 어깨에서 손을 뗀 성우가 다시 이불로 돌아가 누웠다.

이미 복구가 안 될 정도로 방해를 해놓고선 무슨, 정하는 눈에 들어오지도 않는 원고를 노려보고 있으니 차라리 잠을 자버리는 게 속 편하겠다고 생각하며 노트북을 덮고 스탠드를 껐다.

"나도 잘래요. 글자가 눈에 안 들어와요."

정하가 성우를 밟지 않으려고 조심하며 침대로 올라가 누웠다.

"글이 왜 눈에 안 들어와요?"

"뻔하잖아요. 성우 씨 때문이죠."

"나? 내가 방해해서 그래요?"

"집중할 수가 없어요, 도저히. 성우 씨 냄새가 너무 진해서."

정하가 투덜거리듯 말하자 성우가 몸을 일으켰다.

"누워요."

정하가 강경한 어조로 말하자 성우가 도로 자리에 누웠다.

"절대 일어나지 말아요. 부스럭거리지도 말고, 꼼짝도 하지 말아요. 확 덮칠 것 같으니까."

정하는 강력하게 경고하고는 이불을 뒤집어써 버렸다.

'자자. 제발 자자.'

정하는 눈을 질끈 감고 주문을 외우기 시작했다. 양 한 마리, 양 두 마리……. 사자 열다섯 마리, 사자 열여섯 마리……. 늑대 한 마리, 굶주린 늑대 한 마리……. 굶주린 여우 한 마리.

갑자기 이불을 휙 걷어낸 정하가 벌떡 일어나 침대에서 내려와 빙 돌아 냉장고로 가서 얼음처럼 차가운 물을 꺼내 벌컥벌컥 들이켰다. 정하가 물을 마시고 다시 침대로 돌아오는 동안 성우는 그새 잠들었는지 기척도 없었다.

"나보다 덜 굶주렸군."

정하는 들릴 듯 말 듯 불만스럽게 종알거리고는 다시 이불을 뒤집어쓰는데 이번엔 성우가 벌떡 일어났다.

"면봉 있어요?"

"면봉이요?"

갑자기 성우가 벌떡 일어나는 바람에 저 남자가 드디어 행동 개시하는구나 했는데 자다가 면봉은 왜 찾는지, 좋다 말았다고 생각하며 책상으로 가서 스탠드를 켜고 서랍에서 면봉을 찾는데 작년엔가 갑자기 재미가 붙어서 서너 달 동안 밤이 새는 줄도 모르고 했던 뜨개질 바늘이 정하의 손에 걸렸다.

밤은 어쩌자고 이리도 길어 물 오른 여인네의 가슴에 불을 지르는가. 그 옛날 물 오른 여인네의 정절을 지키기 위해 매우 유용하게 쓰였던 물건이 있었으니 그것이 바로 대바늘, 지금 정하에게 제일 필요한 물건이었다. 정하는 고무 끈으로 이어진 대바늘을 꼭 쥐고 면봉을 찾아 성우에게 건넸다.

성우가 약간 뚱한 얼굴로 귀를 후비기 시작했다.

"귀 파줘요?"

"아니."

성우가 단호한 어조로 거부했고 정하는 어머 별꼴이야 갑자기 왜 뚱해? 하고 생각하며 자리에 누웠다. 한참 동안 귀를 파던 성우는 귀 파기가 끝났는지 스탠드를 끄고 자리에 눕더니 후욱 하고 한숨을 내쉬었다. 한숨 소리가 어찌나 처절하게 들리는지 덮쳐 주고 싶을 지경이었다. 이러면 안 되는데, 안 되는데 하면서도 몸은 신열에 들뜬 환자처럼 뜨끈뜨끈해지기만 했다. 고문이 달리 고문인가, 실한 남자를 곁에 두고 구경만 하고 있어야 하는 것이 고문이지.

남자와 여자가 한집에서 밤을 보내는데 아무 일도 일어나지 않다니, 이런 불상사가 있나! 이런저런 생각을 하면서 정하는 달뜬 몸을 가라앉히기 위해 이불 속에서 대바늘로 허벅지를 꾸욱 눌렀다. 한 번, 두 번, 백번을 쑤셔도 소용없으리, 이 노릇을 어떻게 하면 좋을까 하던 정하가 어느새 까무룩 잠이 드는데 미세한 소음에 번쩍 눈이 떠졌다. 눈동자를 굴려 옆을 쳐다 보자 성우가 침대 곁에 우뚝 서 있었다.

'헉! 늑대 한 마리, 굶주린 늑대!'

정하가 꼴까닥 침을 삼키며 대바늘로 허벅지를 푹 쑤셨다.

'윽!'

성우가 덮쳤을 때 어떻게 하는 것이 가장 좋을까. 받아들일 것인가, 반대로 뿌리칠 것인가. 이 두 가지의 경우의 수를 놓고 고민하며 허벅지를 쑤셔대는데 허망하게도 성우가 돌아서더니 그대로 화장실로 들어가 버렸다. 그리고 곧이어 쏴아 하고 물 흐르는 소리가 들렸다. 샤워를 하는 모양이었다. 자다가 갑자기 샤워를?

"독이 올랐어. 바짝 올랐어."

저놈의 샤워가 언제쯤 끝나려나 기다리고 기다리다 지쳐 버린 정하가 대바늘을 내던지고 잠들어 버렸을 때에야 성우는 화장실에서 나왔다.

정하가 농담처럼 나는 겁나요, 내가 덮칠까 봐 하고 말했던 때부터 몸이 달아오르기 시작했었다. 자고 가겠다고 했을 때 성우는 단단히 결심했었다. 결코 정하에게 아무 짓도 하지 않겠다고.

자고 가겠다고 한 건 즉흥적인 결정이었다. 정하를 집에 들여보내 놓고 보니 쇼핑백이 손에 들려 있었고 초인종을 누르고 정하의 손에 쇼핑백을 쥐어주는 순간 돌아가고 싶지 않아졌다. 정하가 허락할 리 없다는 것을 알면서도 성우는 일단 부딪쳐 보고 싶었다. 자고 가겠다는 말에 망설이는 정하를 보면서 기도했었다. 정하게 제발 허락해 주길. 안 된다고 했다면 그냥 돌아섰을 것이다. 안 된다고 하는데 억지로 밀고 들어가는 짓은 남자가 할 짓이 아니니까. 기도가 통했던 걸까? 정하는 허락했고 성우는 불가능했던 일이 통과된 것처럼 기뻤다. 비좁은 정하의 오피스텔 바닥에서 잠을 자야 하는 것조차도 즐겁게만 느껴질 정도였다. 똥개 운운하며 정하가 질투를 드러냈을 때는 정하의 감정을 확인한 것 같아 또 이 연했다. 아니, 정하와 이렇게 밤을 함께 보낼 수 있다는 것이 가장 기뻤다. 기쁘고 또 기쁜데 잠시도 품에서 놓고 싶지 않은 정하를 그냥 바라만 보고 있어야 하는 것은 고문이었다. 덮칠 것 같으니 꼼짝도 하지 말고 자라던 정하의 경고를 듣는 즉시 흥분하기 시작한 몸이 성우를 집요하게 괴롭히기 시작했다. 손만 뻗으면 붙잡을 수 있는 곳에 정하가 누워 있는데 손을 뻗을 수도 만질 수도 없자 흥분된 몸은 성우를 뒤흔들기 시작했다.

흥분이 가라앉지 않을 때 귀를 후비면 도움이 되기에 자려다 말고 일어나 면봉으로 귀도 후벼봤지만 아무 소용이 없었다. 정하의 숨소리, 꼼지락거리는 소리 정하의 모든 것이 성우의 흥분을 증폭시켰다.

참다못한 성우는 벌떡 일어났고 무서운 기세로 정하를 노려봤다. 그리고 격렬하게 싸웠다. 안을 것인가, 아니면 신사처럼 굴겠다던 약속을 지킬 것인가. 머리는 신사처럼 굴라 하고 가슴은 당장 정하를 안으라고 충동질해 대고. 주먹을 움켜쥔 채 정하를 노려보던 성우는 결국 신사 쪽을 택하고 화장실로 들어가 찬물에 몸을 식히기 시작했다. 몸을 식히고 나갔을 때 정하가 제발 잠들어 있길 기도하면서.

다행이었다. 천만다행이도 정하는 잠들어 있었다. 만약 정하가 깨어 있었다면 성우도 자신의 행동을 장담할 수 없었을 것이다. 성우는 잠든 정하의 편안한 얼굴을 내려다보다가 살며시 정하의 콧잔등에 입을 맞췄다. 잠깐 꼼지락거리던 정하는 이내 다시 깊은 잠에 빠져들었고 성우는 조용히 자신의 잠자리에 누웠다. 그리고 생각했다, 아무래도 오늘은 잠을 자긴 틀렸다고.

휴대전화 알람 소리에 선잠을 깬 정하가 더듬더듬 머리맡을 더듬어 휴대전화를 찾아내 알람을 끄고 다시 이불 속으로 파고드는데 여지없이 배뇨기가 느껴졌다. 아침마다 이 짓을 꼭 해야 하는지. 가서 오줌을 눌 것이냐, 버티고 조금 더 잘 것이냐로 꼼지락거리던 정하는 늘 그랬듯이 자리에서 일어나 침대에서 내려섰다. 그리고 한 걸음 내디디는데 뭔가 물컹하고 밟히는가 싶더니 중심을 잃고 넘어지고 말았다.

"어머!"

쿵 하고 넘어지고 보니 눈을 빤히 뜨고 쳐다보고 있는 성우가 보였다. 그렇지, 성우가 밑에서 자고 있었지! 잠이 덜 깬 상태에서 성우를 밟은 모양이었다.

"미안해요."

"괜찮아요. 잘 잤어요?"

"아팠죠?"

"아니."

아니, 라고 대답한 성우가 살며시 손을 뻗더니 정하의 얼굴을 쓰다듬었다. 그 즉시 정하의 정신이 말똥해졌다.

"바닥에서 자느라 불편했죠?"

"괜찮아요. 어차피 안 잤으니까."

"안 잤어요? 왜?"

"정하 씨 자는 거 보느라고."

"안 자고 나 보고 있었어요? 왜…… 요?"

"보고 싶어서."

"안 자면 피곤하잖아요."

"피곤하지 않아요. 음, 굿모닝 키스 해도 될까?"

성우가 물었고 정하가 무응답으로 허락하자 성우가 살며시 정하의 입술에 입을 맞추었다.

"굿모닝."

"미 투."

정하가 살며시 웃자 성우도 웃었다.

"잠깐만요."

정하는 부리나케 일어나 화장실로 들어갔다. 분위기 좋은데 조금만 더 참으면 옷에다 싸버릴 것 같았기 때문이다. 헐레벌떡 들어와 옷을 내리고 변기에 앉은 정하는 쏴아 하고 쏟아지는 오줌 소리에 깜짝 놀라며 부리나케 변기를 눌렀다.

"옹년 줄 알겠네."

정하는 밖에 있는 성우가 오줌 누는 소릴 못 들었으면 좋겠다고 생각하며 소변을 본 후 손을 씻고 밖으로 나왔다. 정하가 나오길 기다렸는지 곧이어 성우가 화장실로 들어가고 정하는 얼른 현관문을 열고 배달된 요구르트를 집어왔다. 작은 잔 두 개를 꺼내 똑같이 두 잔을 만들어놓고 기다리는데 성우가 화장실에서 나왔다.

"마셔요."

"뭐예요?"

"요구르트."

"아."

정하가 한 잔 건네자 성우가 받아 들었고 두 사람은 가볍게 건배를 한 후 요구르트를 들이켰다.

"아침 뭐 해먹을까요?"

"정하 씨가 해줄 거예요?"

"물론이죠."

"아무거나 주는 대로 먹을게요."

냉장고 문을 열어본 정하는 좌절하고 말았다. 냉동실엔 홈쇼핑에서 주문한 치즈 돈가스가 전부였고 냉장실엔 계란과 김치밖에 없었다. 뭔가 먹음직스러운 아침을 해먹이고 싶은데 이런 재료들 가지곤 먹음직스러운 아침식사를 마련할 수가 없었다.

"대충 먹어야 할 것 같아요."

"괜찮아요."

정하는 일단 쌀을 씻어 밥솥에 안치고 냉동실에서 돈가스를 꺼내 전자레인지에 넣고 해동 버튼을 누른 다음 튀김기에 기름을 붓고 온도를 설정했다.

"이 튀김기는 홈쇼핑에서 돈가스 주문할 때 추첨에 당첨되어서 공짜로 받은 거예요. 내가 쓰는 노트북은 경매해서 2만 8천 594원에 낙찰된 거구요, 저기 침대랑 장롱은 퀴즈프로그램 나가서 받은 상품이에요. 디지털 카메라는 과자회사에서 한 이벤트에 당첨되어서 받은 거고, 그 밖에도 우리 집에 있는 물건은 90%가 당첨되어서 받았어요. 그래서 내 별명이 이벤트 여왕이에요. 뭐든 했다 하면 맨 꽁지로라도 타먹거든요. 대단하죠?"

"대단해요."

정하는 해동이 된 전자레인지에서 돈가스를 꺼내 튀김기에 집어넣고 냉장고 안에 있던 냄비를 꺼내 불을 붙였다. 정하가 직접 만든 돈가스 소스가 든 냄비였다.

밥을 뜸들이는 동안 후닥닥 계란 국을 끓이고 알맞게 구워져 기름이 쪽 빠진 돈가스를 먹기 좋게 잘라 뜨거운 소스를 뿌려주고 팔팔 끓는 계란 국과 김, 김치를 반찬으로 올리고 뜨거운 밥을 차리자 뭐 그런대로 나쁘지 않은 아침 상차림이 됐다.

"먹어요."

성우와 나란히 앉은 정하는 오늘 하루만이 아니라 날마다 이렇게 먹으면 참 밥맛이 좋겠다고 생각하며 밥을 먹기 시작했다.

"반찬은 몇 가지 없지만 맛있게 먹어줘요."

"맛있어요."

"김은요, 이렇게 먹으면 맛있어요."

정하가 조미김 한 장을 손바닥에 펼쳐 놓고 밥을 조금 올린 후 조각 낸 김치를 살짝 올려 돌돌 말아 내밀자 성우가 입을 벌리더니 받아먹었다.

"맛있죠?"

"맛있어요."

이번엔 성우가 정하가 했던 것과 똑같이 하더니 정하에게 내밀었다. 정하가 웃으며 입을 벌리고 김에 싼 밥을 받아먹는데 벌컥 문이 열리며 강호가 들어왔다. 요구르트를 들고 들어오면서 문 잠그는 걸 깜빡했던 모양이다.

"밥했지? 계란말이랑 바꿔 먹자."

계란말이가 담긴 접시를 들고 입에 김이 문 정하를 쳐다보며 들어오던 강호가 정하 맞은편에 앉아 있는 성우를 발견하고 우뚝 정지했다. 정하도, 성우도, 강호도 한동안 아무 말도 하지 않고 서로를 쳐다보고 있었다.

"누구냐?"

강호가 한참 만에 물었다.

"어, 저기……."

정하가 더듬거리는데 강호가 성우가 입고 있는 옷을 훑어보더니 고개를 획 돌려 침대 밑에 구겨져 있는 이불을 노려봤다.

"같이 잤냐?"

"그게……."

정하가 식은땀을 흘리며 일어나는데 강호가 주머니에서 휴대전화를 꺼내더니 번호를 꾹꾹 누르기 시작했다.

"어디 거는데?"

"쌀집."

"안 돼!"

정하가 강호에게서 얼른 휴대전화를 뺏었다.

"이리 내!"

"안 돼!"

"너 죽어!"

"내가 뭘 어쨌다고 죽어, 이 자식아!"

"집에 남자를 끌어들여 놓고 뭘 잘했다고!"

"끌어들이긴 뭘 끌어들여! 하룻밤 재워준 것뿐이야!"

"재워준 거나 끌어들인 거나!"

"안녕하세요, 현성우라고 합니다, 호야 씨."

정하와 강호가 서로를 노려보며 으르렁거리고 있는데 성우가 느긋한 목소리로 강호에게 인사말을 건네자 강호가 고개를 돌려 성우를 쳐다봤다. 내 이름을 어떻게 알았냐는 듯.

"정하 씨 친구라고 들었어요."

"친구이자 보호자예요. 보호자로서! 용서할 수 없어요!"

강호가 성우를 험악하게 노려보며 소리쳤다.

"이제 그 보호자 내가 할게요."

으르렁거리는 강호를 향해 성우가 확고한 어조로 말했다.

"뭐?"

"정하 씨 이제 내가 보호할게요."

성우가 다시 말했고 강호는 어이없다는 얼굴로 성우를 노려봤다.

"누구, 누구 맘대로?"

"내 맘대로."

"하, 이 사람 세게 나오네."

"저기, 이봐요, 두 사람. 난 내가 보호할 수 있거든요? 일단 좀 앉죠. 호야, 앉아서 밥 먹어. 성우 씨도 앉아요."

"앉길 어딜 앉아! 이 상황에서 밥이 넘어가니?"

강호가 버럭 소리쳤다.

"밥이 왜 안 넘어가니? 잘만 넘어간다. 내가 무슨 유부남을 꼬셨니, 미성년자니? 네가 왜 펄펄 뛰어?"

"이거 말하는 것 봐라? 쌀집에 전화해? 형님들한테 다 말할까?"

"치사하고 드러운 자식."

"음탕하긴!"

"내가 뭘 어쨌다고 음탕하다는 거야!"

"아무 일 없었어요."

정하와 강호가 서로 잡아먹을 듯 소리치고 있는데 이번에도 성우는 느긋하기 그지없는 말투로 말했다.

"그걸 어떻게 믿소?"

"나도 못 믿겠어요, 참아냈다는 게."

성우의 말에 강호와 정하가 멍한 얼굴로 성우를 쳐다보자 성우가 씩 웃었다.

"반갑습니다, 호야 씨."

성우가 손을 내밀자 성우의 손을 쳐다보고 있던 강호가 일단 성우의 손을 잡았다.

"같이 식사하죠."

성우가 식탁에 앉으라는 듯 말하자 강호가 식탁과 정하와 성우를 번갈아 노려보더니 갑자기 횡하니 나가 버렸다.

"너 아버지한테 전화하면 정말 알아서 해! 치사한 자식!"

정하가 현관문 쪽을 노려보며 투덜거리고 나서 성우에게 미안하다고 말하는데 갑자기 다시 문이 열리더니 강호가 의자를 들고 들어왔다.

"가는 줄 알았더니."

"두 사람은 식탁에서 먹고 난 서서 먹냐?"

강호가 심통맞게 내뱉더니 의자를 내려놓고 앉았다.

"밥 줘."

"네가 퍼 먹어."

"누군 차려주고 누군 퍼 먹냐?"

"어으, 정말!"

정하는 강호를 찢어버릴 듯 노려본 후 밥 한 그릇과 국 한 그릇을 퍼 놓아주었다.

"식은 밥 좀 달라 해도 없다더니 누군 돈가스도 튀겨 먹이네."

"나이가 몇인데 돈가스를 질투하니?"

"누가 돈가스를 질투하냐? 장롱 문짝 떨어졌다면 와서 붙여줘, 휴지 바꿔 먹자면 바꿔줘, 민수 놈 때문에 며칠 굶었다고 밀가루 못 먹겠으니 밥해달라면 밥해줘. 지 해달라는 거 다 해줬는데 난 식은 밥 하나 안 나눠 주고 이 사람은 돈가스 튀겨 먹이냐!"

강호가 숨도 안 쉬고 한 번에 내리쏴댔다.

"자!"

정하가 돈가스 한 점을 집어 강호의 입에 푹 쑤셔 넣었다.

"먹어."

"어제 씻는다고 문도 안 열어주고 잘 테니 오지 말라고 하는 게 수상하다 했어."

"말했지? 아무 일 없었어. 그 긴긴 밤 동안 아무 일도 없었다고!"

정하가 독기 오른 얼굴로 아무 일도 일어나지 않은 것이 약 올라 죽겠다는 듯 잘근잘근 씹듯이 내뱉자 강호와 성우가 정하를 쳐다봤다.

"그래서 되게 서운한 모양이다, 너."

"흠, 그건 아니야."

정하가 얼른 표정을 바꾸며 강호가 만들어온 계란말이에 젓가락을 찔러 넣었다.

"호박씨 쌓인 것 좀 봐."

"무슨 호박씨?"

"네가 호박씨 깔 줄은 몰랐다고!"

"호박씨는 무슨!"

정하가 파르르 성을 내는데 휴대전화가 울렸다. 휴대전화가 어디서 울리나 하는데 성우가 자리에서 일어나더니 장롱 문을 열고 양복저고리에서 휴대전화를 꺼내 폴더를 열었다.

"여보세요? 어, 스티브!"

로부터 대화가 시작되는가 싶더니 성우의 입에서 유창한 영어가 좔좔 흘러나왔다. 멍하게 성우를 쳐다보고 있던 강호가 젓가락을 곧추세우고 미국에서 관광 온 놈! 하고 이를 갈더니 정하를 노려봤다. 전에 했던 말이 거짓인 게 완전히 다 뽀록나 버린 것이다.

"뭐? 호텔에서 자다 보니 갑자기 기발한 얘기가 생각나?"

"다물어."

"시집갈 때가 되어서 그런다고?"

"다물라고."

"키 190㎝에 너무너무 잘생기고 키스를 끝내주게 잘한다고 했던가?"

"닥쳐!"

"맞아, 데니스 오!"

강호가 고개를 번쩍 들고 전화를 받고 있는 성우를 쳐다봤다. 데니스 오, 라는 말이 왜 나왔는지 알 것 같았다. 성우는 분명, 토종 한국 사람이라고 하기엔 무리가 있는 얼굴이었다.

"외국 사람이냐?"

"할머니가 미국 분이래."

"그래서 키스하니까 좋대? 첫눈에 반했냐?"

"닥치고 밥이나 먹어."

정하가 낮은 목소리로 윽박지르는데 성우가 통화를 끝내고 자리에 앉았다.

"우리 동네에선 여자랑 하룻밤을 같이 보내고도 책임지지 않으면……."

"똥개!"

성우와 정하, 그리고 강호가 동시에 똥개! 라고 외치자 강호가 뜨악한 얼굴로 성우를 쳐다봤다.

"이미 교육이 끝났군."

"그 교육은 확실히 시켰지."

정하의 말에 강호가 퍽도 자랑스럽겠다는 듯 정하를 노려보다가 밥을 퍼먹기 시작했다. 같은 남자로서 심하게 비교되는 것에 이를 갈며.

성우가 자신의 사무실 문을 열고 들어가는데 창가에 서 있던 진우가 고개를 돌려 성우를 쳐다봤다. 기다리고 있었던 듯했다.

"어제 호텔에 없더구나."

"호텔에 왔었어요?"

"음. 술이나 한잔할까 해서 세영이하고 같이 갔었어."

"죄송해요. 어딜 좀 갔었어요."

"자정 즈음 나왔는데 그때까지 돌아오지 않던데, 옷도 어제 입은 옷 그대로고."

진우가 수상하다는 얼굴로 말했다.

"외박했어요."

"어디서?"

"여자 집에서."

"여자?"

진우가 한쪽 눈을 찡그렸다.

"어떤 여자?"

"좋아하는 여자요."

"한번 들어볼까?"

진우가 소파로 가서 편하게 앉았다. 어떤 여자고 그 여자의 집에서 어젯밤 무슨 일이 있었는지 처음부터 끝까지 들어보겠다는 듯.

"개인적인 일이에요, 형님."

"캐내려는 게 아니라 궁금할 뿐이야."

"아직은 노코멘트."

성우가 씩 웃는데 비서가 커피를 들고 들어왔다.

진우와 성우는 김이 모락모락 피어오르는 커피 잔을 손에 쥐고 기 싸움이라도 하는 듯 서로를 노려보다가 누가 먼저랄 것도 없이 웃음을 터뜨렸다.

"좋아, 더 이상 묻지 않을게. 하지만 한 가지는 알아야겠다. 여자 집에서 잤을 정도라면 그 여자에게 마음을 주고 있다는 뜻인데 끝까지 갈 생각이겠지?"

"물론이에요."

"물론이라고? 여자를 만난 지 얼마나 됐는데?"

"이 주."

"이 주 만에 끝까지 갈 결심을 했단 말이니? 내가 말한 끝까지 라는 건 결혼을 뜻한다."

"알아요. 그리고 형님은 형수님을 만난 지 이십 분 만에 결혼하 겠다고 결심했잖아요?"

"난 특별한 경우였어. 너도 알다시피 세영인 특별한 여자야."

"정하도 특별한 여자예요. 형수님보다 더."

"정하? 이름이 정하니?"

"예, 은정하."

"은정하. 이름이 예쁘군. 하지만 세영이보다 더 특별하다는 건 말도 안 되는 소리다."

진우에겐 아내인 세영이 전부니 당연히 세영이보다 더 특별한 여자는 있을 수 없었다.

"더 특별해요, 나한텐."

진우에게 세영이가 특별하다면 성우에겐 정하가 그 누구보다 특별했다.

"정하 씨도 너를 특별하게 생각해?"

"그런 것 같아요."

"어떻게?"

"그만 물으세요. 한 가지만 묻기로 하셨잖아요."

"하지만 이건 알아야겠어. 네가 뭘 하는 사람인지 월든픽쳐스 사장이라는 걸 정하 씨가 알고 있니?"

"몰라요. 밝히지 않았어요."

"그렇구나. 알았다."

진우가 마시지도 않은 커피 잔을 내려놓고 자리에서 일어났다.

"언제쯤 소개시켜 줄 거니?"

"정하가 준비가 되면요."

"알았다. 이런 세영이가 실망하겠구나."

"형수님이 왜요?"

"네가 영원히 결혼하지 않고 혼자 늙길 바라거든."

"맙소사."

"잘해봐. 아, 밖에 정 비서 오늘 결혼기념일이란다."

진우가 예쁜 꽃봉투 하나를 꺼내놓았다.

"외식권이야. 정 비서 줘."

"알았어요. 고마워요."

진우가 사무실을 나가고 성우가 책상으로 가서 컴퓨터 앞에 앉는데 비서가 커피 잔을 치우기 위해 들어왔다.

"정 비서, 투고된 원고를 보려면 어떻게 해야 하는지 알려줘요."

"네."

비서가 성우 곁으로 와서 마우스로 몇 군데 클릭하더니 투고된 원고를 볼 수 있는 페이지를 열어주었다.

"고마워요."

"별말씀을요."

"결혼기념일 축하합니다."

성우의 말에 정 비서가 깜짝 놀라며 쳐다봤다.

"어떻게 아셨어요?"

"작은 선물이에요."

성우가 외식권을 건네자 정 비서가 활짝 웃으며 받아들었다.

"남편 분하고 식사하세요."

"감사합니다."

정 비서는 기쁜 얼굴로 외식권을 꼭 쥐고 사무실을 나갔다.

아랫사람의 결혼기념일이나 생일을 챙겨주는 일은 오늘 갑자기 시작한 일이 아니라 미국에 있을 때부터 의례 챙기던 일이었다. 월든코리아는 성우의 회사가 아니고 이 사무실과 비서도 한국에 있는 동안 빌려 쓰는 처지라 아는 것보다 모르는 것이 더 많았는데 진우 덕에 실수하지 않게 돼 다행이었다.

성우는 투고된 원고에서 '죽일 놈 장복구'라는 제목을 찾았지만 없었다. 성우가 정하의 집을 떠나 회사로 오는 동안 정하가 원고를 보냈을지도 몰라 살핀 것인데 역시나 아직이었다.

어제 정하의 집에서 보낸 하룻밤은 성우 인생에 가장 힘든 밤이
자 즐거운 밤이었다고 생각하며 조금 식은 커피를 한 모금 삼키는
데 휴대전화가 울렸다. 정하였다.

"정하?"

[네, 나예요. 어디예요?]

　정하의 발랄한 목소리를 듣자 성우는 기분이 더욱 좋아졌다.

"형님 회사."

[아, 무사히 출근해서 다행이에요. 바빠요?]

"아니, 괜찮아요."

[오늘 아침에 참 황당했죠?]

"재밌었어요."

[재밌었다니 다행이에요. 나 덕산 가요.]

"덕산?"

[막내오빠 휴가 받아 집에 오는데 막내오빠 군인이라 했잖아요.
나 본 지 오래됐다고 꼭 오라고 한대서요. 지금 가요.]

"언제 와?"

[모레 올 거예요. 두 밤 자고.]

"올라오면 전화할 거지?"

[내 전화 기다릴 거예요?]

"당연히."

[알았어요. 전화할게요. 대신에 절대 똥개 짓 하면 안 돼요.]

　정하의 말에 성우가 웃음을 터뜨렸다.

"알았어요. 잘 갔다 와요."

전화를 끊고 나자 성우는 어쩐지 허전해지는 것을 느꼈다. 단지 정하가 이틀 동안 서울에 없다는 것뿐인데 서울이 휑하게 비어버린 기분이었다. 서울이 휑하게 비었을 뿐 아니라 눈 씻고 찾아봐도 재미난 거리가 없는 기분. 성우는 쓸쓸한 기분으로 컴퓨터를 쳐다보다가 비서실로 나왔다.

"정 비서."

"네."

"덕산이 어디예요?"

"덕산요? 충청도요."

"충청도? 멀어요?"

"음, 서해안 고속도로 타면 두 시간?"

"두 시간……. 알았어요."

성우는 곧장 비서실을 나와 엘리베이터에 올랐다. 엘리베이터가 일층 로비에 멈춰 문이 열렸을 때 성우는 곧바로 정하에게 전화를 걸었다.

[여보세요?]

"정하? 내가 지금 데리러 갈게요."

[어딜요?]

"집에. 기다려요."

[나 지금 덕산 간다 했잖아요.]

"데려다 줄게요."

[서울 지리도 잘 모르면서 고속도로 타야 하는데 어떻게 데려다 준다는 거예요? 고속버스 타면 돼요. 올 필요 없어요.]

"지금 가. 기다려요."

정하가 오지 말라는데도 성우는 가겠다는 말을 남기고는 일방적으로 전화를 끊어버렸다. 로비를 빠져나가던 성우는 막 들어오던 인영과 하마터면 부딪칠 뻔했다.

"미안합니다."

"아니에요. 어디 가세요?"

"예."

"오늘 늦게 오세요?"

"왜 그러십니까?"

"어제 차 태워주셔서 보답으로 식사 대접하려구요."

"아, 괜찮아요. 겨우 전철역이었는데요 뭘."

"그러지 말고 시간 좀 내주세요."

"지금은 나가봐야 하니까 나중에 얘기하죠."

"언제 돌아오시는지만 알려주시면……."

인영이 포기하지 않고 묻는데 성우는 재빨리 건물을 빠져나가버렸다.

"미국에서 온 사람이 한국에서 뭐가 저렇게 바빠? 손에 잡히질 않네……."

인영은 차에 오르는 성우를 바라보며 중얼거렸다.

"손에 잘 안 잡힌다고 포기할 내가 아니지. 두고 보라구, 꽉 틀어잡을 테니까."

인영이 야욕을 불태우며 바라보고 있다는 것도 모른 채 성우는 정하의 집을 향해 내달리기 시작했다. 정하와 오붓하게 드라이브 즐기고 싶었던 참이라 잘됐다 싶었다. 길을 모르지만 이정표를 잘 살피다 보면 어떻게든 서울에 돌아올 수 있을 테니 그건 걱정할 필요 없었다.

성우의 차가 오피스텔에 도착했을 때 정하는 크지도 작지도 않은 짐 가방을 들고 성우를 기다리고 있었다.

"정말 왔군요."

"온다고 했잖아요."

성우가 정하의 짐 가방을 뒷좌석에 올려놓고 조수석 문을 열어 주었다.

"혹시 눈을 감으나 뜨나 내 생각 하는 거 아니에요?"

"어떻게 알았어요?"

"그럴 줄 알았어요."

정하가 씩 웃으며 말한 후 차에 오르자 성우가 문을 닫아주고 운전석에 올랐다.

"그런데 덕산 갔다가 어떻게 돌아오려고 그래요?"

"이정표 보고."

"혼자 보내면 마음이 안 놓일 것 같은데."

"그럼 같이 와요."

"자주 내려가는 것도 아닌데 하룻밤은 자야 해요. 말했잖아요, 나 막내딸이자 고명딸이라고. 우리 아부지, 엄마 내가 하룻밤도 안 자고 와버리면 서운해하셔요."

"알았어요. 내가 양보할게요."

오피스텔을 출발한 차는 얼마 지나지 않아 고속도로로 접어들었다.

"그 시나리오 공모는 마감이 언제예요?"

"사흘 후예요. 되도록 덕산 갔을 때 보내려구요."

"잊지 말고 꼭 보내요."

"네. 그래서 일부러 노트북도 챙겨 가요."

"잘했어요."

"신경 많이 써주는 것 같아요."

"마감 놓치면 너무 아쉬우니까."

"그런데 말이죠, 성우 씨 차 계속 타면 버릇될 것 같아요."

"뭐가?"

"다른 차는 차로 보이지도 않을 것 같아서 말이에요. 진짜 속물이 되긴 싫은데 괜히 벤츠 타고 움직이니까 내가 꼭 공주가 된 기분인 것 있죠."

"정하 씨 공주예요."

"우리 아부지 들으시면 좋아하시겠네요. 우리 아부지 우리 공주 하고 부르시거든요. 모든 딸들이 아버지에겐 공주겠지만. 아, 조금만 더 가면 행담도휴게소거든요? 거기서 바다 보고 가요."

"그래요."

"사진도 찍어야지. 거긴 낮보다는 밤이 더 좋은데. 야경이 끝내주거든요. 오션파크라고 리조트 시설이 있어서 숙박도 가능해요."

"그럼 거기서 자고 갈까?"

성우의 물음에 정하가 음흉한 표정으로 성우를 쳐다봤다.

"내가 덮쳐 주길 기다리고 있죠?"

정하의 물음에 성우가 웃음을 터뜨리며 고개를 끄덕였다.

"자꾸 자극하지 말아요. 정말로 덮쳐 버릴지 모르니까."

정하가 조심하라고 한 소린데 성우는 그저 웃기만 했다.

평일이라 그런지 고속도로가 막히지 않아 두 사람이 탄 차는 금방 행담도휴게소에 도착했다. 차에서 내린 정하는 성우를 손을 잡고 바다가 잘 보이는 곳으로 달려갔다.

"멋지죠?"

"멋져."

"우리 사진 찍어요."

정하가 성우와 함께 바다를 등지고 선 후 휴대전화를 들고 포커스를 맞추자 성우가 정하의 어깨를 살짝 안았다.

"자, 찍어요."

정하가 셔터를 누르는 찰나 성우가 정하의 볼에 입을 맞추었다.

"여긴 공공장소니까 애정 표현 너무 진하게 하지 말아요."

정하가 야단치듯이 말하고 사진이 잘 나왔는지 살폈다. 사진은 아주 만족스럽게 잘 나왔다.

"여기서 점심 먹고 가요. 우동 먹을래요?"

"좋아."

정하는 성우와 손을 꼭 잡고 휴게실 안으로 들어가 우동 두 그릇을 주문해 먹기 시작했다.

"덕산에 온천 좋은데. 온천 가본 적 있어요?"

"예전에 일본에서."

"일본이요? 온천은 우리나라가 더 좋아요."

"일 때문에 일본 들른 길에 가본 거예요. 우리나라 온천이 더 좋
다는 건 알고 있어요."

"나중에 같이 온천 갈래요?"

"좋아."

"그런데 미국엔 언제 돌아가요?"

"원래는 벌써 돌아갔어야 하는데 일정을 미뤘어요."

"왜요?"

"정하 씨 때문에. 두고 갈 수가 없어서."

성우의 말에 정하가 살며시 웃었다.

"그런데 왜 물었어요?"

"성우 씨 미국 가버리면 그땐 어떻게 해야 하나 갑자기 막막해
서요."

"내가 미국에 가는 게 싫어?"

"……싫어요. 서운할 것 같고, 섭섭하고, 또…….."

"또?"

"슬플 것 같아요."

정하가 정말 슬픈 얼굴로 말하자 성우가 손을 뻗어 정하의 볼을
쓰다듬었다.

"꼭 우리 둘이 사랑하는 기분이에요."

"사랑하는 거야."

성우가 말했고 정하는 너무 좋은 척 티내지 않으려고 참았다.

우동을 비운 두 사람은 사이좋게 빈 그릇을 수거함에 넣고 차로

돌아와 곧 출발했다. 몇 마디 나누지도 않았는데 어느새 성우의 차는 톨게이트를 지나 덕산에 진입했고 정하가 이쪽저쪽 길을 안내하다 보니 코앞에 쌀집이 보였다.

"여기서 내려줘요. 저기가 우리 가게예요. 보이죠, 방앗간이랑 쌀집 붙은 거?"

성우가 길가에 차를 세운 후 직접 안전띠를 끌러주고 차 문을 열어주기 위해 차에서 내리려는데 정하가 성우를 붙잡았다.

"혼자 내릴게요. 여긴 거의 다 아는 사람이라 금방 알아봐요."

"알아보면 안 돼? 날 소개시키고 싶지 않은 거예요?"

"물론 소개시키고 싶지만, 나도 성우 씨에 대해 다 알지 못하잖아요. 그리고 분명히 성우 씨 오늘 붙잡히면 완전 분해될 거예요."

"분해?"

"발가벗겨 보실 거라구요. 어디 살고 뭐 하는 사람이고 사돈의 팔촌까지 알아내려고 덤벼들 테니까 해부당하고 싶지 않으면 오늘은 그냥 가세요. 그런데 돌아갈 수 있겠어요?"

"갈 수 있어."

"성우 씨가 우겼어도 혼자 오는 건데 그랬어요. 성우 씨 혼자 돌아갈 거 생각하니까 걱정돼요. 안쓰럽고."

"걱정하지 마."

"서울에 도착하면 전화해 줘요. 걱정되니까."

"알았어."

"조심해서 가야 해요."

"응."

정하가 차에서 내리려는데 성우가 붙잡더니 재빨리 입술에 입을 맞추었다.

"누가 보면 어쩌려고. 여긴 우리 아부지 바닥이라 했잖아요!"

"내 생각 할 거지?"

"하지 말라고 해도 할 거예요."

"한 번만 더 입 맞추면 안 돼?"

"안 된다구요!"

정하가 펄쩍 뛰며 야단친 후 얼른 차에서 내렸다. 차에서 내린 정하가 꼭 전화하라고 손짓을 하자 성우가 고개를 끄덕였다.

성우에게 손을 흔들고 돌아서던 정하가 몸을 돌리더니 운전석으로 달려왔다. 정하는 성우가 유리창을 내리기 무섭게 성우의 얼굴을 두 손으로 감싸더니 쪽 하고 입을 맞추었다.

"한 번 더 안 하면 후회할 것 같아서요. 조심해서 가야 해요."

"알았어."

정하는 성우에게 활짝 웃어 보인 후 성우의 차가 사라질 때까지 지켜보다가 쌀집으로 뛰어들어 갔다.

"아부지!"

정하가 폴짝 뛰어들어 가자 정육점 주인인 강호 아버지와 건너편 자전거방 아저씨와 고스톱을 치고 있던 아버지가 반색하며 정하를 맞았다.

"벌써 왔어? 이제 그만 혀. 접어."

"아이, 치던 건 마저 쳐야제, 나 한 점만 더 보태면 난다고!"

자전거방 아저씨가 판을 못 접게 하자 아버지가 삼백 원을 자전

거 아저씨에게 쥐어주었다.

"꼴난 백 원짜리 치면서 목숨 걸어? 이거 먹고 가. 우리 공주 왔어."

자전거방 아저씨는 아버지가 준 삼백 원을 받더니 두말 않고 판을 접었다.

"왔냐?"

"네. 아저씨, 안녕하셨어요."

정하가 자전거방 아저씨와 강호 아버지를 향해 꾸벅 인사했다.

"강호는 잘 있냐?"

"네, 잘 있어요, 아저씨."

"강호는 온다는 소리 없대?"

"없었어요."

"그놈의 자식은 명절 때 아니면 내려오는 법이 없어."

강호 아버지는 강호가 덕산에 자주 내려오지 않아 꽤나 서운하신 모양이었다.

"간다."

"살펴가세요."

자전거방 아저씨와 강호 아버지가 쌀집을 나가자 아버지가 냉장고에서 음료수 하나를 꺼내 따주었다.

"엄만요?"

"옆에 방앗간에 있어. 고추 빻는다고."

"네."

"엄마 금방 올 겨. 차 안 막혔어? 금방 왔네."

"여기 지나가는 사람이 있어서 자가용 얻어 타고 왔어요."

"그렸어? 잘혔네."

"그런데 오빠 왜 꼭 나 오래요?"

"어, 그게……."

"정하 왔네?"

"응, 엄마."

"아이고, 우리 공주 잘 왔어?"

엄마와 정하가 껴안는 것을 아버지가 흐뭇한 얼굴로 바라봤다.

"어떻게 금방 왔어?"

"지나가는 사람 차 얻어 타고 왔디야."

"그렸어?"

"근데 오빠?"

"오자마자 몸 담근다고 목욕 갔어. 공기 좋은데 있다 도시에 와서 그러나, 아토핀지 뭔지가 도졌다고."

"여기도 공기 좋은데."

"서울보다는 좋지만 부대만 하겠냐. 거긴 사방이 산이라는디."

"그렇지. 그런데 나 왜 꼭 오라고 한 거래?"

"어, 그거……."

엄마와 아버지가 서로를 쳐다보며 망설이는 듯하더니 엄마가 얘기를 시작했다.

"오빠 친구 만나보라고."

"오빠 친구를 만나보라니? 누구?"

"누구긴 누구여. 너 만나보라는 것이제."

"나?!"

정하의 눈이 동그래졌다.

"내가 왜?"

"사람이 좋디야. 너하고 짝 지우면 좋을 것 같다고. 들어보니 조건도 좋아야."

"나 결혼 안 급해. 아부지, 나 결혼 안 급해요. 스물여덟 살은 요즘엔 노처녀 아니에요. 뭔가 해놓고 그때 결혼한다고 했잖아요. 나 급해요, 아부지?"

"급하지 아녀. 급하지 않은디 사람이 참 조터야. 오빠하고 똑같이 육사 나와서 군인이고 계급도 꽤 높고."

"게다가 막내래. 맏이도 아니고 막내니 얼마나 좋아? 그 집 아버지가 변두리에서 한의원 하신다는데 먹고사는 것도 문제없고, 인물도 조터야."

엄마는 구경도 못한 정재의 친구라는 남자가 무조건 좋은 모양이었다. 이렇게 말로 들어봐서는 퍽 괜찮은 조건인 것은 사실이지만 하여튼 정하는 싫었다.

"싫어, 엄마. 싫어요, 아부지. 선보는 거 싫어요. 뭐 답답해서. 내가 막 답답하고 그러면 몰라도 안 답답한데 뭐 하러 선을 봐요."

"싫으면 꼭 안 만나도 돼야. 오빠한테 그렇게 말했어."

"이이는. 시방 그렇게 얘기를 하믄 어떻게 혀요."

엄마가 남편에게 눈을 흘겼다.

"스물여덟 요즘은 늦은 거 아니라지만 느긋할 것도 없어. 사람 좋다는데 만나보지도 않고 왜 싫다부터 혀."

"군인 싫어. 죽을 때까지 열두 번도 더 이사 다닌다는데, 둘째 오빠 벌써 네 번이나 이사했잖아. 이사 다니는 것도 싫고 군인은 내 체질이 아니야."

"군인이 왜 싫어? 이사야 좀 다니지만 철밥통이것다, 난중에 연금 나오것다. 얼마나 안정적이여. 신랑 자리는 뭐니 뭐니 해도 경제적으로다 안정이 되어야 걱정이 없는 것이여."

"싫어, 엄마. 싫어요, 아부지. 그것 때문에 나 오라 한 거예요? 나 갈래."

정하가 심통난 얼굴로 일어나자 아버지가 얼른 정하를 붙잡았다.

"싫다는데 애를 왜 억지로 그랴?"

아버지가 엄마에게 눈을 부라리자 엄마가 허이구 하며 아버지가 정하를 번갈아 째려봤다.

"하나 있는 딸 시집보내기 아깝다고 그람 늙을 죽을 때꺼정 싸안고 있을 것이요? 좋은 자리 나섰을 때 치워야제."

"정하가 무슨 쓰레기여, 치우고 말고 허게. 당신도 여자믄서 뭔 말을 고렇게 헌디야? 날랑은 그런 소리 듣기 시려. 치우긴 워딜 치워."

아버지가 인상을 쓰며 말하자 엄마가 기막힌다는 듯 헛웃음을 웃었다.

"니 오빠하고 얘기혀."

"정말 푼수야. 왜 갑자기 자기 친굴 만나보라는 거야?"

"괜찮으니까 만나라고 허제."

"엄마나 오빠나 계속 그러면 나 그냥 가버릴 거야."

"얼씨구, 간다는 말이 무슨 무기다냐?"

"잔소리 말고 어이 애 게국지 끓여다 밥 맥여. 고기 먹을려?"

"아뇨, 밥 생각 없어요. 오다가 휴게소에서 우동 한 그릇 먹고 왔어요."

"곡기를 먹어야제 밀가루 고것이 요기가 도간? 어이, 애 밥 맥여."

"알았어요."

엄마가 가게 안쪽에 붙은 주방으로 들어가자 아버지가 정하 손을 잡았다.

"싫으면 안 만나도 돼야."

"만나기 싫어요."

"그려, 마음 쓰이는 대로 혀."

"잘 가르치네, 저 양반이 하여튼."

주방에서 엄마가 툴툴거렸지만 아버지는 웃고 말았다. 엄마가 게국지를 가지러 그릇을 들고 주방에 붙어 있는 문을 열고 나간 사이—문을 열고 나가면 바로 집이었다—정하가 아버지에게 바짝 붙어 앉았다.

"나 좋아하는 사람 생겼는데."

"어이? 그렸어? 뭐 하는 사람이간?"

"미국 살아요."

"미국?!"

아버지 얼굴이 동그래졌다.

"워매, 미국 살믄 우떻게 되는 거랴? 결혼하믄 미국 가 살아야 되는 것이여?"

"아직 결혼까지는……. 그런데 아부지 나 그 사람 좋아요. 선보기 싫어."

"그려, 싫으믄 안 보믄 되는디, 미국으로 가불면 아부지는 우짠다냐, 보고 잡아서."

"에이, 뭐 그 사람이랑 결혼하고 어쩌고 그것까지는 아니구요. 만나는 사람 있는데 선보는 거 좀 웃기잖아요."

"그렇지. 그럼 아부지는 원제 보여줄겨?"

"조금만 더 있다가요. 만난 지 얼마 안 됐거든요."

"확실히 연애를 하는 거여?"

"네. 그 사람이 여기까지 데려다 주고 갔어요."

정하가 살며시 웃자 아버지가 어쩐지 섭섭해하는 얼굴로 정하를 쳐다봤다.

"그라면 데불고 오지."

"말도 안 하고 데려오면 아부지한테 혼날까 봐."

"혼은 무슨. 허이고 우리 공주가 시집갈 나이가 되긴 된갑다."

"서운하셔요?"

"아니, 서운하다기보다는……."

아버지가 쓸쓸하게 웃었다. 단지 만나는 사람이 있다는 말을 했을 뿐인데도 많이 서운하신 모양이었다.

"엄마한텐 아직 말씀하시지 마세요. 엄만 좀 수선스럽잖아. 얘기 꺼내놓으면 없는 얘기도 지어내야 할 판이라서."

"알었어. 걱정 말어. 밥 먹고 공주도 가서 목욕허고 와."

"목욕은 무슨, 집에 왔으니까 아부지나 도와드려야지."

"도울 것이 뭣이 있어. 쌀이나 팔면 그만인디."

"아부지, 나 오니까 좋지?"

"암만. 좋지."

"히히히."

정하가 아버지를 끌어안자 아버지가 정하의 등을 다독이는데 게국지를 퍼 담아오던 엄마가 그 모습을 보고 입을 비죽거렸다.

"저렇게 좋을까."

"암만, 좋고말고지."

정하가 아버지 얼굴에 쪽 하고 입을 맞추자 아버지가 함박 웃었다.

별로 배도 안 고픈데 게국지에다 밥 한 그릇을 뚝딱 비운 정하는 목욕 간 오빠가 돌아올 기미가 보이지 않자 가게 한 켠에 노트북을 켜놓고 시나리오를 훑어보기 시작했다.

"일은 잘돼?"

"이번에 학습만화 또 맡았어요. 인세가 엄청 올랐어요, 아부지."

"그렸어?"

"지금 하는 건 시나리오 공모가 있어서 응모하려고 준비한 건데 얼른 보고 오늘 내로 보낼 거예요. 마감이 내일이거든요. 이번엔 제발 붙었으면 좋겠는데. 그쵸, 아버지."

"이번엔 붙을 겨."

"근데 아부지, 사실은 나 조금 속상한 일 있었어."

"뭔 속상한 일?"

"뭔 일인디?"

한쪽에서 꼬박꼬박 졸고 있던 엄마도 정하가 속상한 일 있었다는 말에 눈을 반짝 뜨고 쳐다봤다.

"지니, 엄마. 지니, 아부지."

"지니가 왜?"

"지니 이번에 미니시리즈 한대요."

"방송국 드라마 말이냐?"

"어, 엄마."

"지니 미니시리즈 한대서 속상한 겨?"

"그렇잖아요. 지니랑 같이 시작했는데 어느새 지니는 미니시리즈 하고 난 여태 학습만화만 하고 있구. 기죽더라구. 미니시리즈 쓰라고 프로덕션에서 제주도에 펜션도 잡아줬대요. 난 제주도에 놀러도 못 가봤는데…… 그리고 있죠, 인영이 계집애."

"인영이라믄 옛날에 우리 공주가 써놓은 거 가지고 영화상 받아먹고 토꼈다는 갸 말이제?"

"네, 아부지. 걔는 이번에 새로 영화 사업에 뛰어든 영화사에서 창립 작품 준비한대요. 나랑 지니랑 인영이 셋이 같이 출발해서 지니는 미니시리즈하고, 인영인 영화사 창립 작품 쓰고 나만 맨 꽁지고 별 볼일 없어."

정하가 기가 죽은 얼굴로 말하자 아버지가 정하의 손을 꼭 잡았다.

"별 볼일이 왜 없어, 우리 공주가. 사람은 좀 빨리 될 수도 있고 늦될 수도 있는 겨. 친구들허고 같이 시작혔는디 왜 나 혼자만 요렇게 늦나 그럴 것 하나 없어. 다 때가 있는 겨. 우리 공주는 아직 때가 안 됐을 뿐이여."

"아직도 때가 안 오면 어떻게 해요. 기다리다 말라죽을 것 같은데."

정하는 꼭꼭 덮어놓았던 부분, 아프지만 아픈 척하지 않으려고 애썼던 부분을 정하의 절대적 아군인 아버지, 엄마에게 털어놓고 나니 괜히 속상해 눈물이 터질 것 같았다.

"말라죽을 것 하나 없어. 허겠다고 댐비는 놈헌테는 아무도 못 당혀."

"암만, 엄마가 몇 번을 말 안 하냐. 너 낳고 방앗간에 쌀집에, 장사는 혀야 허는디 두 돌이 넘을 때꺼정 이놈의 젖을 떼놓질 못혀서 빨간 약을 바르고 마이신을 바르고 별짓을 다 혔는데도 악착같이 덤벼들어 빨아 묵었다고. 암만 혀도 안 돼서 따끔허게 패서라도 떼놔야 되겠다 혔드니 너희 할머니 그러시더만. 아이고, 저것이 아주 고집이 황우장사라고. 난중에 크면 ㅈ놈의 오기로 한자리 해묵을 것이니 냅두라고. 그래서 그냥 냅뒀드니 다섯 살꺼정 젖을 빨아묵지 않었냐. 우리 정하, 해낼겨. 엄마는 알어. 내가 낳은 자식인데 모르겠냐. 안 그렇소, 영감."

"암만, 해내고말고지. 누구 딸인디."

"아이고, 우리 딸이 그래서 속이 많이 상했구만."

엄마가 정하를 보듬어 안고는 등을 토닥였다.

"속도 상하고 솔직히 샘도 났어."

"암만 샘이 나지. 어쩌고 샘이 안 나겄어. 그려도 샘내지 말고 축하혀죠."

"그럼, 그려야지. 사람은, 지도 잘되고 나도 잘되고 서로서로 다같이 잘되자, 그러고 살아야 허는 겨. 친구덜이 잘되았으면 그려, 잘되어서 너 훌륭허다 축하헌다 그렇게 추켜세워 주다 보믄 반드시 나도 추켜세움을 당하는 날이 온다 그것이여. 아부지가 몇 번을 말혀. 사람이 일이 년 살고 말어? 아니잖여. 살날이 올매나 많이 남았는디. 아부진 기다릴 수 있어. 걱정 말고 혀."

"엄마도 기다릴 수 있어. 지루허도 않어. 그러니께 정하도 지루 해허지 말고 말라죽지도 말고 혀. 허다 보믄 다 되게 되어 있어."

아버지와 엄마, 덕산 시골에서 태어나 평생을 단 한 번도 여길 벗어나 보지 못한, 벗어나 볼 생각도 못하고 배움도 중학교 졸업이 끝인 많이 배우지 못한 촌노들. 하지만 이 촌노들의 가슴에는 도시에서 나고 자란 사람들, 거창한 학력을 자랑하는 사람들보다 몇십 배는 더 훌륭한 가르침을 물려줄 수 있는 인생의 지혜가 가득 차 있었다.

"포기 안 할 거야. 좀 지루하고 한 번씩 속상해 말라죽을 것 같아도 나 포기 안 해요."

"그럼, 그럼. 우리 딸이 누군디 포기를 혀."

엄마가 기특하다는 듯이 정하의 손을 쓰다듬었다.

"나 일할래. 시나리오 빨리 수정해서 보내야 하거든."

"그려, 어여 혀."

정하가 노트북을 차고 앉자 아버지와 엄마는 흐뭇하면서도 한쪽 가슴이 짜르르 아픈 것을 느끼며 정하를 바라봤다. 친구들 잘되고 있을 때 혼자 낙오되는 것 같은 기분에 얼마나 속이 상했을지 짐작이 가고도 남았기 때문이다. 자식이 요만큼 아프면 부모는 몇천 배 더 아픈 법. 아버지와 엄마는 쳐다보기만 해도 행복하고 또 행복한 고명딸 정하가 더는 가슴 아파하지 않게 얼른 좀 풀려줬으면 하고 기도하는 마음으로 정하를 바라보고 있었다.

아버지 엄마 옆에서 꼬박 두 시간 동안 노트북을 들여다보고 있던 정하가 최종 수정을 끝낸 원고를 재차 저장시키고 노트북을 덮는데 온몸이 새빨개진 막내오빠 정재가 가게로 들어왔다.

"왔냐?"

"안 반가워."

씩 웃으며 들어오는 정재에게 정하가 눈을 흘겼다.

"몇 달 만에 만났는데 보자마자 인사가 그러냐?"

"오빠 불량스러워서 반갑지 않다구."

"내가 뭘?"

"니 친구 만나보라 했다고 이러잖냐."

엄마의 말에 정재가 괜찮은 놈이야 하고 말했다.

"난 싫어."

"진짜 괜찮은 놈이라니깐."

"됐어. 난 싫어. 아부지도 싫으면 관두라 하셨으니까 더 이상 말하지 마. 그리고 아토피 있다면서 무슨 목욕을 껍데기 벗겨지도록 해? 원숭이 똥구멍 같애."

"말하는 거 하고는."

정재가 정하에게 부러 때리려는 시늉을 해보였다.

"진짜야, 거울 봐. 원숭이 똥구멍처럼 빨개."

정하가 혀를 쏙 내밀었다.

"아버지, 애 싫음 만나지 말라고 하셨어요?"

"싫다는데 뭘 억지로 그랴."

"아버지, 친구 놈하고 약속했단 말이에요."

"나한테 물어보지도 않고 왜 오빠 맘대로 약속을 해?"

"이런 것도 너한테 허락을 받아야 하냐?"

"당연하지. 내 일인데."

"일단 한번 만나봐."

"싫어. 절대 싫어."

"만나보지도 않고. 야, 너 딱 좋아하는 스타일이야. 키도 크고 덩치도 좋고 잘생겼어. 돈도 잘 벌어."

"키 얼마나 큰데?"

"180 가까이 되지."

"흥, 190은 되어야지."

정하가 성우의 키를 생각하며 콧방귀를 꼈다.

"농구 선수냐? 190 뭐에 쓰게? 의자 안 받치고 전등밖에 더 갈아?"

"됐구 난 무조건 싫어. 그런 줄 알아. 몇 달 만에 만나서 괜히 쌈나게 그래. 아버지, 나 들어가요. 오줌 마려."

"그려, 들어가."

"야!"

정하가 집 안으로 들어오는데 정재가 얼른 쫓아와 정하를 붙잡았다.

"나 오줌 마려워!"

정하가 정재의 손을 뿌리치고 집 안으로 올라가 화장실로 들어갔다. 정재가 화장실 앞에서 정하가 나오길 기다리고 있는데 엄마가 들어왔다.

"나오면 잘 타일러 봐. 내 말은 통하지도 않혀. 엄마는 저녁 준비 혀야 허니께 잘 타일러."

"알았어요."

엄마가 부엌으로 들어가고 난 후 정하가 볼일을 보고 나오는데 정재가 정하를 낚아채더니 마당으로 끌어냈다.

"그냥 말해."

"안에 엄마 있단 말이야."

"난 싫어."

"안 만나면 안 된단 말이야!"

"왜? 왜 안 되는데?"

"약속했다고. 한 번만 만나줘. 만나서 싫음 그 담부텀 안 만나면 되잖아."

정재가 답답해 죽겠다는 얼굴로 사정했다.

"내가 싫다더라 하면 그만이잖아. 뭔데? 책 잡힌 거 있어?"

"아니, 그게 아니라⋯⋯."

정재가 뭔가 피치 못할 까닭이 있는 듯 말끝을 흐렸다.

"합당한 이유를 대지 않으면 절대 안 돼. 그러니까 말해. 뭔 짓 하다 걸렸는데? 총 훔쳤어? 폭탄?"

"미쳤어!"

"그럼 뭐냐고!"

정하가 소리를 빽 지르자 정재가 정하의 입을 틀어막고 장독대 있는 곳으로 끌고 갔다.

"너 말하면 안 돼. 절대."

"책 잡힌 거 있구만. 털어놔. 뭐야?"

"그게…… 훈련 끝내고 하루 외박 나가서 마셨거든."

"그런데?"

"얼마나 마셨는지 완전 퍼마시고 쓰러졌는데 다음날 보니까 여자가 내 옆에 있더라고."

"헉! 어떤 여자?"

"거기 술집 여자."

"여관서 잤어?"

"어."

"미쳤어. 정말 드러!"

"아니야. 난 정말 생각 하나도 안 나! 만땅 되어서 쓰러졌단 말이야. 나도 얼마나 놀랐나 몰라. 생각은 안 나는데 여자는 옆에 누워 있고. 나도 미칠 것 같더라."

"다 벗고 있었어? 둘 다?"

"어."

정재가 낯간지러운 듯 얼굴을 긁으며 대꾸했다.

"했구만."

"아, 몰라. 기억도 안 나."

"기억 안 난다고 그걸 모르니? 둘 다 벗었음 뻔하지. 지윤이 언니한테 다 말할 거야!"

지윤이는 정재의 이 년 된 여자 친구였다.

"아니, 언니한테 갈 것도 없어. 아부지!"

정하가 외쳐 부르려는데 정재가 입을 틀어막았다.

"에이 씨, 조용히 해!"

"이거 놔. 그래서 그것 때문에 친구가 협박했어? 그 자식이 지윤이 언니한테 불어버린다고 해서 동생을 판 거야?"

"팔긴 뭘 팔아. 그냥 입 좀 닥치게 해보려고 하다 토니까……."

"드러, 드러. 너도 드럽고, 그 친구도 드럽다. 술집 여자랑 그 짓 해놓고 원숭이 똥구멍 되도록 문질러 닦으면 깨끗해진대?"

"어유, 기집애! 확 줘박았음 좋겠어."

"콘돔은 했어?"

"그만 해, 기집애야. 부끄러운 줄도 모르고 오빠한테."

"오빠라서 해주는 말인데 요즘은 콘돔으로도 60%밖에 방어가 안 되는 신종 성병이 유행이래. 그거 치료받아도 완치가 안 되어서 배우자한테 전염도 시킨대."

정하의 말에 정재의 낯이 하얗게 질렸다.

"정말이야?"

"콘돔 안 했어?"

정하가 너 큰일났다는 얼굴로 겁을 주자 정재의 얼굴이 더욱 하얇게 질렸다.

"지윤이 언니하고도 잤지?"

"난 죽어야 해."

"땅 파줘?"

"미치겠다, 정말."

"잤구나? 술집 여자랑 그러고 지윤 언니랑 또 잤어?"

"정말이야? 그 성병 정말이냐고."

"뉴스 좀 봐라."

"아, 씨발."

정재가 길지도 않은 머리를 쥐어뜯으려는 듯 머리를 싸쥐었다.

"정력도 좋네. 언제 또 지윤 언니는 만나서 그새 잤대? 그 짓을 하고 지윤 언니 안고 싶던?"

정하가 대단하다는 듯이 비웃자 정재가 정하를 쥐어박으려다 터덕거리며 걸어갔다.

"하여튼 난 싫으니까 친구한테 말해."

"안 돼."

"왜 안 돼!"

"벌써 네 전화번호 알려줬어."

"뭐?! 죽을래!!"

정하의 악쓰는 소리가 하늘 높이 울려 퍼졌다.

인영은 연신 휴대전화 시계를 들여다보며 아리조나호텔 로비를 서성거렸다.

한 시간 전에 성우의 사무실로 전화를 걸어 비서를 통해 성우가 퇴근했다는 대답을 들었는데 어찌 된 일인지 성우는 아직 도착하지 않고 있었다. 차가 밀릴 시간이니 늦어질 수도 있겠지만 한 시간이 넘어서도록 호텔 로비에서 서성거리자니 시간이 지나가는 것이 더욱 더디게만 느껴졌다.

이제나 올까 저제나 올까 살짝 지치려는데 문밖에 검은 세단이 멈춰 서며 문을 열어주는 도어맨 뒤로 성우가 내려서는 게 보였다. 성우를 확인하자마자 인영은 재빨리 커피숍 쪽으로 걸음을 옮겼다. 커피숍에서 나오다가 로비를 가로지르는 성우와 마주친 척하기 위해서였다. 성우가 회전문을 통과해 로비를 가로지르기 시작하자 인영은 행동을 개시했다.

걸음을 빨리 한 인영이 로비 중간쯤 도착했을 때 계획대로 성우와 마주쳤다.

"어머, 사장님!"

인영이 어떻게 이런 데서 마주쳤나 의외라는 듯이 과장되게 깜짝 놀라며 성우를 쳐다봤다.

"안녕하십니까, 오 작가님. 여기 웬일이십니까?"

"누굴 좀 만나느라구요. 사장님은 웬일이세요?"

"전 여기 묵고 있습니다."

"아 참, 그랬지. 들은 기억이 나네요. 지금 퇴근하시는 거예요?"

"예."

"네, 그럼 편히 쉬세요."

"예, 조심해서 가세요."

인영이 고개를 돌리고 성우도 가던 길을 가려던 찰나 인영이 다시 성우를 불렀다.

"사장님, 아직 저녁 안 하셨죠?"

"예, 아직."

"저하고 저녁 하실래요? 지난번에 차 태워주셔서 제가 저녁 대접한다고 했었잖아요. 그리고 실은 제가 굉장히 배가 고프거든요."

"아······."

성우는 잠깐 망설였다. 인영과 저녁을 함께 먹는 일이나 인영이 특별히 싫어서가 아니라 이 여자 저 여자 만나고 다니는 사람을 똥개라고 했던 정하의 말이 걸렸기 때문이다. 인영은 이 여자도 저 여자도 아니지만 정하가 했던 말 때문인지 어쩌 좀 께름칙했다. 또 정확하게 확인되지 않았다 해도 인영은 정하의 시놉시스를 훔친 사람이고 그 사실을 알고 있는 성우로선 아무래도 인영을 바라보는 시선이 완전히 클린할 수는 없었다. 하지만 공은 공이고 사는 사. 이런 이유로 거절하는 것은 예의가 아니었다.

"그러죠."

성우는 다른 약속이 있는 것도 아니고, 또 다른 사람도 아닌 인영의 제의를 딱 잘라 거절하는 것은 아무래도 잘못하는 일인 것 같아 저녁 제의를 받아들였다.

인영과 함께 중식당으로 온 성우는 인영이 좋아하는 음식을 주문해 먹기 시작했다. 인영이 중식을 먹고 싶어했기 때문에 중식당으로 온 것인데 사실 성우는 기름기가 많아 중식은 별로 좋아하지 않았다. 별로 좋아하지 않는 음식이다 보니 맛있게 먹어지지가 않았고, 성우가 맛있어하지 않아한다는 것을 인영이 눈치 챘는지 걱정스러운 표정으로 입을 열었다.

"입에 맞지 않으세요?"

"아닙니다. 맛있게 먹고 있습니다."

"잘 못 드시는 것 같아서……."

"원래 소식하는 편입니다."

원래 소식은 아니었지만 중국 요리 싫어한다는 말은 차마 할 수가 없어 그렇게 둘러댔다.

"아, 그러세요. 미국에서도 한국 요리 해 드세요?"

"자주는 아니지만 김치는 매끼마다 밥상에 올라옵니다."

"저도 김치가 빠지면 밥이 안 넘어가요. 그런데 미국에선 혼자 사세요?"

"예."

"부모님과 따로 사시는군요."

"예."

인영은 만약 성우와 결혼하게 된다면 당장에 시부모를 모시지 않아도 되어서 다행이다 싶었다. 물론 혼자 김칫국 마시는 것이지만.

"지난번에 오 작가님의 작품을……."

"혼자 사시면 옆에서 챙겨주는 사람이 없어서 불편하지 않으세요?"

"괜찮습니다, 버릇이 돼서."

"그래도 자고 일어났을 때 함께 아침을 먹고 넥타이를 골라주는 사람이 있으면 좋잖아요."

"함께 아침을 먹고 넥타이를 골라주는 사람……."

성우는 순간 정하를 떠올렸다. 정하와 매일 아침 같은 잠자리에서 일어나 함께 아침을 먹고 정하가 골라준 넥타이를 매고 출근을 한다면 기분이 어떨까? 현관에서 잘 다녀오라는 인사와 함께 입맞춤을 주고받을 때의 기분은 어떨? 기쁠 것 같았다. 행복할 것 같았다. 정하 곁을 떠나기 싫을 정도로. 그런 상상을 하자 성우의 입가에 미소가 걸렸다.

인영은 성우의 입가에 자리한 미소를 바라브며 엉뚱한 기쁨을 느꼈다. 성우의 머릿속에는 전혀 다른 여자가 가득 차 있었는데 인영은 성우가 머릿속으로 자신과 함께하는 장면을 그리고 있을지도 모른다고 생각했기 때문이다.

"부모님께서 결혼하라고 재촉하지 않으세요?"

"부모님보다는 할머니, 할아버지께서 재촉하십니다."

"할아버님, 할머님께서 손주며느리가 너무 보고 싶으신 모양이에요. 어서 결혼하셔야겠어요."

"그러고 싶습니다."

정말 그러고 싶었다. 할아버지, 할머니를 기쁘게 해드리기 위해서라기보다는 성우 스스로가 기쁘기 위해 결혼하고 싶었다. 정하와.

"형제는 어떻게 되세요?"

인영이 계속 사생활을 꼬치꼬치 물어대자 드디어 성우는 인영과의 식사가 따분하게 느껴지기 시작했다.

"남자 형제는 사촌들이고, 제 밑으로 여동생 둘이 있습니다."

"여동생 분들은 결혼하셨어요?"

"한 명은 결혼했고, 막내는 아직입니다."

"외국 결혼식을 보니 뭐랄까, 굉장히 로맨틱하고 화려하던데, 언제가 될지는 모르지만 저도 미국이나 다른 곳에서 결혼식 올리고 싶어요."

인영이 조심스럽게 결혼식에 대한 환상을 드러냈다.

"한국은 다음 예식에 쫓겨서 삼십 분 만에 휘리릭이거든요. 우리 언니 때도 그랬고. 너무 재미없고 불쾌하더라구요. 그래서 전 결혼식은 좀 특별하게 하고 싶어요. 평생 한 번밖에 경험하지 못할 꿈같은 순간이니까. 결혼식은 정말 아름다워야 하잖아요."

"그렇죠."

"결혼식장 많이 가보셨어요?"

"예."

"결혼식장 가면 괜스레 결혼하고 싶지 않으세요? 난 그렇던데."

"글쎄요⋯⋯."

이런 종류의 대화는 여자 친구들끼리 나눠야 통하는 대화 같은데 인영이 왜 날 붙잡고 결혼식 얘기를 할까, 성우는 지루하기만 했다.

"특히 가까운 친구가 결혼을 하면 더 더욱 결혼하고 싶더라구요. 평소엔 결혼하고 싶다는 생각도 없고 애인도 없으면서 말이에요."

"⋯⋯."

"사장님께선 결혼을 하신다면 어떤 결혼식을⋯⋯."

"식사 다 하셨으면 그만 일어나시죠."

인영이 자신이 가진 결혼에 대한 환상을 성우의 뇌리에 각인시키기 위해 그토록 애를 썼건만 돌아오는 성우의 대답은 그만 일어나자였다. 성우의 반응에 무안해진 인영은 당황하지 않으려고 애쓰며 성우를 따라 일어났다.

입술을 실룩거리며 성우를 따라 일어나 계산대로 향하다가 요리 값을 지불하려는 듯 성우가 지갑을 꺼내자 인영이 얼른 성우의 팔을 붙잡았다.

"제가 대접한다고 했잖아요."

"아닙니다, 제가 대접하겠습니다."

"어머, 그럴 순 없어요. 저한테도 사장님께 식사를 대접할 수 있는 기회를 주세요."

인영이 성우의 팔에 매달리다시피 하며 우기자 성우는 못 이기는 척 계산서를 인영에게 건네고 중식당을 먼저 나와 버렸다. 인영이 계산을 끝내고 나오면 예의상 호텔 밖까지 배웅한 후 곧장 객실로 올라가 샤워를 하고 쉴 생각이었다. 그런데,

"제가 저녁 사드렸으니까 칵테일 한 잔 사주세요."

인영은 헤어질 생각이 없는 모양이었다. 성우는 좀 별미쩍었다. 칵테일이라니……. 난감하면서 한편 성가셨다.

지금껏, 저녁을 함께 먹은 사람들 중에 90%는 즐거운 사람들이었고, 10%는 어쩐지 좀 거북한 사람들이었는데 인영은 10%에 속하는 사람이었다. 어쩐지 좀 불편하고 유쾌하지 못했다. 그래도 인영이 호텔 밖으로 나갈 때까지는 깍듯하게 도리를 다할 생각이었는데 2차가 남아 있자 약간 짜증스럽기까지 했다. 거절하고 객실로 올라가고 싶었지만 얻어먹은 저녁이 있으니 그냥 보내는 것은 남자로서 좀 치사한 짓 같고 식사 내내 따분했는데 칵테일까지 마시자니 성가시고.

성우는 결국 거절하지 못하고 인영과 함께 칵테일 바로 향했다.

"피곤하신데 제가 귀찮게 해드린 건 아닌지……."

인영이 살짝 미안해하는 표정으로 말했다.

"괜찮습니다."

괜찮다고 대답해야지, 이럴 때 그래요 나 피곤해요, 당신 대단히 성가시네요 할 수는 없었다.

나란히 바에 앉은 성우와 인영은 블랙 러시안과 롱 아일랜드 아이스티를 주문했다.

"서울 오셔서 계속 아리조나에 묵고 계신 거예요?"

인영이 롱 아일랜드 아이스티로 목을 축인 후 물었다.

"예."

"가족과 함께 묵고 계세요?"

"아닙니다. 혼자 있습니다."

"혼자 오셨어요?"

"예."

'혼자 있단 말이지?'

인영의 입가에 보일 듯 말 듯한 미소가 걸렸다.

"적적하지 않으세요?"

"괜찮습니다."

"말씀 편하게 하세요. 부드럽게."

"예."

"저도 혼자 지내요. 작업할 때 누가 옆에 있으면 잘 못하거든요."

"아, 네."

"언제 한번 제 작업실에 놀러오세요. 보여 드릴 건 별로 없지만."

"아, 예."

예, 라고 대답했지만 그건 순전히 내가 뭐 하러요? 라고 대답할
수 없었기 때문에 예의상 한 대답이었다.

잠깐 대화가 끊어지고 말없이 각자의 칵테일을 홀짝거렸다. 인
영이 살며시 성우의 눈치를 살폈다. 오늘 성우를 만나기 위해 얼
마나 많은 노력을 했던가. 성우의 퇴근 시간을 체크하고, 성우에
게 잘 보이기 위해 연예인들이 출입한다는 브랜드 미용실에 들러
머리를 하고 메이크업까지 받았다. 그뿐인가. 지난 주말엔 하루
온종일을, 그리고 거금을 아낌없이 투자해 옷을 사 입었다. 오늘
하루를 위해서 말이다. 그렇게 노력한 보람이 있었던지 성우를 만
나 저녁을 함께 먹고 칵테일 바까지 왔지만 칵테일을 끝으로 헤어
지기엔 너무 안타까웠다. 성우의 객실까지 꼭 들어가 보고 싶었
다. 그가 묵는 객실에서 차 한 잔 얻어 마실 수 있다면 더욱 좋겠
고, 그 이상의 일이 일어난다면……. 바라던 바다.

오늘 만나면서부터 식사를 하고 지금까지 성우는 철저하게 신
사처럼, 일 때문에 만난 관계 그 이상도 이하도 아니게 행동했지
만 적극적으로 다가서다 보면 성우의 태도도 분명 달라질 것이라
기대했다.

성우의 객실에 들어갈 수만 있다면……. 생각해 보라, 여자와
남자가 호텔 객실에 함께 있다면 결과는 불 보듯 뻔한 게 아닌가.
다소 약하긴 하지만 알코올도 조금 들어갔겠다, 게다가 분위기만
적절하게 잘 맞춘다면 어쩌면 오늘 밤 성우를 사로잡을 수도 있었
다.

무리없이 자연스럽게 성우의 객실에 들어갈 수 있는 방법이 뭐가 있을까 생각하던 인영은 성우가 잠깐 다른 곳에 시선을 둔 사이 롱 아일랜드 아이스티가 가득 든 잔을 재빨리 손가락으로 건드렸다. 딱 하는 소리와 함께 칵테일 잔이 쓰러지며 양이 많은 롱 아일랜드 아이스티가 비싼 인영의 옷에 남김없이 쏟아졌다. 인영이 깜짝 놀라 벌떡 일어나서는 어쩔 줄 몰라 하며 엉망으로 번져 버린 스커트 자락을 들고 발을 동동 구르자 성우도 벌떡 일어났다.

"이런!"

성우가 재빨리 손수건을 꺼내 인영에게 건넸고 인영은 성우의 손수건으로 스커트를 닦아보았지만 이미 다 스며들어 소용이 없었다. 바텐더가 뒤늦게 마른 수건과 함께 한 뭉치의 티슈를 건넸지만 그것도 소용이 없었다.

"아무래도 세탁을 해야겠군요."

"네, 그래야겠어요. 속으로 스며들어서 엉망이 되어버렸어요."

인영이 낯을 찡그리며 말했다.

"갈아입을 옷이 있으십니까?"

"아뇨."

"호텔에 세탁을 맡기면 될 텐데……. 음, 그렇다면…… 잠깐만요."

성우가 바를 나갔고 인영은 속옷까지 젖어 불쾌할 정도로 척척함에도 불구하고 살며시 미소를 지었다. 호텔에 세탁을 맡기려면 인영이 옷을 벗어야 했고 세탁된 옷이 인영에게 돌아오려면 어딘가에 들어가 있어야 했다. 그런데 엉망이 되어버린 옷을 벗을 만한 장소도, 그리고 세탁이 돼서 돌아오기까지 한두 시간 정도 머물 수 있을 만한 장소도 오로지 성우의 객실밖에는 없었기 때문이다. 인영은 어쩌면 성우의 티셔츠, 혹은 나이트가운을 얻어 입을지도 모르겠다 생각하자 더욱 즐거워졌다. 되도록 티셔츠가 아니라 나이트가운 쪽이었으면 좋겠지만.

인영이 기대감에 미소 짓고 있는데 성우가 다시 바로 돌아왔다.

"나가시죠."

"네."

성우를 따라 밖으로 나가던 인영은 흉한 꼴이 된 자신을 위해 얼룩진 스커트를 가리라고 양복저고리라도 벗어주었으면 했지만 무심하게 앞서 걸어가는 성우의 뒷모습을 보며 곱게 눈을 흘겼다. 그래도 좋았다, 이대로 객실에만 올라갈 수 있다면.

그런데 성우는 객실로 올라가는 엘리베이터가 아니라 로비를 가로질러 밖으로 나가고 있었다. 엉망이 된 스커트를 흘낏거리며 바라보는 사람들의 시선이 신경 쓰여 죽겠는데 성우는 왜 밖으로 나가는 것인지, 인영이 몹시 불편해하며 뭔가 이상하다고 생각하며 성우를 뒤쫓아 밖으로 나갔을 때 성우의 차가 호텔 앞에 서 있었다.

"이 차를 타고 가세요."

성우가 말했고 인영은 한순간 너무 어이가 없어 할 말을 잃었다. 호텔에 세탁을 부탁하고 객실에 데리그 올라갈 줄 알았는데 밖에 나가서 기사를 부른 것이었다니, 김치국을 마셔도 이만저만 마신 게 아니었다.

"죄송해서……."

무슨 말을 해야 할지 몰라 일그러진 얼굴로 그렇게 말하는데 성우가 직접 차 문까지 열어주었다. 얼른 보내 버리고 싶어 안달난 사람처럼.

"괜찮습니다. 호텔에 물어봤더니 세탁을 한다 하더라도 내일 아침에야 찾을 수 있다고 해서요."

빌어먹을 호텔 세탁부 같으니라고!

"네, 신경 써주셔서 감사해요."

"별말씀을요."

인영은 완전히 구겨지려는 얼굴을 가까스로 펴며 차에 올랐다.

"윤 대리, 집까지 모셔다 드리세요."

"예, 사장님."

"감사합니다, 사장님. 다음에 다시 뵈면……."

인영이 실망감을 감추지 못하고 인사하는데 못 들었는지 성우가 문을 닫아버렸다.

인영이 어이없어하며 차 밖에 서 있는 성우를 쳐다보는데 이놈의 기사도 눈치가 빵점이라 출발해 버렸다. 인영이 울화통이 터져 오르는 것을 삭히며 뒤돌아봤을 때 성우는 이미 호텔 안으로 사라지고 없었다.

이게 무슨 말도 안 되는 상황인지, 성우의 객실에 올라가 역사 한번 만들어보려다 칠칠치 못한 여자로 찍히고 창피만 당하고 비싼 옷만 망쳐 놓은 꼴이었다.

'기가 막혀서, 정말.'

뭐 저런 남자가 다 있나 싶었다.

'내가 그렇게 눈치를 줬는데, 얼마나 열심히 신호를 보냈는데 저렇게 둔할 수가 있어? 바보 아니야?'

인영은 너무 약이 올라 소리라도 지르고 싶었다.

'이렇게 됐다고 내가 물러설 줄 알아? 절대 그럴 수 없어.'

인영이 어금니를 악물었다.

'어디 두고 보자고!'

인영이 달아오른 얼굴을 식히며 맹세했다.

접수 마감 날 퇴근하지 않고 기다리고 있던 성우는 자정이 넘는 순간 월든코리아 홈페이지로 들어가 접수된 원고 중에서 '죽일 놈 장복구'라는 제목을 찾았다. 있었다. 정하가 늦지 않게 접수를 시킨 것이다.

막 프린트를 하기 위해 파일을 다운받으려는데 전화벨이 울렸다.

"여보세요?"

[정하예요. 잤어요?]

"아니."

[어디세요? 호텔?]

"아직 회사. 정하는?"

[덕산이에요. 내일 가려구요.]

"내일 데리러 갈게."

[안 와도 돼요. 막내오빠 가는 길에 따라가면 돼요.]

"내가 데리러 가고 싶은데."

[아뇨, 오지 말아요. 가면서 오빠랑 좀 싸울 일이 있어요.]

"싸워? 왜?"

[그럴 일이 있어요. 지금은 말할 수 없고 서울 올라가면 얘기해 줄게요. 아, 그리고 나 시나리오 보냈거든요. 막 떨리는 거 있죠.]

"잘될 거야. 걱정하지 마."

[저기 그런데…… 성우 씨 언제부턴가 나한테 반말하는 거 알아요?]

"그런가? 싫어?"

[아뇨. 용서해 줄게요.]

정하의 목소리만 들어도 성우는 기분이 좋아졌다. 이런 사람과 날마다 함께 있으면 얼마나 좋을까. 성우는 정하를 볼 때마다, 목소리를 들을 때마다 그렇게 생각했다. 나를 즐겁게 해주는 사람과 날마다 함께 있고 싶다고.

지금 정하의 작품을 다운받으려던 참이었다는 걸 알면 정하는 얼마나 놀랄까. 하지만 아직은 아무 말도 하지 않는 것이 좋을 것 같았다. 만약 정하의 작품이 아주 훌륭하다 치더라도 성우가 월든 코리아와 관계가 있는 사람이라는 것을 정하가 안다면 혹여 실력이 아니라 성우 때문에 별 볼일 없는 원고를 당선시켜 주었다고 오해할 수도 있고, 또 정하의 작품은 형편없다 쳤을 땐 그때 역시 서로에게 은연중에 무엇인가를 바라게 될지도 모르기에 그런 일을 사전에 차단하기 위해서였다. 만약 이번 공모에서 정하 작품이 당선이 된다면 그것은 순전히 정하의 실력이었고 정하의 작품이 훌륭하기 때문이라는 것을 분명히 하고 싶었다. 또한 성우는 쓸데 없이 정하의 작품이라고 해서 후한 점수를 줄 생각도 없었다.

[잘 자요.]

"서울 올라오면 바로 전화해야 해."

[알았어요.]

정하와 통화를 끝내고 정하의 파일을 다운받기 위해 마우스를 움직이던 성우는 화면에 뜨는 지시어를 보고 깜짝 놀랐다. 존재하지 않는 파일이라는 지시어가 뜬 것이다.

"존재하지 않는 파일이라니?"

이상하다고 생각하며 새로 고침을 하는 순간 정하의 '죽일 놈 장복구' 원고가 접수된 작품 중에서 감쪽같이 사라져 버렸다.

성우의 미간에 주름이 잡혔다. 재차 새로 고침을 했지만 결과는 똑같았다. 처음엔 존재하지 않는 파일이라고 하더니 새로 고침을 하는 순간 접수번호 자체가 사라진 것이다. 시스템에 문제가 생겼 거나 아니면 누군가 의도적으로 삭제를 한 것이다.

성우는 수화기를 들고 제작팀으로 전화를 돌렸다.

[제작팀입니다.]

"나 현성우입니다. 제작팀 오늘 야근입니까?"

[예, 사장님. 오늘 공모 마감이라 응모된 원고 지금부터 프린트 할 겁니다.]

"알았어요."

성우는 수화기를 내려놓자마자 곧바로 제작팀으로 내려갔다.

성우가 갑자기 들어서자 응모된 원고를 다운받아 프린트 중이던 직원들이 일제히 성우를 향해 인사를 했다. 성우가 제작팀장에게 다가가기도 전에 제작팀장이 성우에게 달려왔다.

"퇴근 안 하셨습니까?"

"공모 시스템에 문제가 있습니까?"

"시스템예요? 문제없습니다. 무슨 일이십니까?"

"방금 응모된 원고를 검토하던 중에 눈에 띄는 제목이 있어서 다운받으려는데 원고 자체가 사라졌어요."

"그럴 리가요. 잠깐만요. 김 대리, 시스템에 문제있나?"

"없습니다. 잘 돌아갑니다."

"문제가 없다는데요, 사장님."

"아뇨, 분명히 내가 다운을 받으려던 원고가 사라졌어요."

"다운을 받더라도 접수된 번호나 원고를 삭제하진 않는데 이상합니다. 혹시 프린트되고 있을지도 모르니 제가 찾아보겠습니다. 제목이 뭡니까?"

"접수번호 2056번 '죽일 놈 장복구'."

"죽일 놈 장복구. 이봐! 다들 죽일 놈 장복구 찾아봐!"

"예!"

제작팀 직원들이 달려들어 정하의 원고를 찾았지만 정하의 원고는 없었다.

"공모를 제작팀에서 맡고 있죠?"

"예, 사장님."

"제작팀 말고 누가 시스템에 손을 댈 수 있습니까?"

"여기 있는 직원들 말고는 없는데……. 아, 오 작가님을 포함해서 심사에 참여하시기로 심사 위원들께도 임시로 직원 등급을 부여했습니다."

"심사 위원……. 오 작가님?"

오 작가라면 인영이었다.

"하지만 뭐 오 작가님이나 다른 심사 위원들께서 원고를 삭제했을 리도 없고 우리 직원이 그랬을 리도 없는데……."

"그렇죠. 뭔가 실수나 오류가 있었겠죠. 하지만 내 눈으로 보고 있던 원고가 사라졌으니 그냥 놓칠 수는 없습니다. 두 달 넘게 고생해서 응모했을 텐데 우리 쪽 잘못으로 없어진 원고를 나 몰라라 한다면 그건 작가에 대한 예의가 아니죠. 내가 알아보도록 하겠습니다. 혹시 중간에 사라진 접수 번호가 있는지 다시 검토하시고 홈페이지에 공지 띄우세요."

"공지라시면 어떻게……."

"24시간 마감 시한 연장한다고."

"아, 예……."

"분명히 공지하세요."

"예, 사장님."

성우는 조금 뜨악해하는 제작팀장을 뒤로하고 자신의 사무실로 돌아왔다.

"오 작가와 심사 위원들도 관리자 등급을 갖고 있다고?"

오 작가라는 말을 들었을 때 불현듯 의심스러운 기분이 들긴 했지만 그렇다고 막무가내로 인영이나 다른 심사 위원들을 의심할 수는 없었다. 더욱이 인영은 이번 공모에 정하가 응모했다는 것을

245

모르고 있을 수도 있기 때문에 섣불리 판단해서는 안 될 일이었다. 그리고 적어도 인영은 현재 월든코리아 사옥에 없었다. 물론 집에서 의도적으로 조작해 삭제했을 수도 있지만 인영이 뭐 하러 그런 짓까지 하겠는가. 인영과 정하는 소원해진 상태로 오랫동안 만나지도 않은 것 같던데 말이다. 그렇다면 시스템에 오류가 생겼다는 것인데 조금 전 시스템에는 문제가 없다는 얘기를 들었고, 이도저도 아니라면 감쪽같이 원고가 사라져 버린 것을 어떻게 해석해야 하는 것인지.

정하에게 전화를 해줄까 망설이던 성우는 핑계 거리가 없어 참았다. 정하의 원고가 몇 초 만에 감쪽같이 사라졌는데 월든코리아와 관계된 사람이라는 것을 숨겼으니 직접 전화해서 알려줄 수도 없고 사라진 원고를 찾아낼 길은 없고 성우는 갑자기 화가 치밀어 아무것도 손에 잡히지 않았다.

새벽 세 시에야 호텔로 돌아갔던 성우는 자는 둥 마는 둥 한 뒤 아침 여덟 시도 되지 않아 회사로 돌아왔다. 그리고 비서가 출근하는 즉시 정하에게 전화를 걸도록 지시했다.

"내가 시켰다는 말은 절대 하지 마세요. 월든코리아라고 말하고 홈페이지 시스템에 문제가 생겼다고 하세요. 공지를 살피고 접수란에 자신의 원고가 없으면 오늘 중으로 꼭 다시 접수시키라고 하세요. 정중하게."

"네, 사장님."

"은정하 씨가 접수하면 그 즉시 다운받아 프린트하세요."

"네, 사장님."

비서는 성우가 시킨 대로 곧장 정하에게 전화를 걸었다.

"여보세요? 은정하 씨 되십니까?"

[네, 저예요.]

"안녕하세요, 여긴 월든코리아입니다. 이번 시나리오 공모에 응모하셨죠?"

[네.]

"바쁘시겠지만 홈페이지에 방문하셔서 공지사항을 읽어주셨으면 해서요."

[공지요? 왜요?]

"시스템에 오류가 발생해서 응모된 작품 중에 몇 작품이 삭제가 됐습니다."

[어머!]

"은정하 씨 작품이 삭제되지 않았다면 괜찮구요, 혹시라도 삭제가 됐다면 오늘 중으로 다시 접수해 주십사 하구요. 죄송합니다."

[오늘 중으로요?]

"빠르면 더 좋구요."

[제가 지금 지방인데 서울로 막 출발했거든요. 한 세 시간 후에라야 홈페이지에 가볼 것 같은데. 지금 인터넷을 할 수가 없거든요.]

"지방에서 오신다구요? 오늘 중으로 해주시면 되는데……."

그때 성우가 비서에게 메모지 한 장을 내밀었다. 성우의 메모를 본 비서가 얼른 말을 바꿨다.

"그럼 접수해 주시고 저한테 전화 한 통 해주시겠어요? 메모 가능하세요?"

비서는 정하에게 자신의 직통번호를 알려주었다.

"네, 꼭 전화 주세요."

비서는 정하와의 통화를 끝내며 자신도 모르게 한숨을 내쉬었다. 정하와 통화하는 내내 성우가 긴장된 얼굴로 바로 옆에서 지켜보고 있었기 때문이다.

"전화 주시기로 했습니다, 사장님."

"수고했어요. 오늘 일은 우리만 아는 겁니다."

"걱정 마세요, 사장님."

정하에게서 재접수시켰다는 연락이 온 것은 정확하게 세 시간 후였다. 비서는 만사를 제쳐 두고 프린트부터 시작했다. 얼마나 중요한 원고인지는 몰라도 성우가 특별히 지시한 일이고 또 곧 회의가 끝날 시간이라 성우가 돌아올 것이기 때문이었다.

정하의 원고가 프린트되고 있는 동안 성우는 회의에 참석하고 있었다. 진우에게 의논도 하지 않고 마감 시한을 하루 연장시킨 이유에 대해 설명했을 때 성우는 인영과 심사 위원 자격으로 참석한 몇몇의 표정을 면밀하게 살피고 있었다. 인영과 다른 심사 위원들을 의심하지 말자고 했으면서도 어쩐지 께적지근한 기분이 들었기 때문이다.

잘못 봤을 수 있지만, 성우가 어제 마감 직후 갑자기 삭제된 원고가 있었다고 말했을 때 인영의 피부색이 달라지고 눈빛이 흔들렸다. 잘못 본 것일지도 모르지만 말이다.

"두 달 넘게 고생해서 완성한 작품인데 훌륭하든 그렇지 못하든 중간에서 원고가 사라지는 건 분명 불상사입니다. 앞으론 두 번 다시 그런 일이 일어나지 않도록 주의해야 할 것입니다."

"어제 서버에 약간의 문제가 있었다는 것을 발견했습니다. 문제점을 파악해서 복구하고 있습니다."

전산팀에서 말했고 성우는 순간 괜히 인영과 다른 심사 위원을 의심한 것은 아니었나 후회했다. 성우가 슬쩍 인영을 쳐다보자 인영은 노트북에 시선을 둔 채 꼼짝도 하지 않았다.

"심사는 언제부터 시작됩니까?"

진우가 물었다.

"프린트를 계속하고 있고 복사도 해야 합니다. 내일부터는 심사가 시작될 것 같습니다."

"심사 위원은 몇 분입니까?"

"예상보다 많은 원고가 접수돼서 원래는 여기 계신 여섯 분이 수고를 해주시기로 했는데 세 분을 더 늘려 아홉 분이 심사해 주시기로 했습니다."

"현성우 사장께서는 어떻게 하시겠습니까?"

진우가 물었다.

"전……."

1차부터 참여하겠다고 말하려던 성우는 꾹 눌러 참았다. 아무래도 사심이 들어갈 것 같았기 때문이다.

"최종에 올라온 작품만 보겠습니다."

"그렇게 하세요. 한 작품을 심사 위원 한 분만 보고 사장되는 일은 없도록 합시다. 되도록 모든 심사 위원께서 모든 작품을 한 번씩을 다 읽어본 후에 1차 통과 작품을 결정하도록 합시다."

회의를 끝내고 진우가 먼저 일어나자 나머지 사람도 모두 일어나 회의장을 떠나기 시작했다. 인영이 앉은 뒤로 회의장을 빠져나가던 성우는 인영이 켜둔 노트북 모니터를 잠깐 쳐다봤다. 인영이 켜둔 노트북 모니터에는 시나리오 공모 접수란이 열려 있었다. 갑자기 이유없는 조바심이 느껴진 성우는 인영이 부르는 소리도 못 듣고 부리나케 자신의 사무실로 올라왔다.

"전화 왔습니까?"

"여기요."

비서가 활짝 웃으며 프린트를 내밀었다.

"아, 다행이군."

"사장님 휴대전화로 전화가 왔었습니다. 확인해 보십시오."

"알았어요. 고마워요."

성우는 비서가 프린트해 준 정하의 원고를 가지고 사무실로 들어와 책상 위에 올려져 있는 휴대전화를 확인했다. 부재중 전화가 한 통 있었고 정하였다. 성우는 정하의 원고를 뒤적이며 전화를 걸었다.

"정하?"

[나 왔어요.]

"돌아왔군."

[되게 웃긴 일 있었어요.]

"뭐?"

[덕산에서 막 출발했는데 월든코리아에서 전화가 온 거예요. 순간 얼마나 놀랐나. 난 또 내 원고 보자마자 너무 좋아서 계약하자거나 일등 했다고 전화한 줄 알았는데 원고가 없어졌다는 거예요. 얼마나 황당한지. 홈페이지 들어가서 보니까 정말로 삭제된 것 있죠? 그런 일도 있나? 하여튼 그래서 다시 보냈어요. 그런데 좀 이상해요. 내 전화번호랑 주소가 기입된 원고 자체가 사라졌는데 어떻게 알고 나한테 전화를 했는지. 그런데 아침 먹었어요?]

정하가 숨도 안 쉬고 떠들더니 아침 먹었냐고 물었다.

"점심시간이야."

[아, 그렇구나. 점심 먹었어요?]

"아니, 아직. 정하는?"

[컵라면 먹을까 하던 중이에요.]

"컵라면? 컵라면이 무슨 밥이야. 점심 먹을까?"

[아뇨. 나 지금부터 책 봐야 해요. 학습만호- 때문에 공부해야 한다고 했잖아요.]

"그렇군. 오늘 밤에도 공부할 거야?"

[만나고 싶다는 뜻이에요?]

"물론."

[뭐…… 잘 보이면 만나줄 수도 있죠.]

"잘 보일게."

[어떻게 잘 보일 건데요?]

"음…… 정하가 해달라는 대로 다 해줄게."

[벌써부터 그렇게 저자세면 살아가기 힘든데.]

정하의 까부는 소리에 성우가 웃었다.

"저녁에 전화할게. 공부 다 해둬야 해."

[알았어요.]

전화를 끊고 정하의 작품을 차근차근 읽으려는데 노크 소리와 함께 비서가 들어왔다.

"시스템에 문제가 많은 모양이에요, 사장님."

"왜?"

"아까 그 작품이요, 은정하 씨 작품. 또 없어졌어요."

비서의 말에 성우의 미간에 주름이 잡혔다.

"또?"

"네. 지금 들여다봤더니 없어요."

"컴퓨터에 다운받았어요?"

"네, 혹시 몰라서 저장시켜 뒀습니다."

"잘했어요."

성우는 고개를 갸웃거리며 비서가 프린트해 준 정하의 원고를 내려다봤다. 원고가 또 사라졌다니. 방금 전 회의에서 사라진 원고에 대해 토론을 했는데, 앞으론 이런 일이 결코 있어선 안 될 것이라고 했는데 회의가 끝나기 무섭게 똑같은 일이 또 벌어졌다.

"정 비서."

"네, 사장님."

"어제 마감 후에 사라진 원고가 모두 몇 편인지 파악했습니까?"

"죄송합니다. 지금 알아보겠습니다."

비서가 얼른 인사를 하고 밖으로 나갔다.

성우는 A4 용지에 찍힌 '죽일 놈 장복구'라는 제목을 손가락 끝으로 쓰다듬다가 정하의 원고를 들고 사무실을 나왔다.

"제작팀에 문의했더니 사라진 원고가 몇 편인지 아직 파악하지 못했다고 합니다만, 제가 살펴보니 재접수된 원고는 은정하 씨 원고 한 편입니다."

"그럼 같은 원고가 두 번이나 사라졌다는 말이로군요."

"현재까지 재접수된 원고가 없는 것으로 봐서는……."

"알았어요."

성우는 곧바로 제작팀으로 향했다. 성우는 정하의 원고가 두 번씩이나 사라졌다는 것은 아무래도 시스템의 오류가 아니라 누군가 의도적으로 삭제했을 가능성에 무게를 두었다. 그렇지 않고서야 어떻게 특정 원고가 두 번씩이나 사라졌겠는가. 의심은 머릿속을 가득 채웠지만 되도록 누구도 의심하지 말자고 생각하며 제작팀 방에 들어섰다. 점심을 먹기 위해 나가려던 직원들이 멈춰 섰다.

"점심 안 드세요, 사장님?"

그렇게 물은 사람은 인영이었다. 성우는 그렇게 하지 말자고 했음에도 불구하고 인영이 달리 보이기 시작했다. 인영이 정하의 원고를 삭제한 것은 아닐까 하고.

"먹을 겁니다. 오 작가님, 사막 시나리오 마무리하랴, 이번에 심사 위원까지 맡으셔서 고생이시겠습니다."

"고생은요, 재밌고 퍽 의미로울 것 같아요. 그런데 식사 안 하셨으면 같이 가세요, 사장님."

"점심보다도 한 가지 이상한 게 있어서요."

"뭔데요?"

"조금 전에 원고 하나가 또 사라졌습니다."

성우의 말에 활짝 웃고 있던 인영의 얼굴이 조금씩 일그러지기 시작했다.

"또요?"

제작팀장이 골치 아프네 하고 주절거리며 컴퓨터를 들여다봤다.

"시스템에 정말 문제가 있긴 있는 모양이네요."

인영이 어정쩡한 표정으로 그렇게 말하는데 성우가 들고 있던 원고를 제작팀장에게 건넸다.

"어제와 조금 전에 사라진 그 원고입니다. 내가 읽어보려고 프린트를 해뒀으니 망정이지 또 실수할 뻔했습니다."

인영의 시선은 성우의 손에서 제작팀에게 넘어가는 원고에 꽂혀 있었다.

"'죽일 놈 장복구' 말씀이시죠? 안 그래도 어제 한 번 사라졌던 원고라 재접수가 됐는지 제가 분명히 확인을 했었습니다. 어, 이상하네. 정말 사라졌네?"

팀장이 모니터를 바라보며 이해가 안 간다는 얼굴로 말했다.

"팀장님도 확인하셨습니까?"

"예, 확인했습니다, 분명히. 프린트를 하기 전이었는데 사장님께서 프린트를 하셨군요. 죄송합니다."

"아닙니다. 이 작품도 심사에 포함시키도록 하세요."

"그래야죠."

"무슨 작품이에요?"

인영이 제작팀장에게 다가가더니 제작팀장의 손에 들린 원고를 받아 제목을 보더니 갑자기 얼굴색이 확 변했다. 성우는 인영의 표정 변화를 놓치지 않았다.

"죽일 놈 장복구······. 제목이 참 재밌네요."

인영의 입꼬리가 살짝 뒤틀렸다.

"글쎄, 두 번씩이나 삭제돼 버린 글인데, 어쩌면 우리 월든코리아와 인연이 있을지도 모르겠습니다. 오 작가님께서도 공정한 심사를 해주세요."

"물론이죠······."

"식사하러 가시죠."

"사장님께서도 같이 가시는 거죠?"

"죄송합니다. 전 다음에 하죠. 맛있게 드세요."

성우는 실망스럽게 얼굴이 일그러지는 인영을 못 본 척하고 사무실로 돌아와 버렸다.

성우는 묘하게 일그러지던 인영의 표정이 마음에 걸렸다. 못마땅해하던 표정이었던 것도 같고 딱히 설명하기가 복잡하지만 무엇인가 비밀을 숨기고 있다가 들킨 것 같던 그 표정.

"오 작가가? 왜?"

의구심은 더욱 커져 갔지만 지금으로선 증명할 길이 없었다.

"스케이트 타러 가요."

정하가 성우를 만나자마자 스케이트를 타러 가자고 했다.

"책을 너무 많이 봐서 두통이 좀 생겼는데, 이럴 땐 시원한 바람 좀 쐬면 좋아지거든요. 갈래요?"

"여름인데?"

"여름에 타는 스케이트가 더 재밌어요."

"좋아."

성우는 정하가 가자고 하는 아이스링크로 차를 몰았다. 저녁 시간이었고 말대로 여름이라 아이스링크가 있다고 해도 손님이 많을까 했는데 생각보다 스케이트 타는 사람이 아주 많았다.

"아, 상쾌하다."

정하가 차가운 공기를 들이마시며 활짝 웃었다.

"배고파요?"

"아니, 정하는?"

"우리 좀 놀다가 먹어요."

"응."

발에 맞는 스케이트를 대여한 두 사람은 스케이트를 신기 위해 나란히 앉았다.

"스케이트 탈 줄 알아요?"

"조금. 정하는?"

"난 넘어지지 않을 정도예요. 잘 타진 못하지만 시원하잖아요. 좋죠?"

"응, 좋아. 내가 신겨줄게."

성우가 정하 앞에 쪼그리고 앉더니 정하의 발에 스케이트를 신겨주기 시작했다.

정하의 발밑에 쪼그리고 앉아 스케이트 신겨주는 성우의 모습이 꽤 질투가 났던지 정하 곁에 앉아 스케이트를 신던 다른 커플이 눈치를 살피는가 싶더니 커플 중 남자가 성우가 하는 것처럼 애인에게 신발을 신겨주기 시작했다.

"성우 씨, 원래 이렇게 다정해요?"

"아니."

"그럼요?"

"정하한테만. 다른 여자들한테 모두 다정하게 굴면 똥개 될까 봐."

"교육이 아주 잘됐네요."

정하가 웃자 성우도 웃었다.

"발이 작네."

"작은 편이에요."

"앙증맞아."

"중국 사람들은 발 작은 여자를 미인이라고 했다던데 성우 씬 어떤 여자가 미인이라고 생각해요?"

"정하 같은 여자."

"아, 물론 그 대답을 원하긴 했지만 좀 응용할 수 없어요? 가령, 나처럼 밝고 싹싹한 여자라든지."

"정하처럼 사랑스러운 여자."

"강호가 들으면 분명히 병이 깊다고 할 거예요. 난 듣기 좋지만. 병을 계속 키우세요."

정하의 말에 성우가 웃음을 터뜨리며 고개를 끄덕이는데 곁에서 정하와 성우를 흉내 내던 커플이 추워서 못 들어주겠네 하는 얼굴로 정하와 성우를 쳐다봤다. 정하가 그들을 향해 다서 뻔뻔스러운 미소를 흘려주자 옆 커플이 닭살 돋아 못 보겠다는 듯한 표정을 짓더니 얼른 아이스링크로 들어가 버렸다.

"성우 씨, 좋아해요."

스케이트를 갈아 신는 성우의 손놀림을 물끄러미 바라보던 정하가 불쑥 말하자 성우가 손놀림을 멈추고 정하를 쳐다봤다.

"알아."

"사람을 이렇게 빨리 좋아하는 거, 처음이라 좀 겁나요. 깨어나면 꿈이었잖아 하면서 뒤통수 맞게 될까 봐."

"꿈에서 깨어나지 않게 해줄게."

"그건 너무 작업용 멘트다."

"나, 정하 좋아해."

성우가 담백한 어조로 말했는데 왠지 참 믿음이 가는 그런 억양이었다. 너를 열렬하게 사랑해, 하는 것보다 몇 배로 더 믿음이 갔다.

"알아요."

서로를 바라보며 따뜻하게 미소 짓던 두 사람은 손을 꼭 잡고 일어나 얼음판으로 걸어갔다.

손을 꼭 잡고 세 바퀴째 천천히 링크를 돌았을 때 정하가 입을 열었다.

"잘될까요?"

"뭐가?"

"이번에 응모한 거요, 시나리오 공모. 이번엔 제발 가작으로라도 붙었음 좋겠는데."

"잘될 거야."

"잘됐으면 좋겠어요."

두 바퀴를 더 돌았을 때 정하가 몸을 돌리더니 성우의 양손을 잡고 뒤로 타기 시작했다. 그리고 물었다.

"잘될까요?"

"잘될 거라고 했잖아."

"아니, 우리요."

"우리?"

"우리. 잘될까요?"

"정하는 어때?"

"음…… 잘될 거야."

정하가 성우의 말투를 흉내 내며 말하자 성우가 웃었다.

"잘됐으면 좋겠어요, 우리도."

"이리 와."

성우가 정하를 끌어당겼고 그 바람에 정하는 성우의 품에 폭 안겼다.

"잘될 거야. 내가 그렇게 만들 거야."

성우가 정하의 귀에 대고 속삭였다.

"지켜볼게요."

정하가 활짝 웃으며 말했다.

"아! 있죠, 지난번에 나 서점 갔다가 늦게 오는 바람에 성우 씨 기다리게 한 날."

"응."

"그날 인영이를 서점에서 만났거든요."

"인영?"

"오인영이라고 내 시놉 훔쳐다가 당선됐다는 애 있잖아요."

"아, 그 친구."

"걘 서점에서 만났는데 내가 이번에 공모에 접수할 거라고 했더니 뭐라는 줄 알아요? 자기가 월든코리아 창립 작품 준비 중이라고 월든코리아 사람을 잘 안다나? 잘 읽어봐 달라고 한마디 걸쳐 주겠다며 거만을 떠는 거예요. 제목 알려달라는데 그것도 훔쳐갈까 봐 필요없다고 쏴줬어요. 잘못하는 건 줄 알지만, 인영이가 정말 순수하게 날 도와주고 싶어서 그랬을 수도 있지만 한 번 당하고 보니 도무지 믿질 못하겠는 거예요. 그리구 괜히 기죽는 거 있죠. 난 시나리오 공모에 응모하는 처지인데 인영인 벌써 성공해서 창립 작품 준비하고 있다고 하고. 기분이 별로였어요. 아, 이런 말 하면 안 되는 건데, 성우 씨 앞에서 자꾸 친구를 흉보게 되네요. 이해해 줘요. 맺힌 게 많아서 그래요."

"이해해. 그런데 그럼 그 친구가 정하가 이번에 원고를 응모한다는 걸 알고 있다는 얘기네?"

인영을 의심하던 참이었다. 의심을 하면서도 한편 인영이 정하의 원고를 삭제할 뚜렷한 이유가 없고 정하가 응모했다는 것을 인영이 모르고 있을 것이라 생각해 지레짐작하지 말자 경계했었다.

정하의 작품 제목을 본 인영의 달라진 표정에 의심이 증폭됐지만 그래서 순간, 인영이 정하를 골탕 먹이기 위해 일부러 삭제한 것은 아닐까 미심쩍어도 했지만 그것은 성우의 오판일 확률이 높다고 생각했다. 아무리 정하와 인영 사이에 반갑지 않은 일이 있었다 하더라도 그것은 오래전 일이고, 그래도 두 사람은 친구이기 때문에 괜한 사람 의심쩍어하지 말자 했었다. 그런데 인영이 정하가 응모한다는 것을 알고 있었다는 것이 확인됐고 공교롭게도 다른 작품이 아니라 유일하게 정하의 작품만 두 번이나 삭제가 됐다. 인영이 심사 위원을 맡은 공모에 응모한 정하의 작품만 두 번씩이나 삭제가 된 것이다. 이건 아무래도 뭔가 있었고, 수상한 냄새가 났다. 여전히 인영이 털어놓지 않는 이상 증명할 방법이 없다는 것이 문제지만.

"그 친구도 정하가 응모했다는 것을 알고 있었단 말이지?"

"알겠죠, 내가 말했으니까. 괜히 말했나 봐요. 아무 말도 하지 말 걸. 나한테도 못된 구석이 있나 봐요. 이번에 꼭 당선돼서 인영이 눌러줬으면 싶거든요. 정말로 어쩌면 인영이가 날 도와주려고 했을지도 모르는데, 도움을 받는 것보다는 너 실력으로 인정을 받고 싶어서 거절하긴 했지만 솔직히 말하면 인영이를 믿느니 지나가는 개를 믿지 싶어서……. 심보를 곱게 써야 한다는데 자꾸 미운 마음이 나오니까 나도 괴로워요."

정하의 말에 성우가 정하의 어깨를 감싸 안았다.

"그 친구는 호의였을 수도 있지."

"그렇죠? 내가 잘못한 거죠?"

"하지만 친구의 도움보다는 실력으로 인정을 받는 편이 정하의 미래를 위해서도 좋아. 거절한 건 잘한 거야. 그 친구가 월든코리아에서 얼마나 큰 영향력을 가졌는지도 알 수 없고."

"그럼 나 잘한 거예요?"

"음."

"그래도, 비뚤어진 속은 좀 고쳐야겠죠?"

"그럼 훨씬 더 예쁠 거야."

"알았어요. 앞으론 씹지 않으려고 노력할게요. 아, 배고프다. 우리 두 바퀴만 더 돌고 저녁 먹어요. 저녁 먹고 한 열 바퀴쯤 돌고 집에 가요."

"알았어. 그런데 저녁 먹고 정하 집에서 자도 돼?"

성우의 물음에 정하가 눈을 가늘게 뜨고 성우를 쳐다봤다.

"호시탐탐 우리 집에서 잘 기회를 엿보고 있는 것 아니에요?"

"맞아."

성우가 망설이지 않고 대답했기 때문에 정하가 웃음을 터뜨렸다.

"제발 참아줘요. 이번엔 기필코 나한테 당하고 말 테니까."

"당하다니? 뭘?"

"강간요!"

정하가 재빨리 스케이트를 타고 달려나가며 소리쳤고 성우는 웃음을 터뜨렸다. 주위에서 스케이트 타는 사람이 놀란 얼굴로 쳐다보든 말든.

저녁은 먹은 후 정하 말대로 열 바퀴를 더 돌고 꽤 지친 정하를 집까지 데려다 준 성우가 정하의 입술에 굿바이 키스를 남기고 엘리베이터에 오르자마자 강호가 문을 열고 밖으로 나왔다.

"복도에서 너무 진하게 키스하는 거 아니냐?"

"웃기지 마. 입술만 부딪쳤어. 너 보고 있었니?"

"말소리가 들려서 웬 불륜인가 해서 내다봤다."

"불륜은."

"데이트했냐?"

"어. 스케이트 타고 왔어."

"전엔 나더러 타러 가자고 하더니."

"예전엔 그랬지. 하지만 넌 스케이트 탈 줄 모른다고 한 번도 가준 적 없잖아."

"알았으니까 문 열어, 들어가게."

"왜 들어와? 나 공부해야 해. 가."

"뭐야, 남자 친구 생겼다고 고향 친구는 똥이다 그거냐?"

"똥은. 들어와!"

정하가 하여튼 그놈의 똥 소리는 수시로 한다고 쯩얼거리며 문을 열자 강호가 먼저 집에 들어갔다.

"오늘은 안 자고 그냥 가네."

"네가 쌀집에 전화할까 봐 보냈다. 됐어?"

"너 저 사람 정말 좋아하냐?"

"응."

"왜?"

"사람 좋아하는데 왜가 어딨니? 사랑이라는 건 왜, 가 있을 수 없는 거야."

"그렇지. 왜, 가 있을 수 없지."

강호가 금세 수긍했다. 이상해 보일 정도로.

"자."

강호가 주머니에서 뭔가를 주섬주섬 꺼내 건넸다. 병뚜껑이었다.

"여기서도 월드컵 티켓 준댄다. 뚜껑 안에 적힌 번호 집어넣으면 된대."

"어디서 다 모았어?"

"회식 있었는데 네 생각나서 다 가져왔어."

"잘했어."

정하가 일곱 개나 되는 병뚜껑을 받아 노트북 옆에 내려놓으며 웃었다.

"근데, 성우 씨 정말 잘생기지 않았니? 남자가 볼 땐 어때?"

"그래, 잘생기긴 했더라."

"굉장히 다정해."

"다정하기도 하겠더라."

"그리고 병이 깊어."

"무슨 병? 병 있다냐? 뭔데? 당뇨? 관절염? 갑상선? 병 있는 사람처럼은 안 보이던데."

"내가 어떤 여자를 좋아하냐고 물었거든. 옛날 중국에선 발 작은 여자를 미인이라 했다면서. 그랬더니 나처럼 사랑스러운 여자가 좋대."

"병이 깊네."

"계속 키우라고 했어. 잘했지?"

"놀고 있네."

강호가 입술을 비틀며 말했다.

"그래, 계속 이렇게 놀 거야. 끝까지!"

"잤냐?"

하고 묻는 강호에게 정하가 대답을 못하고 시선을 피하며 한숨을 푹 내쉬자 강호가 수상하다는 듯이 정하의 얼굴을 붙잡더니 똑바로 쳐다봤다.

"바른대로 말해. 잤어?"

"자고 싶어."

정하의 대꾸에 강호가 에잇 하더니 정하의 얼굴을 밀었다.

"넌 어째 부끄러운 줄도 모르고 자고 싶단 말을 하니?"

"네가 아니니까."

"내가 아니니까라니?"

"내가 자고 싶은 사람이 네가 아니니까."

"쳇."

강호가 콧방귀를 팽 끼더니 책상에 앉았다.

"갈수록 음탕해진다, 너."

"음탕은 무슨, 남잔 아무 여자든 발가벗고 덤비면 다 잘 수 있지만 여잔 아니야. 자고 싶은 남자는 정말 좋아하는 사람이여야 한다구."

"남자도 발가벗고 덤빈다고 아무 여자하고 자는 거 아니야."

"됐어. 남자는 가능해."

"아니야!"

"흥! 증인이 있는데?"

"누구?"

정하는 우리 오빠! 하고 소리치려다 말았다.

"몰라도 돼. 가서 자."

"맥주 한 잔 하자."

"나 공부해야 해. 일 맡았어."

"한 잔만 해."

"안 돼."

"아, 씨발."

강호가 욕설이 내뱉더니 일어났다.

"야! 너 나한테 욕했어?"

"아니야. 자살하고 싶은 기분인데 풀 수가 없어서 그래."

"뭔데? 말해."

"됐어."

강호가 발에 슬리퍼를 꿰었다.

"좋아. 술 한 잔 해. 무슨 일인데?"

"아니야. 관둬."

"미안해. 골치 아픈 일 있는 줄 몰랐어. 한 잔 하면서 들어줄
게."

"됐다고."

강호가 영 떨떠름한 얼굴로 나가 버렸다.

"멀쩡하더만 뭔 자살이야, 갑자기? 괜히 나 연애하니까 질투나서 그래."

술 한 잔 하자는 첫마디에 좋다고 할 걸 괜히 안 된다고 했나 마음에 걸려 하던 정하는 이제 와서 뭘 어쩌겠나 싶어 책상에 앉아 책을 펼쳤다.

"고구려야 한번 만나보자."

정하가 메모할 노트를 펼치며 중얼거렸다.

정재의 친구 종철에게서 전화가 온 것은 정하가 덕산에 다녀온지 오 일 만이었다. 정재가 휴가를 끝내고 복귀한 후 곧바로 종철이 휴가를 받아 나온 모양인데, 넉살이 늘어지게 좋은 인간이라는 것은 어, 나 정재 친구 종철이야, 하고 반말할 때부터 알아봤다. 지가 언제 봤다고, 오빠 친구면 친구지 어따 대고 곧장 반말지거리인지.

정재가 부대로 복귀하고 나서 날마다 전화를 해 제발 살려달라고 사정사정했었다. 지윤에게 이 사실이 알려지면 전부 다 끝장이라고, 지윤 없인 못산다는 얘기까지 해가며 처절하게 매달리는 정재 때문에 어쩔 수 없이 허락하고 말았다.

오빠가 지윤이 언니에게 걷어차이고 목매다는 꼴은 차마 볼 수가 없어서 어쩔 수 없이 허락한 것인데 이 종철이란 놈은 첫판부터 밥맛에다 싸가지는 찾아볼 수가 없는 놈이었다. 언제 봤다고 첫 통화에서부터 반말이냔 말이다. 정재가 복귀해서 대체 무슨 소릴 어떻게 했는지 몰라도 종철은 대뜸 어디서 만날까? 하고 말했는데 말하는 폼이 정재와 얘기 끝났으니 넌 나오라면 무조건 나와라 하는 투라 웃기지 말라고 쏴주고 싶을 지경이었다.

"종철 씬 어디서 만나고 싶어요?"

치밀어 오르는 부아를 누르며 정하가 묻자 종철이 종철 씨라고 하니까 듣기 좋네? 하고 우습지도 않은 소리를 했다.

[강남에서 볼까?]

"그러죠."

종철이 강남 역 근처에 있는 패밀리 레스토랑 이름을 하나 대더니 대뜸 늦지 말라고 경고했다.

[난 약속 시간 안 지키는 사람이 제일 싫거든.]

하면서.

하, 기막혀서.

정하는 정재에게 전화를 걸어 옷을 갈아입는 틈틈이 욕을 퍼부었다.

"뭐야, 종철이라는 사람 원래 그렇게 건방져?"

[막내라 그래.]

"나도 막내야, 나도 막내라고. 하지만 우리 아부지는 나 그렇게 건방지게 안 키웠어!"

[뭐랬는데?]

"전화하자마자 대뜸 반말이고, 약속 시간 잡더니 지는 약속 시간 안 지키는 사람이 제일 싫다고 제시간에 나오래!"

[반말이야 네가 내 동생이라서 한 거고, 약속 시간 안 지키는 사람은 나도 싫고 너도 싫어하잖아.]

"그렇지만 일면식도 없는 사람에게 존댓말을 쓰는 건 기본 상식이고 시간 맞춰 나와주세요 하고 말하는 것하고는 차원이 달라!"

[부탁한다, 한 번만 만나줘. 오늘 한 번만 날 봐서 만나주라. 부탁하자.]

"두고 봐. 계속 저런 식으로 우습게 굴면 받아버릴 거니까."

[정하야!]

"끊어!"

정하는 씩씩거리며 집을 나와 종철과의 약속을 지키기 위해 집을 나섰다. 집을 나서며 성우에게 전화를 걸었다.

"나예요. 바쁘죠? 용건만 간단히 할게요. 아무래도 얘긴 해야 할 것 같아서요."

[괜찮아. 말해.]

"나 지금 남자 만나러 가요. 왜 만나는지는 나중에 말할게요. 사연이 무지 길거든요."

[남자라고? 어떤 남자?]

"오빠 친구요."

[오빠 친구를 왜 만나는지 말해줘야 하잖아?]

성우의 목소리가 까칠해졌다.

"말하고 싶은데 사연이 너무 길어요. 그리고 그 남자가 나 열받게 했기 때문에 적어도 삼십 분 전엔 약속 장소에 먼저 나가야 해서 지금은 설명할 수가 없어요."

[어디서 만나는 거야?]

"강남요."

[강남 어디?]

"강남 역에 있는 루니스라는 레스토랑이에요."

[알았어.]

성우가 전화를 끊어버렸다.

정하는 끊어진 휴대전화를 쳐다보다가 구시렁거리며 버스에 올랐다. 아무래도 남자를 만난다는 말에 성우가 화가 난 듯했다.

"성우 씨더러는 이 여자 저 여자 만나면 똥개라고 하고선 내가 만나니, 내가 똥개가 될 판이네."

성우라는 남자를 얼마 겪어보진 않았지만 이렇게 퉁명스럽게 전화를 끊어버릴 사람이 아닌데 정말 화가 난 모양이라고 생각하자 명치끝에 뭐가 걸린 것처럼 불편했다.

"하지만 지금 구구절절 어떻게 설명을 하냐구. 하여튼 은정재 때문에 내가 못살아!"

투덜거려 봤자 소용없었다. 이미 약속은 잡혔고 죽으나 사나 오늘 한 번은 만나야 될 사람이었다.

다행히, 왜 다행이라고 생각했는지는 모르겠지만 약속 시간보다 이십오 분 빨리 도착한 정하는 북적거리기 시작한 패밀리 레스토랑에 자리를 잡고 앉았다. 종철이 도착하기 전에 성우에게 전화를 걸어 왜 남자를 만나야 하는지에 대해 까닭을 설명할까 하던 정하는 나중에 차근차근 설명하는 것이 나을 것 같아 관뒀다. 종철이란 남자가 언제 나타날지도 모르는데 한참 설명하던 중에 갑자기 등장하면 중간에 말 끊기도 그렇고.

기다린 지 정확하게 이십오 분이 흘렀을 때 정하의 휴대전화가 울렸다.

"여보세요?"

[나 종철이. 어디야?]

"루니스 안이에요."

[벌써 도착했어?]

"약속 안 지키는 사람이 제일 질색이라면서요."

정하가 퉁명스럽게 대꾸하는데 테이블 앞에 웬 남자가 우뚝 멈춰 섰다. 고개를 들자 정재가 말한 대로 키도 훤칠하고 인물도 꽤 좋은 남자가 정하를 내려다보고 있었다. 정재 말대로 키는 180cm쯤 되어 보였다. 그러니까 성우보다는 좀 작았다는 말이다.

"정하?"

"네."

"안녕."

종철이 하얀 이를 드러내고 웃으며 정하의 맞은편에 앉았다. 이가 유난히 희고 깨끗해서 참 청결하게 보이는 인상이었다. 저 희고 깨끗한 이 사이에서 나오는 말투는 좀 싸가지가 없지만.

"일찍 왔어?"

"처음 만나는 자리에 한 이삼십 분씩 일찍 나오는 센스는 없으신가 봐요?"

정하가 따지듯이 말하자 종철이 어깨를 으쓱했다.

"나도 일찍 나온다고 했는데. 그래도 딱 맞춰 나왔잖아?"

"아무리 친구 동생이라도 맘 놓고 반말하시는 거 별로 좋아라

할 사람 없어요."

"정재가 상대하기 꽤 어려울 거라 하더니 정말이네?"

"꽤 어려운 정도가 아니라 어쩜 부아가 치밀지도 몰라요."

"내가 그렇게 안 만들 거야."

종철이 제법 잘생긴 얼굴로 능글맞게 웃으며 말했다. 그렇게 만들지 않으면 어떻게 할 것인지, 정하가 작정하고 보자마자 쏴붙이는데도 종철은 정하의 성깔을 참 참아내고 있었다. 친구인 정재의 동생이니 기분 나쁘게 군다고 함부로 할 수도 없겠지만—오빠 친구임에도 정하는 그런 것 신경 쓰지 않고 틱틱거렸지만—종철은 정하가 생각했던 것보다 그렇게 싸가지없지도, 건방지지도 않은 것 같았다. 첫 통화에서부터 이 사람은 영 아니다 하는 선입견을 가지는 바람에 종철이 무턱대고 싸가지일 것이라 생각했던 정하의 판단이 섣부른 판단일지도 몰랐다. 능글맞게 웃는 모습이 그렇게 밉지만도 않고.

"맛있는 거 먹어. 정재한테 들었어. 되게 많이 먹는다며?"

"어릴 때 별명이 땅거지였어요."

"그래, 들었어."

종철이 또 능글맞게 씩 웃었는데 역시나 밉지 않았다. 하지만 아무리 밉지 않다고 해도 종철은 정하에게 남자로 보이지 않았다. 그렇다고 여자로 보였다는 게 아니라 어떤 느낌도 받지 못했다는 말이다. 성우가 없었다면 퍽 괜찮은 남자로 여겨졌을 텐데. 그렇지만 조금도 아쉽거나 아까운 마음은 없었다.

"정재가 뭐라고 하면서 나 만나보라고 해? 나에 대해서 뭐라고 해?"

"매우 중요한 얘기를 했어요."

"어떤 거?"

"오빠가 술 먹고 뻗었다가 일어나 보니 옆에 발가벗은 여자가 자고 있었고, 그걸 종철 씨한테 들키는 바람에 지윤 언니랑 찢어지지 않으려면 내가 꼭 종철 씨를 만나야 한다고. 이런 식으로 여자 만나면 재밌어요?"

정하가 단도직입적으로 묻자 종철의 얼굴에 약간 붉은 기가 돌았다.

"정재가 그 얘길 해?"

종철이 믿을 수 없다는 얼굴로 물었다.

"우리 한 살 차이라 웬만한 건 다 말해요."

"그건 오해고 그냥 정재가 사진 보여주는데 너무 예뻐서 한번 만나게 달라고 했어. 정재가 그랬거든, 지금까지 만난 여자 중에 지윤이 빼고 정하가 제일 예쁘다고. 예쁘다는 소리를 달고 살기에 어디 한번 보자 했더니 정말 예쁘더라고."

"오빠가 그래요, 지윤 언니 빼고 내가 제일 예쁘다고? 허, 지윤 언니보다 내가 더 예쁘거든요?"

정하의 말에 종철이 웃음을 터뜨렸다.

"그래, 네가 더 예뻐."

"그러니까 우리 오빠가 술집 여자랑 하룻밤 발가벗고 불태운 사건을 지윤 언니한테 나발 불 생각은 없다는 거죠?"

"나도 남잔데, 그런 치사한 짓 안 해."

"믿어도 되죠?"

"나 이상한 놈으로 만들지 마. 정재가 뭐라고 말했는지는 모르지만……."

"종철 씨도 옆방에서 발가벗은 술집 여자와 하룻밤 불태웠다 하더군요."

정하의 말에 종철의 얼굴에 이번엔 제대로 붉어졌다. 얼굴 위에 정육점 불빛을 밝혀놓은 듯이.

"정재! 아, 나 돌아버리겠네."

그냥 해본 소린데 정말인 모양이었다. 아이구, 정말 드러운 인간들!

"그런 짓을 해놓고 친구 여동생하고 정말 한번 사귀어볼 생각으로 만나게 해달라고 할 만큼 낯이 두껍진 않을 테고, 하여튼 밥먹죠."

때마침 주문을 받으러 온 종업원에게 정하가 메뉴판도 보지 않고 수프는 감자수프, 스테이크는 립으로, 샐러드는 닭 가슴살을 살짝 얹어 파인애플 소스를 뿌려주고 통고구마에 음료수는 키위 주스로 달라고 주문하자 종철은 입맛이 싹 달아났는지 구겨진 얼굴로 메뉴판에 있는 요리 중 아무거나 손가락으로 가리킨 후 메뉴판을 종업원에게 줘버렸다.

주문을 받은 종업원이 테이블을 떠나는데 굉장히 큰 남자가 정하네 테이블 앞을 지나갔고 정하가 어쩐지 뒤태가 낯이 익다고 생각하며 다시 쳐다보는데 키 큰 남자가 정하 자리에서 대각선으로 가로지르는 자리에 떡하니 앉았다. 웬 여자와 함께. 성우였다!

정하가 깜짝 놀라 쳐다보자 성우가 정하를 흘끔 쳐다보더니 정하를 무시하고 맞은편에 앉은—정하에게는 뒷모습밖에 보이지 않았다—여자에게 환하게 미소 지어 보였다.

정하의 가슴속에서 뜨거운 것이 부글부글 끓어오르기 시작했다. 분명히 남자를 만나는 이유에 대해서 나중에 설명하겠다고 했는데, 다른 여자를 데리고 이곳에 나타나다니! 장소가 어딘지 캐물을 때 눈치 챘어야 했는데!

정하의 태워 죽일 듯한 시선에도 아랑곳하지 않고 성우는 맞은편에 앉은 여자와 다정하게 대화를 나누고 있었다. 어떤 년인지 쌍판을 좀 봤으면 좋겠는데 여자는 성우에게 시선을 고정시킨 채 꼼짝도 하지 않았다.

정하가 파닥파닥 불꽃이 피어오르는 눈길로 성우 쪽을 노려보고 있는데 종업원이 수프를 가져왔다. 고소하고 약간 짠 듯한 수프를 거의 들이붓다시피 퍼먹은 정하가 다시 성우 쪽을 노려봤을 때 성우는 주문을 하고 있었다. 함께 온 여자에게 뭘 얼마나 맛난 것을 사 먹이려나.

"남자들은 말이야, 술 먹고 실수로 그럴 수 있거든?"

감자수프 한 종지를 먹고 메인 요리를 기다리고 있는데 종철이 어설프게 변명을 하기 시작했다.

"남자가 술이 꼭대기까지 차버리면 그땐 내 정신이랄 수가 없거든. 정재도 그렇지만 나도 기억을 못하고 있어."

"술 취해 길에 토하거나 쓰레기통 옆에서 자는 걸 기억 못하면 몰라도 불 싸지른 밤을 어떻게 기억 못할 수가 있어요?"

정하의 말에 종철이 신경질적으로 정하를 쳐다보다가 꾹 참았다.

"기억 못할 수도 있어. 그리고 그건 실수야, 실수. 사람은 누구나 실수를 하잖니."

"한 번 실수로 에이즈 걸려서 인생 종친 사람도 있어요."

정하가 받아치자 종철의 얼굴이 완전 똥 씹은 얼굴이 되어버렸다.

지금 상황에, 성우가 다른 여자를 데리고 와서 대각선 방향에서 수다를 떨고 있는 이 상황에 그딴 변명을 너그럽게 들어줄 정하가 아니었다.

"너, 정말 너무 심하다."

"아참, 오빠가 그 얘기 해요?"

"무슨 얘기?"

"콘돔으로도 60%밖에 방어가 안 되고 완치도 안 되어서 배우자한테 재깍 옮기는 신종 성병이 유행이라는 거."

정하의 말에 종철의 얼굴이 질려 버렸다.

"나 글 쓰는 거 알죠? 책은 물론이고 신문에, 잡지에, 인터넷 뉴스까지 놓치지 않고 샅샅이 훑어보거든요. 여자가 이런 말 하는 거 거북해하는 남자들도 있긴 있던데 이런 정보는 여자 남자 따지지 말고 서로를 위해 주고받는 게 좋지 않겠어요? 비뇨기과나 가까운 산부인과에 가서 검사를 한번 받아보시는 게 어때요?"

"지금 나 놀리는 거지? 만나고 싶지 않은데 억지로 나와서 엿먹이려는 거지?"

종철이 싸늘해진 얼굴로 물었다.

"만나고 싶지 않은데 억지로 나온 건 사실이지만 우리 오빠 은정재의 약점을 쥐고 있는 남자한테 엿을 먹일 만큼 내가 둔하겠어요? 하지만! 그 엿 먹인다는 말은 매우 쌍스럽네요!"

정하가 스테이크 썰 때 쓰라고 세팅되어 있던 나이프를 움켜쥐며 쏘아붙이자 종철이 한풀 꺾인 눈길로 정하를 쳐다봤다.

"나하고 같이 있는 동안에 부아가 치밀지도 모른다는 말 아까 분명히 말했어요. 기억하죠?"

"어설프게 굴다간 물린다더니 그 말이 맞네."

"물리는 정도가 아니에요."

"좋아, 다 좋다고. 하지만 난 오빠 친군데 이렇게까지 세게 나올 건 없잖아? 사귀자거나 그런 말 안 할 테니, 사귀고 싶은 맘 싹 달아났지만 밥은 좀 편하게 먹었으면 좋겠는데."

쫑알쫑알 내뱉는 말 족족 사람 비위 상하게 하는 말이라 정하에게 한번 먹여주기 위해 사귀고 싶은 마음이 싹 달아났다는 말을 한 모양인데 종철의 한마디에 자존심 상할 정하가 아니었다. 정하는 이미 다른 여자를 데리고 나타난 성우 때문에 맘이 상할 대로 상해 버렸으니까.

"좋아요. 편하게 먹자구요. 그런데 오빠의 약점을 잡아서 날 억지로 만나려고 하지 않았더라면 말벌처럼 쏴대진 않았을 거예요."

"말벌인 건 알아?"

"보통 땐 말벌처럼 굴지 않아요."

메인 요리가 나오자 정하는 뼈다귀 하나씩을 잘라 뼈에 붙은 살을 손에 쥐고 발라먹기 시작했다.

"내 것도 좀 줄까?"

종철이 덜 익혀서 핏물이 스멀스멀 흘러내리는 스테이크 한 조각을 포크에 찍어 보여주며 물었다.

"그거 한쪽이랑 내 뼈랑 바꿔 먹자는 얘기죠?"

정하의 물음에 종철이 웃음을 터뜨리더니 미치겠다 하고 중얼거렸다.

"바꿔 먹자고 안 할게. 먹어."

종철이 스테이크 한쪽을 건넸고 정하는 보드라운 고기 조각을 오물오물 씹었다.

"뼈 줘요?"

"아니야, 너 먹어."

종철이 거절한 뼈를 발라먹던 정하가 또다시 슬쩍 성우 쪽을 쳐다봤다. 성우는 정성스럽게 조각조각 스테이크를 자르더니 자신의 접시를 동행한 여자의 접시와 바꿔치기 했다. 전에 아리조나호텔에서 정하에게 해주었던 것처럼.

정하는 45도짜리 위스키를 삼켰을 때처럼 가슴에 불이 확 붙는 것을 느꼈다. 자신에게 해주었던 것을 다른 여자에게도 해주었다는 것에 욱하고 뜨거운 것이 치밀어 오른 정하가 오도독 뼈까지 씹어 먹자 종철이 튀어나올 듯한 눈으로 정하를 쳐다봤다.

"넌 뼈도 먹니?"

"아니에요."

정하가 신경질적으로 뼈를 내려놓았다.

"나한테 일부러 밉게 보이려고 그러는 거지? 그럼에도 불구하고 너 꽤 귀엽다."

"나도 알아요, 나 귀여운 거."

정하가 뼈 한쪽을 또 들어올리며 대꾸하자 종철이 푸하 하고 웃었다.

"오늘 종철 씨가 낼 거죠?"

"당연히 내가 내지. 하도 쏴대서 내 것만 낼까도 싶은데 그러다 보면 나를 완전 인간 말종으로 만들어놓을까 봐 내가 낸다."

"인간 말종까지야. 좀 추잡스런 남자로는 소문내겠지만."

"그 말이 더 무섭네. 애인 있어? 정재 말로는 없다던데."

"있어요."

"있어? 있으면서 나한테 소개했단 말이야? 아, 뭐야. 신경질나게."

"오빠한테 애인 있다는 말 안 했거든요. 하지만 애인이 있든 없든 무슨 상관이에요. 술집 여자 정사 사건을 담보로 무조건 만나게 하라고 협박했다면서요."

"좀 작게 얘기하자. 정사 사건이라니 쪽팔리게. 와, 진짜 세다."

종철이 창피한지 주위를 두리번거리며 퉁박을 줬다.

"나도 내 애인 앞에서는 이러지 않아요."

"이렇게 내숭 잘 떠는지 애인은 아니?"

"종철 오빠."

"허이고, 갑자기 왜 오빠니? 겁난다."

"그렇게 쳐다보지 말아요. 무지 재수없다는 듯이 보이잖아요."

"솔직히, 재수없진 않아. 너 같은 타입 처음이라, 재밌고 특이하고 귀엽기도 하고 그래서 기분 좀 요상하다. 정재 아버님이랑 형님들이 너라면 절절맨다더니 왜 절절매는지 알겠다."

"아부지하고 오빠들한테는 완벽하게 예뻐 죽겠는 하나밖에 없는 여동생이거든요. 정재 오빠 빼고."

"난 막내라 동생이 없어."

"들었어요."

"하여튼 재밌다."

당신은 재밌는지 몰라도 난 지금 속에서 이런 게 올라오는데 가라앉히질 못해 죽겠네요 하고 생각하며 정하는 우적우적 샐러드를 씹어 먹었다.

정하가 뼈만 남은 접시에서 손을 떼자 종업원이 와서 빈 그릇을 수거하는데 휴대전화가 울렸다. 발신자를 보자 성우였다. 정하가 성우를 쳐다보자 성우가 휴대전화를 귀에 댄 채 정하를 노려보고 있었다. 정하는 성우와 똑같은 시선으로 노려보다가 울리고 있는 휴대전화를 시위하듯 가방에 넣어버렸다. 그러자 성우의 표정이 사나워졌다.

"누군데 안 받아?"

종철이 물었다.

"중요한 전화 아니에요. 그리고 오빠한테 예의가 아닐 것 같아서요."

"나한테 전화 와도 받지 말라는 말인 것 같아 무섭다."

"맞아요."

"여자 만나면서 무조건 여자 뜻대로 따라가긴 처음이다."

"기분 나빠하지 말아요. 그래 봤자 오늘 하루니까."

"다음에 또 만나면 안 되나?"

종철이 물었고 정하가 눈을 요렇게 뜨고 종철을 쳐다봤다.

"술집 여자 사건을 내가 알고 있는데 또 만나줄 것 같아요?"

"아, 알았어. 관두자. 김샜다."

"하지만 곧 잊어드릴게요."

"만나준다고?"

"잊어드린다구요."

잠깐 끊어졌던 휴대전화가 다시 울렸지만 정하는 또다시 무시했다. 성우를 쳐다보자 역시나 성우가 건 전화임에 틀림없었기 때문이다. 정하가 성우를 향해 내가 받아주나 봐라 하는 눈빛을 쏘아주는데 성우가 휴대전화를 내려놓았음에도 정하 가방에 든 휴대전화는 계속 울리고 있었다. 성우 전화가 아닌 므양이었다. 정하는 얼른 휴대전화를 꺼내 받았다.

"여보세요?"

[오빠야.]

"왜?"

"나한테 예의가 아니라서 안 받을 거라건서."

하고 종철이 투덜거리는데 정하가 은정재예요 하고 대꾸했다.

[뭐 하니?]

"뭐 하는지 몰라서 물어? 만나고 있어. 밥 먹었구."

[괜찮지? 예의없게 굴지 않았지?]

"직접 물어봐."

정하가 휴대전화를 건네자 종철이 은정재 죽었어, 하며 휴대전화를 받았다.

[야, 은정재 너 나 들어가면 죽을 줄 알아.]

하고 종철이 정재를 향해 겁을 주는데 정하가 살짝 시선을 비틀어 성우를 쳐다보자 성우는 맞은편 여자를 향해 살소, 즉 살인 미소를 날리고 있었다. 성우의 살소를 보며 정하는 썩소, 즉 썩은 미소를 양껏 휘날려 주었다.

"저 남자가 정말……."

"백년 묵은 말벌이다. 처음 봤다, 처음 봤어."

종철이 휴대전화에 대고 아주 질렸다는 얼굴로 말하는데 정하가 갈기갈기 찢을 듯 노려보자 종철이 씩 웃었다.

"하여튼 들어가서 얘기하자. 네 동생 더 흉보다간 여기서 죄 뜯겨 뼈만 남을 것 같다."

종철이 전화를 끊더니 정하에게 건넸다.

"그만 가요. 나 공부해야 해요."

"고시 공부 하나?"

"고시는 무슨, 일 맡았는데 공부를 좀 해야 해서요."

"차도 안 마시고?"

"어울리지 않게 왜 아쉬운 척이에요?"

"정말 아쉬워."

"변탠가 봐. 백년 묵은 말벌이라면서요."

"변태 아니야. 정말 재밌어서 그래. 너처럼 말 잘하는 여자 처음이란 말이야."

"하지만 정말 가야 해요."

정말 가야 했다. 더 있다간 당장 달려 들어 성우, 그리고 성우와
동행한 여자를 종철의 말대로 죄 뜯어 뼈만 발라놓을 것 같았기
때문이다.

"오빠가 또 전화해도 되지?"

"뭐 하려요? 하지 마요."

"너무 잔인하게 말한다, 너."

종철이 날카로운 비수에 콩팥을 찔린 듯한 얼굴로 말했다.

"편지도 하지 말아요. 위문편지 보내기 싫으니까."

"인정머리없다, 너."

종철의 얼굴이 구겨졌다.

"우리 계산서 주세요."

종철의 얼굴이 구겨지거나 말거나 정하가 지나가던 종업원에게
계산서를 부탁했고 잠시 후 종업원이 빵이 든 포장봉지 두 개와
잔돈까지 다 챙겨와 요리 값이 찍힌 계산서를 내밀었다.

"뒤에 붙은 잔돈 내가 내줘요?"

"됐다!"

종철이 만 원짜리 지폐 몇 장을 내주자 종업원이 잔돈을 거슬러
주고 갔다.

"빵 네가 다 챙겨가."

"오빠 안 먹어요?"

"안 넘어갈 것 같아."

"알았어요. 가요."

정하가 성우 쪽을 힐끗 쳐다보고는 종철과 함께 레스토랑을 나왔다.

"가세요."

"정말 정재 동생만 아니었더라면……."

"한 대 쥐어박았을 거라구요?"

"납치했을 거야."

"납치해서 뭐 하게요?"

"버르장머리 좀 고쳐 놓게."

종철이 툴툴거리는데 정하가 씩 웃었다.

"생각보다 퍽 괜찮은 사람인데. 그 술집 여자 정사 사건만 아니었더라도 한번 생각해 봤을 텐데."

"병 주고 약 주니?"

"정말이에요. 초반에 반말해서 별로였는데 막상 만나보니까 꽤 괜찮아요."

그건 진심이었다. 예전에 아버지가 했던 말씀이 맞았다. 태생적으로 문제가 있는 사람이 아닌 이상은 겪어보지 않고 함부로 판단해서는 안 된다던 말씀. 술 먹고 필름 끊어져 술집 여자랑 자는 버릇을 가진 것은 아주 곤란하지만 그것만 빼면 종철은 참 괜찮은 느낌을 가진 남자였다. 게다가 그런 짓 하고 다녔다고 종철만 욕할 것은 없다. 집 안에도 똑같은 놈이 하나 있으니.

"고맙다."

"고마울 것까지는 없구요. 좋은 여자 만나세요."

"데려다 줄까?"

거절하는데 성우가 레스토랑에서 나왔다. 성우의 곁에는 여자가 있었고 그녀는 성우와 팔짱을 끼고 있었다. 화르르 목구멍쯤에서 오르기 시작한 화기가 정수리로 뿜어져 나올 찰나인데 정하는 좌절하고 말았다. 성우의 팔짱을 끼고 있는 여자는 어처구니없게도 짜증날 만큼 예쁜 여자였기 때문이다. 물론 자신보다는 좀 못하지만!

정하는 획 돌아섰고 종철의 팔을 확 끌어당겨 끼고는 버스 정류장으로 향했다.

"버스정류장까지만 데려다 줘요. 아니, 나 버스 타는 것까지 봐줘요. 그 정도는 해줄 수 있죠?"

"안 해줬다간 뭔 짓을 당하라고."

종철이 버스정류장으로 끌려가며 투덜거렸다.

안 보려고 안 보려고, 절대 안 보려고 했는데 어느새 고개가 돌아가더니 성우를 찾고 있었다. 성우는 레스토랑 주차장에 세워져 있던 자신의 차에 여자를 태우고 있었다.

"빌어먹을 자식."

정하가 분해서 치를 떨며 뇌까리는데 휴대전화가 울렸다. 가방에서 휴대전화를 꺼내 발신자를 확인하자 성우였다. 정하는 휴대전화를 든 손이 부들부들 떨릴 정도로 움켜쥐고 액정을 노려보고 있었다. 정하가 노려보기만 할 뿐 받지 않자 끝없이 울리던 휴대전화가 끊어졌다.

"몇 번 타니?"

"5623번."

"저기 온다."

종철이 정류장을 향해 달려오는 버스를 손가락으로 가리키는데 또 전화가 울렸다. 역시 성우였다. 정하는 이번에도 안 받을까 하다가 아무 말 않고 참으면 화병이 날 것 같아 폴더를 힘차게 밀어 올렸다. 그리고 버스 정류장에 수많은 사람이 있다는 것도 망각한 채 냅다 고함을 질러 버렸다.

"전화하지 말아요, 이 똥개!!"

정하가 고함을 질러 버린 순간 곁에 있던 종철의 얼굴이 누렇게 떠버렸다. 곁에서 버스를 기다리던 다른 사람들도 깜짝 놀라 정하를 쳐다봤다.

"아, 뭐야. 아씨, 쪽팔려."

종철이 씩씩거리며 슬금슬금 정하의 곁에서 물러서기 시작했다.

"나 얘 몰라요, 모르는 사람이에요. 일행 아니에요."

종철이 주위 사람들에게 무슨 우습지도 않은 코미디를 하는 것처럼 손을 잘래잘래 흔들며 정하와 관계없는 사람마냥 정하에게서 멀찍이 떨어지는데 정하가 휴대전화 전원을 꺼버리고 가방 속에 쑤셔 넣더니 고개를 획 돌려 종철을 쳐다봤다.

"오빠, 나 갈게요."

정하는 말할 수 없이 쪽팔림 가운데 있는 종철을 두고 냴름 버스에 올라타 버렸다.

"아, 뭐 저런 게 다 있어."

종철은 부리나케 정류장에서 도망가 버렸다.

버스에서 내린 정하가 잔뜩 찌푸린 얼굴로 오피스텔을 향해 걸어가는데 앞에 전봇대가 있나 싶어 고개를 들자 성우가 엄한 얼굴로 정하를 노려보고 있었다.

"뭐예요?"

"그 사람 누구야?"

"알면 뭐 하게요?"

정하가 퉁명스럽게 대꾸하고는 쌩하니 성우를 지나쳐 오피스텔로 들어가자 성우가 얼른 따라왔다. 성우를 엘리베이터에 태워주지 않으려고 잽싸게 올라 닫힘 버튼을 눌렀지만 성우는 어느새 엘리베이터에 올라 정하 곁에 서 있었다.

"아무나 만나지 말라고 한 사람은 정하였어."

성우가 불만스럽게 말했다.

"그 사람은 아무나까지는 아니에요. 그리고 내가 나중에 설명하겠다고 했잖아요."

"나중에가 아니라 즉시 설명을 했어야 했어."

"즉시 설명하지 않았다고 여자를 데리고 거기 나타나요?"

"혼자 밥 먹으면 재미없잖아?"

성우가 살짝 꼬인 억양으로 대꾸했다.

"네, 아주 맛나게 드시더군요. 손수 고기까지 잘라주며!"

정하가 빈정거리는데 엘리베이터 문이 열렸고 정하는 얼른 내려 버렸다. 성우 역시 얼른 따라 내렸다. 정하가 재빠르게 집으로 가서 문을 열고 들어가려는데 성우가 얼른 정하를 붙잡았다.

"누구야? 그 사람 누구야?"

"알 것 없어요. 이젠 설명하기도 싫어요!"

"난 들어야겠어. 아니, 들어야 해!"

성우가 강한 어조로 말했고 정하는 이 남자도 성을 낼 줄 아네 하며 색다른 느낌의 성우를 쳐다봤다.

"그럼 그 여자가 누군지부터 말해요."

"정하가 먼저야."

"성우 씨가 먼저 말해요!"

"아니!"

쓰잘데기없는 것으로 입씨름을 하고 있는데 강호네 집 문이 열리더니 강호가 나와 팔짱을 끼고 정하와 성우를 노려봤다.

"다 들리거든? 집에 들어가서 싸워주면 좋겠다."

"안녕하세요."

성우가 강호에게 인사를 했다.

"안녕하세요. 들어가시죠, 웬만하면."

"정하가 들어가게 해주질 않아요."

"삼십 초만 더 떠들면 다른 집에서도 내다볼 테니 쪽팔려서라도 들어가게 해줄 거예요."

강호의 말에 정하가 강호를 쫙 째려본 후 문을 열자 성우가 먼저 집으로 들어갔다.

"살살 해라."

정하가 집으로 들어오려는데 강호가 충고하듯 말했고 정하는 있는 양껏 째려봐 주고는 집으로 들어왔다.

"그 남자가 누군지만 말하면 갈게."

성우가 앉지도 않고 선 채로 남자의 정체를 밝히라고 재촉했다.

"오빠 친구예요."

"오빠 친구? 오빠 친구를 왜 만났고, 왜 저녁을 같이한 거야?"

"그냥 어쩌다 보니 하게 됐어요."

"그냥 어쩌다 보니라는 말은 무책임한 변명이야. 분명히 이유가 있을 테니까 말해."

"그래요, 이유있어요. 하지만 성우 씬 왜 여자를 데리고 그 자리에 나타난 거예요?"

"화가 나니까. 누군지 제대로 설명도 해주지 않고 남자를 만나러 간다고 했잖아."

"말 안 하고 간 것보다는 말하고 가는 게 나을 것 같아서 한 거예요. 이럴 줄 알았다면 말하지 않았다구요."

"그럼 정하는 똥개야!"

"똥개는 성우 씨예요!"

"좋아, 서로 똥개니까 말을 하라고!"

성우가 으르렁거렸다.

"그러니까 그게."

처음부터 설명을 하자면 은정재의 치부까지 다 까발려야 하는데, 그것은 은정재의 프라이버시이자 집안의 수치일 수도 있었다. 꼭 수치라고 할 것까지는 없겠지만 집안에 아무 여자하고든 막 뒹구는 남자가 존재한다는 것은, 자랑거리는 분명 아니었다. 게다가 결혼할 여자가 있으면서 말이다. 정하가 이걸 말을 해야 할까 말아야 할까 고민 중인데 문이 열리더니 강호가 캔 맥주 세 개를 들고 쓱 들어와 식탁에 앉아 캔을 하나씩 따기 시작했다. 난처한 상황에 나타난 강호는 마음을 놓이게도 한편으론 불편하게도 하는 매우 애매한 존재였다.

"시원하게 목이나 축이고 싸우시죠."

강호가 딴 캔을 성우에게 건네자 성우가 거절하지 않고 받아 들더니 벌컥벌컥 들이켰다.

"어이구, 속이 많이 탔던 모양이시네."

"내 속은 지금도 타고 있어!"

정하가 씩씩거리며 맥주 한 캔을 따서 성우처럼 벌컥벌컥 들이켰다.

"무슨 일인데?"

"성우 씨가 다른 여자랑 저녁을 먹었단 말이야. 바로 내 코앞에서!"

"정하는 다른 남자랑 저녁을 먹고 있었고."

성우가 맥주를 딱 소리나게 내려놓으며 말했다.

"고작 그런 일로 싸운단 말이야?"

강호가 어이없다는 얼굴로 중얼거렸다.

"그 남자가 누군지만 말해."

성우가 고집스럽게 말했다.

"누군데?"

강호도 물었다.

에이, 차라리 출판사 사람이나 일 때문에 만나는 사람이라고 둘러댔으면 이런 일도 없을 텐데 일생 동안 단 한 번도 거짓말 안 하고 산 것처럼 굴다가 이게 무슨 골치 아픈 상훙인가 싶었다.

"왜 말 못하냐?"

강호가 다그쳤다.

"그게……. 처음부터 말하다 보면 어떤 사람의 치명적인 실수를 떠벌려야 하기 때문에, 그럼 안 되는 거잖아."

"어떤 사람이 누군데?"

"은정재."

"정재 형이 치명적인 실수를 했다고?"

강호가 의외라는 얼굴로 되물었다.

"정재 형이 어쩌다가?"

"정말 말도 안 되는 짓을 저질렀단 말이야."

"정하, 지금은 강호 씨가 아니라 나한테 얘길 해야 해."

성우가 강호가 아니라 자기를 쳐다보라는 듯 정하의 턱을 꼭 잡고 고정시키며 말했다.

"그러니까 성우 씨, 성우 씨한테 처음부터 설명을 하게 되면 은정재의 실수까지 다 말해야 하는데, 그건 그 사람 프라이버시라 함부로 떠들어선 안 된단 말이에요."

"그 사람이 은정재야?"

"그 사람은 은정재의 친구고, 은정재는 우리 오빠예요."

"오빠가 실수를 했다고?"

"좋아, 말해. 대신에 나나 성우 씨가 함구하면 되잖아."

강호가 폴짝 끼어들었다.

"넌 왜 듣니?"

"치사하게 왜 이래? 여기까지 듣고 말라고? 내가 정재 형한테 무슨 실수한 것 있냐고 캐물으면?"

"너 진짜 나빠."

"그래, 그렇게 해요. 함구할 테니 말해요."

성우마저 정하를 몰아붙였다.

"그게…… 무슨 훈련 들어갔다가 끝나고 하루 외박 받아서 양껏 퍼마시고 뻗었는데 일어나 보니 발가벗은 여자가 있더래."

"정재 형 애인 있잖아."

"그러니까 술집 여자. 아무것도 기억나는 게 없는데 여잔 발가벗고 누워 있지, 기억나는 게 없단 소리도 순 거짓말 같아. 밤새 벗고 뒹굴었다는데 어떻게 기억이 안 날 수가 있니? 안 그래요, 성우 씨? 다른 것도 아니고 여자랑 알몸으로 레슬링을 했는데 어떻게 모를 수가 있냐구요. 그 몸짓, 신음, 괴성이 꽤 대단했을 텐데 기억이 안 난다니. 이건 청문회 해야 해. 성우 씨 같으면 기억 못하겠어요? 강호, 넌 기억 못하겠니? 정말 드럽지 않니?"

정하가 흥분해서 떠드는데 두 남자의 표정이 묘해져 있었다.

"알몸, 레슬링, 몸짓, 신음, 괴성, 드럽다. 생으로 표현하니까 심하게 거시기하다."

강호가 살짝 민망한 얼굴로 말하자 성우가 동의하는 듯 고개를 끄덕였다.

"아, 흠흠, 그러니까 하여튼 그걸 꼬투리 잡고 아까 만난 오빠 친구 종철 씨가 지윤이 언니한테 불어버리기 전에 나 소개시켜 달라고 했대. 종철 씬 그냥 나 한번 보고 싶어서 농담한 거라고 했지만 우리 오빠 정말로 지윤 언니한테 그 얘기가 들어갈까 봐 초죽음 상태야. 그래서 할 수 없이 한 번 만나준 거야. 만나서 얘기하다 보니 종철 씨도 같이 퍼마시고 여자랑 뒹굴었더라고. 어떻게 그럴 수가 있니, 불결하게?"

정하가 낯을 찡그리며 불결하게, 라는 단어를 강하게 발음하자 성우와 강호가 이럴 땐 어떻게 대답을 해야 잘하는 것인지 서로를 난감하게 바라봤다.

"그래서 은정재 한번 살려주려고 만난 사람이에요. 만나고 싶지 않은데 오빠 때문에 억지로 만났지, 거기다 성우 씨가 짜증나게 예쁜 여자를 데리고 나타났지, 이래저래 열받는 바람에 오빠며 오빠 친구를 싸잡아 불결한 인간으로 쏘아붙이는 바람에 백년 묵은 말벌이란 소리까지 들었어요."

"야, 그 말벌이라는 말은 딱 맞다."

강호의 말에 정하가 죽일 듯이 노려보자 강호가 얼른 고개를 돌렸다.

"자, 됐죠? 이제 성우 씨 차례예요. 그 사람 누구예요? 어디서 잡아온 거예요?"

정하가 성우를 매섭게 노려보며 묻자 성우가 정하의 손을 잡았다.

"형수님."

"누구? 형수님?"

"사촌 형 부인. 정하가 남자를 만난다고 해서 화가 나서 형수님 모시고 갔어. 정하 약 오르라고."

짜증나게 예뻤던 여자가 형수라는 사실에 마음이 푹 놓이고 불타올랐던 질투심은 녹아내렸지만 같은 여자로서 형수가 필요 이상 예쁘다는 것도 그렇게 기분 좋지만은 않았다. 예쁜 것들은 다 죽어야 해! 라는 소리가 절로 나오는 기분이었다.

"형수님이 몇 살인데 그렇게 젊고 예쁜 거예요?"

"정하보다 여섯 살 많아."

"뭘 먹고 그렇게 관리를 잘했대요?"

"형수님이 아름다운 건 사실이지만 정하가 오백 배 더 아름다워."

성우가 살며시 정하의 허리를 끌어당겨 안으며 말하자 막 맥주를 들이키던 강호가 분위기가 갑자기 왜 이래 하는 얼굴로 성우와 정하를 노려봤다.

"정말 만나고 싶지 않았어요. 하지만 오빠 때문에……."

"이해할 수 있어."

"아무리 형수님이라지만 고기 썰어준 건 너무했어요."

정하가 약간 코맹맹이 소리로 푸념을 하자 강호가 뜨악한 얼굴로 정하를 노려봤다.

"이젠 안 그럴게."

성우가 따끈따끈한 눈길로 정하를 내려다보며 음유시인처럼 속삭이자 강호가 통침을 맞은 듯 벌떡 일어났다.

"백년 묵은 말벌이 좋수?"

강호가 그렇게 물었지만 성우는 강호를 쳐다보지도 않았다.

"성우 씬 술 마셨다고 술집 여자랑 자고 그러지 않을 거죠?"

"맹세코."

성우가 정하의 손을 자신의 가슴으로 가져가 꼭 잡으며 맹세했다.

"내가 여기 더 있다간 변태지."

강호가 고개를 절레절레 저으며 얼른 나가 버렸다.

"자고 갈까?"

"강호가 쌀집에 전화할 거예요."

정하가 콧잔등에 주름을 잡으며 아쉬운 듯 갈하자 성우가 정하를 바짝 끌어당겨 안았다.

"이런, 믿을 수 없어."

"뭐가요?"

"당신, 너무 사랑스러워서."

성우의 입술이 내려오더니 정하의 입술을 덮었다.

"내가 요구르트 값 대신 냈으니까 갚아…… 돌겠네."

요구르트 값 갚으라는 소릴 잊어서 가다가 다시 돌아와 문을 열었는데 성우와 정하가 키스를 하고 있자 강호가 얼른 문을 닫고 나와 버렸다.

"인간이 저렇게 변하냐."

강호는 기가 차다는 얼굴로 중얼거리며 자신의 집으로 들어가 버렸다. 만약 오늘 성우가 정하의 집에서 자고 간다면……. 이번엔 쌀집에 전화하지 않겠다고 생각하며.

노크 소리와 함께 비서가 들어오더니 김이 모락모락 피어오르는 차 한 잔과 함께 서류 하나를 내려놓았다.

"시나리오 공모 1차 통과한 작품하고 사막 시나리오 최종 원고입니다."

"그래요?"

성우가 사막 최종 원고가 아닌 공모 1차 통과 작품이 들어 있는 서류를 집어 들고 뭔가 열심히 찾아 물끄러미 바라보던 비서가 조용히 입을 열었다.

"죽인 놈 장복구 1차 통과했습니다."

비서의 말에 성우가 고개를 들고 비서를 쳐다봤다.

"여기……."

비서가 페이지를 몇 장 넘기더니 야광 펜으로 표시가 된 제목을 가리켰다.

"고마워요."

"재밌어요."

"봤어요?"

"사장님께서 신경 쓰시는 것 같아서……. 출력하면서 기획 의도랑 시놉시스 읽어봤는데 재밌더라구요. 그래서 끝까지 읽어봤어요."

"정말 재밌어요?"

"네, 재밌어요. 오 작가님은 평점을 제일 짜게 주셨지만."

비서의 말에 성우가 시선을 돌려 '죽일 놈 장복구'의 평점을 살폈다. 비서의 말 대로였다. 다른 심사 위원들은 8에서 8.5점, 후하게는 9점도 주었지만 유독 오인영 작가만이 3점을 주었다. 점수가 너무 짜서 눈에 띌 정도였다.

"평균 평점으로 1차를 통과시킨 것 같아요."

"음."

오 작가 때문에 평균 평점이 뚝 떨어지긴 했지만 1차를 통과했다는 것이 성우를 기쁘게 했다.

"객관적으로 작품이 어떻습니까?"

"코미디 장르라 깊이는 부족하지만 한여름에 굉장히 덥고 따분하고 그래서 짜증스러울 때 보면 그만일 것 같아요."

비서의 말에 성우가 만족스럽다는 듯 고개를 끄덕였다.

"복사해 뒀는데 보시겠어요?"

"아니에요. 나중에 최종에 올라온다면 그때 보죠."

"어떤 식으로든 개입하고 싶지 않으신가 봐요?"

"예. 지난번에도 말했지만 이번 일은 잊어버리세요."

"알겠습니다. 나가보겠습니다."

비서가 성우에게 살짝 고개를 숙여 보이고 밖으로 나갔다.

성우는 1차 통과했다는 사실을 정하에게 알려주면 무척 기뻐할 텐데 그렇지 못해서 아쉬웠다. 또 정하의 작품을 당장 읽고 싶었지만 참았다. 성우가 '죽일 놈 장복구'를 눈여겨보고 있다는 사실이 소문이라도 나게 되면 심사 위원들이 은연중 신경을 쓰게 될 것이고 최종 심사에까지 올라갈 만한 작품이 아닌데도 단지 성우가 눈여겨봤다는 이유 하나만으로 최종 심사에 올릴 수도 있었기 때문이다. 이런 일은 어디에나 일어나고 흔한 일이지만 이런 식의 절차는 곤란했다. 성우에게나 정하에게나 나머지 사람들에게도 전혀 도움이 되지 않는 일이었다.

성우는 한참 동안이나 정하의 작품 제목을 미소를 머금은 채 들여다보다가 사막 시나리오를 집어 들고 읽기 시작했다. 성우가 알기로 시나리오 작업만 육 개월째라고 했다. 창립 작품인만큼 최고의 정성을 쏟고 있는 작품이었다. 정성을 쏟은 만큼 꽤 훌륭한 작품이었다. 상당한 흡입력과 집중력을 가진 작품이었다.

사람마다 취향 차이라는 것이 존재하니 성우가 좋다고 해서 다른 사람들도 다 좋다고 할 것이라는 법은 없지만 영화사를 운영하면서 그동안 쌓인 노하우와 감이라는 것은 절대 무시할 수 없었다. 지금까지 성우가 읽어 치운 시나리오가 수천 편이었다. 수천 편의 시나리오를 읽고 그중에서 영화로 만든 영화가 스물한 편. 수천 편 중 스물한 편을 골라냈을 땐 성공할 수 있다는 감이 있었고 그 감은 80% 이상 적중했다. 물론 영화를 하자 하고 결정한 작품마다 모두 성공할 것이란 짐작과 기대는 가진다. 그때도 역시 감이 작용하긴 하지만 그렇다고 해서 모두 성공하지는 않았다. 결과에서 20% 정도의 오류는 늘상 생겨났다. 그 20%의 오류는 이건 중간밖에 못 갈 것이다 예상했던 작품이 오히려 대박을 쳐주거나 이건 대박이다 싶었던 작품이 가까스로 제작비만 건진 경우를 말한다. 제작비만이라도 건지면 다행이고 제작비도 못 건지고 마이너스된 작품도 허다했다. 하지만 이러한 20%의 예상치 못한 오류와 취향을 차치하더라도 '사막' 은 소재도, 캐릭터도, 반전도 매우 훌륭했다.

공모에 당선되었다던 인영의 작품이 정하에게서 훔친 시놉시스라는 얘길 듣고 인영에 대한 선입견을 갖고 있었는데 정하의 시놉시스를 훔친 것은 아주 잘못한 일이긴 하지만 인영은 분명히 능력 있는 작가였다.

인영의 시나리오를 단숨에 다 읽은 성우는 만족스러운 미소를 지으며 진우와 점심을 함께하기 위해 사무실을 나섰다.

비상구를 통해 진우 방으로 가던 성우는 두 개 층 위로 올라가 문을 열고 들어가다 주춤했다. 죽일 놈 장복구 어쩌고 하는 소리가 들렸기 때문이다.

"점수 너무 짜게 준 것 아니에요?"

그렇게 물은 사람은 팀장이었다.

"그랬나요? 전 코미디는 별로라. 그리고 너무 유치하지 않아요?"

그렇게 말한 사람은 인영이었고.

"유치하진 않죠. 한번 보고 나면 별로 남는 것은 없을 것 같지만 그거야 수정하다 보면 90%까지는 끌어올릴 수 있고, 또 코미디 영화라는 게 뭔가를 많이 남기려다 보면 어정쩡해지거든요. 한번 실컷 웃고 스트레스 확 풀어버리려고 코미디 영화 보는 사람들이 많아요. 그리고 대사가 정말 웃기던데."

"그런 대사가 웃긴 거예요? 난 말장난 같던데."

"오 작가님은 정말 코미디 별로 안 좋아하는 모양이에요. 그 대사를 말장난이라고 하는 것 보니까. 하긴 오 작가님 대사는 굉장히 절재가 되어 있죠."

"하여튼 제 취향은 아니더라구요. 그래서 재미가 별로 없었고 점수를 많이 줄 수가 없었어요."

"그런 작품이 영화로 만들어졌을 땐 제법 재밌는데."

"팀장님은 재밌게 보신 모양이에요, 벌써 영화로 만들어졌을 땔 생각하시는 걸 보니."

인영의 목소리가 어쩐지 곱지 않았다.

"나라면…… 내가 심사 위원이었다면 8점은 주죠. 영화로 만든다면 수정을 꽤 하겠지만 읽으면서 몇 번이나 웃음을 터뜨렸거든요. 그럴 게 아니라 오늘 코미디 영화 한 편 보러 갈래요? 웃고 좋잖아요. 얼마 전에 돌아가신 코미디언도 그랬잖아요, 사람은 웃어야 한다고. 웃다가 잠들게 하라고."

"웃겨도 좀 고급스럽게 웃겨야 하잖아요. 제가 볼 때 죽일 놈 장복구 코드는 후졌어요."

인영이 똑 부러지는 억양으로 말했다, 후졌다고. 인영이 단지 자신의 의견을 말했을 뿐인데 성우는 자신도 모르게 손에 힘이 들어가고 기분이 뒤틀리는 것을 느꼈다. 하지만 그렇다고 인영에게 이의를 제기할 수 없었다. 성우는 아직 정하의 원고를 보지 않았고 설사 봤다고 하더라도 취향 차이는 분명히 존재하니까.

"하여튼 끝까지 수고 좀 해주십시오, 오 작가님."

"그럼요. 당연히 그래야죠."

그쯤에서 성우는 문을 열고 들어갔다. 성우가 나타나자 팀장과 인영이 얼른 인사를 했다.

"안녕하십니까, 사장님."

"안녕하세요."

성우는 팀장과 인영에게 번갈아 인사를 했다.

"오 작가님."

"네."

"사막 최종 원고 봤습니다."

"그러셨어요? 어떠셨어요?"

"아주 훌륭했습니다."

"감사합니다."

인영이 기쁘게 미소 지었다.

"감독은 성명준 감독으로 확정됐습니다. 성 감독과 오 작가님이 서로 잘 맞아서 다행입니다. 캐스팅이 끝나는 대로 제작 발표회도 가질 예정입니다."

팀장의 말에 성우가 고개를 끄덕였다.

"정서적인 부분에서 조금만 손을 본다면 미국에서 리메이크 작을 만들어도 괜찮을 것 같습니다."

"어머, 그래요?"

"수고하셨습니다, 오 작가님."

"고맙습니다, 사장님. 그런데 점심 드셨어요?"

"아뇨, 아직."

"같이하세요. 지금 팀장님이랑 식사하러 가던 참인데."

"형님과 할 생각이었는데……."

"사모님 오셨는걸요?"

"형수님이 오셨습니까? 그렇다면 제가 피해 드려야죠. 같이 가시죠."

성우의 말에 인영의 얼굴이 활짝 펴졌다.

"오 작가님, 팀장님 복어 요리 좋아하십니까?"

"그럼요. 복 샤브샤브랑 복어 회가 얼마나 맛있는데요."

"그럼 복어 먹으러 가시죠."

인영, 그리고 팀장과 함께 복어 요리 전문점으로 온 성우는 인영이 좋아한다는 복 샤브샤브와 복어 회, 그리고 복 튀김을 주문했다.

"사장님, 코미디 장르 좋아하세요?"

인영이 입가에 미소를 머금고 물었다.

"예, 좋아합니다."

"그러시구나. 전 별로거든요. 혹시 1차 통과된 작품 읽어보셨어요?"

"아뇨, 최종에 올라오는 작품만 읽을 생각입니다."

"1차 통과된 작품 중에 코미디가 네 편인가 끼어 있는데 코미디 장르에는 점수를 많이 주지 않았거든요."

"코미디 장르라서 점수를 많이 주지 않은 게 아니라 한 작품에만 짜게 줬잖아요. 그래도 다른 작품은 6점씩 줬는데."

팀장이 끼어들었다.

"네 편 중에 제일 못했어요."

"난 네 편 중에 제일 괜찮던데."

"어떤 작품입니까?"

"제목이 죽일 놈 장복구예요. 제목도 좀 그렇지 않아요?"

"제목 괜찮던데. 코미디 제목 짓기가 제일 힘든데 그 제목이면 눈에 띄고 궁금증도 생기고 좋잖아요."

"팀장님하고 저하고 정말 취향이 다르네요."

인영과 팀장이 서로 상반된 채 티격태격했다.

"어떤 점이 제일 못하다고 생각하셨습니까?"

지금도, 그리고 앞으로도 인영이 정하의 작품에 점수를 짜게 준 것에 대해 절대 아는 척하지 않을 작정이었는데 인영이 먼저 말을 꺼냈기 때문인지 참지 못하고 묻고 말았다.

"비현실적이고 고민을 전혀 하지 않고 쓴 것 같아요."

"설마, 고민하지 않고 썼겠습니까."

"물론 고민은 했겠지만 제가 봤을 땐 작가의 시각이 너무 조악해요."

"조악하다……."

그러지 않으려고 했지만 계속되는 인영의 비판을 듣자 성우는 마치 자신의 작품이 도마 위에 올려져 신랄하게 난도질당하는 듯한 기분에 분노가 느껴졌다.

"한번 읽어보고 싶군요. 오 작가님이 유독 좋지 않다 말씀하시는 그 작품."

조금 딱딱해진 성우의 음성에 인영이 약간 당황하는 빛을 보였다.

"최종에 올라가는 글만 보신다고 하셨잖아요."

"아마 최종에 올라갈걸요? 다른 심사 위원들은 높은 점수를 줬거든요."

팀장의 말에 인영의 얼굴색이 더욱 나빠졌다.

"최종에 올라오게 되면 그때 읽어보죠."

성우는 금세 평정을 되찾으며 미소 지었다.

"아참, 사장님 손수건 돌려 드린다고 해놓고선 깜빡 했어요. 세탁해 두었는데."

"돌려주지 않으셔도 됩니다."

"무슨 손수건요?"

팀장이 물었다.

"제가 사장님하고 칵테일 한 잔 하다가 실수를 하는 바람에 사장님 손수건을 버렸거든요."

"언제 사장님하고 칵테일까지 하셨습니까?"

"호텔에서 우연히 만나서요. 식사 같이하고 2차로 칵테일 한 잔 마시는데 제가 실수도 몽땅 쏟았지 뭐예요."

인영은 성우와 있었던 일을 팀장에게 시시콜콜 들려주었다. 의도적이었다.

"사장님이 사장님 차로 집에까지 태워주시고. 제가 그날 너무 칠칠맞게 굴어서 너무 창피했어요, 사장님."

"아닙니다. 그런 실수야 누구나 하죠."

"제가 손수건 돌려 드릴 때 한 잔 살게요."

인영의 말에 성우는 좋다는 대답을 일부러 하지 않았다. 그때도 그렇고, 지금도 그렇고 인영은 역시나 식사하기엔 여전히 거북한 사람이니까.

복어 요리로 점심을 먹고 사무실로 올라온 성우는 문득 정하도 복어를 좋아할까 하는 생각에 정하에게 전화를 걸었다.

"뭐 해?"

[시놉 잡고 있어요.]

"학습만화?"

[네. 시놉을 제대로 잡아놓으면 진행하는데 한결 수월해요. 그런데 골치 아파 죽겠어요.]

"힘들어?"

[대조영이라는 인물에 대한 자료가 너무 부족해요. 대조영이라는 사람이 존재했다, 대조영의 아버지는 대걸걸중상이고 동생은 대야발이고 대조영이 발해를 건국했다, 이 정도밖에 자료가 없어서 어떻게 해야 할지 모르겠어요. 그나마도 대걸걸중상이 아니라 대중상이나 걸걸중상 이렇게 나뉜 책도 있고. 시놉을 잡으면서도 골치만 아파요.]

"저런, 어떻게 하면 좋을까? 뭐 맛있는 거라도 먹으면 괜찮아질까?"

[맛있는 거? 어떤 거요?]

"복어 좋아해?"

[복어? 테트로도톡신이란 신경 독을 배 속에 넣고 산다는 그 물고기 말이죠?]

"맞아."

[안 먹어봐서 좋은지 싫은지 몰라요. 하지만 먹을 생각하면 겁나요. 갑자기 복어는 왜요?]

"점심으로 복어 요리를 먹었는데 맛이 좋았어. 정하도 먹이고 싶어서."

[누구랑 먹었는데요?]

"회사 사람."

[복어는 됐구요, 저녁에 바쁘지 않음 산책 갈래요?]

"어디로?"

[우리 집에서 한 십 분쯤 걸어가면 공원 있거든요. 조깅이나 산책하기 좋아요. 온종일 시놉 잡느라 책 들여다봤더니 머리가 괴로워요. 나하고 좀 놀아줘요.]

"알았어. 놀아줄게."

저녁에 정하를 만날 생각을 하니 성우는 벌써 기분이 좋아졌다.

퇴근 시간보다 조금 일찍 회사에서 나온 성우는 호텔에 들러 양복을 벗고 편한 옷으로 갈아입은 후 퇴근하기 전에 호텔에 전화해 미리 부탁해 두었던 피크닉 바구니를 받아 들고 정하의 집으로 달려갔다.

"뭐예요?"

정하가 피크닉 바구니를 쳐다보며 물었다.

"정하 저녁."

"기대되네요."

"또 있어."

성우가 트렁크를 열고 농구공을 꺼냈다.

"농구공은 왜요?"

"저녁 먹고 운동하자고."

"난 운동 싫은데."

"운동도 해야 해."

성우가 정하에게 농구공을 안겨주었다.

"갈까?"

성우가 팔짱을 끼라는 듯 팔을 내밀자 정하가 웃으며 얼른 팔짱을 꼈다.

"걸어가요. 가까워요."

"응."

성우와 팔짱을 끼고 공원으로 향하는데 저 뒤에서 정하야 하고 부르는 소리가 들렸다. 강호였다. 성우와 강호는 서로가 마음에 들었는지 씩 하고 웃는 것으로 인사를 대신했다.

"퇴근하니?"

"응. 어디 가?"

"우리 산책 가."

"혹시 식은 밥 남은 거 없냐? 아침에 한 공기 남은 거 먹어치우고 나갔거든. 밥하기 싫다."

"밥 없는데."

"이거 먹어요."

성우가 피크닉 바구니를 열더니 큼지막한 샌드위치 하나를 꺼내 건네자 강호가 사양하지 않고 얼른 받아 들었다.

"그 안에 또 뭐 있어요?"

"탐내지 마. 이건 내 저녁이야. 성우 씨가 나 먹이려고 싸 온 거야."

정하가 으스대듯 말하자 강호가 입술을 비죽거렸다.

"잘 갔다 와라. 난 올라갈란다."

"너도 같이 산책갈래?"

"내가 깍두기냐? 거기 왜 끼니?"

"빈말이었어."

정하가 혀를 쪽 내밀자 강호가 으이그 하더니 성우에게 다시 한 번 씩 웃어 보이고 오피스텔로 올라갔다.

공원으로 온 성우는 정하의 손을 잡고 꽤 오랫동안 공원을 탐색하다가 딱 맞는 자리를 발견하고는 얼른 이불호청 같은 자리를 폈다.

"앉아."

정하가 신발을 벗고 자리 위로 올라가 앉자 성우도 자리 위로 올라왔다.

"이제 먹어요."

"잠깐만."

성우가 바구니 속에서 자그마한 초 대여섯 개를 꺼내 불을 붙인 후 자리 중앙에 올망졸망 장식을 했다. 그리고 또 하나의 히트. 바구니 속에서 투명한 유리 꽃병과 빨간 장미 한 송이를 꺼내더니 자리 한가운데 내려놓았다. 빨간 장미 한 송이와 앙증맞은 촛불. 조깅을 하고 자전거를 타고 인라인을 타는 사람들이 북적거리는 공원과는 어울리지 않는 듯하지만 의외로 무척이나 로맨틱한 분위기가 연출되고 있었다. 오가는 사람들이 길게 고개를 빼고 쳐다볼 만큼.

"마음에 들어?"

"공주 된 기분이에요. 그런데 어떻게 이런 걸 생각해 냈어요?"

"어떻게 하면 정하와 재밌게 놀아줄까 고민하다 보니 생각나더라고."

"굉장히 훌륭해요."

"고마워."

성우가 바구니 안에 들어 있는 것들을 하나씩 꺼내놓기 시작했다. 맨 처음 나온 물건이 접시였는데 세상에, 일회용이 아닌 던지면 깨지는 도자기 접시였다. 거기다 종이컵이나 플라스틱 컵이 아니라 도자기 커피 잔까지. 그 뒤로 포크, 숟가락, 나이프가 따라나왔고 보온병도 바구니 밖으로 나왔다. 바구니가 과하게 크다 싶더니 온갖 것을 다 챙겨온 모양이었다. 다음으로 요리가 하나씩 정체를 드러내기 시작했다. 첫 번째 요리는 샐러드였다. 야채 과일 샐러드. 샐러드를 접시에 덜던 성우가 포크로 키위를 찍어 정하에게 내밀었고 정하는 얼른 받아먹었다. 그 다음으로 구운 닭다리가 나왔고 다음으로 참치뱃살 초밥 네 개, 미역쌈밥 네 개, 부드러운 아보카드를 얇게 저민 훈제연어로 돌돌 만 훈제 연어말이 네 개. 마지막으로 강호에게 주었던 큼지막한 샌드위치가 하나 나왔다. 원래는 두 개였을 텐데 강호에게 하나 줘버렸기 때문에 한 개인 듯했다.

"이걸 어디서 준비했어요?"

정하가 감동 먹은 얼굴로 물었다.

"호텔에서."

"와, 끝내준다."

"어서 먹어."

"그런데 사람들이 쳐다보는 데서 먹으려니까 좀 쑥스러워요."

"나만 봐. 나만 보고 먹어. 다른 사람 보지 말고."

"음, 그러면 되겠네요."

정하는 성우가 포크를 손에 쥐어주기 무섭게 접시에 담긴 음식을 먹어 치우기 시작했다.

"정말 맛있어요."

정말 맛있었다. 호텔에서 준비해 준 거라면 분명 호텔 주방에서 만들어져 나온 음식이라는 말인데 어떻게 맛이 없을 수 있겠는가. 소금과 후추를 살살 뿌려 구운 닭다리도 일품이었고, 입 안에 들어가자마자 녹아내리며 포만감이 느껴지는 신선한 참치뱃살 초밥에 고소한 들기름 향이 나는 매콤한 쌈장이 속에 든 미역쌈밥, 한 입 깨물면 부드러운 아보카드가 퍼지는 훈제 연어말이까지 모두 끝내줬다.

허겁지겁 먹어대는 정하가 체하기라도 할까 걱정된 성우가 얼른 보온병을 열고 차를 잔에 따라 정하에게 건넸다.

"천천히 먹어. 체해."

"무슨 차예요?"

"루이보스."

향은 달콤한데 정작 차는 단맛은 없고 아주 담백하면서도 구수했다.

"나 너무 먹죠?"

"잘 먹어서 좋아."

"어떻게 이런 음식을 잘 먹지 않을 수가 있겠어요. 캑캑."

입 안에 초밥을 한입 물고도 미역쌈밥을 또 밀어 넣던 정하가
목에 걸렸는지 캑캑거리자 성우가 정하의 등을 쳐주며 차를 먹여
주었다.

"천천히."

"너무 땅거지처럼 먹죠?"

정하가 민망해하면서도 훈제 연어말이를 입에 집어넣자 성우가
웃음을 터뜨렸다.

"내가 원래 음식을 막 밝히고 그러진 않거든요. 그런데 오늘은
이상하게 잘 먹히네요. 성우 씨도 먹어요. 내가 먹여줘요?"

"응."

"진작 먹여달라고 하지."

정하가 초밥 하나를 성우의 입 안에 쏙 넣어주자 성우가 정하가
먹여주니 훨씬 맛있네 하고 말했다.

"입맛없을 때 이렇게 소풍 나와 먹으면 좋겠어요. 아니, 날마다
이렇게 소풍 나왔으면 좋겠어요. 성우 씨랑. 꼭 성우 씨랑."

"나도."

성우가 손을 뻗어 정하의 얼굴을 쓰다듬었다. 정하의 볼을 쓰다
듬던 손은 천천히 입술로 옮겨갔고 정하의 입술을 쓰다듬던 성우
의 엄지손가락은 천천히 목덜미로 옮겨갔다.

꼴깍. 자신도 모르게 침을 삼킨 정하가 자신의 목덜미에서 애간
장 타게 더듬고 있는 성우의 엄지손가락을 꼭 붙잡았다.

"자극하지 말아요. 전기 통하잖아요."

정하가 눈을 흘겼다.

성우가 싸 온 음식을 배부르게 먹고 나자 포만감에 기분이 좋아진 정하가 잠깐 드러누울까 하는데 성우가 정하의 손을 잡고 일어났다.

"농구 하자."

"농구 할 줄 몰라요. 농구공 오늘 처음 만져 봤다구요."

"내가 가르쳐 줄게."

엉덩이 살이 퍼지든 옆구리 살이 퍼지든 배부르니 딱 누웠으면 좋겠는데 성우가 끌어당겨 대니 도리가 없었다. 마침 빈 농구대가 있었고 성우는 경쾌한 소음이 나는 농구공을 몇 차례 탕탕 튀기더니 멋진 자세로 슛을 쐈다. 성우가 쏘아 올린 농구공은 그물을 흔들며 쏙 빠져나왔고 성우는 유연하게 다시 공을 잡았다.

"몇 점 내기 할까?"

"음…… 20점. 대신에 난 농구 할 줄 모르니까 한 골에 4점 쳐줘요."

"4점짜리는 없어."

"우리 동네엔 있어요."

정하가 우기자 성우가 못 이긴 척 정하의 억지를 받아주었다.

"대신에 이긴 사람이 요구하는 건 다 들어주기. 어때?"

"좋아요."

4점씩 쳐준다면 성우가 아무리 잘한다 해도 정하 자신이 이길 것 같았기 때문에 좋다고 대답했다. 자신이 이기면 오늘 먹여준 음식을 다시 한 번 먹여달라고 할 참이었다.

"먼저 공격해."

성우가 정하에게 농구공을 건네고 정하는 농구공을 꼭 끌어안았다.

"내가 이겼다고 나중에 4점을 쳐줘서 그러네 하는 소리 하기 없기예요."

"걱정 마."

"자, 시작!"

정하는 성우가 준비도 하기 전에 시작 하고 외치고는 농구공을 꽉 끌어안고 골대 앞으로 달려갔다.

"공을 튀겨야지!"

성우가 쫓아오며 외쳤지만 정하에게는 농구의 룰 따위는 안중에도 없었다. 동네 농구에서 룰은 무슨, 점수만 뽑으면 그만이지.

골대 앞으로 달려간 정하는 그물을 향해 능구공을 던져 올렸고 농구공은 조금 전 성우가 쏘았을 때보다 더 매끄럽게 골대를 통과했다. 4점!

"야호!"

정하가 소리를 질러대자 성우가 어이없다는 얼굴로 쳐다보며 웃었다.

"정말 이런 식으로 할 거야?"

"이기는 게 장땡이에요."

"장땡?"

"하여튼 그런 게 있다구요."

"좋아, 나도 봐주지 않을 거야."

성우가 농구공을 붙잡더니 유연한 공작으로 공을 튀기기 시작했다.

"볼을 못 넣게 막으면 되는 거죠? 이렇게?"

정하가 두 팔을 번쩍 들고 성우 앞에서 폴짝폴짝 뛰어대며 물었다.

"응."

"좋아요. 해봐요!"

정하가 성우를 막기 위해 팔을 흔들어대며 폴짝폴짝 뛰어대는데 귀엽다는 듯이 쳐다보고 있던 성우가 순식간에 몸을 한 바퀴 돌리더니 정하를 피해 골대로 달려갔다.

"어머!"

정하가 잽싸게 달려와 성우를 붙잡으려고 했지만 성우가 던진 골은 이미 골대를 통과하고 있었다.

"2점!"

저만치 굴러가는 농구공을 찾아든 정하는 또다시 골대를 향해 막무가내로 달려갔다. 첨부터 룰 따위는 지킬 생각이 없었기 때문에 정하는 성우가 뭐라고 잔소리를 하거나 말거나 그물을 향해 볼을 쏘아 올리기 바빴다. 정하의 손을 떠난 볼이 공중으로 날아가는데 성우가 살짝 뛰어오르는가 싶더니 골대를 향해 날아가던 농구공을 저만치 쳐내 버렸다. 정하가 멍한 얼굴로 쳐다보고 있는 사이 성우는 자신이 튕겨낸 공을 잡고 멀리서 슛을 쐈고 볼은 포물선을 그리며 날아가더니 쏙 하고 그물 속으로 빨려 들어갔다.

"그러는 게 어딨어요!"

정하가 부당하다며 소리쳤지만 성우는 웃기만 했다.

"이제 동점이야."

"흥!"

정하가 성우에게서 농구공을 빼앗아 다시 골대로 향했다. 정하는 오로지 골대만 보고 뛰는데 성우가 계속해서 앞을 가로막으며 방해했다.

"진로 방해예요!"

"룰을 깬 사람은 정하야."

"말도 안 돼!"

정하가 어떻게 하든 성우를 피해보려고 했지만 저렇게나 큰 사람을 무슨 수로 피하겠는가. 쩔쩔매다가 가까스로 공을 쏘아 올렸는데 또다시 성우의 손에 걸려 엉뚱한 데로 날아가 버렸다. 씩씩 약이 오르기 시작한 정하는 드디어 육탄전을 시작했다. 공을 튀기며 골대를 향하는 성우의 허리를 붙잡고 늘어진 것이다.

"이렇게 붙잡으면 안 돼."

"처음부터 룰 따위는 없었잖아요."

정하가 한 손으로는 성우의 허리를 붙잡고 한 손으로 성우의 손에 들린 공을 빼앗아보려고 발버둥 쳤지만 여간해선 공이 손에 잡히지 않았다. 슛, 슛, 슛. 성우의 슛은 계속해서 이어졌고 점수는 어느새 16대 4로 벌어져 있었다. 성우가 여덟 골을 넣는 동안 정하는 달랑 한 골만 넣은 것이다. 얼마 뛰지도 않은 것 같은데 온몸은 땀으로 젖어버렸고 숨이 차서 헐떡거리면서도 지기 싫은 근성 때문에 정하는 포기하지 않고 덤벼들었다. 성우에게 공을 빼앗기지 않기 위해 끌어안는 것도 모자라 가랑이 사이에 낀 채 주저앉아 꼼짝도 하지 않았다. 성우가 지쳐 잠깐 느슨해진 사이에 쏜살같이 달려가 슛을 날려봤지만 팔에 힘이 없어 공은 엉뚱한 곳으로 튀기 일쑤였다. 다시 성우가 2점 획득. 딱 한 골만 더 넣으면 성우의 승이었다.

"타임! 타임!"

정하가 타임을 외치자 볼을 튀기며 골대로 달려가던 성우가 동작을 멈추고 정하를 쳐다봤다.

"승부차기해요."

"승부차기?"

"축구처럼 승부차기 하자구요."

"그건 동점일 때나 하는 거야. 그리고 농구에선 승부차기나 승부 슛은 없어."

"우리 동넨 있어요. 있다구요. 승부차기 해요!"

정하가 박박 우겨대자 성우가 웃음을 터뜨리며 정하에게 다가왔다.

"좋아, 그렇게 해."

"내가 네 번 먼저 넣고 성우 씨가 넣는 거예요. 난 여기 앞에서 넣고 성우 씬 저기 뒤에서 넣어요."

"정하가 네 번을 먼저 넣으면 정하가 이기잖아. 그리고 이 앞에선 초등학생도 넣을 수 있어."

"계산 정말 빠르시네. 무조건 그렇게 해줘요."

"정말 이런 말도 안 되는 동네 농구는 처음이군."

성우가 정하에게 농구공을 건넸고 정하는 씩 웃으며 농구공을 들고 골대 앞에 섰다.

"기억하고 있죠? 이긴 사람이 원하는 건 뭐든 들어주기."

"물론."

정하는 성우에게 다시 한 번 씩 웃어 보이고는 공을 쏘아 올렸다. 한 골 성공. 정하가 으스대는 표정으로 쳐다보자 성우가 어이없다는 듯 웃었다. 두 골 성공. 세 골 성공. 이제 한 골만 넣으면 자동으로 정하가 이길 차례였다.

"멋지게 쏴줄 테니 잘 봐요!"

정하가 폴짝 뛰며 공을 쏘아 올렸고 골대를 향해 공이 정확하게 날아간다고 생각했는데 그물 속에서 쓸데없이 뱅글뱅글 돌던 공이 어이없이 밖으로 툭 튕겨져 나와 버렸다.

"이거 골대에 문제있어요. 그물에 문제가 있다구요. 어떻게 들어갔던 공이 도로 튀어나와요?"

정하가 항의했지만 아무도 들어주는 사람이 없었다.

"내 차례야."

성우가 정하에게서 공을 빼앗아 정하가 지정해 준 먼 자리로 가서 섰다.

"못 넣죠? 너무 멀죠?"

"글쎄, 해봐야지."

"왜 그렇게 농구를 잘해요?"

"고등학교 때 학교 선수였어."

"선수요?! 선수가 나하고 농구를 하자고 했단 말이에요? 말도 안 돼. 이건 반칙이에요, 반칙!"

하고 정하가 항의하며 성우를 향해 달려왔지만 성우의 공은 골대를 향해 쏜살같이 달려갔다. 정하의 고개가 공을 따라 돌아가는데 차르르 하는 소리와 함께 깨끗하게 그물 속으로 빨려 들어갔다.

"와우!"

성우가 환호성을 지르며 박수를 쳤다.

정하는 기운이 쪽 빠져 주저앉아 버렸다. 도시락 한 번 더 먹어보겠다고 죽을 둥 살 둥 뛰어다니고 온갖 편법을 다 동원했는데도 지다니. 게다가 고등학교 때 농구 선수였다니. 순 말도 안 되고 순 엉터리였다.

"내가 이겼어."

성우가 덩치에 어울리지 않게 너무 좋아하며 승리를 자축했다.

"나한테 이겨서 좋아요?"

"좋아."

"뭐가 그렇게 좋아요?"

"내가 원하는 거 정하가 들어줘야 하니까."

성우가 정하 옆에 한쪽 무릎을 꺾고 앉으며 말했다.

"원하는 게 뭔데요?"

"아직은 비밀."

"설마 시청 앞에서 확성기 들고 난 현성우를 사랑한다~ 하고 외치기는 아니죠?"

"그것도 괜찮은데?"

"난 그 정도로 얼굴이 두껍지 않아요."

"난 할 수 있는데."

성우의 말에 정하가 눈을 가늘게 뜨고 성우를 쳐다봤다.

"난 은정하를 사랑한다~ 하고 외칠 수 있다구요?"

"할 수 있어."

"그 말은…… 날 사랑한다는 거예요?"

"몰랐어?"

성우가 되물었고 정하는 가슴속에서 감동과 기쁨이 모락모락 피어오르는 걸 느꼈다. 정하가 기쁨에 찬 눈동자로 성우를 쳐다보고 있는데 성우가 땀에 젖어 얼굴에 늘어 붙은 머리카락을 한 가닥 한 가닥 천천히 뒤로 넘겨주었다.

"난 정하가 알고 있는 줄 알았는데."

"나한테 사랑한다고 직접적으로 말한 건 오늘이 처음이잖아요."

"말하지 않아도 알 수 있잖아. 사랑은 숨겨지지 않으니까."

성우의 말에 정하는 가슴속에서 뜨거운 구엇인가가 소용돌이치며 끓어오르는 것을 느꼈다.

"그럼, 그럼 내 사랑도 알고 있었어요?"

정하가 떨리는 목소리로 물었다.

"알고 있었어. 정하의 사랑도 숨겨지지 않으니까."

사랑은 숨겨지지 않으니까.

그윽한 시선으로 정하를 바라보던 성우가 살며시 정하의 입술에 입을 맞추었다.

"여기서 키스하면 풍기문란으로 잡혀가요."

"오, 이런. 잡혀갈 순 없지."

성우가 정하의 손을 잡고 일으켜 주는데 정하가 흐물흐물 다시 주저앉았다.

"떨리고 후들거리고 휴우……. 일어날 수가 없어요."

정하의 말에 성우가 웃더니 등을 보이고 앉았다.

"업혀."

성우의 넓은 등을 쳐다보고 있던 정하가 살며시 등에 업히자 성우가 정하를 업고 벌떡 일어났다. 정하를 업고 자리 있는 곳까지 왔던 성우는 잠깐 정하를 내려놓았다가 정하가 바구니를 챙겨 들자 다시 정하를 업었다.

"이렇게 업고 집에까지 갈 수 있어요?"

"갈 수 있어."

"무거워요?"

"괜찮아."

"무거우면 무겁다고 해요. 내릴 테니까."

"무거워."

"아, 뭐야. 내려요!"

"아니야, 아니야."

성우가 웃음을 터뜨렸다.

"소원이 뭐예요? 나한테 뭐 해달라 할 거예요?"

"지금 말해?"

"지금 말해요."

"뭐든지 다 들어줄 거지?"

"알았어요. 들어줄 테니까 말해요. 시청 앞에서 소리 지르는 것만 아니면 다 들어줄게요."

"내 침대에서 정하 냄새를 맡게 해줘."

"무슨 냄새를 맡고 싶다구요?"

정하가 제대로 알아듣지 못해 다시 물었다.

"내 침대에서 정하를 느끼고 싶다고."

"좀 큰 소리로 말해요. 침대에서 뭘 느낀다구요?"

정하가 재차 묻자 성우가 걸음을 딱 멈추었다. 그리고 소리치기 시작했다. 그 사람 많은 곳에서!

"정하하고 하고 싶다고! 사랑을 나누고 싶다고!"

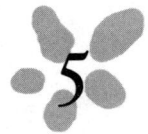

갑자기 성우가 소리를 질러대는 바람에, 그것도 사랑을 나누고 싶다고 소리를 지르는 바람에 주위를 지나가던 사람들이 모두 걸음을 멈추고 쳐다봤다. 키득키득 웃으며 한편으론 젊은 것들이 참 잘하는 짓이다~ 는 듯한 비아냥이 섞인 눈빛을 날려주며.

새빨갛게 달아오른 얼굴을 성우의 등에 푹 파묻으며 정하는 성우의 목을 감고 있던 팔에 힘을 줬다.

"죽고 싶어요?!"

정하가 이를 갈며 소리친 후 성우의 등에서 내려와 집을 향해 달리기 시작했다.

뒤도 돌아보지 않고 집으로 달려온 정하가 헐떡거리며 오피스텔 건물 앞에 서 있는데 성우가 웃으며 정하 곁으로 다가왔다.

"혼자 가버리면 어떻게 해."

"그게 무슨 짓이에요 정말! 창피해 죽는 줄 알았잖아요."

"큰 소리로 말하라고 해서."

"아, 창피해."

정하가 손부채질을 하며 달아오른 얼굴을 식히자 성우가 손으로 정하의 이마에 배어나온 땀을 닦아주었다.

"저기, 저기 그런데…… 정말이에요? 그게, 그게 소원이에요?"

정하가 혹시 경비 아저씨나 다른 사람이 들을까 봐 목소리를 낮추며 더듬더듬 물었다.

"정말이야. 그게 소원이야. 그리고 정하는 내가 원하는 건 들어주겠다고 약속했어."

성우가 그 부분을 확실하게 말했다. 원하는 것을 들어주겠다던 정하의 약속 부분.

"그랬죠, 약속했죠. 하지만, 난 겨우 내가 이기면 오늘 싸 온 도시락을 한 번 더 먹게 해달라고 하려던 참이었어요. 그런데 성우 씬 날 먹을 생각이었던 거예요? 아니, 아니, 말해놓고 보니 이상하네요. 그러니까 날 먹겠다는 말은 취소고……."

표현이 너무 적나라해서 정하가 서둘러 말을 바꿔보려고 했지만 성우가 이미 웃음을 터뜨려 버렸다.

"맞아. 난 정하를 먹을 거야."

성우가 웃으면서 정하의 손목을 움켜잡더니 은밀한 목소리로 속삭였다.

"맛있게."

꿀꺽. 정하는 어느새 고인 침을 꿀꺽 삼키며 움찔 오금이 저려 몸을 떨었다.

"호텔로 가."

"호텔엔 왜요?"

"정하를 먹어야지. 약속했잖아."

"아니, 그게…… 일단은 집에 올라가서 좀 씻고 옷을 갈아입어 야죠. 다 젖었는데."

"어차피 옷은 필요없잖아."

성우의 말에 정하가 허걱 하는 얼굴로 성우를 올려다보자 성우 가 음흉한 미소를 날렸다.

"우리, 우리 집은 왜 안 돼요?"

정하는 갑자기 입 안이 바짝 마르는 것을 느끼며 물었다.

"난 분명히 내 침대라고 했고, 또 갑자기 강호 씨가 들이닥칠지 도 모르니까."

"그렇군요. 강호가 들이닥치면 곤란하죠. 중요한 순간에."

정하가 긴장한 얼굴로 중얼거리자 성우가 또다시 웃음을 터뜨 렸다.

"호텔로 가."

"정말 이러고 가자구요?"

"옷은 호텔에서 세탁하면 돼."

성우가 갈피를 못 잡은 얼굴로 서 있는 정하를 데리고 자신의 차로 가서 태웠다.

"나 이렇게 넙죽 타도 되는 거예요?"

운전석에 올라 시동을 거는 성우에게 정하가 묻자 성우가 물론, 약속은 지켜야 하니까라고 대답했다. 오늘따라 신호등이 약속이라도 한 것처럼 딱딱 손뼉을 맞춰주는 바람에 아리조나호텔에 도착할 때까지 단 한 번도 신호를 받지 않고 논스톱으로 달렸다.

땀에 흠뻑 젖어 꼬질꼬질한 몰골로 호텔에 들어선 성우와 정하는 인포메이션에서 열쇠를 받아 들고 곧바로 성우의 객실로 향했다. 엘리베이터가 한층한층 올라갈 때마다 정하의 심장 박동수가 높아지기 시작했다. 심장이 어찌나 거세게 뛰는지 심장 뛰는 소리가 귀에 들릴 지경이었다.

이래도 되는지, 정말 이래도 되는 건지 성우의 객실에 도착해 카드 키로 문을 열 때까지 정하는 고민하고 또 고민했다. 정말로 성우와 사랑을 나누어도 되는지, 정말로 이런 엉뚱한 약속도 꼭 지켜야 하는 것인지. 얼마나 고민이 치열했던지 온몸에서 맥박이 잡힐 지경이었다.

'난 스물여덟이라고. 스물여덟.'

그래, 스물여덟이었다. 자신의 몸을 책임지고도 남을 나이. 책임지고도 남을 나이인데 왜 이렇게 떨리는지. 웬만하면 태연한 척해보겠는데 어디 이것이 웬만한 일이어야 터연하지. 불길한 일이 벌어질 것 같아 뒤숭숭한 것도 못 참을 짓이지만 이렇게 온몸이 저릴 정도로 설레는 것도 못 참을 노릇이었다.

'성우 씬 날 사랑한다고 했어.'

사랑은 숨겨지지 않는 거라고, 사랑한다고 말했었다. 정하 역시 성우를 사랑하고 있었다.

'사랑은 사랑하는 사람과 사랑해야 진짜 사랑이야.'

진짜 사랑. 사랑하는 사람과 나누는 사랑. 정하 인생에 길이길 이 남을 첫사랑의 상대가 다름 아닌 정하가 사랑하는 성우라면, 죽어서 무덤에 들어갈 때까지 후회하지 않을 것 같았다. 그렇다면 고민할 것도 없는데 이놈의 가슴은 왜 이렇게 못 견디게 떨리는 것인지.

정하는 후들거리는 가슴을 진정시키려고 애쓰며 카드 키로 객실 문을 여는 성우를 바라보고 있었다.

'사랑하는 사람과 나누는 사랑.'

그래, 사랑하는 사람과 사랑을 나누는 것이다.

철컥, 객실 문이 열렸다. 성우가 문을 활짝 열었다. 정하가 망설 이는 듯한 얼굴로 서 있자 성우가 정하의 허리에 팔을 감았다.

"환영해."

성우가 정하를 이끌고 객실로 들어갔다.

"객실이 참 좋네요."

정하는 객실 한가운데 서서 쓸데없이 두리번거리며 중얼거렸 다. 한번 묵어봤던 객실이라 새로울 것도 없는데 들어오자마자 홀 러덩 벗어 던지고 침대로 뛰어들 뱃심은 없으니 계면쩍음을 위장 하기 위해서라도 딴청이라도 부려야 했다.

"배고프지 않아? 뭐 좀 먹을까?"

성우가 땀에 젖은 티셔츠를 벗으며 물었다. 정하는 절묘하게 음 영이 새겨진 성우의 몸을 홀린 듯 바라보느라 성우가 뭘 물었는지 도 몰랐다. 티셔츠를 벗어 테이블 위에 올려놓던 성우가 정하를 쳐다보더니 그 표정은 뭐지? 하는 듯 쳐다봤다.

"훌륭하네요."

"마음에 들어?"

"노력 많이 하셨네요."

"노력 많이 했지. 우리 뭐 좀 먹을까?"

"이 상황에 뭐가 넘어가겠어요?"

정하의 말에 성우가 웃었다.

"그런데 우리…… 정말 이래도 돼요?"

정하의 물음에 성우가 정하에게 다가와 허리를 감싸 안았다.

"약속은 지켜야 하잖아?"

"야비해요."

"내가? 오, 맙소사. 왜?"

"일부러 이럴려고 농구공 챙겨와서 싫다는 사람 억지로 내기하자고 한 거잖아요."

"그렇지 않으면 정하가 언제 허락할지 모르니까."

성우의 말에 정하가 눈을 흘겼다.

"후욱, 떨릴 땐 뭘 먹어야 하죠? 청심환 먹어야 하나?"

"위스키."

"싫어요. 취한 채로 하고 싶진 않아요."

"나도 바라던 바야. 내가 먼저 씻을게. 아, 초콜릿 먹고 있어."

성우가 화장대 서랍에서 초콜릿 상자를 꺼내 테이블에 올려놓았다. 지난번, 성우를 처음 만났던 날 맛브게 해주었던 그 초콜릿이었다. 정하는 얼른 상자를 열어보았다. 그날 두 갠가 세 개를 먹었던 것 같은데 혹시라도 성우가 다른 여자를 불러들여 정하에게 했던 것처럼 진정제로 먹였나 살펴보기 위해서였다. 다행히 정하가 먹었던 개수만큼만 비어 있었다.

"다른 여자를 룸으로 끌어들이진 않았군요."

"그럴 리가. 씻고 나올게."

"성우 씨 씻는 동안에 도망가 버릴지도 몰라요."

"용서하지 않을 거야."

"초조하고 떨린단 말이에요."

"초콜릿 먹고 있어. 알았지?"

성우가 정하의 입술에 가볍게 입을 맞춘 후 욕실로 들어갔다.

"이 가슴이 초콜릿으로 해결이 되어야 말이지."

정하가 가슴에 손을 대고 지그시 누르며 한숨을 내쉬었다.

"이럴 줄 알았으면 청심환 하나 먹을걸."

청심환은 없으니 초콜릿이라도 몇 개 먹자 싶어 입에 집어넣던 정하는 혼자 픽 웃었다. 엉뚱하긴, 아무리 떨린다고 청심환 먹고 침대로 뛰어들 사람이 어디 있겠는가 싶어서였다.

정하는 슬그머니 침대를 쳐다봤다. 푹신하고 탄력 좋은 침대. 오늘 밤 저 침대에서 성우와 사랑의 불꽃을 지피고 호텔을 홀라당 태울 듯이 열정적인 시간을 보낼 것을 생각하자 얼굴이 화끈 달아올랐다.

"오늘 네가 나와 성우 씨 손에 작살이 나는구나."

정하가 침대 시트를 어루만지며 중얼거렸다.

"임무를 완수하고 장렬히 전사한다고 생각하렴."

정하가 혼자 이게 뭐 하는 짓인가 싶어 키득거리고 웃는데 성우가 욕실에서 나왔다.

어쩜, 성우는 무슨 짓을 해도 멋지고 섹시했다. 머리는 촉촉하게 젖어 있었고 목욕 가운 사이로 근육 때문에 굴곡이 진 맨가슴이 보였다. 털이나 털 비슷한 것도 없이 아주 매끄러운 맨가슴이었다. 목욕 가운 끝자락 밑으로 길고 굵은 종아리가 죽 뻗어 있었는데 아마도 목욕 가운 안은 알몸인 듯했다.

꼴깍.

성우는 무척 섹시해 보였다. 남자가 저러고 있는데 섹시하지 않을 남자가 어디 있겠냐마는 성우는 스페셜로 섹시해 보였다. 수십 명의 여자를 동시에 쓰러뜨릴 수 있을 만큼.

"정하, 씻어. 안에 들어가면 옷 벗어서 밖에 내놓고. 호텔에 세탁 부탁할게."

"그럼 난 뭐 입어요?"

"욕실 안에 목욕 가운 있어."

성우가 욕실 문을 활짝 열어주었다.

"샤워가 아니라 목욕해도 돼요? 스파 목욕 하고 싶은데."

"지금은 안 돼. 절대."

"시간 끄는 거 싫다 그거죠?"

"빙고."

"알았어요."

정하가 욕실로 들어가려다 성우를 돌아봤다.

"사실, 한번 덮쳐 보고 싶긴 했어요."

정하의 말에 성우가 웃음을 터뜨렸다.

정하는 욕실로 뛰어들어 가 얼른 문을 잠갔다. 그리고 잠시 후 문밖으로 땀에 젖은 옷을 내놓았다.

정하가 옷을 밖으로 내놓자 성우는 인포메이션으로 전화를 걸어 세탁을 부탁했다. 세탁할 옷들을 한쪽에 가지런히 놓고 냉장고에서 차가운 물을 꺼내 마시는데 노크 소리가 들렸다. 세탁물을 가지러 온 모양이라고 생각하며 성우가 문을 열었을 때 문밖에는 호텔 종업원이 아니라 인영이 서 있었다.

가운 차림으로 서 있는 성우의 모습에 인영이 조금 당황한 듯 얼른 고개를 돌렸다.

"연락을 드리고 오는 건데……."

"오 작가님이 여기 웬일이십니까?"

"이거요."

인영이 핸드백에서 손수건을 꺼내 보였다. 손수건을 건네는 척하며 성우를 바라봤던 인영이 성우의 차림새에 또다시 얼른 고개를 돌렸다.

"아, 이건, 안 돌려주셔도 되는데."

성우가 조금 벌어져 있던 가운을 여미며 대꾸했다.

"돌려 드려야죠. 비싼 손수건인데. 갑자기 찾아와서 놀라셨죠?"

"예, 조금."

"죄송해요, 연락 못 드려서. 여길 지나가던 길이라 들렀어요."

"예, 고맙습니다."

"목욕하신 모양이에요."

"아, 예······."

성우가 손수건을 받아 들며 신속하게 인영을 돌려보내야겠다고 생각하는데 마침 세탁물을 가지러 종업원이 왔다.

"세탁물 가지러 왔습니다."

"잠깐만요."

성우가 자연스럽게 인영을 보낼 수 있을 것이라 생각하며 잠깐 안으로 들어와 세탁물을 가지고 나오는데 어느새 인영은 객실 안으로 들어와 있었다. 안으로 들어와도 된다고 허락한 적이 없는데 인영 마음대로 안으로 들어온 것이다.

성우가 불쾌감을 느끼며 종업원에게 세탁물을 맡기고 돌아섰을 때 인영은 객실 중앙까지 들어가 천천히 둘러보고 있었다.

"오 작가님."

불쾌하지만 되도록 정중하게 인영을 내보내기 위해 부르는데 인영이 돌아서며 성우를 향해 활짝 웃었다.

"지난번에 제가 실수를 해서······ 만회하고 싶은데, 한 잔 사드릴게요."

이런 순간을 놓칠 인영이 아니었다. 성우가 나이트가운 차림으로 문을 열어 당황하긴 했지만 나쁠 것 없었다. 어쩌면 이런 상황이 오히려 더 좋을 수도 있겠다 싶었다. 어차피 온몸을 던져 성우에게 어필할 생각이었으니까.

"같이 한잔하세요."

"아닙니다. 괜찮습니다."

"거절하지 마세요."

"죄송합니다. 저 혼자가 아닙니다."

"네?"

인영은 그제야 아까부터 들리던 이 물소리가 욕실에서 들려오는 소리라는 것을 알아차렸다.

"아, 손님이 계시군요. 어머, 죄송해요, 전 혼자 묵고 계신다기에……. 또 실수를 했네요."

성우는 아무 대답을 하지 않는 것으로 인영이 실수했다는 것을 확인시켜 주었다.

인영은 몹시 민망한 얼굴을 하고 문으로 향했다. 성우는 지체하지 않고 문을 열어주었다.

"죄송해요."

"아닙니다."

"그럼, 다음에……."

"안녕히 가세요."

성우는 인영이 문밖으로 나가는 순간 얼른 문을 닫아버렸다. 다른 사람이었다면 이렇게까지 하지 않았겠지만 인영이라서 이럴 수밖에 없었다. 인영은 정하와 그닥 즐겁지 않은 관계였고 두 사람 다 이런 곳에서 마주치게 하는 것은 좋지 않겠다 생각했기 때문에 서둘러 인영을 내보낸 것이다. 그리고 인영은 이렇게 연락도 없이 함부로 찾아와서는 안 될 일이었다. 마음대로 객실 안으로 들어온 것도 그렇고 도대체 무슨 생각으로 이 시간에 연락도 없이 객실로 찾아왔는지는 모르겠지만 성우는 불쾌했다. 아무래도 인

영이 손수건을 돌려주기 위해서가 아니라 다른 의도를 가진 것 같
아 의심스럽기까지 했다.

"누가 왔었어요?"

정하가 욕실에서 나오며 물었다.

"세탁물 가지러 종업원 왔었어."

"아, 얘기하는 소리가 들리기에 물어본 거예요. 옷은 언제 준대
요?"

"내일 오전이면 될 거야."

성우가 냉장고에서 오렌지주스를 꺼내주며 말했다.

"고마워요."

정하가 오렌지주스를 마시며 화장대에 앉아 드라이어를 꺼내는
데 성우가 드라이어를 가져가더니 정하 머리를 말려주기 시작했
다.

"혹시 말이에요, 다른 여자 머리도 말려준 적 있어요?"

"정하가 처음이야."

진짜 처음인지 일부러 처음이라 하는지는 몰라도 처음이라고
말해주자 일단 기분은 좋았다.

"이 객실에 들어온 여자도 내가 유일하겠죠?"

"물론."

정하가 마음에 든다는 듯이 웃자 성우도 웃었다.

"마음 단단히 먹어요."

"왜?"

"내가 무슨 짓을 할지 모르니까. 내가 좀 강하거든요."

정하가 떨림을 죽이기 위해 일부러 센 척 너스레를 떨자 성우가 웃었다.

"기대되는걸?"

"기대하지 말고 마음을 단단히 먹으라구요."

"알았어."

머리가 대충 마르자 정하는 드라이어를 돌돌 말아 서랍 안에 집어넣고는 화장대에서 일어나 테이블로 왔다. 침대로 직행해야겠지만 도저히 맨정신으로는 침대로 들어갈 수가 없었다.

정하가 초조한 얼굴로 헛기침을 해대며 테이블 근처에서 서성거리자 성우가 긴장하지 마, 하고 말했다.

"텔레비전 볼까?"

"별로 보고 싶은 거 없어요."

"초콜릿 더 먹어."

"아뇨, 이 닦았어요."

"그럼 주스는?"

"됐어요."

"얼음물 줄까?"

"아뇨."

"배고프지 않아?"

"괜찮아요."

"위스키 한 모금씩 할까?"

성우가 정하의 곁에 바짝 다가서며 물었다.

"제발 그만 떠들고 어떻게 좀 해요!"

정하가 이를 갈며 소리치자 성우가 기다렸다는 듯 정하를 번쩍 안아 들었다.

"알았어. 이제 사랑을 나누자구."

성우는 정하를 안아 들고 침대로 향했다.

'아이고, 하나님.'

정하가 이제야 올 것이 왔구나 생각하는데 성우가 즈심스레 정하를 침대에 내려놓았다.

"원하는 대로 해줄게."

성우가 천천히 정하의 몸 위로 올라오며 말했다.

"원하는 대로 뭘 어떻게요?"

정하가 바짝 말라 한 방울도 없는 침을 쥐어짜서 삼키며 물었다.

"강한 걸 원하면 강하게, 부드러운 걸 원하면 부드럽게, 천천히 하는 걸 원하면 천천히, 빠른 걸 원하면 빠르게, 뜨거운 걸 원하면 뜨겁게, 짜릿한 걸 원하면 짜릿하게."

"다 필요없고 신속정확하게 해주세요. 아니면 내가 덮칠지 모르니까."

정하의 대답에 성우가 웃음을 터뜨렸다.

"알았어. 신속정확."

"거기 한 가지만 더."

"뭐?"

"신속정확……. 꼴까닥."

"꼴까닥, 아하하하하하."

성우가 너무 웃긴지 정하의 어깨에 얼굴을 묻고 한참을 웃었다.

"저…… 이런 상황으론 일이 안 되겠죠? 다시 분위기를 잡아야 되겠죠?"

정하가 너무 분위기 파악을 못한 것 같아 미안해하며 묻자 성우가 얼굴을 들고 정하를 내려다봤다.

"아니, 지금 이 녀석이 화가 나서 더 이상은 견디기 힘들 정도야."

"이, 이 녀석?"

정하가 더듬거렸다, 그 녀석이 어떤 녀석인지 눈치 챘기에. 이런 웃기는 상황에도 고 녀석 참 장하기도 하지.

"날 재촉하고 있다고. 이렇게 성깔있는 놈인지 나도 몰랐어. 느껴져?"

"뭐가요?"

"불끈불끈……. 불끈…… 불끈."

성우가 불끈이라는 대사를 할 때마다 저기 저 아래 허벅지 즈음에서 정말로 성깔있는 그 녀석이 불끈거리는 것이 느껴졌다.

"녀석의 성깔을 내가 보살펴 주어야겠군요."

정하가 진지한 표정으로 말하자 성우가 다시 웃음을 터뜨렸다. 어머나, 웬걸. 그 녀석은 성우가 웃음을 터뜨리자 더욱 불끈거렸다.

"저기 성우 씨, 계속 이러고 있으면 나한테 문제가 생길 것 같으니까 어떻게 좀 해봐요!"

정하가 몸을 살짝 비틀며 소리치자 성우가 웃음을 참으며 정하를 내려다봤다.

"괜찮겠지?"

"괜찮지 않으면 여기서 관둘 거예요?"

"아니."

"그럼 묻지도 말아요. 그리고 제발 어떻게 좀 하라구요. 이러다 간 시작도 하기 전에 꼴까닥 할 것 같으니까."

"알았어. 정말 시작할게."

성우가 상체를 일으키더니 정하의 나이트가운 끈에 손을 댔다.

"뭐 하려는 거예요?"

"가운은 벗어야지."

"불은 꺼줘요. 성우 씨 얼굴 빤히 쳐다보기만 해도 기절할 것 같 으니까."

"알았어. 대신 지금부터 아무 말도 하지 않기야. 정하가 계속 말 을 하면……."

"말을 하면?"

"거칠게 다룰 거니까."

"오~ 거칠게."

정하가 유혹하는 듯한 눈길을 성우에게 날려주고는 앙증맞은 입술을 꼭 다물었다.

성우가 몸을 조금 움직이더니 팔을 뻗어 불을 껐다. 객실의 모 든 전등은 소등됐지만 커튼 닫는 것을 깜빡하는 바람에 산책로에 서 뻗쳐 올라오는 불빛에 성우의 얼굴 윤곽과 움직임은 그대로 보 였다. 어슴푸레 보이는 성우의 실루엣은 불을 켜고 볼 때보다 훨씬 더 환상적이고 섹시했다.

성우가 조심스럽게 가운 끈을 풀었다. 그리고 천천히 가운을 젖혔다. 성우의 눈앞에 정하의 젖가슴이 드러나자 성우는 잠깐 가만히 정하의 젖가슴을 바라보다가 낮은 신음을 토해냈다.

저 낮은 신음, 성우의 낮은 신음. 저 신음이라는 놈이 아주 사단을 낼 놈이었다. 처음 성우를 만났던 날, 그와 키스를 나눌 때 성우가 내뱉는 신음 소리에 발작을 일으킬 뻔했는데 며칠이 지나도록 지워지지 않던 신음 소리를 다시 듣자 정하는 아랫배가 뻐근해지며 그쪽에서 뜨거운 열기가 번지는 것을 느꼈다.

성우의 눈길이 젖가슴에서 명치로 옮겨가는가 싶더니 아랫배를 지나 그 밑으로 내려갔다. 말똥말똥 빛나던 성우의 눈빛이 이글거리기 시작한 것은 그의 시선이 정하의 비밀의 정원에 도달했을 때였다.

남자와 여자가 만나 처음으로 사랑을 나누는 것은 정말 쉬운 일이 아니다. 남자의 저 도발적이면서도 굶주린 시선에 은밀한 곳을 고스란히 노출시켜야 하는 일이 어떻게 쉬운 일이겠는가. 남자, 성우의 눈길은 투시라도 하는 듯 숲을 관통해 그 속에 숨겨진 비밀스러운 열매를 찾고 있었다. 숲 속에 숨겨져 있던 열매를 똑 따먹는 순간 화들짝 놀랄 것이다. 두 사람 중에 누가 더 놀랄지는 두고 봐야 아는 일이지만.

부끄러움을 느낀 정하가 살짝 다리를 오므리며 숲을 감추려고 하자 성우가 정하의 허벅지를 움켜잡더니 꼼짝 못하게 했다.

"그렇게 쳐다보지만 말고 어떤 모션을 취해주면 한결 덜 민망하겠어요."

정하가 떨리는 목소리로 속삭이자 성우가 정하의 목덜미에 입
을 맞추었다. 그리고 읊조렸다.

"눈을 뗄 수가 없어."

이렇게 음란할 수가! 다른 곳도 아니고 숲에서 눈을 뗄 수가 없
다니.

차근차근, 감질나도록 천천히 정하의 목덜미에 입을 맞추던 성
우의 입술이 쇄골 뼈로 내려오더니 중앙에서 왼쪽 어깨까지 이어
진 정하의 쇄골 뼈를 부드럽게 혀로 핥았다. 성우의 타액이 묻은
자리에 아찔한 한기가 느껴져 정하는 자신도 모르게 몸을 떨었다.
정하의 동그란 어깨에 끝없이 입을 맞추던 성우의 입술이 살짝 떨
어지는가 싶더니 정하의 보드라운 귓불을 살짝 깨물며 입김을 불
어넣었다. 성우의 입김이 귓속으로 들어오자 정하는 깜짝 놀랄 만
큼 야릇한 흥분을 느끼며 성우의 팔을 움켜잡았다. 귓속으로 들어
오는 성우의 입김 때문에도 움찔움찔 몸이 떨리는데 저 아래 허벅
지쯤에서 불끈거리는 성우의 남성이 느껴지자 정하는 정말 꼴까
닥할 것만 같았다. 끈으로 묶어 단단히 고정을 시키든지 해야지
그 불끈거림이 여간 강건한 것이 아니었다.

정하는 아무래도 저 아래에서 요동을 쳐대는 녀석을 바삐 다독
여 주지 않으면 비뚤어져 나갈 것이라 경고하려는데 성우가 커다
란 두 손으로 정하의 젖가슴을 움켜잡는 바람에 경고가 아니라 후
욱 하고 타는 듯한 한숨을 터뜨리고 말았다. 말랑말랑 보드라우면
서도 탄력이 넘치는 정하의 젖가슴을 감도 높은 두 손으로 탐닉하

던 성우는 맛보지 않고서는 견딜 수 없다는 듯 정하의 젖꼭지를 빨아 당겼다. 성우의 따뜻한 입속으로 빨려 들어간 젖꼭지에 성우의 혀가 감겨오자 약간의 통증과 함께 전기 충격을 받은 듯한 짜릿함이 느껴지더니 그 짜릿함은 순식간에 온몸으로 퍼졌다. 심장 박동이 빨라지고 체온이 상승하기 시작했다. 그에 따라 정하의 숨도 가빠지고 성우의 숨결도 거칠어졌다. 두 개의 젖꼭지를 번갈아 맛보던 성우가 한쪽 젖가슴을 놓아주더니 천천히 아래쪽으로 손을 내렸다. 성우의 손에 어디로 가려나 긴장하고 있는데 그것은 망설임없이 정하의 숲에 달라붙었다. 정하가 움찔 놀라 또다시 다리를 오므리자 성우가 긴장을 풀라는 듯 정하의 허벅지 안쪽을 쓰다듬어 주었다. 그의 손길이 어찌나 다정하면서도 은밀한지 정하는 후우욱 한숨을 내쉬고 말았다.

정하의 허벅지 안쪽을 쓸어주는 성우의 손길에 서서히 긴장이 풀린 정하는 성우가 계속 이런 식으로 감질나게 굴면 기필코 자신이 먼저 성우를 덮치게 될 것이라 장담하며 조심스레 입을 열었다.

"저기요, 성우 씨?"

"으응?"

"성우 씨가 깜빡 잊은 게 있는 것 같은데……."

"뭘?"

"신속정확."

정하의 말에 성우가 늦게 웃음을 터뜨리더니 몸을 움직여 정하의 다리 사이로 들어왔다.

"정하도 깜빡 잊은 게 있어."

"뭔데요?"

"말을 하면 거칠게 다룰 거라던 말."

성우가 먹잇감을 포착한 사자의 눈을 하고 말했다.

"사실 여자들은 은근히 거친 걸 좋아해요."

정하가 성우의 탄탄한 가슴팍을 쓰다듬으며 속삭이자 성우가 억눌린 신음을 토해냈다.

"후회하지 말라고."

성우가 경고하는 순간 성우의 입술이 정하의 숲에 달라붙었다.

"아!"

정하가 화들짝 놀라며 몸을 비틀었지만 소용없었다. 정하의 허벅지를 양손으로 단단히 고정시켜 잡은 성우는 정하의 방어를 허용하지 않았다. 성우의 혀는 능숙하게 숲을 헤치고 들어가 정하의 몸에서 가장 민감한 부분을 맛보기 시작했다. 이럴 수가, 세상에 이렇게 별천지가 기다리고 있었다니! 가장 은밀한 곳에 숨어 있던 그곳이 이토록 놀라운 감각을 가졌을 줄은 생각도 못했었다.

정하는 자신이 말했던 대로 꼴까닥 넘어가기 시작했다. 어질어질 현기증이 느껴지고 정신은 가물가물, 그럼에도 불구하고 온몸은 저절로 꿈틀거리고 있었다.

성우의 숱 많은 머리카락을 움켜잡고 헐떡거리던 정하는 괜히 거친 걸 좋아한다고 말했나 보다 후회하기 시작했다. 이제 겨우 시작인 줄도 모르고 말이다.

성우가 정하의 숲에서 혀를 거둬들이고 몸을 일으키더니 정하의 몸을 지그시 누르며 몸 위로 올라왔다. 성우는 정하의 다리를 잡아 자신의 허리에 감기도록 하더니 정하에게 살짝 입을 맞추었다.

"공평한 걸 원해?"

정신없어 죽겠는데 무슨 공평?

"네."

정신이 없던 와중이라 정하가 네 하고 대답하는 순간 성우가 몸을 일으켰다. 정하는 보고야 말았다, 성우의 남성을. 우람하고 거대하고 하늘 높은 줄 모르고 기세를 뻗쳐 올리는 그 기개를!

정하는 깨달았다, 성우가 도저히 눈을 뗄 수가 없었다고 한 말이 무엇을 뜻하는 것인지. 정하는 성우 못지않은 음란한 눈길로 성우의 도저히 사람의 그것이라고는 믿어지지 않는 남성에게서 눈을 떼지 못하고 있었다.

"아직도 감상 중이야?"

성우의 짓궂은 물음에 정하가 얼굴을 붉히며 얼른 고개를 돌리자 성우가 웃음을 터뜨리며 정하에게 체중을 실었다.

"달콤해."

성우가 정하의 귀에 입김을 불어넣으며 속삭였다.

성우의 속삭임이 더욱 달콤하다고 생각하며 정하가 흥분으로 들뜬 손길로 성우의 등을 쓰다듬는데 그 순간, 성우의 불끈거리던 남성이 정하의 몸속으로 들어왔다.

"아아!"

정하의 목구멍에서 고통인지 탄성인지 모를 신음이 터져 나오자 성우의 숨소리도 더욱 거칠어졌다. 잠깐 후퇴한다 싶던 성우의 남성이 다시 정하의 숲, 더욱 깊은 곳으로 돌진해 들어왔을 때 정하는 자신도 모르게 비명 같은 탄성을 토해냈다.

"아!!"

정하가 성우의 목을 끌어안으며 신음을 토해내자 성우가 정하의 입술을 자신의 입술로 덮어버렸고 곧 성우의 혀가 정하의 입속으로 밀려들어 왔다.

성우가 허리를 움직일 때마다, 성우의 남성이 정하의 숲을 공격할 때마다 정하의 신음과 탄성은 더욱 높게 울렸다.

서로의 혀가 정신없이 엉켜들고 서로의 타액을 교환하며 정하는 성우에게, 성우는 정하에게 사랑하는 사람이 나누는 사랑이 얼마나 달콤한지를 일깨워 주고 있었다.

처음엔 천천히, 정하를 배려하는 듯 조심스럽던 공격이 어느 순간에 도달하자 거칠어지기 시작했다. 성우의 남성이 정하의 몸속으로 더욱 강하게 빠르게 밀려들어 오며 정하를 아득하게 뒤흔들어 놓았다.

"아아……!!"

정하가 견딜 수 없다는 듯 신음을 연신 토해내자 성우 역시 허리 운동에 가속도가 붙었다. 성우가 자신의 의지로 조절할 수 있는 한계점을 넘어버린 것이다. 그러자 성우의 움직임은 거친 수준을 넘어 광포해지기 시작했다. 성우가 광포해지는 것은 매우 섹시했고 그 섹시함은 흥분을 부추기는 핵심적인 양념이었다. 이글거리다 못해 불꽃이 뿜어져 나올 것 같은 두 눈, 천장을 무너뜨릴 것 같은 거친 숨소리, 정하의 속살이 뻐근할 정도로 가득 채운 그의 남성. 그 압박과 압력감은 상상을 초월했다.

성우의 움직임이 광포해질수록 정하의 신음 또한 점점 더 높아졌다. 온몸을 뒤흔들며 퍼지는 흥분과 묘한 감각, 성우의 거친 숨소리, 정하의 신음. 이 모든 것들이 절묘한 조화를 이루며 두 사람의 사랑을 축복하고 있었다.

"정하!"

성우가 거친 어조로 정하를 불렀다.

정하는 대답도 하지 못한 채 매달리듯 성우의 목을 끌어안고 그의 움직임에 몸을 내맡기고 있었다.

성우의 움직임이 더는 견딜 수 없는 지경에까지 몰아넣었을 때 정하의 몸에서 이상한 반응이 일어나기 시작했다. 무엇인가가 올 듯 말 듯, 터질 듯 말 듯한 이상한 반응.

이게 뭘까, 이게 뭘까 하는 순간이었다. 성우의 움직임에 혼절할 듯 신음을 토해내던 정하는 온몸을 뒤흔들며 찾아온 그것을 드디어 맛보기 시작한 것이다. 숲 속 저 깊은 곳에서 터지기 시작한 폭죽이 아랫배를 지나 가슴을 휘감더니 몸속 세포 하나하나에 불꽃을 놓았고 그것을 맛본 세포들이 급속 분열을 시작하며 정하를 절정으로 끌어올렸다.

"허억, 허억……."

절정에 도달한 정하가 필사적으로 성우를 끌어안은 채 몸을 떠는 동안 성우는 정하가 절정을 제대로 만끽할 수 있도록 움직임을 멈춘 채 정하를 꼭 끌어안고 있었다.

"정하, 사랑해."

성우가 정하의 얼굴에 콧잔등에 입을 맞추며 속삭였다.

절정의 순간에 들려오는 사랑의 속삭임은 그 어느 때보다 정하를 행복하게 만들어주었다.

절정에서 몸을 떨던 정하가 천천히 정신을 되찾으며 정상으로 돌아왔을 때 성우가 정하의 입술에 입을 맞추며 미소 지었다.

"괜찮아?"

"후, 죽는 줄 알았어요."

정하가 아직도 혼미한 듯 풀린 목소리로 대꾸했다.

"이런, 죽으면 안 되지. 난 어떻게 하라고."

성우가 다시 정하에게 입을 맞추었다.

"갑자기 너무 피곤해요. 너무 피곤하고…… 졸려요."

정하가 한숨을 내쉬며 가물가물 눈을 감자 성우가 정하의 머리를 받쳐 들었다.

"아가씨, 눈을 떠."

"정말 너무 피곤해요. 오만 미터를 쉬지 않고 뛴 기분이란 말이에요."

"하지만 나도 해결은 보게 해줘야 하잖아."

성우의 말에 정하가 눈을 뜨고 성우를 올려다봤다.

"해결?"

"난 아직 진행 중이야."

성우의 말이 끝나는 즉시 정하의 몸속에 있던 성우의 남성이 기다렸다는 듯이 불끈거렸다.

"세상에…… 아직이에요?"

"다시 시작이야."

성우가 허리를 움직이며 속삭였다.

또다시 정하의 넘어갈 듯한 신음 소리가 객실을 향해 솟아올랐다.

아침 일찍 잠에서 깨어난 정하는 곁에 잠들어 있는 성우를 보며 미소 지었다. 어쩜 자는 모습까지도 이렇게 매력적일까 싶었다. 시원스레 넓은 이마에 뭉툭한 미간, 짙은 눈썹, 쭉 뻗은 콧날에 두툼한 입술, 흠잡을 곳 없이 근육으로 다져진 몸.

정하는 어젯밤 성우와 함께했던 시간을 생각하며 살짝 얼굴을 붉혔다. 주체할 수 없이 흘러넘치던 힘! 끝내는 살려달라고 비명을 내지르게 만들었던 성우를 바라보며 정하는 눈을 흘겼다.

정하야 하고 부르며 손을 대기만 해도 펄쩍 뛸 지경이었다. 몇십 년 동안 굶주린 사자처럼 덤벼들던 성우. 정하는 생각만 해도 몸이 짜릿해지는 것을 느끼며 피식 웃었다.

정하는 한참 동안이나 성우의 자는 모습을 바라보다가 더는 참을 수가 없어 조심스럽게 침대에서 빠져나와 가운을 걸치고 화장실로 달려들어 갔다. 예쁘게 자고 있는 성우 얼굴 좀 더 들여다봤으면 좋겠는데 어째 아침마다 이렇게 오줌이 마려운지. 물론 그게 정상이지만.

볼일 보고 화장실에서 나오던 정하는 아침 햇살이 스며드는 창가로 다가갔다. 오늘은 정말 날씨가 좋을 것 같았다. 새파란 물감을 풀어놓은 듯한 아침 하늘을 보니 기분이 상쾌했다. 아무래도 성우를 깨워 산책을 나가야겠다 생각하던 정하의 눈에 산책로를 거닐고 있는 노부부가 보였다. 손을 꼭 잡은 노부부. 노부부의 머리에는 똑같이 하얀 눈이 내려앉아 있었다. 약간 구부정한 걸음걸이로 손을 꼭 잡고 산책로를 걷고 있는 노부부를 보자 정하의 입가에 어느새 미소가 감돌았다. 이제 늙을 만큼 늙어 아름다움을 찾아볼 수 없는 나이의 노부부. 하지만 노부부의 모습은 그 어떤 것보다 아름다웠다. 나이가 많이 들어서 구부정하게 걸을 수밖에 없을 때까지도 서로에게 더없이 소중한 존저인 듯 손을 꼭 잡고 산책을 즐길 수 있다면, 그보다 더 아름다운 것이 무엇이 있겠는가.

정하는 우리 아버지 엄마도, 그리고 자신과…… 성우도 저렇게 늙어가도록 사랑했으면 좋겠다고 생각하며 노부부를 바라보고 있는데 언제 다가왔는지 성우가 뒤에서 정하를 포옥 감싸 안았다.

"잘 잤어?"

"네. 성우 씬요?"

"나도."

성우가 정하의 머리카락에 입을 맞췄다.

"뭘 보고 있어?"

"저기, 산책로에 노부부요."

정하가 손가락으로 노부부를 가리켰다.

"저 두 분은 얼마나 같이 사셨을까요? 한 오십 년? 오십오 년?"

"음, 그럴 것 같아. 우리 할아버지와 할머니께도 육십 년을 함께 살고 계셔."

"오십오 년, 육십 년을 늘 한결같이 사랑하며 산다는 거, 그렇게 어려운 일은 아닌 것 같아요."

"맞아, 어렵지 않아."

"저분들, 그리고 성우 씨 할아버지 할머니께선 매일 아침을 함께 맞이하시려고 결혼하셨겠죠?"

"그렇지."

"우리 엄마 우리 아부지도 그러실 테고 나도…… 그러고 싶어요. 매일 사랑하는 사람이랑 아침을 맞이하고, 함께 아침을 먹고, 산책을 하고, 어려운 일이 있으면 같이 의논하고, 가끔 싸우기도 하고, 아기가 태어나면 아기가 자라는 걸 함께 지켜보고, 다같이 잠자리에 들고. 그냥, 제일 평범한 게 제일 행복한 것 같아요."

정하의 말에 성우가 정하를 더욱 꼭 끌어안으며 정하의 관자놀이에 입을 맞추었다.

"맞아. 제일 행복하고 완전한 모습이지."

성우 역시 퍽 의미로운 시선으로 노부부를 바라보고 대답했다.

"우리도 산책 가요."

정하는 성우와 마주 보기 위해 돌아서다가 깜짝 놀랐다. 성우는 여전히 발가벗은 채였다.

"뭐 좀 입어야 하지 않겠어요?"

정하가 안 보는 척하면서도 성우의 아랫도리를 흘낏거리자 성우가 웃음을 터뜨리며 정하를 안아 들었다.

"산책 가기 전에 잠깐 할 일이 있어?"

"무슨 할 일요?"

"아침 체조."

"아침 체조?"

"침대에서 하는 체조 있어."

성우가 정하에게 입을 맞추며 속삭였다. 매우 음흉한 목소리로.

2차를 통과하고 최종 심사에 올라온 작품 제목을 바라보는 성우의 눈가에는 기쁜 미소로 인해 잔주름이 잡혀 있었다. 정하의 작품이 당당하게 최종 심사까지 올라온 것이다. 성우가 어떤 힘도 쓰지 않고 인영이 이번에도 마찬가지로 최저 점수인 3점을 주었는데도 말이다. 성우는 이제야 비로소 편안한 마음으로 정하의 작품을 읽을 수 있게 되어 기뻤다.

성우는 자신의 책상에 놓여 있는 정하의 원고를 집어 들고 첫 장을 넘겼다. 성우는 생각했다. 인영이 준 3점이라는 점수가 합당한지 아니면 인영을 제외한 나머지 심사 위원들이 준 평균 8.8이라는 점수가 합당한지 한번 알아보겠다고. 그리고 되도록 정하의 작품이기 때문에 후한 점수를 줄 생각을 하는 것이 아니라 정하의 작품이기 때문에 오히려 더욱 냉철한 입장에서 원고를 심사하겠다고.

성우는 은정하라는 이름이 인쇄된 글자를 바라보며 미소 지었다.

진우의 일을 돕기 위해 한국에 들어올 때만 하더라도 한국에서 결혼하고 싶은 여자를 만나게 될 줄은 생각지도 못했었다. 길지 않은 일정이었고 그 짧은 시간 내에 가슴을 뒤흔들어 놓을 여자를 만나는 것은 불가능한 일이라 생각했기 때문이다. 여자를 만난다는 것 자체를 아예 생각하지 않았었다. 그런데 전혀 엉뚱한 곳에서 정하를 만났고 성우는 순식간에 빠져들었다. 귀엽고, 솔직하고, 그리고 건강한 생각을 갖고 있는 여자. 정하를 만난 것은 성우에게 정말 축복과도 같은 일이었다.

"사실 여자들은 은근히 거친 걸 좋아해요."

성우의 목을 끌어안으며 정하가 그렇게 말했다.

정하와 함께했던 밤을 떠올리며 성우는 다시 한 번 미소 지었다. 그날 밤은 그 무엇보다 달콤하고 그 어떤 밤보다 아름다웠다. 나긋나긋 품속으로 안겨들던 정하의 부드러운 몸, 정하가 내뱉던 신음과 탄성, 그리고 아찔할 만큼 뜨겁던 정하의 몸속.

성우는 갑자기 몸이 달아오르는 것을 느끼며 한숨을 내쉬었다. 정하와 사랑을 나누기 전에도 정하를 갖고 싶다는 생각에 참을 수 없는 욕망을 느꼈지만 정하와 사랑을 나누고 나자 그 욕망은 더욱 거세게 매일 밤 성우를 괴롭히고 있었다. 이대로는 안 되겠다고, 정하와 매일 밤 참을 수 없는 욕망에 몸을 떨지 않으려면 정하와 속히 결혼하는 수밖에 없다고 생각한 것은 정하와 함께 밤을 보내고 바로 다음날 밤이었다. 정하와 매일 밤 호텔에서 보내고 싶었지만 정하는 맡아놓은 일 때문에, 그리고 강호에게 눈치가 보인다며 자신의 오피스텔로 돌아가 버렸다.

저 넓고 넓은 침대에 혼자 자야 된다고 생각하자 성우는 그만 견딜 수가 없어졌다. 성우에겐 정하가 필요했다. 여자가 아닌 정하가. 침대에서는 정하의 체취가 맡아졌고 새벽녘까지 계속됐던 사랑의 기억이 성우의 몸을 안달나게 만들었다. 밤새 몇 번이나 차가운 물에 샤워를 했지만 정하를 안고 싶어 펄펄 끓는 몸은 좀체 가라앉지 않았다.

"정하."

성우는 정하의 이름을 중얼거리며 끓어오르는 욕망을 애써 눌렀다.

성우가 함께 밤을 되새기며 몸을 떨고 있을 때 정하는 펄펄 끓어대는 열에 들떠 헛소리까지 하는 강호를 돌보고 있었다.

성우와 함께 밤을 보내고 아침에 오피스텔로 돌아온 정하는 혹시 밤 사이 강호가 집에 왔다가 없는 것을 알고 어디 갔다 왔냐고 추궁을 해대면 뭐라고 핑계를 댈까 고민했는데 나흘이 지나도록 강호는 코빼기도 보이지 않았다. 나흘이 지나고 닷새째, 자정이 넘어 갑자기 휴대전화가 울려 받아보니 강호였고 다 죽어가는 목소리로 해열제가 있으면 한 알만 먹여달라 했다. 한여름에 감기도 아니고 해열제를 왜 찾나 하며 약을 찾아 강호네로 가보니 웬만큼 아픈 게 아니라 아주 펄펄 끓고 있었다. 갖고 있는 상비약은 해열제밖에 없으니 일단 해열제 두 알을 먹이고 수건을 적셔 얼굴과 목을 닦아주었다. 그 후 삼십 분쯤 후에 열이 슬슬 내리는 듯했으나 한 시간도 지나지 않아 열은 또다시 치솟았고 체온계가 없어 정확한 체온을 알 수 없지만 사십 도를 넘어가는 것 같았다. 물수건으론 어림도 없을 것 같고 강호네 얼음이 부족해 집으로 달려가 얼음을 몽땅 가져와 수건에 싸서 이마에도 대고 겨드랑이에도 대 줬지만 얼음을 댄 곳만 열이 내릴 뿐 몸은 여전히 용광로처럼 끓었다.

"병원 가자. 응급실."

열만 끓는 게 아니라 근육통도 심한지 온몸을 비틀어대며 앓는 강호에게 병원에 가자고 했지만 강호는 거절했다.

"괜찮아."

"괜찮긴, 죽도록 아프잖아."

"괜찮아."

괜찮을 것이 요만큼도 없는데 강호는 계속해서 괜찮다는 말만 했다.

"119 부를까?"

"이런 걸로 119 부르면 짜증내."

"너도 환자잖아."

"괜찮을 거야."

또 괜찮다고 중얼거리던 강호가 웩웩거렸고 설마 토하는 것은 아니겠지 하는데 화장실로 뛰어들어 가더니 몽땅 토해냈다.

"야, 정말 119 불러야겠다."

"아니야, 괜찮아."

"괜찮다고 할 거면 나 왜 불렀어!"

정하가 빽 소리를 지르자 강호가 벌게진 눈으로 정하를 바라봤다. 열 때문에 벌게진 것인지 아니면 울려고 하는 것인지 하여튼 강호의 눈은 몹시 충혈되어 있었다.

"누워. 얼음수건 올려줄게."

"정하야."

"왜?"

"나 어떻게 하냐?"

강호가 울먹거리는 목소리로 물었다. 강호가 울먹거리다니.

초등학교 다닐 때 학교 앞 문방구에서 쫀드기 훔쳐 먹다 들켜서 문방구 아저씨, 담임선생님, 그리고 아버지한테 돌아가며 두들겨 맞았을 때 외엔 한 번도 우는 걸 못 본 녀석인데 강호가 울먹거리고 있었다.

"강호야, 왜 그래?"

정하가 놀라서 다가가 앉자 강호가 정하의 좁은 어깨에 얼굴을 묻었다.

"너 왜 그러는 거야?"

정하가 고개를 돌려보자 강호의 눈에서 굵은 눈물이 뚝뚝 떨어지고 있었다.

"왜? 회사에서 잘렸어?"

강호가 고개를 저었다.

"몰래 차 팔아먹다 들켰니?"

강호가 다시 고개를 저었다.

"무슨, 불치병 걸렸대? 암이래? 너 죽는다?"

정하가 덜컥 겁이 나서 소리쳐 물었다.

"아니, 아니야."

강호가 흐느꼈다.

"그런데 왜 그래, 이 자식아. 겁주지 말고 말해!"

"그냥 슬퍼서. 너무 슬퍼서."

강호가 처절하게 흐느꼈다.

"뭐가 슬퍼? 널 슬프게 한 사람이 누군데? 뭐가, 누가 널 슬프게 하는데? 말해. 내가 혼내줄게. 울지만 말고 말을 해, 이 빌어먹을 자식아!"

"슬퍼. 그냥 슬퍼. 나 좀 달래줘."

강호가 끄억끄억 소리 내지 않으려고 애쓰며 그렇게 울었다.

강호는 끝내 아무 말도 하지 않았다. 그냥 울기만 했다. 그렇게 한 시간도 넘게 울고 또 울더니 다시 열이 올라 드러누웠다. 밤새 강호를 간호하던 정하는 다음날 오피스텔 일층에 있는 내과가 진료를 시작하자마자 강호를 데리고 가서 수액을 맞춰주었다. 죽도록 아플 땐 수액 한 대 맞는 게 최고라는 소리를 어디서 들은 적이 있었기 때문이다.

세 시간 십 분 동안 수액을 맞은 강호는 정말 거짓말처럼 열도 내리고 멀쩡해져서 병원을 나왔다. 이제 살 만한지 배고파 죽겠다는 강호를 데리고 근처 식당에서 육개장으로 아침을 먹고 오피스텔로 돌아오는데 강호가 우뚝 걸음을 멈췄다.

"나하고 공원에 잠깐 가자."

"공원에 왜? 의사선생님이 쉬라시잖아."

"고백할 것 있어."

"고백? 너 정말 사고쳤구나?"

"어."

"큰 사고야?"

"어."

"돈 많이 물어줘야 해? 아님 사람 죽였어?"

"가, 가서 얘기 해. 좀 트인 데서 말하고 싶어."

"알았어. 가."

강호와 함께 공원으로 온 정하는 주위에 사람들이 거의 없는 벤치를 골라 앉았다.

"말해."

"할게. 그런데…… 내가 말하고 난 후에 어쩌면 다신 나 안 보고 싶을지도 몰라."

"겁주지 말고 말해, 이 자식아."

"하나만 부탁할게. 내가 지금부터 하는 얘기 절대…… 말하지 마. 아무한테도. 성우 씨한테도."

"……뭔데? 정말 사람 죽였어?"

정하가 가슴이 떨리는 것을 느끼며 물었다.

"나…… 사랑하는 사람이 있어."

"뭐야, 그게 뭐가 큰일이고 뭐가 사고라는 거야?"

정하가 장난치냐는 듯이 강호를 노려봤다.

"고백을 하려면 좀 고백다운 걸 해라."

"……남자야."

강호가 낮은 목소리로 말했다.

"뭐?"

"남자라고."

강호가 한숨 섞인 목소리로 다시 한 번 대꾸했다.

정하는 한동안 멍한 얼굴로 강호를 쳐다보고 있었다. 강호가 무슨 말을 했는지 못 알아듣겠다는 얼굴로. 강호가 무슨 말을 했는지 두 번이나 말했으니 분명히 알아들었는데 순간적으로 너무 큰 충격을 받아서인지 믿고 싶지 않아서인지, 아니면 도저히 믿을 수가 없어서인지 정하는 한참 동안이나 아무 말도 못하고 강호 얼굴만 쳐다보고 있었다.

"남자야. 사랑하는 사람."

강호가 다시 한 번 확인시켜 주듯 말했다. 남자라고. 사랑하는 사람이 남자라고.

"그러니까…… 그건, 네가 동성애자라는 말이니?"

정하가 입 안이 바짝 마르는 것을 느끼며 조심스레 물었다.

"응."

강호가 어렵게 대답했다. 그렇다고.

"정말이야?"

물으나마나 한 질문이었다. 강호 같은 녀석이 미쳤다고 이런 거짓말을 하겠는가. 이런 거짓말을 하려고 고백할 것 있다며 집이 아닌 공원에까지 왔겠는가. 그럼에도 불구하고 정하는 믿고 싶지 않았다. 믿을 수가 없었다. 강호가 동성애자라니. 아니, 그럼 예전에 학교 선배랑 그렇게 오래 사귄 건 뭐란 말인가.

"선배, 선배도 사귀었잖아."

"그래서 헤어졌어. 내가 고백했거든."

"휴우……."

정하는 자신도 모르게 꺼져라 한숨을 내쉬었다.

정말인 모양이었다. 그래도 1%, 아니, 2%는 장난치고 있는 것이라 생각했는데…… 몇 초 뒤에 놀랐지? 뺑ᄋ야! 하고 강호가 소리칠 것으로 기대했는데 정말인 모양이었다. 정말로 남자를 사랑하고, 정말로 동성애자인 모양이었다.

이 일을 어떻게 한단 말인가. 강호는 외아들인데. 강호의 부모님은 언젠가 때가 되면 강호가 아리따운 색시를 만나 토끼 같은 자식 둘이나 셋쯤 낳아 행복하게 알콩달콩 살아줄 것이라고, 그 모습을 보며 흐뭇하게 늙어갈 것이라 기대하고 있는데 강호가 남자를 사랑한다니. 아리따운 색시도, 토끼 같은 자식도 기대할 수가 없다는 말이 아닌가.

"어, 언제부터야?"

"중학교 때……. 내가 좀 이상하다 했는데 고등학교 때도 수상했었고……. 대학 들어가서 확실하게 알았어. 여자가 아니라 남자가 좋다는 걸. 예쁜 여자가 아니라 멋진 남자를 보면 가슴이 떨리고……. 후욱, 아닐 거라고, 아니게 해보려고 했는데……. 후욱, 안 됐어. 안 돼. 그게 안 됐어. 죽도록 노력했는데 안 됐어. 정말 죽어버리려고도 했는데 안 됐어."

강호의 목소리가 떨렸다.

강호가 얼마나 고통스러웠을지 고스란히 느껴졌다. 강호가, 우리 호야가 얼마나 괴로웠을지. 죽도록 노력했을 것이다. 겁났을 것이다. 죽어버리려고 했을 만큼 공포에 떨며 노력했을 것이다. 그래도 안 됐을 때, 여전히 여자가 아닌 남자가 좋았을 때 강호는 얼마나 힘들었을까. 외아들인데, 자신만 바라보는 부모님께 죄송하고 스스로에게 환멸을 느끼고, 그리고 아무에게도 말하지 못한 채 철저하게 이성애자로 가장해 살아야 했던 그 세월이 끔찍했을 것이다. 가여웠다. 측은했다. 그렁그렁 눈물을 매달고 있는 강호를 보자 가슴이 아팠다. 그럼에도 불구하고 정하는 아직 믿고 싶지 않았고 강호가 밉고 막말로 미친놈처럼 보였다. 말로만 듣던 동성애자가 바로 곁에 있는데 그놈이 강호였다니. 강호의 고통이 모조리 느껴지는데도 정하는 강호가 미웠다. 믿고 싫었다.

"망할 자식."

정하가 벌떡 일어났다. 강호가 고개를 들고 정하를 쳐다봤다. 눈물을 매단 채.

"망할 새끼."

정하가 다시 욕설을 내뱉자 강호가 고개를 숙였다.

"추하지?"

"어떻게 그럴 수가 있어!"

"미안해……."

"어떻게, 어떻게 날 놔두고 다른 사람을 좋아할 수가 있냐고!"

정하가 냅다 강호의 머리채를 움켜쥐고 흔들어대기 시작했다. 다른 남자가 아니라 다른 사람이라고 표현한 것은, 어렵게 고백한 강호에게 상처를 주지 않기 위해서였다. 얼마나 고민하고 속이 상했으면 열이 끓고 토하도록 아팠을까. 얼마나 괴로웠으면 어젯밤 펄펄 열이 끓는 와중에도 정하의 어깨에 기대 울었을까 싶어 정하는 차마 어떻게 여자가 아니라 남자를 사랑할 수 있냐고 욕할 수가 없었다. 믿고 싶지만 강호는 지금 충분히 아프고 넘칠 만큼 고통스러울 테니 그 이상은 아프게 하지 말자 싶었다. 그래서 남자가 아닌 사람이라고 말했다.

"이 자식아! 눈이 삐었니? 어떻게 나처럼 예쁜 여자를 옆에 두고 다른 사람을 사랑할 수가 있냐고! 내가 덕산에서 날리던 미모라는 거 너도 알잖아!"

정하가 머리채를 흔들며 소리치자 강호가 웃기 시작했다. 흐득흐득 울면서 웃었다.

"미안해, 너 같은 미인을 두고 다른 사람을 사랑해서."

강호가 말했고 정하는 강호의 머리채를 놔주고 씩씩거리며 곁에 앉았다.

"난 분명히 남자가 아니라 다른 사람이라고 했어."

"알아."

"남자까지 질투하고 싶지 않아. 자존심 상해."

"알아."

"하지만…… 불쾌하고 속상하고……. 오래갈 것 같아."

"알아."

"한 며칠 보지 말자. 자신없어. 예전처럼 똑같은 얼굴로 너 볼 자신이 없어."

"응."

"나 먼저 갈게."

"응."

정하는 강호를 남겨두고 벤치에서 일어났다.

"너 진짜 나쁜 놈이야. 어떻게 날 두고 다른 사람을 좋아할 수가 있니!"

정하가 빽 소리를 치자 강호가 희미하게 웃었다.

정하가 휙 돌아서는데 강호가 정하를 불렀다.

"왜?"

"고마워."

"고맙긴……. 하지만 너! 성우 씬 넘보지 마."

정하의 말에 강호가 웃음을 터뜨렸다. 정하도 강호를 마주 보며 웃다가 돌아섰다. 돌아서서 이만큼 걸어왔을 때 정하의 눈에서 눈물이 굴러 떨어졌다. 그냥 안쓰러워서. 강호가 안쓰러워서.

강호의 고백을 듣고 일주일이 지나는 동안 정하는 심란한 상태에서 벗어나지 못하고 있었다. 성우를 만나면 기분 좋게 데이트를 즐겼지만 성우와 헤어져 오피스텔로 돌아올 때면 건너건너 집에 혼자 웅크리고 있을 강호가 궁금하고 측은하고 한편으론 밉고 거북하고 하여튼 참 복잡한 기분이 됐다.

아무 고백도 듣지 못한 것처럼까지는 안 되더라도 강호가 뭐라고 했든 예전처럼 똑같은 친구로 대할까 했지만 그건 이미 힘들었다. 다 들어버렸고 다 알아버렸으니까. 그렇다면 텔레비전이나 잡지책에서 봤던 자신과는 무관한 동성애자들에게 가졌던 좋지도 싫지도 않은 그런 중립된 감정으로 강호를 만나볼까도 했지만 강호는 텔레비전이나 잡지에서 봤던 자신과 무관한 동성애자가 아니라 너무 가까운 친구였기 때문에 그 역시 어려웠다.

강호가 부탁했기 때문이 아니라 정하는 누구에게도 강호가 동성애자라는 것을 알려줄 생각이 없었다. 성우도 그렇고 가족도 그렇고. 혼자만 알고 그냥 잊어버리고 싶었다. 동성애자가 친구라는 것을 밝히는 것이 꺼려지고 부끄러워서가 아니라 너두나 가깝게 지냈던 자신조차도 적응을 못하는데 다른 사람들은 오죽할까 싶어서였다.

언제쯤이면 강호를 있는 그대로 편하게 받아들일 수 있을지는 모르겠지만 지금은 강호만 생각하면 한쪽 머리가 지끈거리며 아프고 두통만큼이나 가슴 한구석도 욱신거렸다.

"아, 골치 아파."

정말 골치 아팠다. 맡아놓은 원고 진도 맞추기도 버거워 죽겠는데 강호라는 놈이 정하의 능력으로는 도저히 풀지 못할 어려운 수학 숙제를 내준 것만 같아 골치 아팠다.

원고 만드느라, 간간이 강호 걱정하느라 늦게 잠든 데다 설치기까지 하는 바람에 컨디션이 영 별로인 정하가 침대 속에서 미적거리다 조금 늦게 일어나 요구르트를 가지러 둔을 열고 나가는데 아침에 퇴근하는 강호와 딱 마주쳤다. 정하가 괜스레 어색한 기분에 고개를 돌리는데 강호도 어색했는지 못 본 척했다. 뻔히 눈이 마주쳤는데 외면은, 둘 다 하는 짓이 웃긴다 싶었지만 어색해져 버린 건 사실이었다.

정하가 요구르트를 들고 집 안으로 들어가려다 조금 미안한 마음에 다시 내다보자 강호 역시 들어가려다 다시 정하를 쳐다봤고 두 번째로 두 사람의 눈이 마주쳤다.

"지금 오니?"

정하가 먼저 묻자 강호가 어 하고 대답했다.

"아침은?"

"오다가 사 왔어."

강호가 까만 비닐봉지를 들어 보였다.

"뭔데?"

"토스트. 줄까?"

"나 줄 거 있어?"

"두 개 샀어. 하나 먹어."

강호가 정하에게 걸어오더니 토스트 하나를 꺼내주었다. 아직 따끈따끈했다. 정하가 좋아하는 토스트였다. 두세 가지 야채를 듬뿍 넣고 두툼하게 부쳐 낸 계란에 케첩과 설탕을 솔솔 뿌린 포장마차 토스트.

"고마워."

"뭘."

정하와 강호는 토스트까지 주고받았으면서도 어색하게 미소 지었고 강호는 강호네 집으로, 정하는 정하네 집으로 들어왔다.

토스트 받아먹었으니 주스라도 한 잔 따라다 줄까, 그러면서 어색해진 관계를 차근차근 풀어볼까도 싶어 냉장고에서 오렌지주스 패트 병을 꺼내는데 휴대전화가 울렸다.

"누구지?"

모르는 번호였다.

"여보세요?"

[은정하님 되십니까?]

"네, 저예요."

[안녕하세요, 월든코리아 시나리오 공모팀입니다.]

"월든코리아 시나리오 공모팀……. 네! 네!"

월든코리아 시나리오 공모팀이 뭐 하는 팀인지 인식되는 순간 정하의 목소리에 힘이 들어갔다.

[이번 시나리오 공모에 응모하신 작품이 '즉일 놈 장복구' 맞으시죠?]

"네, 맞아요."

정하는 전화를 건 사람이 무슨 말을 하려는지 몰라 조마조마한 기분으로 대답했다. 설마 응모 마감이 지난 지 두 달이 넘어 또다시 원고가 사라졌다며 원고 보내달라는 연락을 할 리는 없고, 가만있자 당선작이 발표될 즈음인 것도 같은데, 월든코리아에서 왜 전화를 했는지 입이 바짝바짝 말랐다.

[은정하님이 '죽일 놈 장복구'의 원저자이시자 본인이 맞으시구요?]

"네, 맞아요. 내 작품이고 은정하가 틀림없이 저예요. 그런데 왜 그러세요?"

[은정하님의 작품 '죽일 놈 장복구'가 이번 월든코리아 시나리오 공모전에서 우수상에 내정되셨습니다.]

"헉! 후우……. 저기 제 작품이 우수상에 당선됐다구요?"

정하는 너무 놀라서 머릿속이 백지가 되어버리는 기분을 느끼며 물었다.

[당선이 아니라 내정이 되셨습니다.]

"내정? 내정이 뭐예요?"

내정이 뭔지 뻔히 알면서도 너무 정신이 없어서 그게 무슨 말인지도 생각나지 않았다.

[그러니까 몇 가지 확인 절차를 남겨두었다는 얘긴데요.]

"어떤 확인요?"

[응모하신 작품이 은정하님의 순수창작물인지, 국내외 영화는 물론이고 소설 드라마 등 출판이나 방송이 되거나 혹은 매체에 소개가 된 적은 없는지 같은 것을 확인하게 되는데요…….]

"없어요! 절대 없어요!"

정하가 흥분해서 소리쳤다.

[오늘 월든코리아를 내방해 주셔서 몇 가지 확인 절차에 응해주시고 문제가 없다면 우수상에 당선되시는 겁니다.]

"오늘요? 언제 몇 시까지 갈까요?"

정하는 심장이 가슴 밖으로 튀어나올 것만 같아 헐떡거리며 물었다. 얼마나 심장이 거칠고 빠르게 뛰는지 통증까지 느껴질 정도였다.

몇 시까지 오라는 대답을 듣고 수화기를 내려놓은 정하는 한참 동안이나 가슴을 싸쥐고 가쁜 숨을 몰아쉬었다. 진정을 시키기 위해선 물이라도 마셔야 할 것 같아 한 걸음 내디디던 정하는 다리에 힘이 풀려 풀썩 주저앉고 말았다. 다리도 떨리고 손도 떨리고 온몸이 떨려서 아무것도 할 수가 없었다. 목은 바싹 타서 죽을 것만 같은데, 가슴 통증도 점점 심해져 딱 숨이 넘어갈 것 같은데 가슴은 악을 쓰고 싶을 만큼 벅차오르고 있었다. 너무 좋아도 사람이 죽을 수 있다는데 이놈의 심장이 계속 이렇게 뛰다간 우수상 받아보기도 전에 죽어버릴 것 같아 정하는 겨우겨우 몸을 움직여 현관으로 가서 문을 열고 강호를 외쳐 불렀다. 세 번, 네 번째 불렀을 때 강호가 문밖으로 얼굴을 내밀었다.

"왜?"

"나 있지……."

정하가 기어가던 자세 그대로 강호를 쳐다봤다.

"왜 그래? 아프냐?"

강호의 몸이 몸 밖으로 나왔다.

"나 시나리오 우수상 내정됐대."

정하가 떨리는 목소리로 말했다.

"정말?"

강호가 정하에게 달려왔다.

"당선됐대?!"

"나 물 좀 먹여줘. 죽을 것 같아."

"알았어!"

강호가 안으로 뛰어들어 가 냉장고에서 물통을 꺼내오더니 뚜껑을 열고 물통째 주둥이를 정하의 입에 대주었고 정하는 주둥이를 물고 벌컥벌컥 들이켰다.

"진정해. 상 받기 전에 죽겠다."

"누가 아니래. 청심환 한 알만 먹여줘. 나 너무 떨려서 정말 죽을 것 같아. 숨도 못 쉬겠어."

정하가 가슴을 싸쥐고 헐떡거렸다.

"기다려, 기다려. 약국 가 사 올게!"

강호가 부리나케 뛰어나갔다.

정하가 거실로 들어올 생각도 못하고 현관문에 기대 헐떡거리고 있는데 번개처럼 약국에 뛰어갔다 온 강호가 마시는 청심환을 따서 정하에게 먹여주었다.

"정말이야? 당선됐대?"

"전화 왔는데 당선은 아니고 내정이라는데……."

"내정이 뭐야?"

"일단은 우수상 받을 작품이다 정해놓고 표절이나 뭐 그런 문제가 있나 살펴본 다음에 없으면 당선시키는 거."

"아, 그럼 당선이네. 너 표절한 거 없잖아. 당선이야, 당선."

"그렇지? 당선이지?"

"와, 축하한다, 은정하!"

"너무 떨려. 꿈꾸는 거 같아. 나 월드컵 못 가도 좋아."

"당연하지, 월드컵이 대수야! 와, 대단하다, 은정하! 성우 씨한테 전화했어?"

"너무 떨리고 숨 쉬기도 힘들어서 아직 못했어."

"해야지. 빨리 해."

강호가 정하의 휴대전화를 찾아다 손에 쥐어주었다.

정하는 몇 번이나 침을 삼킨 후 덜덜 떨리는 손으로 성우에게 전화를 걸었다.

[정하?]

"성우 씨, 있죠. 나, 그 시나리오 공모전 말이에요, 조금 전에 전화 받았는데 우수상에 내정됐대요."

라고 말하는 순간부터 정하의 눈에서 눈물이 쏟아지기 시작했
다.

[오, 축하해!!]

성우가 소리쳤다.

[내가 지금 갈게.]

"아뇨, 조금 있다가 월든코리아에 가야 해요. 뭘 확인한다는
데……. 어떡하죠? 지금은 내정이라는데 만약에 취소가 되면?"

정하는 갑자기 무시무시한 공포를 느꼈다.

[그럴 리는 없을 거야. 절대 그럴 일은 없어.]

"그렇죠? 그렇겠죠?"

[물론이야. 그런 일은 절대 없어.]

"너무 떨리고 벅차서 움직이지도 못하겠어요."

[진정해. 진정하고 여기 와야 하잖아.]

"여기? 성우 씨한테 못 간다고 했잖아요. 나 월든코리아 가야
해요."

[아, 그렇지. 맞아. 월든코리아 가야지.]

성우가 당황한 기색을 감추며 얼른 정정했다. 성우는 지금 말고
정하가 월든코리아에 왔을 때 짠하고 나타나고 싶었다.

"갔다 와서 전화할게요. 아니, 내가 아리조나로 갈게요."

[그래, 알았어.]

전화를 끊은 정하는 눈물을 닦아내며 옆에서 흐뭇하게 웃고 있
는 강호를 쳐다봤다.

"대작가를 한번 안아볼 수 있는 영광스러운 기회를 너에게 줄게. 처음이자 마지막으로."

정하의 말에 강호가 웃음을 터뜨리더니 정하를 끌어안았다.

"축하한다, 정하야."

"고마워, 호야."

정시에 월든코리아 사옥에 도착한 정하는 공모팀의 여직원의 도움을 받아 내정자 미팅이 이루어지는 소회의실 앞에서 대기하고 있었다.

처음 연락을 받았을 때보다는 많이 진정됐지만 여전히 가슴은 떨리고 있었다. 이럴 줄 알았으면 청심환을 한 병 더 먹고 오는 건데 생각하며 휴대전화로 시간을 확인하는데 회의실 문이 열리더니 들뜬 얼굴의 남자 한 사람이 문을 열고 나왔고 그 뒤로 한 사람이 더 따라나왔다.

"시상식 날짜와 시간이 정해지면 연락드리도록 하겠습니다."

하고 뒤에 나온 사람이 말하자,

"예."

하고 먼저 나온 사람이 대답하는 것으로 봐서 먼저 나온 사람이 당선자이고 뒤에 나온 사람은 월든코리아 사람인 것 같았다.

정하가 저 사람은 무슨 상에 내정이 됐을까 궁금해하는데 뒤에 나온 사람이 정하를 쳐다봤다.

"은정하 씨 되십니까?"

"네."

정하가 자리에서 일어나며 대답했다.

"어서 오십시오. 많이 기다리게 해드려 죄송합니다. 들어오시죠."

남자가 말했고 정하는 남자 모르게 심호흡을 한 후 남자를 따라 들어갔다.

회의실로 들어가던 인영의 모습을 보고 깜짝 놀랐다. 인영은 오만해 보이는 표정으로 힐끗 정하를 쳐다보더니 테이블에 올려져 있는 무슨 종이 쪼가리로 시선을 돌렸다.

'쟤는 여기 왜 있는 거야?'

정하가 어떻게 이런 자리에서 재수없는 인간을 만났을까 생각하는데 남자가 정하더러 앉으라고 했다. 정하가 자리에 앉자 남자가 명함을 꺼내 건넸다. 명함에는 월든코리아 영화제작팀 기획팀장이라고 적혀 있었다.

"여기 계신 분은 월든코리아 영화제작팀 과장님이시구요. 이분은 월든코리아 창립 작품 시나리오 작가시자 이번 공모에 심사를 맡아주신……."

"우리 아는 사이예요."

팀장이 인영에 대해 소개를 하려는데 인영이 팀장의 말을 자르듯 끼어들었고 팀장과 과장이라는 사람이 의외라는 얼굴로 인영과 정하를 쳐다봤다.

"그러세요?"

"영상원 동기예요."

인영이 여전히 오만함이 배어나오는 표정으로 정하를 바라보며 말했다.

"아, 그러시구나."

"축하한다."

"고맙다. 그런데 심사 맡았었니?"

"응."

"그랬구나……."

정하는 왠지 씁쓸한 기분이 들었다. 창립 작품만 준비한 것이 아니라 공모 심사까지 했다니. 인영이 쟤가 벌써 저렇게 컸나 싶었다. 그리고 한 가지 궁금한 것은 인영이가 심사 위원이었음에도 어떻게 우수상에 내정이 되었을까였다. 결코 후한 점수를 주었을리가 없기 때문이다. 물론 인영이 혼자 심사를 한 것은 아닐 테지만 인영이가 심사를 맡은 공모에서 우수상에 내정되었다는 것이 매우 의외로 느껴졌다. 어쩌면 인영이가 과거의 께적지근했던 관계를 이렇게 해서라도 회복시키기 위해 점수를 후하게 줬을지도 모를 일이었다. 그러나 정하 입장에서 그것은 조금도 반갑지 않았다. 그건 실력이 아니니까.

"몇 가지 확인을 좀 하겠습니다."

"네."

"우수상에 내정된 은정하 작가님의 작품이 국내외 방송이나 영화나 매체 출간물들을 통틀어 표절에서 자유롭다는 것을 믿어도 되겠습니까? 온라인을 포함해서입니다."

"네, 물론입니다."

"시상식이 끝나고 이후에 홈페이지를 통해 작품의 간략한 소개와 줄거리가 공개되었을 때 아무런 잡음이 일지 않을 것이라고 믿어도 되겠습니까?"

"물론이죠."

"후에 영화제작 전후로 만약에 표절 시비가 일고 증명이 되었을 때 모든 책임은 은정하 작가님이 져야 한다는 것을 숙지하시기 바랍니다."

"네."

"차근차근 읽어보시고 사인하십시오."

팀장이 정하에게 서류 한 장을 내밀었다. 서류는 다름이 아니라 지금까지 정하에게 확인했던 것들이 문서화되어 있었는데 계약서, 각서 따위가 뒤섞인 일종의 확인서였다. 정하는 꼼꼼하게 확인서를 읽어본 후 팀장에게 펜을 빌려 사인했다.

"개인적으로 굉장히 재밌게 읽었습니다. 이 역할은 누가 맡으면 좋겠다 혼자 캐스팅 놀이까지 하면서 말입니다."

"고맙습니다."

팀장의 칭찬에 정하가 즐거운 기분으로 씩 웃는데 인영은 그때까지도 오만으로 똘똘 뭉친 표정으로 삐딱하게 쳐다보고 있었다.

"그런데 이번에 당선된 작품들 모두 열람할 수 있나요? 읽고 싶거든요."

"시상식이 끝나고 나면 한 부씩 보내 드리도록 하겠습니다."

"고맙습니다."

그때 회의실 문이 열렸다.

"어, 사장님."

팀장과 과장이 먼저 일어났고 인영까지 벌떡 일어났기 때문에 정하도 같이 자리에서 일어나며 고개를 돌렸다. 정하의 고개가 천천히 돌아가며 회의실로 들어온 사람이 누군지 쳐다보는데 훤칠하니 몸도 좋고 잘생긴 남자가 눈에 들어왔고 그 뒤로 또 한 명의 잘생긴 남자가 보였는데……. 세상에, 성우였다!

'성우 씨가 여길 왜 온 거지?'

잘못 봤을 리가 없지만, 워낙에 출중한 외모니 말이다. 그럼에도 불구하고 잘못 본 것이 아닐까 눈이 쏟아지도록 크게 뜨고 쳐다봤지만 역시나 성우였다. 현성우.

주춤 마비가 된 채로 멍하게 쳐다보는 정하를 향해 성우가 미소를 지어 보였다. 성우의 미소에 어떻게 돌아가는지도 모르고 덩달아 미소를 짓던 정하는 생각할수록 이해가 되지 않아 또다시 멍해져 버렸다.

'성우 씨, 여기 왜 있어요?'

정하가 입모양으로만 그렇게 묻자 성우는 대답없이 살인미소만 쏘아주고 있었다.

"이번에 우수상에 내정된 작품의 원저작자이신 은정하 작가님입니다."

팀장이 성우 앞에 선 사람에게 소개하자 그 사람이 정하에게 손을 내밀었다.

"반갑습니다, 은 작가님."

"네, 안녕하세요."

뉘신지는 모르겠으나 악수를 청하니 일단 맞잡긴 했는데 정하의 눈길은 계속 성우를 향하고 있었다.

"월든코리아의 현진우 사장님이십니다."

아! 이 사람이 월든코리아 사장인 모양이었다.

"안녕하세요, 사장님."

"훌륭한 작품을 응모해 주셔서 감사합니다."

"뽑아주셔서 제가 감사하죠."

뒤에 싱글벙글인 얼굴로 서 있는 성우의 눈치를 보며 진우와 인사를 끝냈을 때 성우가 한 걸음 다가왔다.

"월든픽쳐스의 현성우 사장님입니다."

팀장이 성우를 소개했다.

'뭣이라?'

정하의 눈이 튀어나올 듯 커지고 입이 쩍 벌어졌다.

"워, 월든픽쳐스…… 그, 그 미국에 있는 영화사 말이에요?"

정하는 자신이 지금 얼마나 멍청한 질문을 하고 있는지도 모른 채 그렇게 물었는데 머릿속이 너무 혼란스러워 주위에 있던 사람들이 낮게 웃음을 터뜨린 줄도 모를 지경이었다.

"그래, 월든픽쳐스 사장님이셔. 월든픽쳐스가 월든 그룹 계열이라는 건 알고 있지? 너 왜 이렇게 촌스럽게 구니?"

인영이 면박을 주었지만 정하의 귀에는 들리지도 않았다. 성우가 두 손으로 정하의 손을 감싸 잡았기 때문이다. 성우가 손을 잡는 바람에 회의실 분위기가 순식간에 이상해졌다는 것도 모르고 있었다. 특히 인영의 표정이 사나워졌다는 것도.

"축하합니다, 은정하 작가님."

성우가 존칭을 썼고 정하는 성우가 공과 사를 구분하고 싶어한다는 것을 재빨리 알아차리고 깍듯하게 감사하다고 인사했다. 다소 사무적으로. 물론 정하의 손을 잡고 있는 성우의 손길은 사무적인 것과는 거리가 멀었지만.

"현 사장, 제작 발표회 갑시다."

진우가 주의를 주는 듯 말하자 성우가 그제야 정하의 손을 놓아주었다.

"은 작가님, 시상식 때 뵙겠습니다."

진우가 정하에게 말했고 정하는 멍한 얼굴로 네라고만 대답했다.

"저녁에 전화할게."

회의실을 나가기 직전 성우가 정하의 귀에 재빨리 속삭였다.

성우와 진우가 소회의실을 나가고 난 후 멍한 얼굴로 서 있던 정하가 무심코 고개를 돌려 인영을 쳐다보는데 인영이 눈에서 불을 뿜으며 정하를 노려보고 있었다.

'아니, 저년은 왜 노려보고 지랄이야. 정신없어 죽겠구만.'

"현 사장님과 친분이 있으신 모양입니다?"

네가 노려보면 어쩔 건데 하는 눈길로 인영의 불타는 눈길을 반사시키는데 팀장이 물었다.

"아, 네 조금. 그런데 정말 월든픽쳐스 사장님이세요?"

"예. 모르셨어요?"

"전 그냥 미국에서 오셨다 해서……. 이렇게 감쪽같이 속이다니."

"속이다니요?"

"아, 아니에요. 그런 게 있어요. 그럼 다 끝났나요? 전 가도 되나요?"

"예, 가셔도 됩니다. 시상식 날짜와 시간이 정해지면 연락드리겠습니다."

"네. 그럼 가보겠습니다."

팀장과 과장에겐 깍듯하게 인사하고 인영에게 하는 둥 마는 둥 하고는 소회의실을 나와 혹시 귀신에 홀린 것은 아닐까 고개를 갸우뚱거리며 엘리베이터를 향해 걸어가는데 부르는 소리가 들렸다. 인영이었다.

"왜?"

"물어볼 게 있어서."

"뭐?"

"너 현성우 사장님이랑 잘 아는 사이니?"

인영이 도전적인 목소리로 물었다. 정말로 잘 아는 사이라면 가만두지 않겠다는 듯.

"그게 왜 궁금한데?"

정하가 미간에 주름을 잡으며 인영과 똑같이 도전적으로 물었다.

"혹시 나중에 네가 상처를 받거나 피해를 입을까 봐 걱정되어서 묻는 거야."

"내가 무슨 상처를 받고 무슨 피해를 입는다는 거야? 돌려 말하지 말고 그냥 말해. 안 그래도 정신없어 죽겠구만."

375

정하가 틱틱거리자 인영이 낯을 찌푸렸다.

"나 현 사장님하고…… 만나고 있는 중이거든."

인영이 사납게 쳐다보며 말했다.

"뭐? 만나고 있는 중이라고?"

"그래."

"그래, 만나겠지. 넌 월든코리아 창립 작품 쓰고 성우 씬 월든픽처스 사장이라 날마다 여기 출근하는데 당연히 만나겠지."

"너 왜 맹한 척하니?"

"맹하다니?"

"내 말뜻 못 알아들을 리가 없잖아?"

"뭔데? 두 사람 사귄다는 얘기니?"

인영이 이제 알아들었니? 하는 듯 입가에 얄미운 미소가 걸었다.

정하는 기가 막혔다. 이 계집애가 무슨 헛소리를 하나 싶었다. 사귀다니. 누가 누구랑 사귄단 말인가. 정하는 순간적으로 분노가 치밀어 오르는 것을 느꼈다. 인영이 성우랑 사귄다면 그럼 지금까지 성우를 만나왔던 자신은 뭔가. 성우도 민수처럼 양다리를 걸치고 있었다는 뜻이 아닌가. 그럴 리가 없었다. 절대! 믿는 도끼에 발등 까이지 말라는 법은 없지만―이미 한차례 까여보기도 했고―다른 사람이라면 몰라도 성우는 절대 그럴 리가 없었다!

'아니야, 아니야. 생각을 해야 해, 생각을. 요 여우 같은 계집애 말에 홀랑 넘어갈 게 아니라 생각을 해야 해.'

정하는 부글거리며 치솟는 화를 가라앉히려고 애쓰며 인영을 노려봤다.

'인영이 계집애가 내 염장을 지르려는 거야. 속지 마, 속지 마. 성우 씰 믿어.'

인영을 믿느니 성우를 믿는 편이 나았다. 지금까지 성우가 보여주었던 그 정성과 다정함이 속임수에 지나지 않았다는 것은 콜라병에 사람 목이 끼었다는 말보다 더 믿기 힘들었다.

'성우 씨를 믿어. 그래야 해.'

성우에 대해 잘 모른다면, 인영의 말에 꼭지가 팽 돌아 이놈이 뒤에서 이년도 만나고 있었구나 배신감에 펄펄 뛰겠지만, 정하는 믿는 구석이 있었다. 성우는 절대 뒤에서 꿍꿍이 수작질을 할 사람은 아니라는 믿음이 있었다. 민수와는 차원이 다른 사람이니까. 성우랑 사귄다고? 좋다, 지나가던 개처럼 웃어주마.

"참 웃긴다, 너."

정하가 어이없다는 듯 헛웃음을 터뜨리자 인영의 표정이 돌변했다.

"그 웃음 뭐니?"

인영이 불쾌해서 못 견디겠다는 듯 물었다.

"누구 맘대로 성우 씨랑 사귀니?"

"뭐?"

"성우 씨가 너하고 사귀어준대?"

"너 너무 기가 막혀서 믿기지가 않는 모양인데……."

"믿기지 않는 게 아니라 난 넌 절대 안 믿어. 알잖아. 너 성우 씨하고 되게 사귀고 싶은 모양이다. 하긴 성우 씨가 보통 남자는 아니지."

정하의 말에 인영이 부글부글 끓는지 표정이 우습게 일그러졌다.

"한발 늦었다, 인영아. 내가 먼저 찍었거든? 우리 많이 깊거든?"

"깊다니?"

인영의 눈꼬리가 짝 찢어졌다.

"사랑이 깊다고."

"넌 누구 맘대로 성우 씨랑 사랑이 깊다는 거니?"

인영의 목소리가 커졌다.

"보면 몰라, 우리 사랑하는 거?"

"내가 어떻게 아니?"

"너 사랑을 모르는구나?"

"무슨 해괴한 소리야?"

"사랑이 숨겨지니? 사랑은 숨겨지지 않아."

"무슨 괴변인지는 모르겠지만……."

"사랑은 숨겨지지 않는다는 걸 가르쳐 준 사람이 바로 성우 씨야. 날 향한 사랑을 숨길 수가 없대."

정하의 말에 인영의 입술 근육이 약하게 경련을 일으키며 파르르 떨렸다.

"나 현 사장님 묵고 있는 호텔 객실에도 갔었어!"

인영이 폭탄선언을 하듯 소리쳤지만 정하는 꿈쩍도 하지 않았다.

"그랬니? 가서 뭐 했니? 난 잤는데."

"뭐?!"

인영의 얼굴에서 핏기가 가셨다.

인영의 얼굴에서 핏기가 가시는 것을 본 정하는 그제야 인영이 년이 없는 말을 지어냈다는 것을 확실히 알아차렸다.

'고얀 년.'

"인영아, 성우 씨가 매우 탐나는 남자라는 것은 알겠만 이미 임자 있는 몸이니 꿈 깨."

정하가 어린아이 타이르듯 말했다. 그 바람에 인영은 더욱 분이 치밀어 올랐다.

"어쩐지, 현 사장님이 네 작품에 점수를 후하게 준다 싶더라니."

인영의 한 마디에 이번엔 정하의 머릿속을 돌던 피가 몽땅 빠져나갔다.

"뭐?"

정하의 얼굴이 굳었다.

"다른 심사 위원들께서는 네 작품에 제일 낮은 점수를 줬는데 현 사장님만 만점 주셨거든. 이상하다 했지. 1차도 통과 못할 원고가 어떻게 최종까지 올라왔을까 했더니 현 사장님이 평점을 올려 놓았더라고. 가작에도 못 들어갈 작품을 우수상에 내정할 때 알아차렸어야 했는데. 설마 네가 현 사장님하고 그렇고 그런 사인 줄 누가 알았겠니? 너, 점수 많이 달라고 현 사장님한테 몸으로 로비한 거니?"

인영의 말이 끝나는 순간 정하의 매서운 손바닥이 인영의 뺨을 후려쳤다. 인영의 얼굴이 휙 돌아갔다가 제자리로 돌아왔다.

"뭐 하는 짓이야, 너!"

인영이 맞고는 살 수 없다는 듯 정하를 향해 손을 뻗는데 정하가 중간에서 인영의 팔목을 낚아챘다.

"이거 놔!"

"너 똑똑히 들어! 내가 확인할 거야. 확인해서 네 말이 틀렸을 땐 내가 할 수 있는 모든 방법을 동원해서 너 가만두지 않을 거야."

"지금 나 협박하는 거야?"

"그래, 협박하는 거야."

"흥, 확인해. 하지만 현 사장님이 바보가 아닌 이상 그렇다고 하시겠어? 이런 일 회사에 소문나 봤자 현 사장님 얼굴에 침 뱉긴데?"

인영과 정하가 부들부들 떨며 서로를 노려보다가 정하가 뿌리치듯 인영의 손을 놓아주었다.

"그래, 침 뱉기지. 하지만 소문난다면 그건 분명 네 입에서 시작된 거니까 너도 무사하진 못할 거야. 그런 것쯤은 알고 있겠지?"

정하가 인영을 죽일 듯이 노려보고는 휙 돌아섰다. 인영 역시 휙 돌아서서 소회의실로 돌아가는데 정하가 인영의 뒤통수를 노려보며 한마디 내뱉었다.

"난 분명히 확인할 거야, 네 말이 사실인지."

소회의실로 걸어가던 인영이 걸음을 멈추고 정하를 뒤돌아봤다. 인영은 당황함을 감추려고 애쓰며 정하를 노려보다가 홱 하니 소회의실로 들어가 버렸다.

인영이 들어간 소회의실 문을 오랫동안 노려보던 정하는 주체하지 못할 만큼 좌절감을 느끼며 월든 그룹 사옥을 나와 집으로 돌아왔다.

정하는 머릿속이 텅 비어버린 것 같았다. 성우가 갑자기 등장했을 때에도, 월든픽쳐스 사장이라는 것을 알게 됐을 때도 그가 이번 공모에 참여해 심사를 했을 것이란 생각은 전혀 하지 못했었다. 그가 월든 그룹 사람이라는 것을 알고 너무 놀라고 당황스러웠지만 설마 성우가 자신의 지위를 이용해 정하의 작품에 필요 이상 후한 점수를 주었을 것이라는 건 상상도 하지 못했었다. 인영의 말은 너무 충격적이었다. 다른 심사 위원들은 모두 제일 낮은 점수를 주었는데 성우만 만점을 주었다는 것, 그래서 1차도 통과 못했을 작품이 최종까지 올라와 우수상에 당선됐다는 것. 너무 충격적이고 망연해서 어떻게 해야 좋을지 몰랐다. 만약 그것이 사실이라면 창피하고 분해서 견딜 수가 없을 것 같았다.

성우는 왜 말하지 않았을까. 왜 처음부터 자신이 월든 그룹 사람이라는 것을 말하지 않고 숨겼을까. 정하가 월든코리아에 대해 말하고 공모에 대해 떠들고 당선을 소망했을 때 왜 성우는 감쪽같이 숨기고 있었을까.

처음부터 무엇인가 대단히 잘못됐다는 것을 느끼는 순간 정하의 머릿속은 생각이나 판단이라는 것을 할 수 없을 만큼 뒤엉켜 버렸다.

우수상에 내정됐다는 전화를 받았을 때만 하더라도 너무 좋기만 했는데, 가슴에서 통증이 느껴질 만큼 좋고 또 좋아서 기뻐 날뛰고 싶었는데 지금은 천국에 오른 듯하던 기쁨은 온데간데없이 똥물을 뒤집어쓴 기분이었다.

정하는 휴대전화를 꺼냈다. 인영에게 큰소리 탕탕 쳤던 것처럼 성우에게 확인하는 것이 진실을 아는 가장 빠른 길인 것 같았기 때문이다. 하지만 성우의 전화번호가 입력된 단축번호를 꾸욱 누르던 정하는 얼른 폴더를 내리고 말았다. 성우가 인영의 말이 틀렸다고 말한다 하더라도 그 역시 100% 신뢰할 수 없을 것 같았기 때문이다. 성우가 자신이 힘을 썼다는 것을 고백한다면 그것은 정하의 작품이 함량 미달임에도 불구하고 자신의 입김 때문에 우수상을 받게 됐다는 것을 인정하는 것이기에 성우가 솔직하게 말하지 않을 것이 분명했다. 정하는 현재 이 말도 저 말도, 그 어떤 말도 믿을 수 없는 복잡다기한 상태에 빠져 버렸다.

심사표는 월든코리아의 지적재산이니 보여달라고 할 수도 없고 성우가 조상을 걸고 진실을 말하지 않는 이상 누구의 말이 사실인지 영원히 확인하지 못할 것 같았다.

정하는 드디어 주체할 수 없는 화가 치밀기 시작했다. 인영의 말이 사실이라면, 성우는 은정하라는 여자를 너무 우습게 봤다는 뜻이었다. 월든 그룹 사람이면서도 지금까지 감쪽같이 속인 것도 화가 났고 쓸데없는 짓을 해서 정하를 당당하지 못하고 곤란하고 창피한 지경에 빠뜨린 것도 화가 났다.

우두커니 침대에 앉은 채 생각하고 또 생각하고, 어떤 생각에서 육하고 분노가 치밀면 바르르 떨었다가, 또 어떤 생각에선 그럴리가 없어하며 안심하고, 또 어떤 생각쯤에선 기가 꺾여 한숨을 내쉬길 수십 차례.

밤이 되고 어두워진 것도 모른 채 좌절감에 상실감에 몸서리치고 있는데 휴대전화가 울렸다. 성우였다.

정하는 액정에 찍힌 성우의 이름을 씁쓸하게 쳐다보기만 할 뿐 받지 않았다. 할 말이 무척 많은데, 묻고 싶은 말이 넘치는데 뭘 물어야 할지도 모르겠고 어떤 대답이 나올지 겁이 났기 때문이다. 아니, 성우가 어떤 대답을 할지 겁나기보다는 지금은, 머리가 너무 복잡하고 기분마저도 엉망이라 앞뒤 가리지 않고 화부터 낼 것 같았다. 어떻게 된 상황인지 알지도 못하는 상태에서 화를 내는 것은 멍청한 짓이라는 걸 알면서도 신경질을 부릴 것이 틀림없었다. 그러고 싶지 않았다. 덮어놓고 화부터 내고 보는 짓, 안 하고 싶었다. 그러려면 마음이 정리가 될 때까지, 치받쳐 오른 성질이 가라앉을 때까지 전화를 받지 않는 것이 좋겠다 싶었다.

끊어졌던 전화가 다시 울리고 끊어졌다 다시 울리고 그렇게 세번이 되풀이될 때까지 받지 않았더니 더 이상 전화가 오지 않았다. 정하는 울리는 전화를 받지 않고 쳐다만 보고 있는 것도 못할 짓이다 싶어 휴대전화에서 배터리를 분리해 버린 후 문을 단단히 걸어 잠그고 이불 속으로 파고들었다.

우수상에 내정됐다는 연락을 받고 너무 흥분하는 바람에 아침에 강호가 준 토스트도 반밖에 안 먹고 역시 흥분상태라 점심도 거르고 인영이의 한마디에 충격을 받아 저녁까지 굶었는데도 배도 고프지 않았다. 배가 고픈 것인지 쓰린 것인지 속이 불편한 것은 틀림없는데 뭔가 먹어야겠다는 생각이나 먹고 싶다는 생각은 들지 않았다. 그렇다면 그냥 자버리는 것이 제일 좋을 것 같았다. 잠이 들면 아무 생각도 하지 않게 될 테니까.

6

월든코리아 창립 작품인 '사막' 제작 발표회를 끝내고 서둘러 발표회장을 빠져나오던 성우는 자신을 뒤쫓아나온 인영 때문에 걸음을 멈추어야 했다.

"왜 그러십니까, 오 작가님?"

"잠깐 드릴 말씀이 있어서요?"

"저한테요?"

"네, 잠깐이면 돼요."

"그러시죠."

성우는 인영과 함께 복잡하지 않은 쪽으로 이동했다.

"무슨 말씀이십니까?"

"실은 아까 은정하 작가요. 저하고 친구거든요."

"예, 알고 있습니다."

"알고 계셨어요? 어떻게……."

"정하에게 들었습니다."

"그러셨어요?"

"그런데 무슨……."

"정하가, 현 사장님과 깊은 관계인 것처럼 말하던데 사실인가요?"

"사실입니다."

성우가 망설이지 않고 딱 부러지게 대답했다. 성우의 대답에 인영의 얼굴이 천천히 구겨졌다.

"그러셨군요……."

"그런데 무슨 문제있습니까?"

"문제가 아니라…… 정하한테 남자 친구 있는 거 아세요?"

"남자 친구요?"

"퍽 오래된 사이인데……. 이런 말씀드려도 되는지 조금 조심스럽긴 하지만……."

인영이 말하기 곤란한 척 성우를 쳐다봤다.

"전, 그냥 혹시라도 사장님께서 나중에 상처를 받으실까 봐 걱정이 돼서……."

"어떤 남자 친구 말입니까?"

"오래된 연인이에요."

"연인?"

"정하가 숨긴 모양이네요. 난 그 두 사람이 결혼하는 걸로 알고 있었는데, 저만 그런 게 아니라 정하를 아는 사람들 모두 그 두 사람이 결혼할 거라고 생각하고 있었거든요. 정말 오래된 연인이고 늘 붙어 다녔기 때문에. 그런데 갑자기 사장님과 깊은 관계라고 해서, 그렇잖아요. 사장님은 한국에 오신 지 얼마 되지도 않았는데 그 짧은 시간 동안 어떻게 깊은 관계가 되겠어요."

인영이 이렇게 말하는 지금 너무 조심스럽고 난처한 척 말했다.

"두 달 반이면, 충분하죠."

"네?"

"깊은 사이가 되기에 충분한 시간입니다. 실제로 그렇고요."

성우가 흔들리지 않은 표정으로 대꾸하자 인영이 당황스러워하며 성우를 쳐다봤다.

"제 얘기는 그러니까, 정하에겐 강호라는 오래된 연인이 있고 그런 연인이 있으면서도 숨기고 사장님을 만났다는 건 순수한 마음이 아니라……."

"그만 하시는 게 좋을 것 같습니다."

성우가 중간에서 인영의 말을 잘랐다.

"네?"

"강호 씨는 저도 잘 압니다. 두 사람은 오래된 연인이 아니라 오래된 친구입니다. 그리고 정하는 내가 월드 그룹 사람이라는 걸 오늘 처음 알았습니다."

"사장님, 뭔가 오해하신 것 같은데……."

"더 말씀하시면 오해할 겁니다. 그만 하세요."

성우가 분노가 묻어나오는 목소리로 말했고 인영은 입을 다물고 말았다.

"오늘 하신 말씀은 듣지 않은 것으로 하겠습니다. 또한, 예전 오작가님이 정하의 시놉시스를 훔친 적이 있다는 것도 모르는 일로 하겠습니다."

성우의 한마디에 인영의 얼굴이 하얗게 질려 버렸다.

"누가 그런 말도 안 되는 음해를!"

인영이 흥분한 어조로 반박하려고 했지만 들어줄 사람이 없었다. 성우는 이미 저만치 가버리고 없었기 때문이다. 인사도 없이.

성우와 깊은 관계라는 정하의 말에 질투심이 치솟은 인영은 정하에게 없는 얘기를 꾸며낸 것으로도 모자라 성우에게까지 거짓말을 해버렸다. 하지만 후회하기엔 이미 늦어버린 일이었다.

갖고 싶었던 남자, 차지하고 싶었던 남자를 다른 여자가, 그것도 은정하가 차지했다고 생각하자 인영은 도저히 참을 수가 없었고 어떻게 하든 두 사람을 이간질시켜 갈라놓고만 싶었다. 통할 것이라 생각했다. 자신이 얘기하면 성우가 믿을 것이라고 생각했다. 그 계획이 얼마나 어설프고 멍청한 계획이었는지는 성우에게 거짓말을 시작한 지 삼 분도 지나지 않아 들통나고 말았지만 두 사람을 갈라놓을 계산만 했던 터라 부질없는 짓인 줄은 몰랐다. 그리고 성우가 강호까지 알고 있을 줄은 몰랐다. 성우 말대로 두 사람은 기껏해야 두 달 반밖에 만나지 않았으니까.

발표회장을 벗어나 세단을 타고 떠나는 성우를 일그러진 얼굴로 바라보던 인영은 이제 정하와 성우가 깊은 관계라는 것을 신경 쓰고 질투할 때가 아니라 자신이 한 거짓말을 어떻게 수습하느냐가 문제라는 것을 깨달았다. 그것을 깨닫는 순간 정말 어이없는 짓거리를 했다는 것에 한숨만 터져 나왔다.

인영이 자신의 실수를 후회하며 곱씹고 있을 때 성우는 정하에게 달려가고 있었다. 발표회가 끝날 즈음 정하에게 세 번이나 전화를 걸었는데 세 번 모두 받지 않아 이상하다고 생각하던 참이었다. 예전처럼 서점에 갔다면 그럴 수도 있겠지만 오늘 같은 날 서점에 갔을까 싶었다. 또 가족과 함께 기쁨을 나누기 위해 덕산을 내려갔을 수도 있겠지만 말도 없이 덕산에 내려갔을 리도 없었다. 저녁에 전화하겠다고 했으니 분명히 기다리고 있을 텐데 어째서 연거푸 세 번이나 전화를 받지 않는 것인지. 이상하다 못해 초조하기까지 했다. 처음부터 월든 사람이라는 것을 밝히지 않아 화가 났을까? 그랬을 수도 있다. 하지만 정하 성격에 꽁해서 전화도 받지 않을 리는 없었다. 정하 성격이라면 전화를 받아 따질 것이다. 왜 숨겼냐고.

정하의 오피스텔에 도착한 성우는 단숨에 정하의 집까지 달려 올라갔다. 정하를 만나면 당선을 진심으로 축하해 주고 당선 기념으로 맛있는 음식도 사 먹이고 식사를 하면서 자신이 월든 사람이라는 것을 숨겨서 미안하고 왜 숨겼는지 차근차근 설명할 생각이었다. 또 정하와 오해라고 할 것까지는 없지만 어쨌든 모든 것을 시원하게 풀어버리고 난 뒤엔 정하와 사랑을 나눌 생각이었다.

성우는 들뜬 기분으로 초인종을 눌렀다. 정하가 활짝 웃으며 문을 열어줄 것이라 기대하면서.

딩동, 딩동.

두 번 세 번 초인종을 눌렀지만 안에서는 아무런 반응도 인기척
도 없었다.

성우가 다시 초인종을 누를 때 정하는 베개를 뭉개고 이불을 뭉
개고 침대를 뭉개며 뒤척거리고 있었다. 좀체 잠이 들지 않아 괴
로워죽겠는데 초인종은 왜 울리는지. 아무도 만나고 싶지 않았기
때문에 초인종을 누르는 사람이 누구든 문을 열어줄 생각이 없었
다. 성우라 할지라도.

이불을 뒤집어쓴 채 집에 없는 척 웅크리고 있는데 계속 초인종
이 울렸다. 정하는 이불을 뒤집어쓰고 귀를 막아버렸다. 아무리
귀를 틀어막아도 초인종 소리는 계속 울렸지만 정하는 끝까지 기
척도 하지 않았다. 그 후로 몇 차례나 더 울리던 초인종은 포기했
는지 더 이상 울리지 않았다. 정하는 그제야 얼굴을 이불 밖으로
내놓았다.

성우일지도 모르겠다고, 전화를 받지 않아서 집으로 직접 찾아
온 것일지도 모르겠다고 생각을 하던 정하는 얼른 일어나 테라스
로 나가 오피스텔 아래를 내려다봤다. 역시 성우였다. 차에 오르
는 성우가 보였던 것이다.

"성우 씨……."

저렇게 돌려보내서는 안 된다는 것을 알지고 있었지만, 지금이
라도 달려 나갈까 싶었지만 정하는 고개를 가로젓고 말았다. 아직
은 성우를 만날 기분이 아니었기 때문이다.

"후욱."

정하는 꺼져라 한숨을 내쉬었다.

"잘못하고 있다는 걸 아는데……. 그런데도 어떻게 해야 할지 모르겠다."

그랬다. 잘못하고 있다는 걸 알면서도 어떻게 해야 할지 모르겠는 것.

복잡하고 뒤죽박죽인 상태로 이리 뒤척, 저리 뒤척 어쩔 줄 몰라 하던 정하는 자정이 가까운 시간이라는 것을 알면서도 강호네로 행했다. 혼자 고민해서는 도저히 답이 나올 것 같지 않으니 이럴 땐 말이 통하는 사람과 의논을 하고 조언을 구하는 것이 가장 현명하다는 생각이 들었기 때문이다.

초인종을 눌러놓고 시무룩한 얼굴로 문 앞에 서 있는데 강호가 문을 열었다.

"왜?"

"잤니?"

"아니."

"삼십 분만 놀아주라."

"놀고 싶은 얼굴이 아닌데?"

"그래, 놀고 싶은 기분 아닌데……. 늦은 시간인 줄은 알지만 상대 좀 해주라."

"들어와."

"나가면 안 될까? 나 트인 데서 얘기하고 싶은데."

"설마, 너도 동성애자라는 건 아니지?"

강호의 말에 정하가 어이없다는 듯 웃자 강호도 웃었다.

"열두 시 다 됐어. 나가긴 좀 그래."

"그렇지 참……. 들어갈게."

"들어와."

정하가 강호네로 들어가 침대에 앉자 강호가 술 필요하니? 하고 물었다.

"맥주 있어?"

"어, 한 캔."

"반씩 나눠먹자."

"그래."

강호가 캔 맥주를 따서 컵 두 개에 나눠 따라서 정하에게 한 잔 내밀었다.

"무슨 일인데?"

"좀 답답한 일이 있어서."

"말해봐."

"우수상에 내정됐다고 확인할 것이 있다고 해서 갔었잖아."

"응."

"거기서 인영이 만났어. 인영이가 월든코리아 창립 작품 한다더라고. 게다가 이번 공모 심사까지 했대."

"인영이라면 그때 그 도둑년이지?"

"응, 그런데 또 누굴 만났는지 아니?"

"누구?"

"휴…… 성우 씨가 있더라고."

"성우 씨가 왜? 성우 씨도 당선됐다냐?"

"월든픽쳐스 사장이래."

"월든픽쳐스 사장?"

"그 투스라는 영화 만든 데 있잖아."

"아! 우와, 성우 씨 재벌이야?"

"그렇대."

"야, 너 좋겠다. 와, 이제 평생 돈 걱정 안 하고 살아도 되는 거네? 히야, 덕산에서 날리던 미모가 드디어 재벌을 물었구나."

"너 꼭 그렇게 속물처럼 말해야겠니?"

"미안. 그런데 뭐가 문제라는 거냐? 솔직히 나 같으면 좋아서 죽겠구만."

"공모 심사를 성우 씨도 했다잖아. 인영이가 그러는데, 다른 심사 위원들은 내 원고에 제일 낮은 점수를 줬는데 성우 씨만 만점을 줬다는 거야. 1차도 통과 못할 거였는데 성우 씨가 힘을 써서 우수상까지 받게 됐다 하더라고."

"누가? 인영이 그 도둑년이?"

"어."

"성우 씨한테 확인하면 될 것 아니야."

"물어보면 뭐 하니? 분명히 아니라고 할 것 아니야."

"아니면 아닌 거지."

"아니면 아닌 게 아니라 그렇잖아. 성우 씨가 힘을 썼으면서도 아니라고 하는 것일 수도 있잖아. 내가 얼마나 창피하고 속상한지 알아? 난 내 실력으로 당선이 되고 싶었는데 성우 씨 때문에 1차도 통과 못할 작품이 우수상까지 받았다니. 너무 자존심 상하는 일이라구. 게다가 성우 씨는 나한테 자기가 월든 사람이라는 말도 하지 않았단 말이야. 그러니까 더 의심스럽잖아."

"하여튼 여자들이란."

강호가 딱하다는 듯이 혀를 찼다.

"뭐야, 여자를 비하하는 듯한 그 발언은?"

"뭐가 그렇게 복잡하냐? 아니라고 하면 아닌 줄 믿어버리면 그만이지. 믿어버리면 될 일 가지고 뭐 하러 쓸데없이 꼬고 또 꼬냐? 너 누구 믿냐? 인영이 그 도둑년을 믿냐, 아니면 성우 씰 믿냐?"

"그거야…… 성우 씨지. 물론 성우 씨를 믿고 싶어, 하지만……."

"하지만은 무슨. 월든픽쳐스 같은 영화사를 운영하는 사람이 공사도 구분 못하겠냐? 영화 한 편에 일이천 원 들어? 요즘은 몇억 몇십억이 든다며. 그런 거금을 굴리는 사람이 아무리 사랑하는 사람 원고라고 말도 안 되게 형편없는 원고를 영화 만들겠다고 당선시켜 주겠냐?"

"당선만 시켜놓고 영화는 안 만들지도 모르지."

"넌 그렇게 믿음이 없니?"

강호의 말에 정하가 조금 찔리는 듯한 얼굴로 강호를 쳐다봤다.

"믿지 못하면서 사랑을 어떻게 하니?"

"……성우 씨한테 물어보는 게 제일 좋겠지?"

"그래, 직접 물어봐. 그래서 풀어."

"성우 씨가 뭐라고 하든 성우 씨 말만 믿으면 되겠지?"

"그래. 그게 제일 똑똑하게 구는 거야."

"있지, 나 성우 씨가 힘썼다고 대답할까 봐 것도 좀 겁나."

"만약에 그랬다면, 그럴 리도 없겠지만 만에 하나 그랬다면 이유를 설명할 거야. 설명을 다 듣고 난 다음에 좌절을 해도 늦지 않아."

"휴⋯⋯."

정하가 한숨을 내쉬자 강호가 씩 웃으며 자신의 어깨로 정하의 어깨를 툭 쳤다.

"나한테 그런 거 의논하는 것 보니까 영 정떨어지진 않았던 모양이다."

"정떨어지긴, 밉다 했지."

"아직도 많이 밉냐?"

"너 같음 금세 안 미워지겠니? 너만 알면 모를까, 니 아버지, 니 어머니, 우리 아부지, 우리 엄마 친구 분들이시고 네 여동생들도 다 알고 있는데. 너보단 니 가족들 때문에 더 미워."

"알아⋯⋯. 그래서 미안해."

"나한테 미안할 건 없어. 나 말고도 생각하면 가슴 답답할 사람 많잖아."

"어쨌든 쓰레기 취급하면서 버리지 않아줘서 고맙다."

"쓰레기는 무슨. 말도 안 돼."

쓰레기라고 생각한 적은 진실로 없었다.

"호야."

이번엔 정하가 강호의 어깨를 툭 쳤다.

"지금⋯⋯ 사랑하는 사람 있어?"

"어⋯⋯."

"많이 사랑해?"

"어……."

"얼마나?"

"그 사람 생각하면 너무 속상해서 죽고 싶을 만큼."

"……어떻게 숨기고 살았니. 사랑은 숨겨지지 않는 건데."

정하의 말에 강호가 촉촉해진 눈으로 정하를 바라봤다.

"그래서 힘들었어. 그리고 네가 알아줘서 너무 고맙다. 나 계속 네 친구지?"

"당연하지. 고마워, 상대해 줘서. 되게 답답했는데 좀 살 것 같아."

"가서 푹 자고 내일 성우 씨한테 말해."

"응, 그렇게."

정하가 강호의 집을 나서는데 강호가 뒤따라 나왔다.

"나 버리지 않을 거지?"

"내가 널 왜 버리니? 비, 풍, 초, 똥, 삼, 팔도 아니고."

정하의 말에 웃음을 터뜨리던 강호가 뭘 봤는지 갑자기 웃음을 멈췄다. 강호의 시선을 따라 고개를 돌리던 정하는 집 앞에 굳은 얼굴로 서 있는 성우를 발견하고 주춤했다.

너무 늦은 시간이고 또 아까 다녀갔기 때문에 또 올 줄 몰랐는데 성우가 또다시 찾아온 것을 보자 정하는 자신이 많이 잘못했다는 것을 또 한 번 깨닫는 한편 너무 미안했다. 이래서 남자와 여자의 마음자리의 크기가 다르다 하는 모양이라는 생각도 들었다. 아니, 남자 여자 이렇게 가를 것 없이 성우와 자신의 마음자리의 크기가 확실히 다르다는 것을 알자 부끄럽기까지 했다. 웃는 낯으로 헤어졌는데 전화도 안 되지, 부랴부랴 집으로 찾아왔는데도 어디로 사라졌는지 기척도 없지, 얼마나 속을 태웠을지 짐작이 가고도 남았다.

"성우 씨……."

"안녕하세요, 성우 씨."

강호가 인사했지만 성우는 들은 척도 하지 않았다. 성우는 얼음장처럼 차가운 얼굴로 정하를 노려보다가 천천히 정하에게 다가왔다.

"실례인 줄은 알지만 잠깐 강호 씨 집 안에 들어가도 괜찮겠습니까?"

성우가 강호가 아닌 정하를 노려보며 무척 강압적인 어조로 물었다. 강호는 잠깐 생각하는 듯하더니 오밤중에 복도에서 떠들기보다는 집이 낫다고 생각했는지 좋다고 대답했다. 세 사람은 강호의 집으로 들어갔고 강호와 정하는 신발을 벗고 올라섰는데 성우는 현관에 선 채로 꼼짝도 하지 않았다. 들어오라고 해도 들어올 것 같지도 않았다. 정하와 강호가 어정쩡한 표정으로 성우를 쳐다보는데 성우가 먼저 입을 열었다.

"어째서 계속 내 전화 받지 않았지?"

표정만큼이나 목소리도 얼음장 같았다. 사람이 달라 보일 정도로, 내가 알던 그 사람이 맞나 싶을 정도로 성우는 차디찼다.

"그건……."

"아까도 찾아왔지만 없는 줄 알았어, 그런데 강호 씨하고 같이 있었군. 이 늦은 시간까지."

성우가 화를 억누르는 듯한 목소리로 말했다.

"그러니까 난……."

"내가 얼마나 초조했는지 알아?"

정하가 설명을 하려고 했지만 성우가 중간에서 정하의 말을 잘라 버렸다. 높지도 낮지도 않은 성우의 억양이 어찌나 매정한지 오늘 처음 만나는 사람처럼 느껴질 정도였다.

"성우 씨, 내가 설명을 하려고 하잖아요."

"오늘 내가 무슨 소리를 들었는지 알아? 두 사람이 오랜 친구가 아니라 오랜 연인이라더군. 물론 난 믿지 않았어. 그런데 자정이 훨씬 지난 이 시간까지 두 사람이 함께 있는 걸 보니 분노가 치미는군."

성우가 정하와 강호를 번갈아 노려봤는데 만약 여기서 한마디라도 하면 정하든 강호든 한 대 칠 것 같은 기세였다.

"이 시간까지 두 사람이 강호 씨 집에서 뭘 하고 있었는지 물어봐도 되겠지?"

성우가 턱 근육을 실룩거리며 물었다. 아니, 묻는 것이 아니라 명령이었다. 당장 대답하지 않으면 가만두지 않겠다는 명령.

"대체 강호하고 내가 친구가 아니라 연인이라고 한 사람이 누구예요?"

정하가 발끈해서 소리쳐 물었지만 성우는 그 사람이 누군지 말해줄 생각이 전혀 없는 듯했다.

"내가 전화를 해도 받지 않고 찾아왔을 때 없는 척했으면서도 이 시간까지 왜 강호 씨 집에 있었는지 설명을 들어야겠어. 지금 당장!"

성우가 격앙된 목소리로 소리쳤다.

정하는 너무 어이가 없었다. 성우에게 너무 잘못한 것 같아 사과하려던 참이었다. 이 밤중에 잠도 자지 않고 찾아와 준 성우에게 너무 미안해 잘못했다고 말하려던 참이었다. 전화도 받지 않고, 찾아온 사람을 그냥 돌려보낸 것이 미안해서, 아니, 그 무엇보다도 인영이 계집애가 했던 말을 성우에게 직접 확인하지 않고 혼자 온갖 상상을 다 하며 성우를 오해했던 것이 너무 바보스럽게 느껴져 사과하려고 했었다. 진심으로 말이다. 그런데 정작 성우가 자신을 강호와 그렇고 그런 사이로 오해하고 있었다고 생각하자 너무나 화가 나는 한편 속이 상해 버렸다.

정하는 자신도 모르게 주먹을 꼭 틀어쥔 채 성우를 노려봤다.

"설명할 테니까 내 얘기가 끝날 때까지 한 마디도 하지 말아요."

정하가 그 어느 때보다도 냉정해진 어조와 표정으로 말했다.

"강호와 내가 친구가 아니라 오랜 연인이란 소릴 한 사람이 누군지 짐작이 가는군요. 보나마나 오인영, 그 계집애겠죠. 난! 적어도 난! 인영이 계집애가 자기랑 성우 씨가 사귀고 있는 사이라고, 성우 씨가 묵고 있는 호텔방에도 갔었다면서 내 속을 긁었을 때 까불지 말라고 했어요. 성우 씨가 사랑하는 사람은 바로 나 은정하고, 성우 씨랑 난 서로 사랑하고 있다고. 네가 성우 씨 객실에 가서 무슨 짓을 했는지 몰라도 난 성우 씨 호텔방에서 사랑을 나눴다고 당당하게 말했어요. 왜냐면, 성우 씬 내 남자니까요! 인영이 따위한테 뺏기기 싫으니까요!"

정하가 어떻게 하든 울지 않으려고 애쓰며 무서운 눈길로 성우를 노려보며 소리쳤다.

"둘이 잤어?"

강호가 인상을 쓰며 소리쳐 물었다.

"쌀집에 전화한다고 해도 할 수 없어. 이미 잤으니까."

"너 진짜……."

"너, 닥쳐!"

정하가 강호를 죽일 듯 노려보자 강호가 알았다는 듯 손을 들어 보였다.

정하는 고개를 돌려 다시 성우를 노려봤다.

"난 인영이 앞에서 거리낄 것이 요만큼도 없었어요. 그런데 성우 씨는 인영이의 그 말도 안 되는 소릴 믿고 날 의심해요? 그렇게 믿음이 없었어요? 난 인영이가 무슨 헛소리를 해도 성우 씰 믿었는데, 설사 인영이가 성우 씨하고 잤다고 말했어도 난 믿지 않을 자신이 있었는데 성우 씬 날 믿지 않았군요."

"난, 단지…… 이 시간까지 어째서 강호 씨 집에……."

"인영이가 그러더군요. 성우 씨가 이번 공모에 심사를 했다고. 그리고 다른 심사 위원들은 내 작품에 모두 낮은 점수를 줬는데 성우 씨가 만점을 주는 바람에 우수상을 받게 된 거라고. 내가 성우 씨한테 몸으로 로비했기 때문에 그것에 대한 보답으로 성우 씨가 우수상을 준 거라구요. 젠장, 몸으로 로비를 했다니! 너무 화가 나서 인영이 따귀까지 올려붙였어요. 따귀 올려붙이고 웃기는 소

리 하지 말라고 소리쳐 주고 왔는데……. 그런데 성우 씨가 월든
픽쳐스 사장만 아니었다면, 갑자기 나타나서 월든픽쳐스 사장이
라고 말하지 않았다면, 아니, 처음부터 나한테 말을 해줬다면 이
렇게 심란하지는 않았을 거예요. 너무 괴로웠어요. 심란하고 괴로
워서 어떻게 해야 할지 막막해서 그래서 피했어요. 화낼 것 같아
서, 무턱대고 화내는 거 안 하고 싶어서. 나도 생각할 시간이 필요
했거든요. 생각하다 보니 후회스러웠어요. 성우 씨 전화를 받지
않고, 여기 찾아왔을 때 그냥 보내 버린 게 너무 잘못한 일 같더라
구요. 그래서 어떻게 하면 좋겠는지 강호한테 도와달라고 했어요.
강호가 내가 잘못한 거라고, 성우 씰 믿으라 해서 내일 성우 씰 찾
아가려고 했었는데 성우 씬, 그 못된 인영이 계집애 말을 믿고 날
의심했군요."

"난……."

"듣고 싶지 않아요. 난 성우 씨를 믿었는데 성우 씬 날 믿지 않
았으니……. 더 이상 얘기 할 필요 없어요."

정하가 성우를 지나쳐 강호의 집을 나가려는데 성우가 급히 정
하를 붙잡았다.

"나도 믿지 않았어. 그런데 여기 와서 보니까……."

"듣고 싶지 않아요. 가요. 이제 더 이상은 성우 씨하고 얘기하고
싶지 않아요."

정하는 성우의 손을 세차게 뿌리치고 집으로 들어와 버렸다.

"정하야, 정하야!"

성우가 초인종을 누르며 정하를 소리쳐 불렀지만 정하는 아무

런 대답도 하지 않았다.

"정하야, 정하! 내 말도 들어줘. 나도 해명하게 해달라고!"

성우가 문을 두드리며 소리쳤지만 정하는 끝까지 모른 척해 버렸다.

나와주길 고대하는 사람은 꿈쩍도 하지 않는데 다른 집 사람들이 하나둘씩 고개를 내밀고 항의하기 시작했다. 한 마디로 오밤중이니 그만 하고 조용히 해달라는 뜻이었다.

성우는 돌아설 수밖에 없었다. 정하가 문을 열어주지 않는 이상은 무슨 말을 해도 소용없다는 걸 알았기 때문이다.

늦은 시간에 강호와 정하가 함께 있었다는 것만으로 설명도 듣지 않고 오해한 자신에게 저주를 퍼부으며 오피스텔을 빠져나오는데 강호가 그를 뒤쫓아왔다.

"성우 씨, 할 얘기 있어요."

강호의 말에 성우가 복잡한 표정으로 강호를 쳐다봤다.

우울과 분노에 괴로워하던 정하는 신경질적으로 휴대전화를 찾아 전원을 켰다. 성우에게 전화를 걸어 어떻게 은정하가 아니라 오인영의 말을 믿을 수가 있냐고, 어떻게 강호와 나를 의심할 수 있냐고 소리라도 질러 버려야 이 답답한 가슴이 풀릴 것 같았기 때문이다.

전원을 켜자 휴대전화 배경화면으로 담겨 있던 사진이 눈에 들어왔다. 행담도휴게소에서 성우와 함께 찍었던 사진이었다. 성우가 정하의 볼에 입술을 맞추며 찍은 사진. 사진을 보자 불같이 끓어오르던 분노가 차츰차츰 가라앉기 시작했다.

서울 지리도 잘 모르면서 정하 혼자 덕산에 내려가는 것이 안쓰러워 고속도로 타는 것도 마다하지 않았던 남자가 성우였다. 놀아달라면 놀아주러 달려오고, 산책하고 싶다는 말에 도시락을 싸 들고 달려온 남자도 성우였다. 하나씩, 하나씩. 성우가 해주었던 일들이 정하의 머릿속에 떠올랐다. 정하가 남자 만나러 간다는 말에 발끈해 형수님을 데려와 정하를 분노에 떨게 했던 재미난 남자. 주위 사람들이 아무리 재수없다는 듯 쳐다봐도 아랑곳하지 않고 스케이트를 신겨주던 남자. 정하가 무슨 말을 해도 무슨 표정을 해도 웃고 또 웃고, 그저 사랑스러워 못 견디겠다는 듯 웃어주는 남자가 바로 성우였다.

"바보 같으니라고."

정하는 후회하기 시작했다. 어떻게 이렇게 사소한 것 때문에 화를 내고 얼굴을 붉혔을까. 생각해 보니 별것 아닌데, 아무것도 아닌 것 같은데, 물론 인영이가 내뱉은 한 마디는 많은 고민을 하게 했고 속을 끓이게 했지만 서로 진심을 털어놓았다면 금방 해결됐을 일이었다. 정하는 불필요하게 신경을 소모시키고 상처를 준 것 같아 후회스러웠다. 모든 것이 다 후회스럽기 시작했다. 성우가 자신을 의심했다는 것에 화가 나서 쏘아붙인 것이 후회스럽고 그토록 해명하고 싶어하는 성우의 마음을 무시해 버린 것도 후회스러웠다. 성우가 아니면, 누가 또 이렇게 사랑해 줄 거라고, 성우가 아니면 누가 또 이렇게 아낌없이 사랑해 줄 것이라고.

"바보."

정말 후회스러웠다.

성우는 얼마나 화가 났을까, 미안하고 또 미안했다. 이웃집 사람들이 다 내다보도록 그냥 내버려 두었으니 말이다.

"어떻게 하지?"

이미 답은 나와 있었다. 성우에게 미안하다고 사과하고 얼른 화해를 하는 것이 가장 옳은 일이었다. 성우와 이렇게 싸우는 것도 싫고, 이렇게 아무것도 아닌 일로 싸우는 바람에 만약 성우와 다시 만나지 못하고 헤어지게 된다면……. 너무 끔찍했다.

휴대전화를 들고 망설이던 정하는 휴대전화에 저장된 사진을 검색하기 시작했다. 일단, 화해의 제스츄어로 행담도에서 함께 찍은 사진을 성우에게 전송한 다음 미안하다는 문자를 보내는 것이 좋겠다는 생각이 들었기 때문이다. 성우도 사진을 보면 불쾌하고 상해 버린 기분이 조금은 회복될 것이라 기대했다.

저장된 사진을 검색하던 정하의 눈에 의외의 사진이 들어왔다. 얼핏 성우의 사진 같은데 찍은 기억이 없었기 때문이다.

"무슨 사진이지?"

사진을 클릭해 확대해 보니 분명히 성우였다. 하지만 어디서 언제 찍었는지 기억에도 없는 사진이었다.

"이걸 언제……."

찍었을까 기억을 더듬던 정하는 화들짝 놀랐다. 이 사진은, 그러니까 프랑스에 출장 간 민수를 마중하기 위해 공항에 갔던 날, 민수가 고추장 같은 년과 양다리를 걸치고 있었던 것을 확인했던 바로 그날, 우르르 몰려가는 기자들을 보고 연예인이라 생각해 무작정 찍었던 바로 그 사람, 그 사진이었다.

"그럼, 그때 그 사람이 성우 씨였어?"

정하는 너무 놀라 멍한 얼굴로 성우의 사진을 쳐다보고 있었다. 자신의 휴대전화에 저장된 두 장의 사진을 한참 동안 쳐다보고 있던 정하는 후닥닥 집을 뛰쳐나갔다. 집을 뛰쳐나온 정하는 미친 듯이 택시를 잡아타고 아리조나호텔로 향했다. 머릿속에 수만 가지 생각들이 가지를 뻗치고 있었지만 선명하고 명료한 것은 딱 한 가지. 지금 당장 성우를 만나야 한다는 것, 그것뿐이었다.

아리조나호텔에 도착한 정하는 꼭대기 층에 올라가 있는 엘리베이터를 기다리지 못하고 비상구로 뛰어오르기 시작했다. 자그마치 십층을 쉬지 않고 뛰어올라 왔을 때 숨이 턱까지 차서 숨도 제대로 못 쉴 지경이었지만 정하는 지체하지 않고 성우의 룸으로 뛰어가 문을 두드렸다. 헐떡헐떡 가쁜 숨을 몰아쉬며 성우가 문을 열어주길 기다리고 있는데 문이 활짝 열리며 성우가 나왔다.

"정하……."

"성우 씨, 내가 잘못했어요."

정하가 땀에 젖은 얼굴로 숨이 가빠 헐떡거리며 말했다.

정하를 가만히 바라보던 성우가 정하를 끌어당겨 안았다.

"위험한데, 왜 왔어. 전화했으면 내가 갔을 텐데."

정하를 꼭 끌어안은 성우가 안쓰러운 목소리로 말했다.

"이거요, 이거 보여주려구요."

정하가 성우의 품에서 빠져나와 휴대전화에 저장되어 있던 성우의 사진을 찾아 보여주었다.

"성우 씨 사진이 있는 거예요. 너무 화가 나서, 속이 상해서 성우 씨한테 막 퍼부으려고 휴대전화를 켰는데 우리가 같이 찍은 사진이 보이는 거예요. 그 순간 정말 거짓말처럼, 내가 너무 잘못했다는 걸 알았어요. 그래서 성우 씨한테 우리 사진 보내주고 사과하려고 휴대전화에서 사진을 찾다 보니까 이 사진이 나왔어요. 예전에 호텔에 나 쫓아왔던 민수 씨 마중하러 공항에 나갔던 그날, 그날 찍은 사진이에요. 기자들이 몰려드는 걸 보구 연예인인 줄 알고 무작정 찍었던 사진이 있는데, 그게 성우 씨더라구요."

　정하가 성우의 눈앞에 휴대전화 액정을 디밀었고 성우는 아주 이상한, 잘못 해석했을지도 모르지만 곧 울음을 터뜨릴 것 같기도 하고 아니, 뭔가 폭발할 것 같은 표정으로 정하가 디민 사진을 쳐다보고 있었다.

　"이제 확실히 알았어요. 우습게 들리겠지만 성우 씨는 정말로 내 사람이라는 거, 내 남자라는 거. 이제 확실하게 알겠어요."

　정하의 말에 성우가 낮은 한숨을 내쉬더니 정하를 끌어당겨 안았다.

　"이제 알았어? 난 처음부터 알고 있었는데."

　성우가 정하를 으스러지도록 꽉 껴안아 들어올리며 속삭였다.

　"미안해요, 이제야 깨달아서."

　"내가 미안해. 이제야 깨닫게 해줘서. 내가 조금 더 일찍 알게 해줬어야 하는데. 내가 미안해."

　"내가 미안해요."

　"아니야, 내가 미안해."

"내가 미안하……."

정하가 말을 채 끝내기도 전에 성우가 정하의 입술을 자신의 입술로 막아버렸다.

미안함에서 시작된 키스는 오 초도 지나지 않아 어느 누구도 말릴 수 없는 격정의 키스가 되어버렸다. 으스러지도록 정하를 껴안은 성우, 그런 성우의 목을 단단히 감아 안은 정하. 두 사람은 누가 먼저랄 것도 없이 서로의 몸을 더듬고 쓰다듬으며 서로의 옷을 벗기기 시작했다.

침대까지 갈 겨를도 없었다. 성우가 정하에게 키스를 퍼부으며 정하의 바지와 팬티를 동시에 끌어내렸고 정하 역시 성우의 허리띠를 풀지 못해 끙끙거리다가 드디어 허리띠를 풀었을 때 성우가 기다렸다는 듯이 바지를 벗어버렸다. 두 사람은 거의 동시에 호텔 객실 바닥에 쓰러지듯 누웠을 때 성우의 남성이 순식간에 정하의 몸속으로 돌진해 들어왔다.

"아!"

정하가 탄성을 내지르며 성우의 목을 끌어안자 성우의 손이 미처 벗지 못한 정하의 티셔츠 안으로 들어와 브래지어를 걷어 올리고 앙증맞은 젖가슴을 움켜잡았다.

두 사람은 딱딱한 바닥이라는 것도 잊어버리고 서로를 탐하기 시작했다. 정하의 속살을 뻐근하게 압박하며 들어오는 성우의 남성, 성우의 성난 남성을 자지러지도록 조여오는 정하의 속살. 두 사람은 허겁지겁 서로를 탐하고 만지고 쓰다듬었다. 서로를 완벽하게 충족시키는 느낌이, 감각이 처음 사랑을 나눴을 때보다 더욱 강렬하고 짜릿해서 두 사람은 서로를 필사적으로 끌어안으며 연신 폭발할 듯한 신음을 토해냈다.

정하의 속살을 밀치고 들어오는 강력한 힘에 버거운 탄성을 내뱉던 정하가 못 견디겠다는 듯 성우의 머리카락을 움켜잡았을 때, 그 무엇보다 강렬하고 아찔한 순간, 두 사람은 절정에 도달했다. 객실 안을 꽉 채우고도 남을 만큼의 충족감과 만족감에 사로잡힌 성우와 정하는 서로를 꼭 끌어안은 채 절정의 달콤함을 맛보고 있었다.

사랑의 시간이 지나가고 평온을 되찾자 성우가 정하를 안아 올려 침대에 눕히고 살며시 입을 맞추었다.

"오해해서 미안해."

성우가 사랑에 담뿍 담긴 눈길로 정하를 내려다보며 사과했다.

"정하를 믿지 못해서 정말 미안해. 강호 씨한테 설명을 들었는데…… 내가 너무 어이없는 오해를 했더라고."

"강호가……. 뭐래요?"

"음……. 비밀이야."

"그 비밀 뭔지 알 것 같네요. 호야…… 성우 씨 많이 좋아하나 봐요. 비밀을 말해주는 것 보니."

"응. 나도 강호 씨 좋아."

"아무리 좋아도 둘이서 바람나진 말아요."

정하의 말에 성우가 웃음을 터뜨렸다.

"오 작가가 했다는 말, 내가 해명할게. 당신 작품이 최종 예선에 올라올 때까지 난 당신 작품을 보지 않았어. 최종에 올라왔을 때에야 비로소 당신 작품을 읽었고 난 결코 만점을 주지 않았어. 내가 준 점수는 8.5점이었어. 다른 심사 위원 모두 낮은 점수를 줬는데 나 한 사람이 만점을 주었다고 해서 당선될 수는 없어. 이건 산수야. 수학까지 갈 것도 없어. 그리고 오 작가의 따귀를 때려준 것은 잘한 일이야. 몸으로 로비를 했다니, 믿을 수 없을 만큼 경박하군."

성우가 격한 어조로 말했다. 하지만 인영이 제일 낮은 점수를 주었다는 말은 하지 않았다. 그건 남자로서 할 짓이 아니었기 때문에.

"내가 당신에게 월든 그룹 사람이라는 것을 말하지 않은 이유는 서로를 위해서였어. 처음 식사를 하던 날, 당신이 월든코리아 시나리오 공모에 응모한다는 얘길 들었을 때 말하지 않는 것이 좋겠다고 생각했어. 내가 월든 사람이라는 것이 당신을 부담스럽게 만들 수도 있다고 생각했거든. 나 역시 부담스러웠고."

"이해해요."

"당신이 오 작가에 대해 말하기 전에 난 이미 오 작가를 알고 있었어. 두 사람이 친구였고 예전에 그런 일이 있었다는 말에 조금 놀랐지. 그래서 더욱 내가 월든 사람이라는 것을 숨겨야겠다고 생각했어. 일에 관해서는 중립을 지켜야 하니까."

"것도 이해해요."

"이제 오해가 풀렸어?"

"풀렸어요. 그리고 믿을게요."

정하가 웃자 성우가 정하의 손을 잡았다.

"당신하고 연락이 되지 않아서, 그리고 집으로 찾아갔을 때 아무도 없어서 내가 얼마나 애를 태웠는지 알아?"

"나도 정말 괴로웠단 말이에요."

"나한테 말을 했어야 했어."

"알아요. 그래서 후회하고 있어요. 강호한테도 속 좁게 군다고 잔소리 듣고."

"어제 내가 정하의 당선을 축하하기 위해 어떤 계획을 세웠는지 안다면 절대 전화를 받지 않는 짓은 하지 않았을 거야."

성우가 생각할수록 화가 난다는 듯이 말했다.

"어떤 계획이었는데요?"

"함께 저녁을 먹고 오해가 있다면 모두 풀고 사랑을 나눌 계획이었어. 그리고 제일 중요한 순서가 남아 있었단 말이야."

"사랑을 나누는 것 말고 제일 중요한 순서가 뭐가 있어요?"

"아직 말하지 않을 거야."

"말해줘요. 제일 중요한 순서가 뭐예요?"

"그건, 다시 한 번 정하를 안은 후에."

성우가 정하에게 키스를 퍼붓는데 성우의 휴대전화가 울렸다. 이 시간에 전화를 하는 사람은 대체 얼마나 무례하기 짝이 없는 사람인가! 이 중요한 순간에 말이다.

성우는 알아듣지 못할 말로 투덜거리며 몸을 일으켜 휴대전화를 받았다.

"여보세요?"

[성우야. 나다.]

진우였다.

"예."

[문제가 생겼다.]

"무슨……."

[사막 시나리오가 표절이라는 의견과 항의가 빗발쳐서 홈페이지가 마비될 지경이다. 네 조언이 필요하다. 지금 회사로 나올 수 있겠니?]

"예."

성우가 굳은 얼굴로 전화를 끊고 정하를 바라봤다.

"미안해. 지금 회사에 가야 해."

"지금요? 무슨 안 좋은 일 생겼어요?"

"들어가 봐야 자세히 알 수 있을 것 같아. 미안해."

"괜찮아요. 어서 가봐요. 나도 갈게요."

"가지 마. 여기서 기다려."

"여기서? 하지만…… 알았어요. 여기서 기다릴게요. 되도록 발가벗고."

정하의 말에 성우가 으윽 하는 신음 소리를 낮게 내질렀다.

"내가 돌아올 때까지 꼼짝 말고 기다리고 있어. 되도록 발가벗고."

"몇 시까지 올 거예요? 설마 밤새 발가벗은 채 기다리게 하는 건 아니겠죠?"

"그런 일은 결코 없을 거야!"

성우가 으르렁거리며 말했다.

"알았어요. 너무 오래 기다리게 하지 말아요. 성우 씨가 도착하기 전에 내가 내뿜는 열기로 호텔이 타버릴지도 모르니까."

정하가 성우의 가슴을 살살 쓰다듬으며 섹시하게 속삭이자 성우가 또다시 끙 하는 신음을 토해냈다.

"제발, 정하!"

"알았어요. 살려줄게요. 어서 가봐요."

정하가 끝까지 야릇한 눈빛을 날리며 속삭였다.

예삿일이 아니었다.

제작 발표회를 하고 언론을 통해 '사막'에 대한 대략적인 줄거리가 소개되면서부터 조심스레 표절에 대한 의견이 올라오기 시작하더니 어느 순간 항의 글이 폭주하기 시작했다.

원본이라고 주장되는 작품은 모두 네 작품. 온라인에 연재된 어느 이름 없는 작가들의 작품이었는데 사막이 그 네 편의 작품을 교묘하게 짜깁기했다는 주장이었다. 어디서 어떤 경로로 사막 시나리오가 퍼졌는지는 알 수 없으나 사막의 시나리오와 원본이라고 주장되는 네 편의 작품들을 조목조목 대조해 놓은 글들도 수십 편이었다.

성우가 회사에 도착했을 때에도 여전히 홈페이지가 마비될 정도로 항의 글이 올라오고 있었고 항의 전화도 빗발치고 있었다. 직원들이 부랴부랴 원본이라고 지목된 작품들을 찾아 대조를 해보니 아무래도 사막은 표절을 피해갈 수 없을 것 같았다. 이 대사는 첫 번째 작품에서 발췌해 교묘하게 비틀어놓고 어떤 장면은 두 번째 작품에서 따와 등장인물의 옷만 바꿔 입히는 식으로 그렇게 조금씩 조금씩 베낀 것이 틀림없었다.

진우에게 이번 사건은 정말이지 치명적일 수 있는 일이었다. 사막은 월든코리아의 수많은 작품 중의 하나가 아니라 바로 창립 작품이기 때문이다. 창립 작품이 표절 시비에 걸리다니. 물론 수많은 작품 중 하나다 하더라도 표절작이 있어서는 안 될 일이지만 첫발을 내딛기 위해 준비하던 작품이 표절에 휘말렸다는 것은 결정적인 타격이 될 수도 있었다.

약간 비슷하다거나 닮은 구석이 있는 정도가 아니라 시간이 갈수록 표절이 틀림없는 것 같다는 의견이 나오자 월든코리아의 분위기는 점점 더 무거워져갔다. 월든코리아의 분위기만큼이나 진우의 표정도 무거웠다.

"어떻게 하시기로 하셨습니까?"

"일단 고문 변호사에게 법률적으로 어떤 문제가 되는지 의견을 구한 상태고 표절당했다고 주장하는 원작자들을 만나보기로 했다. 투명하게 처리할 생각이다."

"잘하셨습니다."

"이런 일이 있을 줄은 몰랐구나."

"오 작가 쪽에서는 뭐라고 합니까?"

"오 작가야 물론 부인하지."

"회사에 나왔습니까?"

"오고 있는 중이야. 네 생각은 어떠냐?"

"올라온 게시판을 훑어보고 또 대조된 글들을 읽어보니 표절을 부인할 수는 없을 것 같습니다."

"나 역시 그래. 이럴 경우엔 문제가 된 원작을 사들이거나 전면 백지화하는 방법밖에는 없을 것 같은데……."

진우가 신중한 표정으로 말했다.

"원작자가 원작 계약을 거부할 수도 있습니다. 물론 잘못된 부분을 바로잡고 의견조율이 잘된다면 불가능한 일은 아니겠지만 그럴 경우엔 시나리오 작가는 반드시 교체해서 시나리오는 다시 만들어야 합니다. 남의 작품을 표절한 작가에게 계속 맡긴다는 것은 눈 가리고 아웅하는 꼴이니 말입니다."

"그렇지."

진우가 고개를 끄덕이는데 노크 소리와 함께 비서가 들어왔다.

"제작팀과 오 작가님 오셨습니다."

"들어오라고 하세요."

비서가 문을 활짝 열자 제작팀 몇몇과 인영이 안으로 들어왔다. 인영의 표정은 안쓰러울 만큼 굳어 있었다. 표절 시비에 휘말렸다는 연락을 받고 오밤중에 이게 웬 날벼락인가 싶었을 것이다. 불과 몇 시간 전에 제작 발표회를 열었는데 말이다.

인영은 진우와도 성우와도 제대로 눈을 마주치지 못한 채 시선을 피하고 있었다.

"홈페이지에 올라온 글들은 살펴보셨습니까?"

진우가 묻자 인영이 그제야 바끄러움을 감추려고 애쓰며 진우를 쳐다봤다.

"네, 하지만 전 맹세코 표절하지 않았어요."

인영이 믿어달라고 호소하듯 말했지만 지금까지의 정황이 인영을 신뢰하지 못하게 만들고 있었다.

"물론 비슷한 생각을 하는 사람은 있을 수 있습니다. 똑같은 생각을 할 수도 있고. 하지만 이번 경우는 정도를 벗어난 것 같습니다."

진우가 인영의 앞에 프린트한 글들을 밀어주며 말했다.

"읽어보시죠."

진우가 읽어보라고 한 글들은 게시판에 올라온 항의 글들 중 원작과 대조해 표절이라고 지적된 부분이었다.

"차근차근 읽어보시기 바랍니다."

읽을 엄두도 내지 못하고 있는 인영을 향해 성우가 말했고 인영이 잠깐 원망스럽다는 눈길로 성우를 쳐다봤다가 프린트로 시선을 돌렸다.

한장한장 프린트가 페이지를 넘어갈 때마다 인영의 얼굴은 점점 더 심각하게 굳어갔다. 인영이 마지막 페이지를 읽고 손에서 프린트를 내려놓았을 때 진우의 방에 있던 모든 사람들의 시선이 일제히 인영에게 꽂혔다.

"어떠십니까?"

"믿을 수가 없어요. 제가 봐도 비슷하지만, 전 맹세코…… 여기 있는 이 사람들 작품을 베낀 적이 없어요. 이건 우연의 일치라구요."

인영이 항변했다. 하지만 인영의 항변은 진실처럼 느껴지지 않았다.

"우연의 일치라고 하기엔 비슷한 부분이 너무 많습니다."

"절 믿지 못하시는 거예요?"

인영이 금방이라도 울음을 터뜨릴 것 같은 얼굴로 진우에게 물었다.

"현재로선 오 작가님을 믿기가 어렵습니다."

"사장님!"

"오 작가님이 이분들께 사과를 하시는 것이 옳다고 봅니다."

성우의 말에 인영의 표정이 험악해졌다.

"사과를 하라구요? 제가 뭘 잘못했다고 사과를 해요? 사과를 한다는 것은 표절을 인정한다는 거잖아요. 현성우 사장님, 전 표절한 적이 없어요! 제가 뭐가 아쉬워서 이름도 없는 삼류 작가들의 작품을 표절하겠어요?"

"저도 그게 궁금합니다. 오 작가님이 뭐가 아쉬워서 이분들의 작품을 표절하셨는지."

"현성우 사장님! 절 모욕하지 마세요!"

인영이 분노에 차서 소리쳤다.

"이분들은 이름도 없는 삼류 작가가 아니라 장르소설계에서 많게는 20만 적게는 5만의 고정 독자를 확보하고 계신 매우 유명한 일류 작가들이십니다."

인영의 곁에 있던 제작팀장이 오인영이라는 작가가 가진 마인드가 이 정도로 저급하다 것에 대단히 실망했다는 듯 설명했다.

인영이 어금니를 틀어 무는 바람에 입술과 턱 근육이 떨리기 시작했고 그 모습을 지켜봐야 하는 나머지 사람은 참으로 딱하고 언

짧은 기분이 들었다.

"날이 밝으면 원작자 분들과도 미팅이 있을 겁니다. 미팅에 참석하시는 게 어떻겠습니까?"

"싫습니다!"

진우의 제의를 인영이 격하게 거부했다.

"전 오 작가님이 직접 원작자들과 만나 입장을 분명히 밝히시거나 해명을 하시는 편이 좋겠다고 생각했는데 거부하시니 어쩔 수 없군요. 그렇다면 오 작가님께서 표절을 인정하시는 것으로 알겠습니다. 오늘 중으로 사과문을 써서 올려주세요."

"사과문을 쓰라구요?"

인영이 기막히다는 얼굴로 진우를 쳐다봤다.

"전 사과문 쓸 수 없어요. 쓸 이유가 없어요. 말씀드렸잖아요. 전 표절하지 않았습니다! 전 인정하지 않았어요. 인정할 수 없어요!"

인영이 펄펄 뛰었다.

진우가 이럴 경우 어떻게 하는 것이 가장 옳은 방법인지를 묻는 듯 성우를 바라봤다. 분쟁이 생겼을 때 어느 한쪽도 자신의 과오를 인정하지 않을 경우, 지금처럼 명백함에도 불구하고 인영이 끝까지 인정하지 않는다면 방법은 이제 하나밖에 없었다.

"오 작가님?"

성우가 냉소적인 시선으로 인영을 바라보다가 입을 열었다.

"네."

"오 작가님의 입장을 분명하게 밝히신 겁니까?"

"네, 전 표절하지 않았어요. 사막은 제 창작물이에요."

"그렇다면 이쪽 분야의 전문 변호사 분들과 월든코리아 고문 변호사들에게 의뢰해 법적으로 처리하겠습니다. 만에 하나 결과가 표절로 밝혀진다면 그땐 오 작가님과 월든코리아가 작성했던 계약서대로 이행하는 것으로 매듭을 짓겠습니다. 또한 법적 절차로 가기 전에 진실을 말씀하신다 하더라도 월든코리아에 입힌 피해와 손해 배상은 오 작가님께서 반드시 해결하셔야 할 겁니다. 이상입니다. 돌아가십시오."

성우가 확고한 어조로 말을 끝맺자 인영의 얼굴이 하얗게 질려버렸다.

이제 더 이상 할 얘기가 없다는 듯 진우가 소파에서 일어나 책상으로 돌아가자 성우와 나머지 제작팀들도 일어났다. 성우가 진우의 방을 나가려는데 인영이 모멸감으로 일그러진 채 일어나더니 조그맣게 입을 열었다.

"사과문을 쓰겠습니다."

초인종 소리에 드디어 성우가 돌아온 모양이라고 생각하며 객실 문 앞으로 달려간 정하는 얼른 나이트가운 끈을 풀었다. 음흉한 미소를 머금은 정하는 성우가 깜짝 놀랄 것이라고 생각하며 문을 여는 즉시 활짝 하고 가운을 펼쳤다. 그런데 에구머니나, 이런! 성우가 아니라 웬 여자였다!! 굉장히 경쾌하고 세련된 분위기를 풍기는 여자!! 쓸데없이 생전 처음 보는 여자에게 알몸을 내보인 것이다!

"어머!"

정하와 여자가 동시에 짧은 비명을 내질렀다. 정하는 얼른 돌아서며 가운을 여미고 끈으로 꽁꽁 묶었다.

'아, 쪽팔려.'

정하는 새빨개진 얼굴을 정말 쪽팔려 죽겠다고 생각하며 돌아서서 여자를 쳐다봤다. 똑바로 볼 낯은 없어서 약간 비스듬히.

'그런데 이 여자 뭐야?'

"누구세요?"

"현성우 씨 만나러 지금 독일에서 왔는데, 안에 계세요?"

하경이 웃음을 터뜨리지 않으려고 애쓰며 물었다.

"성우 씨 지금 없어요. 아직 돌아오지 않았어요."

성우를 만나러 독일에서 왔다는 말에 그제야 정하는 하경을 똑바로 쳐다보며 아래위를 훑어내렸다.

'정말 이 여자 뭐야?'

정하와 하경은 서로에게 적대적이지도, 그렇다고 호의적이지도 않은 눈길을 주고받으며 서로 자신이 조금 더 예쁘다고 생각했다.

"성우 씨 아직 돌아오지 않았다구요."

성우가 돌아오지 않았다는 데도 하경이 갈 생각을 하지 않자 정하가 다시 한 번 상기시켰다.

"아, 그랬죠? 언제 올까요?"

"곧 올 거예요. 그런데 누구시죠?"

"성우 씨하고 잘 아는 사람이에요. 그쪽은……."

"저도 잘 아는 사람이에요."

정하가 퉁명스럽게 대꾸하자 하경이 픽 웃었다.

"알았어요. 성우 씨 돌아오면 하경이가 찾아왔었다고 전해주세요."

하경이 돌아섰고 정하는 하경의 뒷모습을 흘끔거리다 문을 닫았다.

"누구지?"

정하가 저렇게 멋진 여자와 성우가 어떤 사이일까 생각하며, 어떤 사이이든 그것은 둘째고 이 창피함을 어쩌면 좋을지 몰라 혀를 차며 돌아서는데 초인종이 또 울렸다. 성우가 정말 왔나 보다 하고 생각하며 문을 열었는데 웬걸, 또 여자였다. 단아하고 우아한 아름다움을 풍기는 여자. 참 골고루다. 아이고, 가운 끈을 풀지 않은 것이 얼마나 다행인지!

'이 잡것은 또 뭣이냐.'

"누구세요?"

"현성우 씨 만나러 왔어요."

예은이 살포시 미소를 머금고 말했다.

"지금 없어요. 아직 안 왔어요."

정하와 예은이 정하와 하경이 그랬던 것처럼 불꽃이 튀기는 시선을 주고받으며 서로를 탐색했다.

"그럼, 일본에서 예은이가 찾아왔었다고 전해주세요."

예은이 정하를 향해 호감 어린 미소를 날린 후 돌아섰다.

정하는 점점 더 괴기해지는 기분을 느끼며 문을 닫았다.

"아깐 독일표 하경, 지금은 일본표 예은? 뭐야, 이거. 연애질도

글로벌로 하겠다는 거야?"

정하는 하경과 예은을 성우가 세계 각지에 숨겨놓은 애인으로
오해했다.

"아니, 이것들이!"

정하가 욱하고 성질이 뻗는데 또다시 초인증이 울렸다.

정하가 씩씩거리며 구멍으로 밖을 내다보자 또 여자였다. 제기
랄!

정하는 자신도 모르게 주먹을 움켜쥐고 숙숙 콧김을 내뿜다가
얼핏 객실 한쪽에 진열된 양주병들이 눈에 들어오자 그중에서 제
일 거하게 보이는 양주병 한 개를 거꾸로 치켜들고 벌컥 문을 열
었다. 여차하면 한 대 갈기겠다는 듯.

"넌 어디서 왔더냐!"

"어머!"

정하의 모습에 기겁을 한 세영이 깜짝 놀라 정하를 쳐다보다가
도망가 버렸다. 정하가 도망가는 세영의 뒷모습을 노려보다가 문
을 쾅 닫고 들어와 버렸다.

"아, 열받아."

성우가 그런 놈인 줄은 몰랐는데 세상에 양다리도 아니고 세 다
리 네 다리 닥치는 대로 세계 각지에 다리를 뻗쳐 놓고 있었던 것
이다. 어디 돌아오기만 해봐라, 사생결단을 내놓고 말리라 하며
양주병을 따서 벌컥벌컥 두어 모금 마시는데 초인종이 울렸다.

"누구세요!"

"나야, 정하."

성우였다.

"좋아, 어디 맛 좀 봐라."

정하가 양주병 뚜껑을 닫고 아까처럼 거꾸로 치켜든 채 문을 열자 활짝 웃으며 들어오려던 성우가 주춤거리며 정하를 쳐다봤다.

"정하, 왜 그래?"

"똑바로 대답해요. 나 지금 열받았으니까."

"무슨 일이야?"

"당신 도착하기 전에 세 명의 여자가 당신을 찾아왔었어요. 독일표 하경, 일본표 예은, 그리고 한 여자는 내가 이 병으로 패 죽이려고 하니까 도망가 버렸어요."

"가만가만, 누구라고? 하경? 예은? 정말이야? 오, 맙소사."

성우가 손으로 이마를 감싸 쥐고 고개를 절레절레 저었다.

"그 여자들이 누군지 말해욧!"

정하가 빽 소리를 지르자 성우가 웃음을 터뜨리며 정하에게서 술병을 빼앗아 테이블 위에 올려놓았다.

"누구냐구요!"

"언제 왔다 갔어? 금방?"

"이 분도 안 됐어요."

"정말 못 말리겠군."

성우가 키득키득 웃다가 갑자기 객실 문을 쳐다봤다.

"이봐요, 성우 씨. 그 여자들이 누군지 빨리 말하라구요!"

"잠깐만, 소개할게. 쉿."

성우가 손가락을 입에 대더니 조용히 문으로 걸어갔다. 그리고 벌컥 문을 열어젖혔다. 문을 여는 순간 성우를 찾아왔다던 그 여자들이—독일표 일본표 말이다—문밖에서 몰래 엿듣고 있다가 와르르 객실 안으로 쏟아져 들어왔다.

"어머."

"아우, 놀라라."

"안녕하셨어요."

여자들이 난처한 미소를 지으며 성우와 정하를 번갈아 쳐다봤다.

"안녕하셨어요, 제수씨. 형수님, 안녕하셨어요?"

성우가 하경과 예은을 향해 그렇게 인사했다. 제수씨와 형수님이라고.

"큰형수님도 오셨군요."

성우가 세영을 향해 그렇게 말했을 때 정하의 얼굴이 뜨악해졌다. 세상에 성우의 형수를 패 죽이려 했던 것이다. 아이고, 맙소사.

"죄송해요, 도련님. 도련님한테 애인이 생겼다는 얘길 그이한테 듣고 궁금해서 견딜 수가 있어야죠."

세영이 미안해하며 말했다.

"작은 형수님과 제수씬 어떻게 갑자기 이렇게 오셨습니까?"

"다음주가 세미 돌이잖아요. 그래서 들어왔는데 와보니 아주버님한테 애인이 생겼다고 해서……. 큰형님이 가보자고 했어요."

하경이 세영이한테 덮어씌우려고 하자 세영이 기막힌다는 듯 하경을 쳐다봤다.

"동서, 동서가 오자고 했잖아!"

"형님이 궁금하다 하셨잖아요."

"가보자고 한 사람은 동서야. 우리 동서가 될지 안 될지 우리도 심사를 해야 하는 것 아니냐고 동서가 그랬잖아."

"형님도, 제가 언제 심사를……."

"형님하고 동서가 같이 가자고 해서 전 따라만 왔어요."

예은이 중간에 끼어들며 세영과 하경에게 동시에 뒤집어씌우려고 하자 세영과 하경이 어떻게 이렇게 배신할 수 있냐는 듯 예은을 노려봤다.

"정하가 여기 있다는 건 어떻게 아셨습니까?"

"진우 씨한테 물어봤죠. 도련님 애인이 호텔에서 도련님을 애타게 기다리고 있기 때문에 지금 도련님이 몸이 달았다고 하더라구요."

세영의 말에 성우가 웃음을 터뜨리며 정하의 허리에 팔을 두르며 끌어당겨 안았다.

"정하, 여기 두 분은 형수님이시고, 여기 이분은 우리 제수씨. 이분은 기억하지? 정하가 신경질나게 예쁘다고 했던 그분이셔."

아깐 너무 화가 났던 터라 본 적이 있었다는 것을 생각도 못했는데 지금 정신을 차리고 보니 그때 그 형수였다.

"안녕하세요, 은정하예요. 정말 죄송해요, 전 성우 씨가 숨겨둔 애인인 줄 알고……."

정하가 민망하기 짝이 없어하며—특히 하경, 아니, 세영, 아니, 전부 다—인사하자 월든가의 세 며느리가 웃으면서 다같이 정하의 손을 잡았다.

"반가워요. 아까 우리가 놀려서 미안해요. 아깐 정말 볼 만했어요."

하경의 놀림에 정하의 얼굴이 새빨개졌다.

"난 정말 그 술병에 얻어맞는 줄 알고 얼마나 놀랐나 몰라요."

"죄송해요……. 정말로 성우 씨 애인인 줄 알고……."

"술병 치켜들고 있는 거 보고 우리 모두 깜짝 놀랐었어요."

정하와 함께 월든가 며느리들이 깔깔거리고 웃었다.

"이번에 시나리오 공모전에서 우수상 받으셨다구요? 축하해요."

"고맙습니다."

"여러분!"

지금 성우는 한시라도 바삐 정하를 안아야 하는데 월든가 며느리들과 정하를 이대로 놔두었다간 끝이 없을 것 같았다.

"우리 정하를 보신 소감은 다음에 듣겠습니다. 진우 형님 말씀대로 정하를 여기서 너무 오래 기다리게 해서 몸이 달았거든요."

"알고 있어요. 아주버님만 몸이 달아오른 게 아니라……."

하경이 정하에게 눈을 찡긋거렸고 얼굴이 새빨개진 정하를 보며 세 며느리가 깔깔거리고 웃었다.

"그럴 줄 알고 제가 챙겨왔죠."

하경이 얼른 정하에게 자그마한 쇼핑백을 들려주었다. 정하는 그게 뭔지도 모른 채 받아 들었다.

"이게 뭐예요?"

정하가 묻자 월든가 며느리들이 엉큼한 미소를 흘렸다. 그리고 하경이 정하의 귀에 대고 재빨리 뭔가를 속삭였다.

"무지 유용하게 쓰일 거예요. 그럼 우린 갈게요. 좋은 밤 되세요. 아름다운 밤이에요!"

월든가 며느리들이 정하와 성우를 향해 요란하게 인사를 남긴 후 퇴장했다.

"휴, 이제 우리 둘만 남았군."

성우가 정하를 끌어당겨 안으며 입술에 입을 맞추었다.

"오래 기다렸지?"

"말도 말아요. 얼마나 바보 같은 짓을 했는지."

"무슨?"

"초인종 소리에 성우 씨가 온 줄 알고…… 발가벗은 채 가운만 입고 있다가…… 문을 열자마자 확 펼쳐서……."

정하의 말에 성우가 웃음을 터뜨렸다.

"그나마 다행이군. 호텔 종업원이었더라면 어쩔 뻔했어?"

"창피해 죽는 줄 알았어요. 그나저나 문제는 해결됐어요? 무슨 문제였는지 물어봐도 돼요?"

"음……. 나중에 설명해 줄게. 지금은 일 얘기 하기 싫어."

"알았어요. 나중에 얘기해 줘요. 그런데 성우 씨 형수님들하고 제수씨라는 분 원래 저렇게 다 괴짜예요?"

"월든가 여자들은 모두 괴짜야. 그중 정하가 최고 괴짜겠지만."

"그 말은 내가 월든가 여자가 된다는 말이에요?"

"음…… 그 얘기도 나중에 하자고. 그런데 그건 뭐야?"

성우가 쇼핑백을 가리키며 물었다.

"어…… 그러니까……."

"이리 줘봐. 제수씨가 이상한 걸 넣었을지도 몰라. 폭탄을 넣었을지도 모른다고. 물리학자거든."

"폭탄 아니에요!"

정하가 쇼핑백을 움켜잡았다.

"그럼 뭔데?"

"그게 그러니까……."

"내가 열어보기 전에 빨리 말해. 제수씨가 뭐라고 속삭인 거야?"

"……먹는 속옷이래요."

정하의 말에 성우가 끙 하고 신음 소리를 토해냈다.

"날 죽이려고 월든가 며느리들이 작당을 했군. 씻고 올게. 내가 나오기 전에 갈아입고 침대에서 기다려 줘."

성우가 욕망을 억누르기 힘들다는 듯 말했다.

"정말로 성우 씨가 먹을 거예요?"

"먹을 거야. 모조리 다!"

성우가 으르렁거리고 소리치며 순식간에 옷을 벗어 던지고 욕실로 뛰어 들어갔다. 성우가 욕실로 뛰어들어 가자마자 정하는 쇼핑백에서 상자를 꺼내 열었다. 상자 안에는 먹어치우기엔 너무 아까운, 화려하고 사랑스러운 속옷이 방긋 웃고 있었다.

"너와 나는 오늘 밤……. 먹히는 거야. 앙!"

정하가 앙큼한 고양이처럼 속삭였다.

성우는 큰소리쳤던 것처럼 정말로 모든 것을 먹어치워 버렸다. 정하의 젖가슴을 감질나게 지탱해 주던 화려한 브래지어와 정하의 숲을 아슬아슬 숨겨주던 사랑스러운 팬티는 물론이고, 정하까지!

불처럼 열정적인 시간을 보낸 성우와 정하는 서로를 꼭 끌어안은 채 가쁜 숨을 내쉬고 있었다.

"저기……. 그…… 맛이 어땠어요?"

거친 숨소리가 정상을 되찾았을 즈음 정하가 물었다.

"속옷을 말하는 거야, 아니면 정하를 말하는 거야?"

"음……. 둘 다."

정하가 살짝 낯을 붉히며 대답했다.

"꿀이었어."

"배는 불러요?"

정하의 물음에 성우가 웃음을 터뜨리더니 상체를 일으켜 볼이 발그스레하게 상기된 정하를 내려다봤다.

"사랑을 완성하는 마지막 2%가 뭔지 알아?"

"사랑을 완성하는 마지막 2%? 음…… 먹는 속옷?"

정하의 대꾸에 성우가 다시 웃음을 터뜨렸다.

"아니야, 속옷 말고."

"그럼 뭐예요?"

"오늘도 내일도, 그리고 영원히…… 사랑하는 사람과 함께 맞이하는 아침."

성우가 낮은 목소리로 속삭이더니 정하의 베개 밑에서 작은 상자를 꺼내 뚜껑을 열었다.

"나와 결혼해 주겠어?"

상자 안에는 너무나 아름다운 반지가 주인을 기다리고 있었다. 성우가 청혼을 한 것이다. 청혼.

정하의 눈에 그렁그렁 눈물이 고이기 시작했다.

"나하고 영원히 함께 아침을 맞이하고 싶어요?"

정하가 곧 굴러 떨어질 것 같은 눈물을 흠뻑 매단 채 물었다.

"소원이야."

성우의 대답과 함께 정하의 눈에 매달려 있던 눈물이 토르르 굴러 떨어졌다.

"그 아침, 같이 맞아줄게요."

정하가 눈물을 흘리면서도 활짝 웃으며 대답하자 성우가 정하를 껴안았다.

"고마워."

성우 역시 활짝 웃으며 정하의 입술에 입을 맞춘 후 정하의 손에 반지를 끼워주었다.

정하의 손가락에 끼워진 다이아몬드 반지는 주인을 제대로 찾았다는 듯 화려하게 빛을 뿜어내기 시작했다.

"사랑해, 정하."

"사랑해요, 성우 씨."

성우가 정하에게 키스하자 정하가 성우의 목덜미에 팔을 감았다. 키스가 점점 깊어질 즈음 정하가 입술을 떼며 작게 속삭였다.

"잊은 게 있어요."

"뭐?"

"윌튼가의 며느리들이 여자 속옷만 선물한 게 아니에요."

"그럼?"

"당신 것도 있어요."

"오, 맙소사."

"이번엔 성우 씨가 먹힐 차례예요."

정하가 아앙 사과를 베어 무는 시늉을 하며 속삭였다.

[아부지, 인사시킬 사람이 있어요. 남자예요. 내일 데려갈게요.]
라는 전화를 받은 그 순간부터 덕산에 있는 쌀집 식구들은 난리
가 나버렸다.

아버지는 군에 있는 아들들에게 군인을 그만두는 한이 있더라
도 반드시 참석하라고 명령했고 군인 아들들은 어거지로 특별 휴
가를 받아내느라 진땀을 흘려야 했다.

사귄다거나 만나는 사람이 있다는 언질조차도 받지 못한 엄마
는 갑작스레 고명딸이 남자를 데려온다고 하자 음식을 준비하느
라 자정이 넘어가도록 이리 뛰고 저리 뛰었다.

"수경이 어미라도 오라고 혀."

혼자 아등바등하는 아내가 안되어 보인 아버지가 맏며느리를
부르라고 했지만 정하 엄마는 손만 내저었다.

"학교서 애들 가르치랴 집안 살림하랴 갸도 바쁜디, 냅둬유. 혼
자 슬슬하게."

맏며느리인 수경 어미도 은씨네 맏아들과 같은 교사였다. 아들

이나 며느리나 벌어먹고 사느라 안팎으로 고생인데, 피곤한 애들 쉬라고 하고 혼자 슬슬 하겠다던 일이 자정이 넘어서야 끝이 난 것이다.

다음날 아침, 정하가 남자와 오는 날.

새벽같이 일어난 아버지는 서른 번도 넘게 아들들에게 전화를 걸어 몇 시에 도착하는지 체크하는 한편, 엄마는 딱 한 벌 있는 아버지의 양복과 와이셔츠를 먼저 다림질해 한쪽에 곱게 모셔둔 후 장롱을 발칵 뒤집어놓다시피하며 가까스로 입을 만한 옷을 골라 차려입었다.

"지지배가 사람을 데려올 것 같으믄 사나흘 전에 미리 알려줄 것이지, 그랬다면 장에 가서 블라우스라도 한 개 사 입었지."

그나마 제일로 격식있고 고급 옷은 둘째 장가들일 때 본견으로 다 해 입은 한복인데 한복을 꺼내 입자니 너무 과한 것 같고 한복 외에는 마땅하게 입을 옷이 없자 엄마는 살짝 짜증이 났다.

"암케나 입으면 우뗘."

"당신은 양복으로다 짝 빼입고 난 암케나 입어유?"

아내가 눈을 흘기자 것도 그런 것 같아 아버지가 미안함에 헛기침을 하며 쌀집으로 나갔다. 하지만 장사가 될 리가 없었다. 손님이 오는 것도 귀찮기만 했다.

잔치 때나 한번 입을까 웬만해선 입지 않는 양복까지 챙겨 입고 기다린 지가 언젠데 어째서 아들들이 도착하지 않는지, 정하가 도착하기 전에 온 식구가 모여서 맞아야 하거늘 왜들 이렇게 굼뜨냐는 아버지의 잔소리를 받아주며 엄마는 엄마대로 괜스레 초조해

골백번도 더 밖을 내다보다가 급기야 쌀집도 방앗간도 문을 닫아
버렸다.

"왜들 이렇게 안 오는겨? 전화 좀 혀봐."

"어이구 그 양반도 참. 재촉하지 말어요. 오다가 사고 나겠네."

엄마가 작작 좀 하라는 듯 아버지를 면박주는데 서산에서 선생
님으로 재직 중인 맏아들 정혁네 가족이 도착했다. 그 뒤로 막내
인 정재가 뛰어들어 오고 마지막으로 둘째인 정민이와 만삭인 둘
째 며느리가 도착했다.

이제 모두 도착했으니 정하만 기다리면 되겠구나 싶었는데 문
닫았으면 그만이지 수수 한 됫박만 팔라며 동네 할머니가 기어이
집에까지 찾아왔다. 내일이 일곱 살 먹은 둘째 손자 놈 생일이라
수수밭무리 한 됫박해서 동네 돌려먹어야 손주 놈 명 길어진다고.
날마다 보는 동네 사람이고 손주 놈 생일 떡 해 먹이겠다며 꼬부
라진 허리를 하고 찾아온 할머니를 그냥 보낼 수가 없어 닫았던
쌀집 문을 도로 열고 수수 한 됫박을 퍼주고 있는데 쌀집 앞에 시
커먼 자가용 한 대가 멈춰 섰다. 운전석 문이 열리더니 웬 남자가
내려 뒷좌석 문을 열어주는 순간 정하가 뽀얀 얼굴을 내보이며 차
에서 내려섰다.

"정하구만! 어이 나와! 정하 왔다고!"

아버지가 뒤채를 향해 소리를 치자 식구들이 얼른 뒷문을 통해
쌀집으로 달려나왔다.

"우리 공주 왔냐?"

"네, 아부지."

정하가 아버지를 향해 함박웃음을 짓는데 정하 뒤로 구척 장신이 내려섰다.

"오메, 키 좀 보소."

"와, 저 차 벤츠잖아."

정재가 엄마 뒤에 서서 중얼거리자 엄마가 저것이 비싼 차라냐? 하고 물었다.

"겁나게 비싼 차예요."

정재가 재빨리 대꾸하는데 정하가 성우와 함께 쌀집으로 들어왔다.

"아부지, 엄마."

"어이, 왔어?"

아버지와 엄마가 정하와 성우를 번갈아 쳐다보며 두 사람을 맞았다.

"안녕하십니까, 아버님 어머님."

성우가 곧 장인어른과 장모님이 되실 정하의 부모님께 깍듯하게 허리를 숙여 인사했다.

"워매 키가 얼매나 큰가 천장에 닿것네."

엄마가 훤칠한 성우를 홀린 듯이 바라보며 말했다.

"아가씨 왔어요?"

"네, 큰언니."

"아가씨, 나도 왔어요."

"네, 작은 언니."

"오빠들은 안 보이냐?"

"다 보였어. 아버지 들어가셔요. 가게에서 인사드릴 순 없잖아."

"그려, 들어가야지. 어이 들어와."

아버지가 먼저 집 안으로 들어가자 나머지 식구들도 모두 아버지를 따라 집으로 들어갔다. 집으로 들어오기 무섭게 기사가 집 안으로 선물들을 나르기 시작했다.

"이것이 다 뭣이여?"

"성우 씨가 빈손으로 오면 안 된다고 준비해 왔어요."

갈비를 시작으로 온갖 종류의 과일들과 그 비싸다는 자연산 송이버섯세트에 굴비, 한과까지 가짓수도 한두 가지가 아니었다. 오죽하면 정재까지 뛰어나가 기사와 함께 날랐을까.

성우가 준비한 선물들이 모두 집 안으로 들어오고 제대로 된 인사를 주고받기 위해 방에 모여 앉았을 때 성우는 정하의 부모님께 깍듯하게 절을 올렸다.

"어이, 반갑네."

아버지와 어머니도 성우를 향해 살짝 허리를 숙이며 인사를 받았다.

성우는 부모님께 절을 한 후에 정하의 형제들과도 일일이 인사를 나누었다.

"반갑습니다."

"예, 형님들."

성우와 은씨네 형제들이 인사를 주고받는 사이 은씨네 며느리들은 성우의 출중한 모습을 홀린 듯 하염없이 바라보고 있다가 남편들이 옆구리를 푹푹 찔러대자 그제야 침을 닦으며 시선을 돌렸다.

"그런디……. 좀 섞였제?"

성우를 찬찬히 뜯어보시던 아버지가 엄마에게 살짝 물었다.

"그르기, 섞인 것 같쥬?"

엄마 역시 성우를 찬찬히 뜯어보며 동의했다.

"아부지, 엄마, 성우 씨 할머님이 미국분이시래요. 그러니까 조금 혼혈이에요. 아주 조금."

"그러지, 어쩐지 섞였다 혔어."

"그르기. 아이고 너무나 잘 섞여서 인물이 아주……."

엄마는 내 딸이 어디서 저렇게 잘난 남자를 데려왔을까 흐뭇해하며 성우를 바라봤다.

"아버님, 어머님. 정하와 결혼하고 싶습니다."

성우가 결혼 허락을 구하자 아버지와 엄마는 만감이 교차하는 표정으로 정하와 성우를 바라봤다.

"어, 결혼……. 그르기, 정하도 결혼하고 싶은 겨?"

아버지가 정하에게 물었고 정하가 고개를 끄덕였다.

"하고 싶어요, 아버. 저, 성우 씨 청혼 받아들였어요."

정하가 손가락에 끼워져 있는 반지를 내보이며 대답했다.

"워매, 이것이 뭐다니? 아이고 이쁘다."

엄마가 정하의 손을 덥석 잡더니 손가락에 끼워진 반지를 보고 감탄하자 은씨네 며느리들도 슬금슬금 반지 곁으로 다가앉았다.

"엄마, 다이아몬드야."

"진짜 예쁘다."

"그죠, 형님?"

은씨네 며느리들이 부러운 듯 쳐다보다가 슬그머니 자신들의 손가락에 끼워진 반지를 감추고 남편들을 쏘아보며 뒤로 물러나 앉았다.

"이것이 다이아여? 이렇게 큰 늄도 있다냐? 영감 이것 좀 봐유, 통친회장님 그 막내며느리가 겁나게 부잣집 딸내미라 혀서 다이아 박아 반지 맞춰주느라 소 한 마리 팔았다 허지 않았슈?"

"그렸지."

"내가 그 반지 봤잖유. 워미 통친회장님 막내며느리가 낀 반지보다 훨씬 크구만. 겁나게 비싸겠네. 정하, 너도 알잖냐. 통친회장님 막내아들이 정재하고 친구 아니냐. 너도 알제?"

"어이, 어이 그만 허소."

아버지가 엄마의 옆구리를 쿡쿡 찌르자 그제야 엄마는 성우를 앞에 두고 촌스러운 짓을 한 것을 눈치 채고 정하의 손을 놓아주었다.

"나가 좀 흥분허는 바람에……. 이해허소."

엄마가 민망스러워하며 웃자 성우도 웃었다.

"그려, 이렇게 보니, 참으로 훌륭하구만. 인물도 좋고 키도 크고."

아버지 얘기에 엄마가 옆에서 고개를 끄덕끄덕했다.

"우리 딸이 좋다고 허니 우덜도 좋다만서도, 그렇다고 좋다 헌다고 너희들끼리 그럼 살아라 헐 수는 없는 것이다. 우리도 우리

나름대로다가 알아볼 것은 알아봐야 헌다 그것이여. 이 결혼이라
는 것이, 인물 좋고 키가 큰 것이 전부는 아니란 말이제. 이렇게
육십 년이 넘도록 살아보니 인물이라는 것은 쪼골쪼골 늙어버리
면 암 소용 없는 것이고 뭐니뭐니 혀도 얼매나 훌륭한 부모님 밑
에서 교육을 잘 받았는가 허는 것이 첫째다 그것이여. 교육을 못
받은 넘들은 지 버릇을 개를 못 주는 법이여. 그러니께 나가 허고
자 허는 말은 뭣이냐! 인성이 중요하다 그 말이여. 얼마나 심성이
고운가 그것이 중요하다 그 말이여. 술 한 잔 묵고 아무나 쥐 패고
댕기고 욕지거리 해대고 이러면 교육의 교 자도 못 받은 놈이다
그 말이여."

"그렇쥬."

엄마가 얼른 아버지의 말에 호응했다.

"부모님은 생존해 계시는가?"

"예."

"건강하시고?"

"예. 할머님과 할아버님도 건강하게 생존해 계십니다."

"어허, 명이 긴 집안이구만. 어, 좋군 좋아."

"그렇지유."

아버지와 엄마의 표정이 처음보다 브드러워졌다.

"아, 그렇다면 남자는 말이여, 능력이 있어야 헌다! 식솔들을 굶
기지 않고 잘 먹이고 입히고 공부 갈치고 편케 하는 것이 두 번째
다 그 말이여."

"그렇지유."

엄마가 아까보다 더 크게 호응했다.

"그래, 무슨 일 하는가?"

"예, 전 아버님을 도와 조그마한 사업을 하고 있습니다."

"사업, 좋지. 우리도 말이지 사업을 한단 말이지. 쌀집이나 방앗간이 우스워 보여도 이것도 사업이란 말이지."

"그럼요, 아버님."

"그래, 어떤 사업?"

"미국에서 영화사를 운영하고 있습니다."

"영화사? 영화라면 그 극장 가서 보는 그거 말인가?"

"예."

"무슨 영화 만드셨는데요?"

정재가 궁금함을 못 참고 끼어들며 물었다.

"내가 말할게요. 아버지 엄마, 그리고 오빠……. 성우 씨 회사는 월든픽쳐스라고 월든 그룹 계열이에요. 투스랑 바라칸은 오빠들도 봤죠? 월든픽쳐츠는 그 영화 만든 회사고. 물론 그 영화 말고 다른 영화도 엄청 많고. 지난번에 내가 시나리오 공모한다던 회사, 그 회사가 월든코리아인데 월든코리아가 월든 그룹 한국 지사예요. 월든코리아는 성우 씨 사촌형님께서 운영하시구요."

"그, 그러니까……. 성우 씨가 월든 그룹 사람이라는 거지?"

정재가 멱살이라도 잡힌 듯 숨이 꼴깍 넘어가는 목소리로 물었다.

"응."

"그것이 좋은 것이라니?"

엄마가 묻자,

"엄마, 재벌이라는 뜻이에요."

하고 정재가 대답했다.

재벌이라는 말에 아버지와 엄마의 표정이 붕 떠버렸다.

"워매 재벌이라네요, 영감."

"그르기."

아버지와 엄마가 처음과는 달라진 시선으로 성우를 바라봤다.

"그리고 아부지, 나 이번 시나리오 공모에서 우수상 받았어요. 나 당선됐어요."

"워매, 참말이여?"

"네."

"아이고 우리 공주, 아부지가 그랬잖여. 이번엔 될 것이라고."

"네, 아부지."

정하가 시나리오 공모에서 당선됐다는 말에 온 식구가 축하의 말을 전하며 기뻐하는데 엄마가 슬그머니 성우 곁에 다가앉더니 성우의 손을 잡았다.

"워매, 손도 사내답고 인물도 좋기도 혀라."

"고맙습니다, 어머님."

"참말로 우리 정하하고 혼인을 허고 싶은 겨?"

"예, 어머님. 정하 행복하게 해줄 자신있습니다. 믿어주십시오."

"암만 믿고 말고지. 시상에, 어쩌면 요렇게 내 맴에 꼭 드는가 모르겠네."

"고맙습니다, 어머니."

"그란데, 몇째여?"

"예?"

"그르니께 형제가……."

"엄마, 맏아들이야."

정하의 말에 엄마의 표정이 조금 일그러졌다.

"맏아들? 형제는?"

"여동생이 두 명 있어."

여동생이 두 명 있다는 말에 엄마의 얼굴이 더 일그러졌다.

"하필이면 맏이라니……."

엄마가 실망하며 성우의 손을 놓고 아버지 옆으로 돌아가자 성
우가 당황하며 정하를 쳐다봤다.

"엄마……."

"아이고 참말로, 다 좋은디 맏이라네유."

엄마가 속상한 얼굴로 말하자 아버지가 헛기침을 했다.

"어허, 이 사람……."

"엄마, 아부지……."

"너도 알잖여. 엄마가 맏며느리로 은씨네 들어와서 얼매나 징
그랍게 고생을 혔는지. 어이그, 지독한 시어머니에 드센 시누이들
틈에서 징글징글……."

"어허, 이 사람이."

아버지가 난데없이 푸념을 늘어놓는 엄마의 옆구리를 팔꿈치로
툭 쳤다.

"그니께 나는 암만 재벌이라도 맏이는 싫단 말이여요. 내가 우리 정하를 얼마나 금이야 옥이야 키웠는디 시어른들 밑에서 시집살이하고 시누이들 입질에 우리 정하 말라죽으면……."

"어허, 이 사람!"

"어머니!"

"아이, 어머니도!"

아버지가 아들들과 며느리들이 다같이 엄마의 입을 틀어막았다.

"하고 싶은 말은 혀야지. 시집보내 놓고 후회허믄 뭣 혀."

"걱정 마십시오. 정하 시집살이시키지 않겠습니다. 약속드립니다."

성우가 잔잔히 미소를 머금고 엄마를 안심시켰다.

"그 약속은 정말 못 믿을 약속일세."

"엄마."

정하가 눈치를 주어도 엄마는 샐쭉해져 버렸다.

"있지 엄마, 미국에 계신 성우 씨 부모님 댁에 집에서 일하는 아줌마 있대. 것도 네 명이나."

"네 명?"

"그리고 성우 씨랑 결혼하면 나 집안일 안 하고 글만 쓸 수 있도록 일하는 아줌마 불러준대."

"참말이여?"

"예, 어머니. 나중에 부모님들께서 너무 연로하셔서 기운이 없어지시면 당연히 저와 정하가 돌봐드려야겠지만 지금은 무척 건

강하십니다. 정하 고생시키지 않겠습니다."

성우가 다시 한 번 장래의 장모를 안심시키기 위해 말했다. 엄마는 그제야 좀 안심이 된다는 얼굴로 히죽 웃었다.

"그런디 미국서 산다는 것 같은디, 만약에 말일세 결혼을 하게 되면 당장에 미국으로 갈 건가?"

아버지가 그 부분이 제일 걱정스럽다는 듯 물었다.

"정하와 얘기했습니다. 부모님들께서 무척 서운해하실 거라고 하더군요. 그래서 일 년 정도는 한국에서 머물기로 했습니다. 그 후에 미국에 가더라도 자주 찾아뵙겠습니다."

"아이고 저것을 미국에 보내놓고……."

아버지가 일 년 동안 한국에 머물겠다는데도 여전히 너무나 서운한 얼굴로 정하를 바라봤다.

"아버지…… 자주 들어올게요."

"그려, 자주 오면 되지만……."

"아버지, 저녁 시간이 지났어요. 현 서방 배고프겠어요."

맏아들 정혁의 말에 엄마가 깜짝 놀라며 일어났다.

"오매, 우리 현 서방이 시장하겠구만."

어느새 성우는 현 서방이 되어 있었다.

전날 밤 엄마가 자정이 넘도록 준비한 맛깔난 음식으로 저녁을 먹은 직후 아버지는 아들들과 성우를 데리고 온천으로 향했다. 오늘 처음 인사하러 온 성우에게 예의가 아닐 수도 있다는 것을 알고 있지만 가족으로 속히 받아들이고 친해지는 데는 목욕 이상의 것이 없다고 생각했기 때문이다.

아버지와 아들들이 먼저 탕으로 들어와 뜨끈뜨끈한 온천 문에 몸을 담그고 있는데 목욕탕 문이 열리더니 성우가 안으로 들어왔다. 안으로 들어온 성우를 보고 탕에 있다고 알려주기 위해 손을 번쩍 들던 은씨네 삼형제가 무심코 눈에 들어온 성우의 아랫도리를 보고 허걱했다.

　"헉, 저것이 사람이다냐."

　하고 정혁이 중얼거리자,

　"허억, 아니, 물건에다 뭔 짓을 했답니까?"

　하고 정민이 받아쳤고 마지막으로 성우의 아랫도리를 본 정재는,

　"후우우욱, 난 죽어야 해."

　하고 좌절했다.

　뜨신 온천물에 몸을 푹 담그고 지지고 계시던 아버지가 아들들의 푸념 소리에 눈을 뜨다가 성우를 보게 됐으니, 아버지 왈,

　"허이고, 어째 아랫도리에다 애호박을 매달고 댕긴다냐."

　성우는 은씨네 남자들이 뜨악해하는지도 모르고 탕으로 들어와 자리를 잡고 앉았다. 그 순간 아버지가 외쳤다.

　"합격! 무조건 합격!"

　성우와 정하를 무조건 하룻밤 묵고 가도록 우기다 보니 문제가 생겼다.

　첫째 정혁이네 가족들은 정재가 쓰던 방에서 묵도록 하고, 둘째 정민이네 가족은 쪽방을 쓰게 하고, 정재는 다락방에 재우고, 정

하는 정하가 쓰던 방에, 이렇게 방을 배정하고 보니 성우를 재울 방이 확보되지 않은 것이다. 원래는 성우가 묵을 방부터 정해야 됐었지만 아버지가 성우를 하룻밤 데리고 자고 싶은 마음에 일부러 아버지가 수를 쓰신 것이다. 결혼할 사람들이니 정하와 성우를 한방에 묵게 할 수도 있겠지만 그건 요즘 젊은 사람들 생각이고 아버지는 절대 그렇게 할 수 없었다.

"제가 안방에서 잘게요."

성우가 아무래도 불편할 것 같아 정재가 다락방을 내놓으려고 했지만,

"손님을 어떻게 다락방에서 재운다냐."

하시며 정재를 다락방으로 올려 보내셨다.

"아부지, 그럼 제가 안방에서 잘게요. 성우 씨, 내 방에서 자요."

하고 정하가 나섰지만 그것도 통하지 않았다.

"인자 가족이 될 것인디 지금 아니면 장인장모 될 사람허고 언제 자보겠냐. 우덜하고 얘기도 속닥허니 허면서 하룻밤 자보자고."

아버지는 기어이 성우를 안방으로 데려가셨다.

"불편해서 어떻게 해요?"

정하가 미안해했지만 성우는 아무렇지도 않은 듯 정하를 안심시켰다.

"괜찮아. 날 가족으로 받아들이셨다는 뜻이라 기분 좋아."

"두 분 주무시면 내 방으로 도망 와요."

아버지에게 붙잡혀 안방으로 끌려들어 가는 성우에게 정하가 재빨리 속삭였다.

"도망?"

"스릴있잖아요."

도망오라는 정하의 말을 듣는 순간부터 성우는 조바심이 나기 시작했다. 그때부터 성우의 머릿속에는 오직 도망칠 생각밖에는 없었다.

아버지가 주무실 때 입으시는 고쟁이바지를 얻어 입은 성우는 미래 장인어른의 말씀대로 지금이 아니면 언제 장인장모와 잠을 자볼까 싶어 기꺼이 자리에 누웠다. 어머니가 귀한 손님이라고 둘째 며느리 들일 때 혼수로 받은 금침까지 펴주셨으니 감사해야 할 일이었다. 감사해하며 기꺼이 자리에 누웠지만 성우는 부디 부디 두 분이 속히 잠이 드시길 기도하고 있었다. 그래야 정하에게 갈 수 있으니까.

아버지가 중간에 주무시고 엄마가 아버지 오른편, 성우를 맨 안쪽에 눕혀 놓고 보니 아버지는 어쩐지 흐뭇했다. 아들과 사위는 또 다른 기분이었다. 곱게 키운 내 딸 보쌈해 가는 녀석이니 미우면 미웠지 고울 것 하나 없다 싶으면서도 이 녀석이 평생 내 딸을 사랑해 주고 귀하게 여겨줄 것이라 생각하니 한편 곱고 사랑스러운 마음에 새록새록 솟아난 것이다. 얼가나 대단한 줄은 잘 모르겠지만 재벌 소리 나오는 걸 보니 평생 딸 굶길까 걱정하지 않아도 되고 목욕탕에서 보니 물건도 무지막지하니 부부관계도 원활할 것 같고.

이런저런, 묻지 않아도 될 것을 물어도 자분자분 대답 잘하며 곰살맞게 굴고 말하는 폼을 보니 교육도 제대로 받고 어른 공경할 줄도 알고 한 마디 한 마디 정하를 사랑하는 마음이 넘쳐 나니 아버지도 엄마도 마음이 포근하니 좋았다.

 아버지 어머니는 마음이 포근하니 좋으신 데 반해 성우는 좀이 쑤셔서 견딜 수가 없었다. 자정이 훨씬 지나도록 두 분이 주무실 생각을 안 했기 때문이다. 이런 난코스가 기다리고 있을 줄이야!

 주무시나 싶으면 어머니가 잠자리 불편하지 않냐 물으시고 주무시나 싶으면 아버지가 출출하지 않냐 물으셔서 괜찮습니다, 란 대답만 스무 번은 넘게 한 것 같았다. 이제 제발 주무셨으면, 언제쯤이나 이곳에서 도망 나가 정하를 품에 안을 수 있을까 고대하는데 아버지의 코 고는 소리가 들렸다. 휴, 다행이었다. 이제야 잠이 드신 것이다.

 성우는 슬금슬금 아버지 어머니의 눈치를 보기 시작했다. 깊이 잠드셨을 때 소리 소문 없이 도망치기 위해서였다. 아버지의 코 고는 소리는 점점 더 커지고 어머니 역시 숨소리가 고른 것을 보니 깊이 잠드신 것 같았다.

 성우는 조용히 상체를 일으켰다. 내일 아침 오밤중에 도망 나간 것을 아시면 싫은 소리를 들을지도 모르겠지만 정하 말대로 이 얼마나 대단한 스릴인가.

 때는 이때다, 싶어 성우가 조용히 이불을 걷어내고 몸을 일으키려는데 갑자기 아버지의 다리 한쪽이 쑤욱 날아오는가 싶더니 척하니 성우의 다리 위에 올라왔다. 마치 어딜 도망가! 하는 듯.

움찔 동작 정지한 성우는 조심조심 다시 드러눕고는 소리없이 한숨을 내쉬었다.

'정하가 기다릴 텐데……'

정하가 기다릴 것이라 생각하자 성우는 더욱 조바심을 느꼈다.

또 얼마나 시간이 흘렀을까. 자신의 다리 위에 올라와 있던 아버지의 다리를 조심조심 내려놓고 다시 한 번 탈출을 시도하는데 아버지가 드르렁 카카칵 마치 박격포 쏴대는 소리처럼 코를 고시더니 갑자기 누가 쥐어박은 듯 컥! 하고 숨이 멈추는 것 아닌가. 아버지 숨넘어갔나 싶어 깜짝 놀라 쳐다보는데 아버지가 획 하시더니 성우 쪽으로 돌아누웠다. 맙소사!

성우는 다시 동작 정지하며 드러누워야 했다.

"후우욱."

성우가 좌절과 욕망의 중간 신음을 연신 토해내며 또 얼마나 버텼을까.

이제 제발 무사히 탈출하길 고대하며 몸을 일으키는 찰나였다. 또다시 아버지가 공포의 박격포 코 골음을 발사하시며 성우의 발목을 잡으려는 찰나 어머니가 몸을 획 돌리시더니 아버지의 배 위에 다리를 걸치고 팔로 아버지를 단단히 포박했다. 그리고는 성우에게 눈을 찔끔거리시며 빨리 나가라 손짓하셨다. 성우의 피눈물나는 탈출 시도를 이미 다 알고 계셨던 것이다.

성우가 어머니를 향해 감사하다는 미소를 지어 보이고는 방에서 탈출하려고 하는데 아버지가 허험 하고 헛기침을 하셨다. 성우가 방문을 열려다 놀라 뒤돌아보자 어머니가 온몸으로 아버지를 끌어안고 입을 틀어막고 있었다. 성우는 여기서 무너지면 끝이라 생각하며 얼른 방에서 나와 버렸다. 안방 문을 닫는 순간 아버지의 말소리가 들려왔다.

"어쩌려고 이랴?"

아버지의 노여운 목소리에.

"뭘 어째요. 영감도 호랭이 같은 우리 아버지한테 걸리면 맞아 죽을 것 암서도 밤마다 불러내 보리밭에 끌고 갔음서."

하는 어머니의 쥐어박는 소리.

아버님은 주무셨던 것이 아니라 성우를 감시하고 있었던 것이다. 어머니는 그런 성우를 탈출시켜 준 것이고. 성우는 어머니 덕에 무사히 정하에게로 탈출할 수 있었다.

"왜 이렇게 늦게 왔어요?"

성우가 방으로 들어가자 정하가 기다리고 있었다는 듯 몸을 일으키고 물었다.

"아직도 안 주무셔."

"어떻게 왔어요?"

"어머니가 도와주셔서."

성우가 이불 속으로 들어가며 대답했다.

"그런데 말이야, 아까 어머님이 말씀하셨던 그 통친회 회장님은 어느 회사 회장님이셔?"

"아, 통친회. 통친회 회장님은 통장친목회 회장님이세요."

"통장친목회?"

"그런 게 있어요. 깊이 알려고 하지 말아요."

"알았어. 그런데 나 왜 도망 오라고 했어?"

성우가 정하를 끌어당겨 안으며 물었다.

"사랑하는 사람하고 아침을 같이 맞이하고 싶어서요."

"음, 나 역시 마찬가지야."

성우가 정하의 입술을 입을 맞추었다.

"내가 말했죠?"

"뭐?"

"성우 씨 사랑한다고."

"말했어. 똑똑히 기억하고 있어."

"다행이에요. 이제 자요."

정하가 성우의 품에 파고들며 말했다.

"그냥 자?"

"그냥 안 자면요?"

"도망 오라고 했잖아."

"도망 왔잖아요."

"얼마나 어렵게 도망 왔는데 그냥 자."

성우가 아버지에게 빌려 입은 고쟁이를 벗어 던지며 말했다.

"미쳤어요? 걸리면 어떻게 하려고 그래요?"

정하가 설레발을 쳤지만 소용없었다. 성우는 정하에게 달려들어 옷을 벗기기 시작했다.

"걸리면 죽는단 말이에요!"

정하가 필사적으로 성우를 밀어냈지만 성우는 꿈쩍도 하지 않았다.

"성우 씨!"

"그럼 보리밭으로 갈까?"

"보리밭? 무슨 보리밭?"

"그런 게 있어."

"성우 씨……. 우리 아부지 엄마 잠귀 밝아요."

"스릴있다며."

"스릴이 문제가 아니라……."

정하가 항의했지만 성우는 정하의 입술을 자신의 입술로 틀어 막아 버렸다. 그리고 이불을 뒤집어써 버렸다.

이불 속에서 무슨 일이 벌어진 걸까? 그건 며느리도 모른다.

다음날 아침, 정하와 성우는 뒷동산에 올라 아기처럼 밝고 맑은 태양을 함께 맞이했다.

사랑스럽게 이글거리는 태양이 두 사람을 향해 방긋 웃고 있었다. 두 사람의 얼굴에는 사랑과 행복의 미소가 가득했다.

"그래서?"

"그래서요?"

세영과 예은, 하경이 귀를 쫑긋 세우고 정하의 입술에 시선을 집중했다.

"당연히 성우 씨가 다 먹었죠. 먹으라고 주신 거 아니에요?"

"당연히 먹으라고 준 거지. 하지만 내가 알고 싶은 건 무엇부터 먹었느냐 그거야."

"위에 것부터냐 아래 것부터냐."

"한 번에 다 먹었나 야금야금 조금씩 뜯어먹었나도 중요하죠."

"위에 것부터 먹었구요. 위에 것은 야금야금, 아래 것은 한 번에 우겨넣었어요."

정하의 대답에 월든가 며느리들이 가느다란 신음을 내쉬었다.

"어쩜 형제들이 그것까지도 똑같나 몰라."

"어머, 형님, 우리 빈우 씬 아래 것 먼저 먹고 위에 것은 디저트로 먹었어요."

하경의 말에 월든가 며느리들이 일제히 하경을 쳐다봤다.

"그렇게 급했대?"

"아시잖아요. 우리가 불붙으면 얼마나 급한지."

하경의 새침스러운 대꾸에 월든가 며느리들이 킥킥거리며 웃었다.

오랜만에 한자리에 모인 월든가 형제들은 그 어느 때보다 화기애애한 시간을 보내고 있었다. 이렇게 월든가 형제들이 한자리에 모인 이유는 정하 때문이었다. 한국을 떠나온 지 십오 개월째. 정하는 극심한 향수병에 시달리고 있었다. 부모 형제가 그리운 것은 말할 것도 없고 입에 착착 감기는 매끔하고 감칠맛 나는 한국 음식들이 먹고 싶어 견딜 수가 없었다. 부모님이며 지니며 강호에게 수시로 전화를 해서 목소리를 들어도 좀처럼 향수병은 낫지 않았다. 붙임성있고 활달한 성격이니 미국 생활에 잘 적응할 줄 알았는데 것도 잠시뿐, 아무리 사랑하는 성우와 날마다 자고 일어나도 이렇게 머나먼 땅에 뚝 떨어져 낯선 동네에서 낯선 사람들에게 적응하며 살아야 하는 일은 말처럼 쉽지 않았다. 나이 들어 다시 시작해야 하는 영어 공부도 어렵고 월든픽쳐스 사장 직함을 갖고 있는 남편의 레벨에 걸맞은 아내 노릇 하는 것도 힘들었다. 성우는 원하지 않으면 아무것도 하지 않아도 된다고 했지만 아무것도 하지 말란다고 정말 안 한다면 그건 멍청한 짓이었기에 기를 쓰고 흉내는 내고 있었지만 나름 재밌어하던 것도 향수병에 걸리고 나자 모든 것이 힘들기만 했다.

그 바쁜 와중에도 짬짬이 시간을 내서 정하를 데리고 외출도 하고 산책도 하고 정하가 좋아하는 것들을 해주기 위해 노력하는 성우를 봐서라도 기운 빠지고 우울해하는 내색을 하지 말아야 하는데 요즘은 그저 만사가 귀찮고 만사가 귀찮다 보니 먹는 것도 시원찮아졌다. 먹는 것이 시원찮으니 시름시름 이유없이 아프기까지 했다.

보다 못한 성우가 혹시라도 몸에 이상이 생겼을지도 모르겠다며 싫다고 우기는 정하를 병원으로 데려가 종합검진까지 받게 했는데 아직 결과는 나오지 않았지만 보나마나 병명은 뻔할 것이다. 향수병. 처방은 당장에 고향으로 데려가 부모 형제를 만나게 할 것.

그러던 차에 한국에 있는 세영에게서 전화가 걸려왔다. 잘 지내고 있냐는 세영에게 다짜고짜 놀러와 달라고 때를 써댄 정하는 기어이 알았다는 대답을 받아냈고 사흘 뒤 월든가의 형제들이 모두 성우의 집으로 몰려온 것이다.

정하는 그제야 살아났다. 말 통하는 사람은 오로지 성우밖에 없었는데 이제 맘 놓고 한국말로 대화를 나눌 상대가 무더기로 생긴 것이다.

남자들은 남자들끼리 코트에서 테니스 게임을 즐기고 있었고 아이들은 아이들끼리 소꿉장난을 하고 며느리들은 며느리들끼리 모여 비밀스러운 대화에 열중하고 있었다.

"우리 그이는 하룻밤에 네 번이나 날 안은 적도 있어."

세영이 으스대듯 말하자 예은이 세영에게 뭐 그까짓 것 가지고 하는 듯 입을 열었다.

"어머, 형님두, 우리 그인 다섯 번도 안았어요."

"어머, 왜들 이러세요 형님들. 우리 빈우 씬 여섯 번 안고도 끄떡없었어요."

하경의 말에 세영과 예은이 하경에게 눈을 흘겼다.

"동서는? 동서도 털어놔."

세영과 예은, 하경이 정하에게 이 엉큼한 대화에 동참하도록 요구하자 정하가 의기양양한 미소를 날리다가 갑자기 부끄러운 척 얼굴을 붉혔다.

"이런 얘기 해도 돼요?"

"어머 왜 이래. 우리만 까진 여자로 만들어놓고 혼자 조신한 척 할 거야?"

"아니, 형님들하고 동서가 충격받을까 봐."

"충격? 성우 서방님이 무슨 짓을 했는데?"

월든가 며느리들이 정하 곁으로 바짝 다가앉았다.

"그게……."

"그게 뭐?"

"그게 뭔데요?!"

월든가 며느리들이 당장 말하지 않으면 가만두지 않겠다는 듯 다그쳤다.

"우리 성우 씬……. 이십사 시간 동안 그 상태로 있었던 적도 있어요."

"그 상태라니?"

"그거요……."

정하가 월든가 며느리들을 하나씩 쳐다보다가 들고 있던 젓가락을 갑자기 곧추세웠다.

"어머나!"

"맙소사!"

월든가 며느리들이 그게 사람이냐는 얼굴로 천천히 고개를 돌려 형제들과 테니스를 치고 있는 성우를 쳐다봤다.

"어떻게 살아남았어?"

"무사했어요?"

"일주일 동안 앓아누웠잖아요."

정하가 새침을 떨면서 말하자 월든가 며느리들이 까르르 웃음을 터뜨렸다.

"건강검진 받았다고 하더니 결과 나왔어?"

"아직요. 그냥 좀 기운이 없는 건데 섾우 씨가 하도 난리를 쳐서 할 수 없이 받은 거예요. 아부지, 엄마 보고 싶고, 한국 음식도 먹고 싶고 특히 엄마가 해주는 음식이 먹고 싶더라구요. 그나마 형님들이랑 동서가 와서 좀 살겠어요. 말도 안 통하고 아는 사람도 없고 음식도 입에 안 맞고 너무 답답했거든요."

"향수병이네. 나도 처음 한국 떠나서 일본 갔을 때 향수병 심하게 앓았어. 밥맛도 없고 괜히 쓸쓸하고 눈물나고 할머니랑 동생들

보고 싶고 그렇더라고."

예은의 말에 정하가 고개를 끄덕였다.

"맞아요. 제가 지금 딱 그래요."

"정말 형수병이네. 서방님한테 말해서 한국에 한번 다녀와."

"여름 휴가 때 가기로 했어요."

"막내라면서, 부모님이 얼마나 보고 싶어하시겠어."

"혹시 아주버님이 이십사 시간 동안 형님을 놔주지 않아서 병 난 거 아니에요?"

"그럴지도 모르겠다. 그게 보통 중노동이 아니잖아."

"병이 나고도 남지."

동서들이 정하를 놀리는데 성우의 휴대전화가 울렸다.

"성우 씨, 전화 왔어요!"

정하가 성우를 향해 소리치자 성우가 함께 게임을 하고 있던 형제들에게 양해를 구하고 코트 밖으로 나와 휴대전화를 받았다.

"헬로우?"

조금 떨어진 자리에서 전화를 받는 성우를 쳐다보던 세영이 입을 열었다.

"있지, 나 진우 씨랑 결혼할 때 결혼식장에서 처음 성우 서방님 만났거든. 그때 얼마나 놀랐나 몰라. 우리 진우 씨가 최고로 잘생긴 줄 알았는데 어머나, 웬 영화배우가 온 거야."

"저두요, 형님. 성우 서방님 보고 반했잖아요."

예은도 세영의 말에 동조했다.

"난 아주버님 보고 침 흘렸다고 빈우 씨하고 싸웠잖아요."

"지금도 우리 그인 내가 성우 서방님 쳐다보면 질투해."

"우리 그이두요."

"빈우 씬, 아주버님 쳐다보면 침 닦으라고 해요."

"침 닦어, 동서."

"스읍."

하경의 행동에 월든가 며느리들이 웃음을 터뜨리는데 통화를 끝낸 성우가 갑자기 정하를 번쩍 안아 올렸다.

"왜 그래요?"

"병원엘 가야겠어."

"왜요?"

"의사 선생님한테 온 전화야. 결과 나왔대."

"뭐라구요?"

"결과가 어떻다는데 갑자기 병원엘 간다는 거예요, 서방님?"

월든가 며느리들도 모두 일어났다.

"형님들, 저희 병원에 가야 해요!"

성우가 코트를 향해 외치자 형제들이 코트 밖으로 나왔다.

"왜?"

"무슨 일인데?"

"동서 검사 결과가 나온 모양인데 갑자기 간다네요."

"몸에 뭐 안 좋은 게 있대요?"

정하를 비롯한 월든가 형제들이 모두 걱정스러운 얼굴로 성우를 바라봤다.

"안 좋은 게 아니라 좋은 게 있대."

"뭐요?"

"우리 아기."

성우가 정하의 입술에 입을 맞춘 후 속삭였다.

걱정스러워하던 정하의 표정이 점점 더 놀라움으로 변하기 시작했다.

"아기…… 임신이래요?"

"음."

"어머, 축하드려요, 서방님."

"축하해, 동서."

"축하한다."

월든가 형제들의 축하를 받으며 성우는 정하를 안고 테니스코트가 있는 뒤뜰에서 집 안으로 들어와 그대로 현관으로 걸어갔다.

"옷도 안 갈아입고 그냥 갈 거예요?"

"갈아입을 여유 없어."

성우는 집 밖으로 나와 주차장을 향해 걸어갔다.

"고마워."

정하를 차에 태우고 안전띠를 매주던 성우가 정하의 두 손을 꼭 잡고 말했다.

"뭐가 고마워요?"

"내 소원을 이루게 해줘서."

"성우 씨 소원이 내가 임신하는 거였어요?"

"아니."

"그럼요?"

"아빠가 되는 거. 고마워. 아빠가 되게 해줘서."

성우가 정하를 꼭 끌어안으며 진심으로 속삭였다.

"고마워요. 엄마가 되게 해줘서."

성우의 품에 안긴 정하가 진심으로 속삭였다.

성우는 정하를 데리고 병원으로 달려갔다. 정하의 뱃속에서 얼마나 사랑스러운 두 사람의 아이가 자라고 있는지 확인하기 위해.

『사랑을 완성하는 마지막 2%』는, 『월든가 형제들의 사랑』 시리즈 중 마지막 편이다. 『월든가 형제들의 사랑』 1편이 2003년도에 출판되었으니 삼 년 만에 시리즈를 완결 짓나 보다.

1, 2, 3편에서 성우는 까메오 비슷하게 얼굴만 내밀고 말았었는데 언젠가는 성우를 써야지, 써야지 벼르다 이제야 완결을 낸 것이다. 많이 새삼스럽고 삼 년 전 월든가 형제들은 어땠나 더듬어보는 재미도 꽤 쏠쏠했다.

최근엔 악역 여조 캐릭터를 만드는 게 참 싫어서 아예 악역을 만들지 않았었는데, 이번에 오인영이라는 약간은 어설픈 악역이 나온다. 제대로 된 악역을 만들어볼까도 했지만 여전히 악역은 별로다. 악역은 싫지만 여주를 신경 쓰이게 하는 인물은 필요했고, 신경은 쓰이되 죽이고 싶을 만큼은 아닌, 적당히 신경 쓰이는 인물을 만들어보자 해서 나온 인물이 인영이다. 적당히 신경 쓰이는 인물이다 보니 어쩐지 어설프다. 그래도 이쯤에서 만족하기로 했다.

이번에도 가족은 어김없이 등장했다. 내가 나이가 든 모양이다. 이상하게 세상에서 가장 든든한 것은 가족이라는 생각이 더욱 강해진다. 내가 괴로울 때 위로해 주고 위기에 처했을 때 버팀목이 되어주는 가족. 특히 아버지, 엄마. 가족이 등장하는

작가후기

부분에서는 자동적으로 우리 아버지, 우리 엄마의 모습이 떠오른다. 아버지가 내게 해주셨던 말, 엄마가 해주셨던 말. 이젠 혹시라도 내가 그 기억들을 놓칠까 봐, 잊어 버릴까 봐 초조해질 지경이다. 제발 잊고 싶지 않다. 오래오래 기억하고 싶다.

여주 정하에겐 참 괜찮은 친구가 하나 있는데 바로 강호다. 오랜 친구 강호. 장롱 문짝을 고쳐 주는 일 따위의 자잘한 것에서부터 중요한 일까지 의논 상대가 되어주 는 인물. 그런 괜찮은 사람을 동성연애자로 만든 것은 사실 '난데없이 엉뚱한' 짓은 아니다.

케이블 방송에서 제목은 기억나지 않은데 외국 드라마에서 이런 대사가 나왔었 다.

'정말 근사한 남자야! 잘생기고 섹시하고 멋지다고! 그런 멋진 남자가 내가 아 니라 남자를 사랑한다니 믿어지지가 않아!'

그 여자의 대사를 읽으며 킥킥거리고 웃었었는데 그때의 그 대사가 계속 가슴에 남아 있었다. 그리고 생각했다. 언젠가는 정말 괜찮은 남자, 저 캐릭터 정말 마음에 드는 걸? 싶은 남자를 동성애자로 한번 만들어보자고. 그 캐릭터가 강호다. 장난처 럼 만든 것이 아니라 은근히 색안경을 끼고 바라보던 시각을 바꾸고 터부시하던 그 무엇인가를 깨부수고 싶었다.

수정을 하고 또 하고 또 수정을 하고 또 하고, 화장은 하는 것보다 지우는 게 더 중요해요, 라는 말처럼 글은 쓰는 것보다 수정이 더 어려워요, 라는 말을 실감하며 수정을 거듭하면서 끝까지 나를 괴롭힌 것은, 남주에게 카리스마가 없다는 것.

처음부터 다정하고 부드럽고 여주에게 지극정성 잘해주는 남자'로 정해놓긴 했지만 로맨스에서 남주의 카리스마가 빠지면 안 되는데 이걸 어쩌면 좋을까 고민하다가 결국 처음 콘셉트로 밀어붙였다. 다정하고 부드럽고 여주에게 지극정성인 남자도 개인적으론 퍽 만족스러웠기 때문이다.

요즘은 글을 쓰면서 고민이 훨씬 더 많아졌다. 아무래도 『포도밭 그 사나이』 때문인 것 같다. 포도밭은 어땠는데 이번 작품은 별로군요, 포도밭 같은 글을 쓰시오라는 리뷰나 감상평을 읽을 때마다 가슴이 움찔움찔 아프다. 『포도밭 그 사나이』를 사랑해 주셔서 많이 감사하고 많이 행복하지만 한편에선 『포도밭 그 사나이』가 김랑이라는 사람의 글을 평가하는 잣대가 되어버린 것 같아 두렵다. 포도밭보다 못하면 어쩌지? 어떻게 하든지 포도밭보다는 더 잘 써야 할 텐데 하는 강박증도 느낀다.

그런 강박증에서 벗어나야 내가 발전할 텐데……. 분명한 것은, 포도밭 그 사나이를 쓸 때만큼, 아니, 그보다 더 많이 노력하고 고민한다는 것. 그것만큼은 알아주셨으면…….

원고지 1500장 분량을 끝내는 동안, 거의 방치되다시피 했음에도 꾸욱 참아준 우리 딸 수지와 우리 아들 동민아, 고맙고 미안하다. 그리고 대충 차려준 밥상 보며 인상을 쓰면서도 잘 먹어준 여보, 미안해. 또한 청어람 김규진님, 이종민님께 감사드리며.

마지막으로 우스갯소리인데, 『사랑을 완성하는 마지막 2%』라는 제목 때문에 출판되고 난 후엔 이런 댓글이 달리지 않을까?

"2% 부족하군요."

늘 행복하시길, 늘 건강하시길.

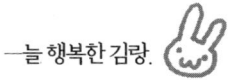

—늘 행복한 김랑.

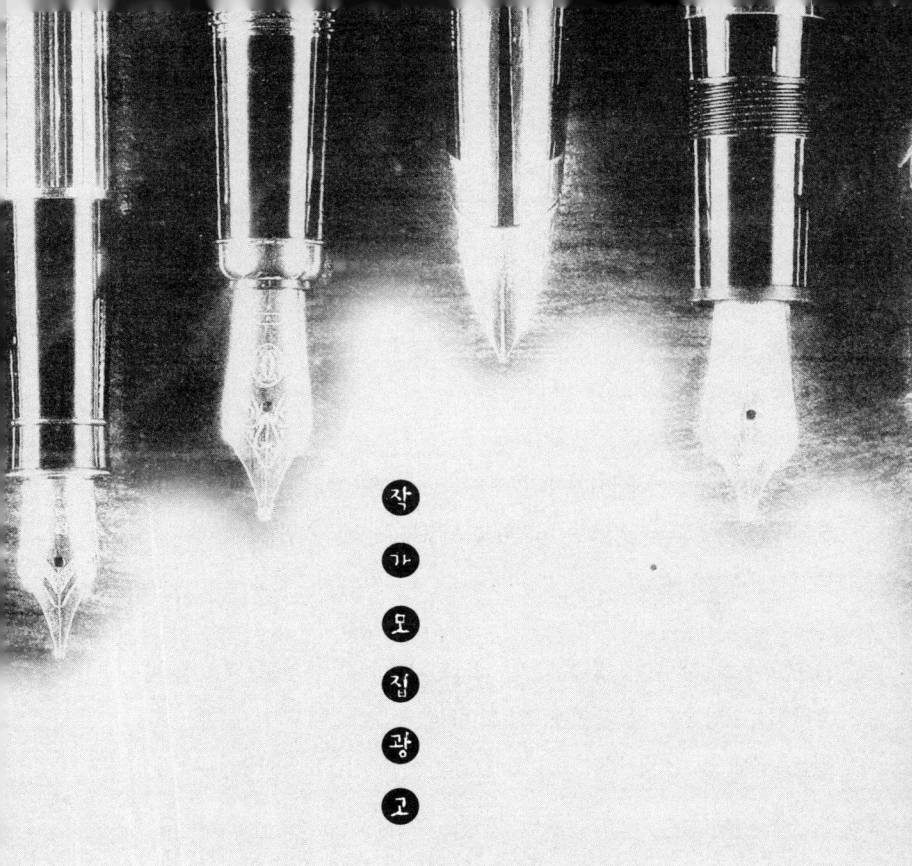

작
가
모
집
광
고

도서출판 청어람의 문은 항상 열려 있습니다.
실력있는 작가 분들의 많은 관심 부탁드립니다.

TEL:032-656-4452 • FAX:032-656-4453
http://www.chungeoram.com
http://chungeoram.egloos.com
e-mail:chungeoram@chungeoram.com